KB245032

소송

소송
Der Proceß

프란츠 카프카 장편소설 김재혁 옮김

DER PROCEß
by FRANZ KAFKA (1925)

이 책은 실로 꿰매어 제본하는 정통적인 사철 방식으로 만들어졌습니다.
사철 방식으로 제본된 책은 오랫동안 보관해도 손상되지 않습니다.

소송

7

미완성 장들

297

소송

체포

누군가 요제프 K를 모함했음이 분명하다. 나쁜 짓을 하지 않았는데도 어느 날 아침 체포되었으니 말이다. 그에게 방을 세놓은 그루바흐 부인의 가정부는 매일 아침 8시면 그에게 아침 식사를 가져다주곤 했는데 이날따라 오지 않았다. 이런 일은 처음이었다. K는 잠시 더 기다리면서 베개에 몸을 기댄 채 건너편에 사는 노파를 넘겨다보았다. 노파는 평소와 다른 호기심 어린 눈빛으로 그를 살펴보았다. 순간 그는 화도 나고 배도 고파 초인종을 울렸다. 금방 노크 소리가 나더니 그 셋집 건물에서 전혀 본 적이 없는 사내가 불쑥 들어왔다. 호리호리하면서도 탄탄한 체격이었고 몸에 꽉 끼는 검은 정장 차림이었는데, 옷은 여행복 스타일로 다양하게 주름이 잡혀 있고 여러 개의 주머니와 단추와 버클 그리고 허리띠가 하나 달려 있어, 용도를 뚜렷이 알 수는 없어도 상당히 실용적인 느낌을 주었다. 「당신 누구요?」 K는 그렇게 물으면서 얼른 침대에서 몸을 반쯤 일으켜 세웠다. 그러나 사내는 그의 질문에는 아랑곳하지 않고 자신이 나타난 것을 그냥 받아들여야 한다는 듯한 태도로 오히려 이렇게 물었다. 「당신이 초인 종을 울렸잖소?」 「안나한테 아침 식사를 가져오라는 뜻이었 오.」 K는 그렇게 말하고서는 대체 이 사내가 누굴까 생각하 며 유심히 살펴보았다. 그러나 사내는 그의 눈길을 그리 오 래 상대해 주지 않고 몸을 돌려 문을 조금 열더니 문 바로 뒤 에 서 있는 듯한 누군가에게 말했다. 「이 친구가 안나더러 아 침을 갖다 달라는군.」 순간 옆방에서 짧은 너털웃음 소리가 들렸다. 웃음소리만 가지고는 대체 몇 사람이 웃은 건지 알 수 없었다. 아무튼 낯선 사내는 전에 몰랐던 뭔가를 새로 알 아낸 것도 아니면서, K를 향해 뭔가를 알려 주는 듯한 목소 리로 말했다. 「그건 안 되오.」 「별 희한한 소리를 다 들어 보 는군요.」 K는 그렇게 말하면서 침대에서 벌떡 일어나 얼른 바지를 입었다. 「대체 옆방에 어떤 사람들이 와 있는 건지 이 눈으로 직접 확인해야겠소. 그리고 그루바흐 부인이 이런 소 란을 두고 내게 어떤 해명을 하는지도 들어 봐야겠고.」 그때 그는 퍼뜩 괜한 소리를 지껄여 가지고 이 낯선 사내가 자신 을 감시할 권한을 어느 정도 인정하는 꼴이 된 게 아닌가 하 는 생각이 들었다. 그래도 그따위 것은 지금으로선 별로 대 수롭지 않았다. 어쨌든 낯선 사내는 그의 말을 곧이곧대로 받아들였다. 이렇게 말했기 때문이다. 「그냥 자리에 앉아 있 는 게 낫지 않겠소?」 「나는 여기 있지도 않을 거고 당신 말을 듣지도 않을 거요. 당신이 누군지 말해 주지 않으면 말이오.」 「좋은 뜻으로 한 말이었소.」 낯선 사내는 그렇게 말하면서 자기가 나서서 먼저 문을 열었다. K는 원래 마음먹었던 것보다 천천히 옆방을 향해 발걸음을 옮겼으며 전날 저녁에 비해 변한 것이 거의 없음을 첫눈에 확인했다. 그곳은 그루바흐 부인이 쓰는 거실이었다. 각종 가구와 덮개, 도자기와 사진들이 빼곡히 들어찬 그녀의 거실은 웬일인지 오늘따라 조금 더 넓어 보였다. 사실 그건 금방 눈에 띄지 않았는데, 무엇보다 웬 사내가 그곳에 있다는 가장 큰 변화 때문에 더 그랬다. 사내는 열려 있는 창가에 앉아 책을 읽고 있다가 막 고개를 든 참이었다. 「방에 그냥 있는 게 나을 텐데! 프란츠가 말해 주지 않던가요?」「그러긴 했소. 하지만 당신들, 대체 원하는 게 뭐요?」K는 그 말과 함께 새로 알게 된 사내에게서 눈을 떼어 문턱에 서 있는 프란츠라는 사내 쪽을 쳐다보고는 다시 눈길을 돌렸다. 열린 창문 너머로 노파의 모습이 다시 보였다. 노인 특유의 호기심이 발동한 노파는 아예 바로 맞은편 창문으로 걸어왔다. 계속해서 이쪽을 지켜볼 심사였다. 「그루바흐 부인을 만나 봐야겠소.」 그렇게 말하면서 K는 두 사내를 뿌리치려는 듯한 동작을 취했는데 사실 그 두 사람은 그에게서 멀리 떨어져 있었다. 그러면서 그는 그곳을 뜨려 한 것이다. 「안 되오.」 창가에 있던 사내는 책을 조그만 탁자 위에 던지며 자리에서 일어났다. 「당신은 이곳을 떠날 수 없소. 당신은 체포된 거요.」「보아하니 그런 것 같군요.」K가 말했다. 「그런데 그 이유가 뭐요?」 그는 내처 물었다. 「우리는 그런 걸 말해 줄 처지가 못 되오. 당신 방으로 돌아가서 기다려요. 이미 소송에 돌입했으니 때가 되면 다 알게 될 거요. 이렇게 친절하게 말해 주는 것도 사실은 내 직분을 벗어

11

나는 행위요. 프란츠 외에 아무도 이 말을 들은 사람이 없기를 바랄 뿐이오. 실제로 저 사람도 규정을 어겨 가면서 당신한테 잘해 주는 거요. 감시원을 정할 때 작용했던 당신의 운이 앞으로도 계속 따라 준다면 크게 걱정하지 않아도 될 거요.」 K는 앉고 싶어 방 안을 둘러봤지만 창가에 있는 안락의자 말고는 앉을 만한 곳이 없었다. 「이 모든 게 사실임을 앞으로 똑똑히 보게 될 거요.」 이렇게 말하면서 프란츠는 다른 사내와 함께 대뜸 K에게 다가섰다. K보다 키가 훨씬 큰 두 번째 사내는 수시로 K의 어깨를 툭툭 쳤다. 두 사내는 K의 잠옷을 요리조리 살펴보더니 앞으로는 초라한 옷을 입어야 할 거라고 말했다. 그리고 이 잠옷은 그의 다른 속옷들과 함께 보관해 둘 것이며, 사건이 잘 마무리되고 나면 다시 돌려주겠다고 덧붙였다. 「물품 보관소에 맡기느니 우리한테 맡겨 두는 편이 좋을 거요.」 그들이 말했다. 「물품 보관소에서는 물건을 빼돌리는 일도 빈번하고, 게다가 일정한 시간이 지나면 해당 소송이 끝나든 말든 상관없이 몽땅 팔아 치우기도 하니까요. 그리고 특히 요즘 들어서는 이런 소송들이 한없이 오래 걸려요. 그러다 보면 결국 물품 보관소에서 물품을 처분한 돈을 받기야 하겠지만 첫째, 그 액수라는 것이 형편없소. 왜냐하면 물건이 좋으냐 아니냐가 아니라 뇌물을 얼마나 바치느냐에 따라 판매가 결정되니까. 그리고 둘째로 내 경험에 비추어 볼 때, 처분한 대가로 받은 돈의 액수도 여러 해를 넘기며 이 손 저 손 거치다 보면 점점 줄어들 수밖에 없소.」 K는 이들의 말엔 귀를 기울이지 않았다. 자신의 물건에 대한 처분권이야 여전히 자기에게 있겠지만 그런 것은 별로 신경 쓰고 싶지 않았다. 다만 그의 입장에서는 자신이 어떤 상황에 처해 있는지 분명히 파악하는 것이 훨씬 중요했다. 그러나 이 사내들 앞에서는 도무지 조용히 생각을 할 수가 없었다. 두 번째 감시원 — 이들이야 분명 감시원에 지나지 않는 것 같았다 — 의 배가 자꾸만 그를 정겹게 툭툭 쳐서 올려다보니 뚱뚱한 몸집과는 전혀 어울리지 않게 앙상한 얼굴과 옆으로 휙 비뚤어진 코뿐이 보이지 않았다. 그 얼굴은 K의 머리 위에서 다른 감시원과 눈짓을 교환했다. 대체 이 인간들은 뭐지? 뭘 속닥대는 걸까? 대체 어느 기관 소속일까? K는 분명 법치 국가에 살고 있고 어딜 가나 평화로우며 법은 다 잘 지켜지고 있는데, 감히 누가 집에 있는 그에게 달려든단 말인가? 그는 언제나 모든 일을 가능한 한 마음 편하게 받아들였다. 아무리 나쁜 일이라도 그런 상황이 닥치고 나서야 받아들이고 또 아무리 상황이 좋지 않아도 앞으로 올 일을 미리부터 걱정하는 성격이 아니었다. 그러나 지금은 그럴 수가 없었다. 물론 이 모든 것을 장난으로, 알 수 없는 이유에서 누군가가 꾸민, 어쩌면 그의 서른 번째 생일을 맞아 은행 동료들이 꾸민 짓궂은 장난으로 보아 넘길 수도 있었다. 물론 그럴 수도 있는 일이었다. 그냥 감시원들의 얼굴에 대고 어떻게든 껄껄 웃어 주면 이 친구들도 따라 웃을지 모를 일이었다. 이들은 어쩌면 저 길모퉁이에서 데려온 짐꾼들인지도 모른다. 그러고 보니 생김새가 짐꾼들 같아 보이기도 했다. 아무튼 그는 감시원 프란츠를 처음 본 순간부터 이 인간들에 대해 자신이 약간이라도 유리한 점을 잡으면 그것을 절대 놓치지 않겠노라고 굳게 결심한 터였다. 나중에 가서 사람들이 농담도 이해 못 하느냐고 핀잔을 주는 것 따위는 문제도 아니었다. 물론 그의 머릿속에는 — 경험에서 뭔가를 배우는 것이 그의 방식은 아니었지만 — 약은 구석이 있는 그의 친구들과 달리 앞의 결과를 전혀 예측하지 못한 채 무턱대고 덤벼들었다가 나중에 단단히 혼났던 몇몇 사소한 사건들이 떠올랐다. 그러므로 다시 그런 일을 당해서는 안 된다. 적어도 이번에는 그렇다. 지금 이 일이 장난이라 해도 그는 그냥 응해 주기로 결심했다.

여전히 그는 자유의 몸이었다. 「실례할게요.」 그렇게 말하고서 그는 두 감시원 사이를 비집고 자기 방으로 돌아갔다. 「이제 말귀를 알아듣는 것 같군.」 등 뒤에서 쑥덕대는 소리가 들렸다. 방으로 돌아온 그는 얼른 책상 서랍들을 열어 보았다. 모든 것이 말끔하게 정돈되어 있었다. 다만, 신분증명서를 찾으려 했지만 너무 허둥대는 바람에 찾지 못했다. 마침내 자전거 면허증을 찾아내 그것을 가지고 얼른 감시원들에게 가려다가 너무 보잘것없어 보이는 것 같아 계속해서 찾은 끝에 마침내 출생증명서를 발견했다. 다시 옆방으로 돌아오자 마침 맞은편 문이 열리더니 그루바흐 부인이 들어오려 했다. 그녀의 모습을 본 것은 단 한 순간뿐이었다. K를 본 그녀는 순간 당황한 표정을 짓더니 죄송하다고 말하고는 아주 조심스레 문을 닫고 자취를 감추었다. 「어서 들어와요.」 그 말이 그가 할 수 있던 전부였다. 증명서를 손에 든 채 방 한

가운데 서서 문 쪽을 계속 바라보았지만 문은 다시 열리지 않았다. 그러다가 감시원들이 부르는 소리에 그는 소스라치게 놀랐다. 가만 보니 이들은 열린 창문가의 작은 식탁에 앉아 그의 아침 식사를 먹어 치우고 있었다. 「저 여자는 왜 안 들어온 거죠?」 그가 물었다. 「들어오면 안 되니까요.」 키가 큰 감시원이 말했다. 「당신은 체포된 몸입니다.」 「체포됐다니요? 이렇게 체포되는 수도 있나요?」 「이런 또 시작이군.」 감시원은 그렇게 말하면서 버터 빵을 꿀단지에 담갔다. 「그런 식의 질문에는 대답하지 않소.」 「대답하지 않을 수 없을걸요.」 K가 말했다. 「여기 내 신분증명서가 있으니, 당신들도 신분증을 보여 주시오. 특히 체포 영장을 말이오.」 「아이고 머리야!」 감시원이 말했다. 「도대체가 자신의 처지를 받아들이지를 못하는군요. 지금 이 세상 누구보다 당신 편을 들어 주는 우리 같은 사람들의 부아를 치밀게 하다니. 별 까닭도 없이 말이오.」 「상황이 이렇게 됐으니, 받아들이도록 하시오.」 프란츠는 그렇게 말하면서 손에 들고 있던 커피 잔을 입으로 가져가는 대신 의미심장하면서도 알 수 없는 눈빛으로 K를 한참 바라보았다. 자기도 모르게 프란츠와 눈싸움을 하던 K가 신분증을 두드리며 말했다. 「여기 내 신분증이 있소.」 「그게 우리하고 무슨 상관이오?」 키 큰 감시원이 큰 소리로 받아쳤다. 「당신 지금 어린애보다도 더 철없이 굴고 있소. 대체 뭘 어쩔 셈이오? 우리 같은 감시원들하고 신분증명서니 체포 영장이니 하며 떠든다고 그 빌어먹을 거대한 소송이 금방 끝날 것 같소? 우리야 말단 직원에 불과해요. 신분증명서 같은 건 알지도 못하고, 당신 사건과 관련해서는 그저 하루 열 시간씩 당신을 감시하면서 그에 대한 급료를 받을 뿐이오. 이게 우리에 대해 말해 줄 수 있는 전부요. 그래도 말이오, 우리는 이렇게 일자리를 준 상급 관청이 누군가를 체포할 때는 해당자의 신분 관계나 체포의 이유에 대해 상세히 조사한다는 것을 족히 알고 있소. 착오 같은 건 있을 리가 없어요. 우리의 관청은, 내가 아는 바로는, 물론 하급 관청밖에 나는 모르지만, 죄를 지은 자를 찾아 나서는 게 아니라 법에 적혀 있는 대로 죄가 있는 쪽으로 쏠려 우리 같은 감시원들을 파견하게 되는 거요. 이게 바로 법이오. 그러니 거기에 어찌 착오 같은 게 있겠소?」「그런 법 따위는 난 몰라요.」K가 말했다. 「그럴수록 당신한텐 좋을 게 없소.」감시원이 말했다. 「그런 법이야 당신들 머릿속에나 들어 있겠지요.」K가 말했다. 그는 어떻게든 감시원들의 생각 속으로 살금살금 파고들어 가 그들의 생각을 자기에게 유리한 편으로 돌려놓거나 아니면 그들의 생각 속에 둥지를 틀고 싶었다. 그러나 감시원은 쌀쌀맞게 말했다. 「당신도 언젠가는 다 느끼게 될 거요.」프란츠가 끼어들었다. 「이 사람 좀 봐, 빌렘. 자기는 법을 모른다면서도 또 자기한텐 죄가 없다잖아.」「자네 말이 옳고말고. 이 친구는 정말 구제 불능이야.」또 다른 사내가 말했다. K는 더 이상 대꾸하지 않았다. 그는 생각했다. 내가 뭣하러 스스로 밑바닥 말단 기관원을 자처하는 이런 녀석들이 지껄여 대는 말 때문에 마음이 흔들려야 하지? 아무튼 이 사람들은 자기들도 전혀 모르는 이야기들을 떠들어 대는 거야. 무식하니까 저렇게 확신에 차 있지. 나하고 수준이 맞는 사람과 몇 마디만 나누면 이런 멍청한 녀석들과 한참을 이야기하는 것과는 비교도 안 되게 모든 것이 명쾌해질 거야. 그는 방의 빈 공간 이쪽저쪽을 몇 번 왔다 갔다 했다. 건너편을 보니 예의 그 노파가 자기보다 훨씬 늙은 노인네를 하나 창가로 데려와 꼭 끌어안고 있었다. K는 남의 구경거리가 되는 이런 상황을 끝내야 했다. 「당신들 상관에게 데려가 줘요.」 그가 말했다. 「상관의 명령이 있기 전에는 불가능하오.」 빌렘이라는 감시원이 말했다. 「충고 하나 해주겠소.」 그가 덧붙였다. 「그냥 당신 방으로 가서 차분하게 처분을 기다리도록 하시오. 충고하는데, 괜히 쓸데없는 생각으로 마음을 혼란케 하지 말고 마음을 한곳으로 모으도록 해요. 앞으로 큰 요구들을 상대해야 될 테니까. 당신은 우리의 호의에 대해 마땅한 대우를 해주지 않았소. 당신은 우리의 직책이 뭐든 간에 적어도 이 시점에서는 당신보다 자유롭다는 점을 망각한 거요. 그게 결코 작은 우위는 아니오. 그래도 우리는 말이오, 만약 당신 수중에 돈이 있다면 건너편에 있는 카페에 가서 간단한 아침 식사 정도는 사다 줄 용의가 있소.」

이 제안에 대해 답도 하지 않은 채 K는 한동안 아무 말도 않고 서 있었다. 설령 그가 옆방이나 현관문을 열어젖힌다 해도 두 사내는 그를 막아서지 않을지도 모르며, 지금의 상황을 단번에 타개하는 가장 손쉬운 방법은 어쩌면 그냥 끝장을 보자는 식으로 나가 버리는 것인지도 모른다. 하지만 혹 이들에게 잡히는 날엔 바닥에 내동댕이쳐지면서 그나마 지

금 이들과의 관계에서 점하고 있던 얼마간의 우위마저 잃을
지도 모를 일이다. 그래서 그는 문제를 억지로 해결하는 대
신 자연의 순리대로 안전한 쪽을 택하여 자기 방으로 돌아갔
다. 그의 편에서나 감시원들의 편에서나 더는 한 마디도 나
오지 않았다.

　그는 침대에 벌렁 누우며 침대 협탁에서 싱싱한 사과 하나
를 집어 들었다. 아침 식사 때 먹으려고 어제 저녁에 챙겨 둔
것이었다. 지금으로서는 그것이 유일한 아침 식사였지만, 아
무튼 한 입 깨무는 순간 그것이 감시원들의 호의로 지저분한
야간 카페에서 가져올 아침 식사보다 훨씬 좋다고 생각했다.
그러자 기분도 좋아졌고 마음도 편해졌다. 오늘 아침 은행
근무는 못 하겠지만 그 정도야 은행에서의 지위로 쉽게 넘어
갈 수 있다. 아니면 직원들에게 일일이 이유를 다 이야기해
야 하려나? 아무래도 그렇게 해야 할 성싶다. 혹시라도 직원
들이 그의 말을 믿지 않으면 ── 지금 같은 경우라면 충분히
가능하다 ── 그루바흐 부인이나 지금 막 반대편 창문으로
자리를 옮기고 있는 건너편의 두 노인을 증인으로 동원하면
된다. 참으로 이해할 수 없는 노릇이었다. 적어도 감시원들
의 생각을 헤아려 보면 더 이해할 수 없는 노릇이었다. 그를
방으로 몰아넣고 혼자 있게 두다니 말이다. 자살을 할 수도
있잖은가. 그러면서 동시에 그는 자문했다. 자신의 입장에서
생각하고자 하면서. 대체 왜 자살을 하지? 이를테면 두 사내
가 옆방에 앉아서 그의 아침 식사를 가로챘기 때문에? 자살
을 한다는 것은 정말 얼토당토않은 일이다. 설사 자살을 할

마음이 있다 해도 자살을 한다는 게 너무나 터무니없다는 생각이 들어 그렇게 할 수가 없었다. 감시원들이 그리 아둔하지 않다면 그들 역시 그와 똑같은 생각으로 그를 혼자 두는 것이 전혀 위험하지 않다는 것을 알아챌 수 있었겠지. 그들이 조금만 주의를 기울였으면, 그가 식기장 쪽으로 걸어가 잘 모셔 두었던 화주를 첫 잔은 아침 식사 대용으로, 두 번째 잔은 용기를 북돋우기 위해, 즉 혹시 모를 모종의 경우를 대비해 비우는 모습을 그냥 지켜볼 수 있잖은가.

그때 그는 옆방에서 부르는 소리에 화들짝 놀라 술잔에 이를 부딪쳤다.「감독관이 당신을 찾소.」그를 화들짝 놀라게 한 것은 바로 그 외침이었다. 짧고 끊어지는 듯한 군대식 외침이었다. 감시원 프란츠의 입에서 나올 것 같지 않은 외침이었다. 그는 그 명령 자체가 반가웠다.「드디어.」큰 소리로 응답한 뒤 식기장을 닫고 얼른 옆방으로 달려갔다. 그곳에 두 감시원이 서 있다가 마치 당연하다는 듯이 그를 다시 그의 방으로 몰아넣었다.「대체 왜 이러는 거요?」그들이 소리쳤다.「아니, 잠옷 바람으로 감독관을 만나겠다는 거요? 그랬다간 당신뿐만 아니라 우리까지도 흠씬 두들겨 맞을 거요!」「이런 젠장, 좀 가만둬요!」K는 소리쳤다. 어느새 그는 옷장 있는 곳까지 떼밀려 있었다.「침대에 누워 있는 사람을 덮칠 땐 언제고 또 정장으로 나타나라니.」「그래 봤자 소용없소.」감시원들이 말했다. 이들은 K가 소리를 칠 때면 아주 차분하다 못해 슬픈 표정을 지었는데, 이런 태도가 그를 헷갈리게 하였으며, 또 어떤 면에서는 정신을 차리게 해주었다. 「뭐 이런 웃기는 격식이 다 있어!」 그는 그렇게 으르렁대면서도 어느새 의자에 있던 양복 윗도리를 집어서 감시원들의 검사를 받으려는 듯 잠시 양손에 들고 있었다. 그들은 고개를 좌우로 흔들었다. 「검은 정장이어야 하오.」 그들이 말했다. 그러자 K는 재킷을 바닥에 내동댕이치며 스스로도 왜 그런 말을 하는지 모를 소리를 내뱉었다. 「아직 본심도 아닌데 뭘 그래요.」 감시원들은 빙긋 웃으면서도 생각을 굽히지 않았다. 「반드시 검은 정장이어야 하오.」 「이렇게 해서 일이 빨리만 진행된다면야, 난 전혀 개의치 않소.」 K는 그렇게 말하고서 직접 옷장을 열어 한참 동안 이것저것 뒤적거리다가 그가 가진 가장 좋은 검은 정장을 골랐다. 허리 부분 재단이 특히 잘돼서 지인들 사이에 칭찬이 자자했던 양복이었다. 그는 셔츠부터 갈아입으며 조심스레 양복을 입기 시작했다. 그러면서 속으로는 감시원들이 목욕하라고 말하는 것을 까먹는 바람에 일을 더 빨리 처리할 수 있게 되었다고 생각했다. 혹시라도 그 말이 나올까 봐 그들을 살펴보았다. 역시나 그들은 그 생각을 떠올리지 못했다. 그렇지만 빌렘은 K가 지금 옷을 입고 있다는 전언과 함께 프란츠를 감독관에게 보내는 것만은 잊지 않았다.

옷을 다 차려입은 그는 빌렘 앞을 스치듯 지나 텅 빈 방을 거쳐 그 옆방으로 들어가야 했다. 그 방 양쪽 문은 이미 열려 있었다. K가 잘 알고 있듯이 그 방에는 얼마 전부터 타이피스트인 뷔르스트너 양이 살고 있었다. 그녀는 평소 아침 일찍 직장에 나가 늦게 돌아왔으며 K와는 인사말 정도밖에 나

눈 적이 없었다. 그녀의 침대 옆 협탁이 심문용 탁자로 방 한 가운데에 와 있었으며 그 너머에는 감독관이 앉아 있었다. 감독관은 다리를 꼬고 한쪽 팔을 의자의 등받이에 걸치고 있었다. 방 한쪽 구석에는 세 명의 젊은 사내들이 서서 벽걸이 판에 붙어 있는 뷔르스트너 양의 사진들을 구경하고 있었다. 열려 있는 창문의 손잡이에는 하얀 블라우스가 걸려 있었다. 건너편 창문에 다시 두 노인의 모습이 보였다. 그런데 구경 꾼의 수는 늘었다. 노인들 뒤쪽에는 그들보다 키가 훨씬 큰 사내 하나가 셔츠를 풀어 젖힌 채 서서 붉은 염소수염을 배 배 틀며 만지작거리고 있었다.

「요제프 K인가요?」 감독관이 물었다. K의 산만한 시선을 자신에게로 돌리려는 의도인 것 같았다. K는 고개를 끄덕였다. 「오늘 아침의 일들 때문에 무척 놀랐죠?」 감독관은 그렇게 물으면서 협탁 위에 놓인 몇 개의 물건들, 그러니까 초와 성냥, 한 권의 책 그리고 바늘꽂이의 위치를 바꾸어 놓았다. 마치 그것들이 심문을 하는 데 쓰이는 물건들이기라도 한 것처럼. 「네, 그렇습니다.」 K가 말했다. 마침내 상식이 통하는 사람과 마주 앉아 이야기할 수 있게 되었다는 안도감이 일었다. 「뭐, 좀 놀라기는 했지만 그렇다고 그렇게 많이 놀란 건 아닙니다.」 「그렇게 많이 놀란 건 아니라고요?」 감독관은 그렇게 물으며 초를 협탁 한가운데에 놓고 다른 물건들을 그 주위에 가지런히 놓았다. 「제 말뜻을 오해하신 것 같군요.」 K가 서둘러 말했다. 「제 말뜻은……」 이 대목에서 K는 말을 멈추고 주위를 두리번거리며 앉을 의자를 찾았다. 「좀 앉아도 될까요?」그가 물었다. 「그건 관례가 아닙니다.」감독관이 말했다. 「그러니까 제 말뜻은……」K는 이번엔 멈추지 않고 말을 이었다. 「물론 크게 놀랐죠. 그러나 사람이 30년이나 세상에서 주어진 운명을 겪으며 살다 보면 놀라운 일이 생겨도 무감각하고 또 이런 놀라운 일을 별로 어렵지 않게 받아들이기도 한다는 말입니다. 오늘 있었던 일의 경우는 더 그래요.」「왜 오늘 일은 더 그렇다는 거죠?」「이걸 다 장난으로 본다는 말은 아닙니다. 그러기에는 일의 규모가 너무 큽니다. 이 셋집에 사는 사람들은 물론이고 게다가 당신들까지도 다 관여해야 하니까 장난으로 보기에는 어렵죠. 그러니까 장난으로 볼 수는 없다는 말입니다.」「정말 잘 아시는군요.」그렇게 말하면서 감독관은 성냥갑 속에 성냥개비가 몇 개나 들어 있는지 살펴보았다. 「그래도 말입니다.」K는 말을 이으면서 그곳에 있던 모든 사내를 쳐다보았다. 사진을 구경하고 있던 세 사내마저도 대화에 끌어들일 기세였다. 「그래도 말입니다, 이 일이 그렇게 중요할 리는 없어요. 내가 고소당하기는 했지만 나로서는 고소당할 이유가 눈곱만큼도 없으니까요. 이런 건 다 부차적인 것이고, 문제는 나를 고소한 사람이 누구냐는 겁니다. 이 소송을 맡은 담당 관청이 어디죠? 당신들은 관리요? 제복을 입은 사람은 하나도 없군요. 만약 말입니다, 당신들이 지금 입고 있는 옷을……」이 대목에서 그는 프란츠를 바라보았다. 「제복이라고 부르지 않는다면 말입니다, 차라리 여행복이라고 봐야 옳아요. 이 점들을 분명히 하고 넘어가고 싶습니다. 이런 점들을 분명히 밝히고 나면 서로 따뜻한 작별을 할 수 있을 것 같군요.」 감독관은 성냥갑으로 탁자를 탁 내리쳤다. 「뭔가 크게 착각하고 있군요.」 그가 말했다. 「여기 있는 이 친구들과 나는 당신 사건에서는 별 볼 일 없는 사람들일 뿐이며 실제로 당신 사건에 대해 아는 것도 거의 없소. 제대로 된 제복을 입으라면 못 입을 것도 없지만 그렇다고 해서 당신 사건이 더 나아질 것도 없소. 당신이 고소당했다고는 전혀 말할 수 없소. 아니, 실제 당신이 고소당했는지 나는 모르오. 당신이 체포되었다는 것, 그것만큼은 확실하오. 그 이상은 모르오. 감시원들이 무슨 딴소리를 한 모양인데, 그건 다 쓸데없는 소리일 뿐이오. 당신 질문에 답을 해줄 수는 없지만 그래도 당신한테 충고는 해줄 수 있소. 우리에게 그리고 당신에게 앞으로 무슨 일이 일어날까에 대해서 생각하지 말고, 그저 당신 자신에 대해서나 생각하라는 거요. 괜히 자신이 결백하니 뭐니 하며 소란을 떨지 마시오. 그래 봤자 그리 나쁘지 않은 당신 인상마저 망칠 뿐이니까. 그리고 말도 자제하는 편이 좋겠소. 비록 몇 마디밖에 하진 않았지만 당신이 방금 한 모든 말은 당신 행동에서 다 알아차릴 수 있는 것들이었소. 그런 말을 지껄여 봤자 당신한테 크게 이로울 것도 없소.」

K는 감독관을 빤히 쳐다보았다. 학생한테나 할 법한 설교를 자기보다 어린 사내한테서 듣고 있어야 하나? 솔직한 태도를 보였다고 이렇게 호된 질책을 받아야 하나? 체포당한 이유와 이런 명령을 내린 사람이 누군지도 전혀 알 수 없단 말인가? 그는 흥분하여 이리저리 서성였다. 그런 그를 아무

23

도 막지 않았다. 그는 소매를 다시 걷어 올리고 가슴께를 어루만져 보고 머리를 매만지며 세 남자 곁을 지나치며 말했다. 「다 쓸데없는 짓이라니.」 그러자 이들은 그를 향해 몸을 돌리고서 동정 어리면서도 심각한 눈빛으로 쳐다보았다. 그는 마침내 감독관이 앉아 있는 탁자 앞에서 다시 멈추어 섰다. 「하스테러 검사가 친한 친구인데 전화 좀 해도 될까요?」 「좋도록 하시오.」 감독관이 말했다. 「그러나 그게 무슨 소용일지는 모르겠소. 혹시 사적인 이야기라면 모르겠지만.」 「무슨 소용이라뇨?」 K는 화가 나서라기보다 소스라치게 놀라 소리를 질렀다. 「대체 당신은 누구요? 당신이야말로 소용이니 뭐니 하면서 이 세상에서 가장 쓸데없는 짓을 하고 있잖소. 이것만으로도 억장이 무너질 지경이오. 저 친구들은 먼저 내게 쳐들어오더니 지금은 여기저기에 앉거나 서서 나더러 당신 앞에서 고급 마술을 보이라 하는군요. 체포된 마당에 검사한테 전화해 봐야 무슨 소용이냐 이건가요? 좋소, 걸지 않겠소.」 「아니, 그러지 말고.」 감독관은 손을 뻗어 현관 쪽을 가리켰다. 그곳에 전화기가 있었다. 「걸어 봐요.」 「관두겠소. 이젠 전화할 마음 없소.」 K는 그렇게 말하고서 창문 쪽으로 걸어갔다. 건너편 창가에는 예의 구경꾼 무리가 그대로 있었다. K가 창가로 걸어오자 마음 편히 구경하던 그 무리는 조금은 방해를 받은 듯했다. 노인들은 자리에서 일어서려 했지만 그들 뒤에 서 있던 사내가 그들을 안심시켰다. 「저편에도 구경꾼들이 있군요.」 K는 감독관을 향해 아주 크게 소리치며 집게손가락으로 창문 밖을 가리켰다. 「거기서 당장 꺼져요.」K는 건너편을 향해 소리쳤다. 세 사람은 얼른 뒤로 몇 걸음 물러섰다. 두 노인은 사내 뒤쪽으로 숨었고, 사내는 큰 덩치로 이들을 가려 주었다. 그리고 거리 때문에 알 수는 없지만 입 모양새로 봐서 무슨 말인가를 지껄였다. 그들은 완전히 사라지지 않고 다만 다시 몰래 창문 쪽으로 접근할 기회를 엿보는 것 같았다. 「집요하고 파렴치한 인간들!」K는 그렇게 말하면서 방 쪽으로 다시 몸을 돌렸다. 감독관도 그의 말에 동의하는 것 같았다. 곁눈으로 보니 그래 보였다. 아니면 그의 말을 전혀 듣지 않았을 수도 있다. 왜냐하면 한 손을 탁자에 쫙 붙이고서 각 손가락들의 길이를 재보는 것 같았기 때문이다. 두 감시원 사내는 장식 수를 놓은 트렁크 위에 걸터앉아 무릎을 문지르고 있었다. 세 젊은이는 허리춤에 양손을 얹고서 그냥 이리저리 두리번거렸다. 사람 없이 버려진 사무실처럼 적막만이 감돌았다. 「자, 그럼 신사 여러분.」K가 소리쳤다. 잠시 그는 이들 모두를 자신의 어깨에 짊어진 것 같았다. 「당신들 표정을 보니 내 일도 이제 끝난 것 같군요. 내가 보기엔 이제 더 이상 당신들의 행동이 정당하니 정당하지 못하니 따지는 대신 서로 간에 악수로 원만하게 종결짓는 게 좋을 것 같군요. 여기에 동의를 한다면, 어서.」그는 감독관이 앉아 있는 탁자로 걸어가 손을 내밀었다. 감독관은 눈을 들더니 입술을 깨물며 K가 내민 손을 쳐다보았다. 여전히 K는 감독관이 그의 손을 잡아 줄 걸로 생각했다. 그러나 감독관은 자리에서 일어나 뷔르스트너 양의 침대 위에 놓여 있던 둥글고 단단한 중절모를 집어 들더니 마치 새 모자를 써볼 때 하듯 두 손으로 아주 조심스레 머리 위에 올려놓았다. 「만사를 정말 순진하게 생각하는군요!」 그러면서 그는 K에게 말했다. 「그러니까 이 일을 원만하게 매듭짓자, 이거요? 정말 어림도 없는 소리요. 그건 안 돼요. 그렇다고 당신을 절망에 빠뜨리려고 하는 말은 절대 아니오. 절대 그렇지 않소. 내가 뭣 때문에 그런단 말이오? 당신은 체포되었을 뿐이고, 사실 그게 전부요. 나는 그 사실을 당신에게 전하는 일을 맡았고 또 그 일을 수행했고 당신이 그것을 받아들이는 것도 눈으로 확인했소. 오늘은 이 정도로 해둡시다. 이제 작별을 할 수 있겠소. 당분간이기는 하지만. 자, 이제 은행에 갈 건가요?」 「은행이라뇨?」 K가 물었다. 「체포된 걸로 생각했는데요.」 K는 대드는 투로 물었다. 악수가 받아들여지지는 않았지만 특히 감독관이 자리에서 일어난 뒤로는 자신이 이 사람들로부터 벗어나고 있다는 느낌을 받았기 때문이다. 그는 그들을 상대로 장난을 치고 있었다. 이들이 떠나려 하면 대문까지 따라가 어서 자기를 체포하라고 말하기로 마음먹었다. 그래서 다시 이렇게 말했다. 「체포당한 몸인데 은행엘 어떻게 가죠?」 「아, 그렇군요.」 감독관이 말했다. 감독관은 어느새 문가에 가 있었다. 「내 말뜻을 잘못 알아들었소. 당신은 체포되었소, 분명히. 그렇지만 그렇다고 해서 정상적인 직업 활동을 못 하는 건 아니오. 평소 하던 생활 방식에 방해를 받는 것도 아니요.」 「그러면 체포되는 것도 그렇게 나쁜 건 아니군요.」 K는 그렇게 말하면서 감독관에게 다가갔다. 「체포되는 게 나쁘다고 한 적은 없소.」 「그렇다면 체포 통고를 꼭 할 필요도 없었던 거군요.」K는 그렇게 말하면서 한 걸음 더 다가갔다. 다른 사내들도 다가왔다. 이제 모두들 문가의 좁은 공간에 모여 있었다. 「그건 내가 수행해야 할 의무였소.」감독관이 말했다. 「별 멍청한 의무도 다 있네요.」K는 지지 않고 말했다. 「그렇다면 그런 거고요.」감독관이 말했다. 「하지만 이따위 얘기로 시간을 허비하고 싶지는 않소. 나는 당신이 은행에 가고 싶어 할 거라고 생각했소. 내 말 한마디 한마디에 그렇게 신경을 쓰니 하는 말인데, 은행에 억지로 가라고 강요하지 않소. 그저 당신이 은행에 가고 싶어 할 걸로 생각했다, 이 말이오. 당신이 은행에 가는 것을 좀 쉽게 해주려고, 그리고 은행에 도착할 때 남의 눈에 띄지 않게 하려고 여기 당신의 동료 세 사람을 동원한 거요.」「뭐라고요?」K는 그렇게 소리치며 놀란 표정으로 세 사람을 쳐다보았다. 아무런 특징도 개성도 없는 이 젊은 친구들을 그는 그저 사진이나 구경하고 있던 무리로 기억할 뿐이었는데, 실제로 그들은 그가 다니는 은행의 직원들이었다. 하지만 동료까지는 아니었다. 동료라는 건 과한 표현이지만 어쨌거나 감독관의 정보에 구멍이 있음을 알려 주는 셈이다. 아무튼 그가 다니는 은행의 말단 직원이기는 했다. 왜 지금껏 K가 그것을 눈치채지 못했을까? 감독관과 감시원들에게 너무 빠져드는 바람에 이 세 사람을 알아보지 못했던 것 같다. 양손을 부산하게 움직이는 뻣뻣한 모양새의 라벤슈타이너, 눈이 쑥 들어간 금발의 쿨리히 그리고 만성 근육 경련 때문에 얼굴에 자꾸만 미소를 띠게 되는 카미너를 말이다. 「좋은 아침이네!」 K는 잠시 후 그렇게 말하면서 깍듯하게 허리를 굽혀 인사를 하는 세 사람에게 악수를 청했다. 「여러분을 전혀 몰라봤군. 그러면 이제 일이나 하러 갈까?」 세 사람은 마치 그 순간을 내내 기다리기라도 한 것처럼 거세게 고개를 끄덕이며 웃었다. 그러나 K가 모자를 깜박 잊고 방에 놓고 나왔다고 하자 이들은 앞서거니 뒤서거니 내달리며 모자를 가지러 갔다. 허둥대고 있음이 분명했다. K는 그 자리에 가만히 서서 열린 두 문 사이로 그들의 모습을 지켜보았다. 꼴찌는 물론 우아한 걸음걸이로 걸어갔던 심드렁한 표정의 라벤슈타이너였다. 카미너가 모자를 내밀었다. 그리고 K는 은행에 있을 때도 그렇듯 카미너의 미소가 의도적인 것이 아니며, 사실은 의도적으로 웃지도 못한다는 점을 마음속으로 분명히 해야 했다. 현관에서 그루바흐 부인이 별로 미안해하는 기색도 없이 일행을 위해 문을 열어 주었다. K는 여느 때처럼 불필요하게 몸 깊숙이 파고들어 묶인 그녀의 앞치마 끈을 내려다보았다. 손에 시계를 들고서 밖으로 나온 K는 택시를 타고 가기로 결심했다. 이미 30분이나 늦은 출근 시간을 더 이상 불필요하게 늦추지 않기 위해서였다. 카미너는 택시를 잡으러 길모퉁이로 달려갔고, 남은 두 사람은 K의 기분을 풀어 주기로 마음먹은 게 분명했다. 쿨리히는 갑자기 건너편 대문을 가리켰는데, 그곳엔 아까 금발 염소수염의 그 남자가 나타났다가 자기 온몸이 다 드러나자 순간 당황해 물러서며 벽에 몸을 기댔다. 노인네들은 아마도 계단에 남아 있는 것 같았다. K는 그 남자에게 눈길을 돌리게 만든 쿨리히에게 화가 났다. 그렇지 않아도 이미 아까 보았던 남자였고 이렇게 볼 것으로 예상까지 했던 터였다. 「그쪽을 쳐다보지 마.」 그는 그런 말투가 다 큰 어른에게 얼마나 자극적인지 생각도 않고 그냥 불쑥 내뱉었다. 그러나 굳이 해명할 필요는 없었다. 마침 택시가 왔기 때문이다. 그들은 택시를 타고 출발했다. 그때 K는 감독관과 감시자들이 떠나는 것을 보지 못했다는 것을 깨달았다. 감독관이 직원 셋을 그의 눈앞에서 가려 놓더니, 이번엔 이 세 직원이 감독관을 못 보게 만든 격이었다. 그가 제대로 정신을 차리고 있지 않았다는 증거였다. 그래서 K는 그런 것들을 좀 더 세밀히 눈여겨보기로 결심했다. 그는 자기도 모르게 몸을 돌려 택시 뒷좌석 너머로 몸을 구부리고는 감독관과 감시자들의 모습을 어떻게든 찾아보려고 했다. 그러다가 누군가를 찾으려는 노력을 그만두고 즉시 몸을 원위치하여 택시 구석에 편히 몸을 기댔다. 보아하니 그럴 리는 없지만 이 시점에서 뭔가 유쾌한 얘기가 나오면 좋을 것 같았다. 그러나 역시나 직원들은 모두 피곤해 보였다. 라벤슈타이너는 오른쪽 창문 밖을, 쿨리히는 왼쪽 창문 밖을 내다보고 있었다. 카미너만이 히죽거리는 표정으로 K를 상대해 줄 준비가 되어 있었다. 사람의 도리상 그런 표정을 놀릴 수는 없는 일이었다.

그루바흐 부인과의 대화
이어 뷔르스트너 양

그해 봄, K는 저녁 시간을 다음과 같이 보냈다. 일을 끝내고 나서 가능하면 — 그는 대개 9시까지 사무실에 남아 있었다 — 혼자서 혹은 아는 사람들과 함께 잠깐 산책을 하고 단골 맥줏집에 들러 테이블에 앉아 대개 나이가 지긋한 신사들과 어울리며 보통 11시까지 있곤 했다. 물론 이런 시간 배분에 예외도 있었다. 이를테면 그의 업무 능력과 성실성을 높이 평가하는 지점장으로부터 드라이브 제안이나 별장에서의 저녁 식사 초대를 받는 경우였다. 그 밖에 K는 일주일에 한 번씩 엘자라는 아가씨를 찾아갔는데, 이 아가씨는 술집에서 늦은 아침까지 웨이트리스로 일했으며 낮 동안에는 찾아오는 손님들을 침대에서 맞았다.

그러나 그날 저녁엔 — 그날따라 업무도 힘들었고 사람들로부터 수많은 생일 축하 인사를 받느라 하루 종일 정신이 없었다 — K는 곧장 집으로 돌아갈 생각이었다. 하루 종일 일을 하는 틈틈이 그 생각뿐이었다. 왜 그런 생각이 들었는지는 잘 모르겠지만 아침의 사건 때문에 그루바흐 부인의 집이 온통 엉망진창이 되어 아무래도 정리를 해야만 할 것 같은 생각이 들었다. 질서를 되찾아야 아침에 일어났던 일의 흔적들이 모두 사라지고 모든 것이 예전의 모습을 다시 찾을 것 같았다. 특히 세 명의 직원에 대해선 신경 쓸 게 없었다. 그들은 다시 은행의 거대한 조직 체계 속에 빠져들어 있었으며, 그들에게선 어떤 변화도 느낄 수 없었다. K는 수시로 이들을 따로따로 또는 한꺼번에 사무실로 불러들였다. 다른 뜻이 아니라 이들을 관찰하기 위해서였다. 그때마다 흡족한 마음으로 이들을 돌려보낼 수 있었다.

밤 9시 30분에 하숙집 앞에 이르러 보니, 입구에 웬 젊은 녀석이 떡하니 다리를 벌리고 서서 파이프 담배를 피우고 있었다. 「누구시오?」 K는 곧장 물으며 녀석 쪽으로 얼굴을 가까이 가져갔다. 현관이 어둑어둑해서 잘 보이지 않았다. 「이 집 건물 관리인의 아들 되는데요, 선생님.」 녀석은 그렇게 답하고 입에 물고 있던 파이프를 빼며 옆으로 물러섰다. 「건물 관리인의 아들이라고요?」 K는 그렇게 물으면서 들고 있던 지팡이로 다그치듯 바닥을 두드렸다. 「혹시 뭐 하실 말씀이라도 있으세요? 가서 아버지를 불러올까요?」 「아니오, 됐소.」 K의 목소리에는 뭔가 용서해 준다는 듯한 기색이 깃들어 있었다. 녀석이 뭔가 나쁜 짓을 저질렀지만 한 번 봐준다는 투였다. 「됐소.」 그는 그렇게 말하고는 발걸음을 떼었다. 그러나 계단을 올라가려다 말고 다시 뒤를 돌아보았다.

자기 방으로 곧장 갈 수도 있었지만 그루바흐 부인과 얘기를 나눠 보고 싶은 생각에 얼른 그녀의 방문을 두드렸다.

그녀는 탁자 앞에 앉아 털양말을 뜨고 있었다. 탁자에는 낡은 털양말이 수북이 쌓여 있었다. K는 이렇게 늦은 시각에 불쑥 찾아와 미안하다며 두리번대며 말했다. 그러나 그루바흐 부인은 아주 친절한 태도로 사과의 말 따위는 들으려 하지도 않았다. 그러면 언제라도 환영이며 잘 알겠지만 그같이 훌륭한 하숙인도 보기 드물 거라고 말했다. K는 방 안을 휘둘러보았다. 모든 것은 원상태로 돌아가 있었다. 아침에 창가의 탁자 위에 놓여 있었던 조반 그릇은 어느새 치워지고 없었다. 여자의 손이란 참으로 많은 것을 소리 없이 치워 놓는다고 그는 생각했다. 그 같으면 당장 그 자리에서 그릇들을 박살 내버리지 밖으로 내다 치우지는 않았을 것이다. 그는 감사의 뜻이 담긴 눈길로 그루바흐 부인을 바라보았다. 「왜 이리 늦은 시간까지 일을 하시죠?」 그가 물었다. 둘은 이제 탁자를 사이에 두고 앉아 있었다. K는 이따금 털양말들 속에 손을 집어넣었다. 「일거리가 많아요.」 그녀가 말했다. 「낮에는 하숙인들을 돌봐야 하니까요. 때문에 내 일은 저녁에나 할 수 있지요.」 「오늘은 저 때문에 별난 일을 겪으셨죠.」 「그게 무슨 소리예요?」 그녀는 일감을 무릎 위에 올려놓고서 한층 열을 내며 물었다. 「오늘 아침에 찾아왔던 남자들 얘깁니다.」 「아, 그 얘기요.」 그녀는 다시 원래의 침착한 태도로 돌아가며 말했다. 「별로 힘든 일도 아니었는걸요.」 K는 그녀가 다시 털양말을 뜨는 모습을 말없이 바라보았다. 이런 얘기를 꺼내는 걸 좀 이상하게 생각하는 것 같군. 그는 생각했다. 그런 얘기를 하는 것은 적절치 않다고 생각하는 것 같아. 그럴수록 그런 얘기를 더 해야 하는 거야. 나이 지긋한 여자 아니면 누구하고 이런 얘기를 하겠어. 「그렇지 않아요. 그 일 때문에 많이 성가셨을 겁니다.」 이어서 그는 말했다. 「그런 일은 다시는 일어나지 않을 겁니다.」「그럼요, 그런 일은 다시는 없을 거예요.」 그녀는 힘주어 말하면서 안쓰러운 눈빛으로 K를 쳐다보았다. 「진심이시죠?」 K가 물었다. 「그럼요.」 그녀는 좀 더 낮은 목소리로 말했다. 「그건 그렇고 그 일을 너무 심각하게 받아들일 필요는 없어요. 세상 살다 보면 별일 다 겪잖아요! 저를 믿고 이렇게 솔직하게 말씀하시니까 드리는 말씀인데요, K씨, 저도 문 뒤에서 좀 엿들은 게 있어요. 그 두 감시원이 해준 얘기도 있고요. 당신의 행복하고 관련된 일이에요. 저로서도 정말 신경 쓰여요. 어쩌면 주제넘는 일인지도 몰라요. 저야 셋집 주인에 불과하니까요. 몇 가지 이야기를 듣기는 했지만 그렇게 특별히 나쁜 얘기는 아니었어요. 네, 그래요. 당신이 체포된 건 사실이지만, 그렇다고 절도범처럼 체포된 것은 아니잖아요. 절도범처럼 체포될 경우는 정말 좋지 않죠. 하지만 당신의 경우와 같은 체포는…… 학자나 알 법한 이야기 같아요. 제가 바보 같은 소리를 하고 있다면 양해해 주세요. 뭔가 학자나 알 법한 냄새가 나서요. 제가 알 수도 없고 그렇다고 꼭 알 필요도 없는 그런 얘기요.」

「전혀 얼토당토않은 얘기는 아닙니다, 그루바흐 부인. 나 역시 부분적으로는 부인과 생각이 같아요. 다만 나는 이 일 전체를 좀 더 날카로운 시각으로 조망할 뿐이죠. 나는 이 사건 전체를 학자나 이해할 법한 뭐 그런 게 아니라 그냥 아무 것도 아닌 걸로 봅니다. 나는 기습을 당했습니다. 그게 다죠. 만일 내가 잠에서 깨어나자마자 공연히 안나가 오지 않은 일로 당혹해하지 않고 바로 일어나 내 앞길을 가로막는 사람 따위는 신경도 쓰지 않고 당신에게로 곧장 갔더라면, 이를테면 예외적으로 부엌에서 식사를 했더라면, 당신한테 내 방에 가서 옷가지를 가져다 달라고 했더라면, 한마디로 좀 분별 있게 행동했더라면, 그 이상의 일은 일어나지 않았을 것이며 전개되려던 모든 일들도 초반에 진정되었을 겁니다. 그러나 준비가 너무나 소홀했던 겁니다. 이를테면 은행에서 나는 준비가 철저해요. 그곳에서는 그런 일이 일어날 수가 없어요. 개인 사환도 있고, 공용 전화뿐만 아니라 사무실 전용 전화도 내 책상에 놓여 있습니다. 사람들, 고객들, 직원들이 끊임없이 드나들어요. 게다가 무엇보다 그곳에서는 늘 업무 관계로 정신을 바짝 차리고 있으니 그런 일을 당한다면 오히려 재미있을 겁니다. 이젠 다 끝난 일입니다. 사실은 더 이상 입에 올릴 생각이 없었어요. 다만 나는 당신의 판단을, 현명한 부인의 판단을 들어 보고 싶었을 따름입니다. 부인과 생각이 같아서 아주 기쁩니다. 자, 이제 악수를 해야죠. 이러한 마음의 일치는 악수로 마무리 지어야 하는 겁니다.」

이 여자가 내게 손을 내밀까? 감독관은 내게 손을 내밀지 않았지. 그는 그렇게 생각하면서 지금까지와는 다른 태도로 그녀를 뜯어보았다. 그녀는 자리에서 일어났다. 그 역시 자리에서 일어났기 때문이다. 그녀는 정신이 약간 혼란스러웠다. K가 한 이야기를 다 이해하지 못했던 것이다. 머리가 어지러운 나머지 그녀는 전혀 마음에도 없던 말을 불쑥 내뱉었다. 「너무 심각하게 생각할 거 없어요, K씨.」 목소리에 약간의 울음기가 섞여 있었으며 악수를 하는 것도 물론 잊고 있었다. 「내가 그 일을 그렇게 심각하게 생각하고 있는지는 몰랐습니다.」 K는 대답하며 갑자기 피곤함을 느꼈다. 이런 여자의 동의를 얻는다는 게 얼마나 보잘것없는 일인가를 깨달으면서.

문가에서 그는 또 이렇게 물었다. 「뷔르스트너 양은 집에 있나요?」 「아뇨.」 그루바흐 부인은 그처럼 간단한 정보를 알려 주면서 뒤늦게 의식적으로 미소를 지어 보였다. 「지금 극장에 있어요. 그 여자한테 무슨 볼일이라도 있나요? 전할 말이라도?」 「아뇨, 그냥 이야기나 좀 나눠 볼까 해서요.」 「언제 올지 잘 모르겠어요. 극장에 가면 보통 늦게 돌아오거든요.」 「괜찮습니다.」 K는 그렇게 말하고는 머리를 숙인 채로 문 쪽으로 발걸음을 떼었다. 「사과의 말을 하고 싶었어요. 오늘 그 방을 써서요.」 「그럴 필요 없어요, K씨, 당신은 너무 사려 깊어요. 그 아가씨는 아무것도 모르고 있어요. 새벽같이 나가서 아직 안 돌아왔고, 게다가 방은 깨끗이 원래 상태로 정리되어 있으니까요. 직접 한번 보세요.」 그러면서 그녀는 뷔르스트너 양의 방문을 열었다. 「고맙습니다. 부인을 믿어요.」 K는 말은 그렇게 하면서도 열린 문 쪽으로 걸어갔다. 달빛이 어두운 방 안으로 조용히 비쳐 들고 있었다. 보이는 대로 둘러보니 정말로 모든 것이 다 제자리에 가 있었다. 블라

우스도 더는 창문 손잡이에 걸려 있지 않았다. 침대의 베개들은 이상하게도 높아 보였으며 부분적으로 달빛을 받고 있었다. 「이 아가씨는 집에 늦게 들어오는 일이 잦더군요.」 K는 그렇게 말하면서 그것에 대한 책임이 그루바흐 부인에게 있다는 듯 그녀를 쳐다보았다. 「젊은 사람들은 다 그래요.」 그루바흐 부인은 변명조로 말했다. 「그야 그렇지요.」 K가 말했다. 「그래도 좀 지나친 게 아닌가 싶어요.」 「그건 그래요.」 그루바흐 부인이 말했다. 「정말 당신 말이 맞아요, K씨. 이번 경우도 그렇고요. 뷔르스트너 양을 욕할 생각은 없어요. 착하고 귀여운 아가씨니까요. 상냥하고 단정하고 꼼꼼하고 일도 열심히 하는 처녀죠. 이런 모습을 저는 아주 좋게 생각해요. 하지만 한 가지는 분명해요. 자존심도 더 세워야 하고 행동거지를 더 조신하게 해야 해요. 이번 달 들어서만도 으슥한 길모퉁이에서 두 번이나 봤는데 그때마다 다른 남자와 있더라고요. 정말 창피한 일이에요. 이건 맹세코 당신한테만 하는 말이에요, K씨. 하지만 언젠가는 기필코 그 아가씨와 그 일에 대해 얘기해 볼 거예요. 제가 그런 의구심을 갖게 된 건 그것뿐만이 아니에요.」 「얘기가 완전히 옆길로 샜군요.」 화가 난 K는 감정을 자제하지 못하며 말했다. 「부인은 지금 그 아가씨를 두고 한 내 말을 오해하고 있어요. 그런 뜻으로 한 말이 아니거든요. 솔직히 경고하는 말입니다만, 그 아가씨에게 절대 아무 말도 하지 마세요. 부인은 완전히 헛짚었어요. 내가 그 아가씨를 잘 아는데, 부인이 한 말은 하나도 사실이 아닙니다. 아니, 내가 부인한테 너무 심하게 한 것 같군요. 굳이 막지는 않을 테니 그 아가씨한테 하고 싶은 말을 하세요. 안녕히 주무세요.」「K씨.」 그루바흐 부인은 애원조로 말하면서 K의 방문까지 따라갔다. 그는 이미 문을 연 상태였다. 「당장 그 아가씨와 무슨 말을 하겠다는 건 아니에요. 물론 조금 더 지켜볼 생각이에요. 다만 당신한테 제가 알고 있는 걸 말했을 뿐이에요. 하숙을 치는 사람이라면 누구나 하숙집을 깨끗하게 유지하고 싶잖아요. 그런 뜻밖에 없어요.」「깨끗하게라니요!」 K는 문틈으로 소리쳤다. 「이 하숙집을 깨끗하게 유지하려거든 당장 나부터 내보내시구려.」 그러고서 문을 쾅 닫아 버렸다. 가볍게 문을 두드리는 소리가 들렸지만 무시해 버렸다.

잠이 달아나 버린 그는 이번 기회에 뷔르스트너 양이 언제 들어오나 확인해 보기로 했다. 어쩌면 그러다가, 물론 때가 좋지는 않겠지만, 그녀와 몇 마디 나누어 볼 수 있을지도 모른다. 창가에 기대어 피곤한 눈을 억지로 뜨고 있다가 불현듯 그루바흐 부인에게 한 방 먹이면 어떨까 생각했다. 뷔르스트너 양을 설득해 함께 이 하숙집에서 나가는 거다. 그러나 곧 그 생각이 터무니없다는 걸 깨달았다. 게다가 아침에 있었던 사건 때문에 하숙을 옮기려는 마음이 든 게 아닌지 스스로에 대한 의구심도 일었다. 그것만큼이나 바보 같고 무익하고 경멸스러운 짓도 없을 것 같았다.

텅 빈 거리를 내다보는 일에 싫증을 느끼자 그는 소파에 가서 드러누웠는데, 그 전에 먼저 응접실 문을 조금 열어 놓았다. 집에 들어오는 사람이 누구든 소파에 누운 채로 알아볼 요량이었다. 11시경까지 그는 시가를 피우며 소파에 가만히 누워 있었다. 그러나 잠시 뒤 그냥 그렇게 있는 것이 싫어져 현관 쪽으로 조금 걸어갔다. 그렇게 하면 혹시라도 뷔르스트너 양의 귀가를 재촉할 수 있을까 하여. 그녀를 향해 무슨 특별한 감정이 있는 건 아니었다. 사실 그녀의 생김새조차도 잘 기억이 나지 않았다. 아무튼 그녀와 이야기를 나누어 보고 싶었다. 그러나 그녀가 늦게까지 오지 않는 바람에 하루의 마무리가 엉망진창이 된 것 같아 은근히 화가 났다. 오늘 저녁 식사를 못한 것도 그녀 탓이었고 원래 찾아가기로 했던 엘자를 찾아가지 못한 것도 그녀 탓이었다. 이 두 가지야 물론 지금이라도 엘자가 일하는 술집을 찾아가면 얼마든지 만회할 수 있었다. 뷔르스트너 양과 이야기를 하고 나서도 얼마든지 그렇게 할 수 있었다.

11시 30분이 좀 넘었을 때 계단에서 발걸음 소리가 들려왔다. 생각에 잠긴 채 자기 집 안방이라도 되는 것처럼 현관에서 뚜벅뚜벅 소리를 내며 서성대던 K는 얼른 자기 방 문 뒤로 도망쳤다. 뷔르스트너 양이었다. 현관문을 잠그면서 그녀는 오들오들 떨며 좁은 어깨에 걸친 비단 숄을 더욱 단단히 조였다. 잠시 후면 그녀는 자기 방으로 갈 텐데, 이런 오밤중에 그녀의 방에 들어갈 수는 없는 노릇이었다. 말을 걸려면 지금 걸어야 했다. 그러나 불행하게도 방에 전등을 켜두는 것을 깜박하고 말았다. 컴컴한 방에 있다가 불쑥 나타나면 습격이라도 하는 것처럼 보일 테고 적어도 그녀는 소스라치게 놀랄 것이다. 기회를 잃을까 봐 궁한 대로 그는 문틈으로 이렇게 속삭였다. 「뷔르스트너 양.」 그것은 부르는 소리라기보다는 애원하는 소리처럼 들렸다. 「누가 있나요?」 뷔르스트너 양은 그렇게 물으면서 눈이 휘둥그레져 주위를 둘러보았다. 「접니다.」 K는 그렇게 말하고는 그녀 앞으로 나섰다. 「아, K 씨군요! 안녕하세요.」 뷔르스트너 양은 미소를 지으며 그에게 악수를 청했다. 「이야기를 몇 마디 나누고 싶어서요. 지금 괜찮을까요?」 「지금요?」 뷔르스트너 양이 물었다. 「꼭 지금이어야 하나요? 좀 이상하지 않나요?」 「9시부터 기다렸어요.」 「극장에 갔다 오는 길이에요. 당신이 기다릴 줄은 전혀 몰랐죠.」 「당신과 얘기해야겠다는 생각을 한 것은 오늘 일 때문입니다.」 「좋아요, 안 된다는 뜻은 아니에요. 다만 지금은 쓰러질 것처럼 몹시 피곤해서요. 그러면 제 방에 가서 몇 분간만 이야기하죠. 여기서 이야기할 수는 없으니까요. 그랬다가는 사람들을 다 깨우게 돼요. 그러면 사람들에게 피해가 간다기보다 사실 제 입장이 곤란해지거든요. 여기서 기다리세요. 먼저 제가 방에 가서 불을 켜면 이곳의 불을 끄도록 하세요.」 K는 그녀가 시키는 대로 하고서 뷔르스트너 양이 방에서 그를 향해 어서 들어오라고 다시 나직이 부를 때까지 기다렸다. 「앉으시죠.」 그녀는 그렇게 말하면서 손으로 소파를 가리켰다. 조금 전에 피곤하다고 했으면서도 침대 기둥 옆에 똑바로 서 있었다. 그리고 작지만 온갖 꽃들로 장식한 모자를 벗을 생각도 전혀 하지 않았다. 「하고 싶다는 얘기가 뭐죠? 정말 궁금해요.」 그녀는 두 다리를 살짝 가로 걸쳤다. 「보아하니 당신은 말이죠.」 K가 말을 꺼냈다.

「그 일이 지금 당장 이야기해야 할 만큼 절박한 것 같지는 않다는 말을 하려는 거죠……」「저는 서두는 늘 흘려듣는 편이죠.」 뷔르스트너 양이 말했다. 「그러면 말하기가 한결 편하겠군요.」 K가 말했다. 「당신의 방이 오늘 이른 아침에 제 잘못으로 인해 좀 어지럽혀졌죠. 낯선 사람들이 제 뜻에 반해서 저지른 일입니다. 하지만 방금 말했듯이 제 잘못은 제 잘못이죠. 그에 대해 사죄의 말씀을 드리고자 합니다.」「제 방요?」 그렇게 물으면서 뷔르스트너 양은 방이 아니라 K를 뜯어보듯 쳐다보았다. 「그래요.」 두 사람은 이제야 처음으로 눈을 마주쳤다. 「그 일이 벌어진 꼴은 정말 말할 가치도 없습니다.」「하지만 오히려 흥미로운데요.」 뷔르스트너 양이 말했다. 「그렇지 않아요.」 K가 말했다. 「정 그러시다면 그 비밀을 캐고 싶은 생각은 없어요. 굳이 흥미롭지 않다고 하신다면, 그걸 가지고 뭐라고 할 생각도 없어요. 당신이 한 사과의 말을 기꺼이 받아들일게요. 게다가 어질러진 흔적도 전혀 없으니 말이죠.」 그녀는 손바닥을 펴서 양쪽 엉덩이에 붙이고 방 안을 한 바퀴 돌았다. 사진들이 걸려 있는 벽걸이 판에 이르러 그녀는 걸음을 멈추었다. 「아니, 이것 좀 보세요.」 그녀가 소리를 질렀다. 「내 사진들이 정말로 뒤죽박죽이네요. 끔찍하군요. 누군가가 허락도 없이 들어왔던 게 분명해요.」 K는 고개를 끄덕이고는 멍청한 주책을 어쩌지 못하는 멋대가리 없는 카미너를 속으로 저주했다. 「당연히 알아서 하지 말아야 될 것들은 이렇게 하지 말아 달라고 말해야 하다니 참으로 어이가 없군요.」 뷔르스트너 양이 말했다. 「그러니까, 내가 없을 땐 내 방에 들어오지 말라는 말이에요.」「내가 이미 말씀드렸죠, 뷔르스트너 양.」K는 그렇게 말하면서 자신도 사진들이 있는 쪽으로 걸어갔다. 「당신 사진들에 손을 댄 것은 내가 아닙니다. 그러나 내 말을 믿지 않으니 다 털어놓을 수밖에 없군요. 사실 심리 위원회에서 세 명의 은행 직원을 데려왔어요. 그중 한 녀석이 — 이 녀석은 내가 기회를 봐서 당장 은행에서 내쫓을 생각인데 — 당신 사진을 만졌던 것 같소.」 뷔르스트너 양이 미심쩍어하는 눈길로 쳐다보자 K는 덧붙여 말했다. 「그래요, 심리 위원회가 이곳에서 열렸어요.」 「당신 때문에요?」 뷔르스트너 양이 물었다. 「그래요.」 K가 대답했다. 「그럴 리가요.」 뷔르스트너 양은 그렇게 소리치며 웃었다. 「그렇다니까요.」 K가 말했다. 「그렇다면 당신은 내가 무죄라고 생각하는 건가요?」「무죄라…….」 뷔르스트너 양이 말했다. 「제가 이 자리에서 당장 중차대한 결과를 가져올지도 모를 판결 같은 것을 내리고 싶지는 않아요. 게다가 저는 당신을 잘 알지도 못해요. 사실 심리 위원회의 추적을 받고 있다면 중범죄자일 수도 있는 거죠. 그러나 당신은 자유의 몸이니 — 차분한 당신 태도로 짐작컨대 감옥에서 도망쳐 나온 거 같지는 않으니까요 — 그런 중범죄를 저질렀을 걸로 보이진 않아요.」「맞습니다.」 K가 말했다. 「심리 위원회도 내가 무죄라는 것을, 아니면 적어도 내가 그들이 생각했던 것처럼 큰 죄를 짓지는 않았다는 것을 알아차렸을 겁니다.」「분명, 그랬을 거예요.」 뷔르스트너 양이 눈치껏 말했다. 「보세요.」 K가 말했다. 「당신은 재판과 관련하여 경험이 많지 않겠죠.」「예, 그런 경험은 별로 없어요. 사실 그게 안타까워요. 저는 모든 것을 알고 싶고, 특히 재판에 관심이 엄청 많거든요. 법원 자체만으로도 매력이 넘치잖아요, 그렇지 않나요? 하지만 저도 이 방향으로 지식을 넓히게 될 거예요. 다음 달부터 변호사 사무실에서 일하게 되었거든요.」「그것 참 잘됐군요.」K가 말했다. 「그러면 내 소송 건을 좀 도와주실 수 있겠네요.」「그럼요.」뷔르스트너 양이 말했다. 「왜 안 도와 드리겠어요? 제 지식을 십분 발휘해 볼게요.」「진심으로 하는 말입니다. 아니, 적어도 당신이 하는 말의 절반 정도는 진심으로 생각하고 있어요. 변호사를 선임하기에는 내 안건이 너무 사소해요. 하지만 조언을 해줄 사람이 있으면 정말 좋겠죠.」「네, 제가 조언자 노릇을 해야 한다면, 대체 사안이 뭔지 정도는 알아야 하지 않을까요?」뷔르스트너 양이 말했다. 「바로 거기에 난점이 있습니다. 그걸 나도 모르겠다니까요.」「지금까지 저를 놀리신 거군요.」뷔르스트너 양이 무척이나 실망한 투로 말했다. 「이 늦은 밤시간을 고작 그런 일에 허비하다니 참으로 한심하군요.」그러고 나서 그녀는 사진들 앞에서 물러났다. 그곳에 그들은 한참 동안 함께 서 있었다. 「아니, 그게 아닙니다, 뷔르스트너 양.」K가 말했다. 「농담이 아니에요. 당최 나를 믿으려 하지 않는군요! 내가 아는 것은 다 이야기했습니다. 아니, 내가 아는 것보다 더 많이 이야기했어요. 심리 위원회 같은 것은 없었거든요. 어찌 달리 부를 방도가 없어서 그렇게 부른 겁니다. 심리 같은 것은 있지도 않았고 그냥 체포되었을 뿐입니다. 어떤 위원회에 의해서 말이죠.」뷔르스트너 양은 소파에 앉아서 다시 웃음을 터뜨렸다. 「대체 어떻게 된 거죠?」그녀가 물었다. 「끔찍합니다.」K가 말했다. 그러나 그는 지금 그 생각을 잊고 뷔르스트너 양의 모습만 응시하고 있었다. 그녀는 한 손으로 얼굴을 괴고 — 팔꿈치를 소파의 쿠션에 댄 채 — 다른 손으로는 천천히 엉덩이를 쓰다듬었다. 「너무 막연해요.」뷔르스트너 양이 말했다. 「뭐가 너무 막연하다는 거죠?」K가 물었다. 그런 다음에야 그는 다시 지금 상황으로 돌아와서 다시 물었다. 「정말로 어떤 일이 있었는지 보여 줄까요?」그는 몸을 좀 움직이려 했다. 그러나 그 방에서 나갈 생각은 없었다. 「너무 피곤해요.」뷔르스트너 양이 말했다. 「당신이 너무 늦었으니 그렇죠.」K가 말했다. 「이제 제가 질책을 받을 지경에 이르렀군요. 어쩌면 그게 당연한지도 몰라요. 아예 당신을 방에 들이지 말았어야 했어요. 절대 그럴 필요가 없었어요. 이렇게 다 드러났잖아요.」「꼭 필요한 일이었습니다. 이제 눈앞에 보여 드릴게요.」K가 말했다. 「침대 옆에 있는 협탁을 이쪽으로 옮겨 와도 될까요?」「도대체 뭘 어쩌려고요?」뷔르스트너 양이 말했다. 「당연히 안 돼죠!」「그러면 일이 어떻게 된 건지 당신한테 보여 줄 수가 없잖아요.」K는 엄청난 피해라도 입은 것처럼 흥분하여 말했다. 「좋아요. 설명에 꼭 필요하다면 조용히 옮기도록 하세요.」뷔르스트너 양은 그렇게 말하고는 잠시 후 희미한 목소리로 이렇게 덧붙였다. 「저는 지금 피곤한데도 필요 이상으로 많은 것을 허락하는 거예요.」K는 협탁을 방 한가운데로 옮겨 놓고는 그 뒤에 가서 앉았다. 「사람들이 어떤 형태로 있었는지 머릿속으로 잘 그려 봐야 합니다. 아주 흥미롭습니다. 내가 감독관이고, 저편 트렁크에는 두 명의 감시원이 앉아 있고, 사진들이 있는 곳에는 세 젊은이들이 서 있어요. 창문 손잡이에는 — 덧붙여 말하자면 — 하얀 블라우스가 걸려 있고요. 자, 그럼 시작할게요. 참, 나를 빼먹었네요. 가장 중요한 인물인데. 그래요, 나는 여기 협탁 앞에 서 있어요. 감독관은 지극히 편안한 자세로 앉아 있어요. 두 다리를 꼬고 팔은 여기 이 팔걸이 밑으로 내려뜨리고서요. 정말 독특한 작자죠. 자, 이제 정말로 시작합니다. 감독관은 나를 잠에서 깨워야 하는 것처럼 소리를 지릅니다. 정말로 그는 소리를 버럭 지릅니다. 제대로 보여 드리려면 유감스럽게도 나 역시 소리를 질러야 해요. 그가 소리쳐 부른 것은 내 이름뿐이었습니다.」 뷔르스트너 양은 웃으면서 듣고 있다가 K가 소리를 지르지 못하도록 집게손가락을 입에 가져갔다. 그러나 이미 늦었다. K는 자기가 맡은 역할에 흠뻑 빠져 있었다. 그는 천천히 소리쳤다. 「요제프 K!」 협박조로 큰 소리를 지른 것은 아니지만, 입에서 갑작스레 튀어나온 그 외침은 잠시 후 서서히 방 안에 퍼지는 것 같았다.

그때 누군가가 옆방 문을 몇 번, 짧고 강하게, 규칙적으로 두드리는 소리가 들렸다. 뷔르스트너 양은 얼굴이 하얗게 질려 손을 심장 쪽에 댔다. K도 소스라치게 놀랐는데, 잠시 동안 전혀 아무 생각도 나지 않고 다만 아침에 있었던 일들과 지금 그 일들을 시연해 보여 주고 있는 이 아가씨만 머릿속에 맴돌았다. 정신이 돌아오자 그는 뷔르스트너 양에게 달려들어 그녀의 손을 덥석 잡았다. 「겁낼 거 없어요.」 그는 속삭였다. 「다 내가 알아서 처리할 테니까. 그런데 누구죠? 옆방은 거실이고 거기선 아무도 잠을 자지 않는데요.」 「그렇지 않아요.」 뷔르스트너 양은 K의 귀에 대고 속삭였다. 「어제부터 거기서 그루바흐 부인의 조카가 자요. 대위라고 하던데요. 마침 빈방이 없어서요. 저도 깜박했어요. 그렇게 소리를 버럭 지르다니요! 정말 당혹스러웠어요.」 「그럴 필요 없습니다.」 K는 그렇게 말하면서 막 쿠션에 몸을 기대려는 그녀의 이마에 키스를 했다. 「저리 비켜요. 비키라고요.」 그녀는 얼른 몸을 일으켜 세웠다. 「가주세요, 당장 가줘요. 대체 뭘 원해요? 저 사람이 문에 기대서 듣고 있어요. 다 듣고 있다고요. 저를 왜 이렇게 괴롭히는 거죠!」 「당신이 조금이라도 마음의 안정을 되찾기 전에는 안 가요. 저쪽 구석으로 갑시다. 저쪽이라면 저 친구가 듣지 못할 테니까요.」 그녀는 그의 손에 이끌려 구석으로 갔다. 「잘 모르시나 보군요.」 그가 말했다. 「지금 이 일이 좀 성가시긴 하겠지만 절대 위험한 일은 아닙니다. 당신도 알겠지만, 그루바흐 부인은 이 일에서 결정적인 역할을 할 거고요. 게다가 그 대위가 조카니까 더 그럴 테지만, 부인은 나를 아주 존경하고 내 말이라면 무조건 다 믿어요. 게다가 내 앞에서 꼼짝도 못 하죠. 내게서 꽤 큰 돈을 꾸어 갔거든요. 우리가 함께 있었던 사실을 당신이 어떤 식으로 이야기하고 다니든 이치에 조금이라도 맞기만 하면 난 다 받아들일 생각입니다. 그루바흐 부인이 우리 이야

기를 믿도록 설득해 볼게요. 겉으로뿐만 아니라 진심으로
요. 나를 신경 쓸 필요는 전혀 없습니다. 내가 당신을 덮쳤
고 소문을 내고 다니고 싶다면 그렇게 하세요. 그루바흐 부
인은 그 말을 듣고 곧이곧대로 믿겠지만 그렇다고 해서 나에
대한 믿음을 저버리지는 않을 테니까요. 그 정도로 나를 무
척이나 존경합니다.」 뷔르스트너 양은 조금은 기가 꺾인 표
정으로 가만히 방바닥을 내려다보았다. 「내가 당신을 덮쳤
다는 말을 그루바흐 부인이 믿어서는 안 된다는 법이라도 있
나요?」 K는 덧붙였다. 그는 갈래를 잡아 몇 뭉치로 아랫부분
을 불룩하게 묶은 그녀의 불그스름한 머리채를 물끄러미 바
라보았다. 그는 그녀가 자기 쪽으로 눈길을 돌릴 거라고 생
각했다. 그러나 그녀는 자세를 전혀 바꾸지 않은 채 말했다.
「죄송해요. 사실 저는 갑작스레 누가 문을 두드리는 바람에
깜짝 놀란 거예요. 그 대위가 거기 있어서 생길 결과 때문에
그런 건 아니에요. 당신이 소리를 질렀을 땐 아주 조용했는
데, 갑자기 누가 문을 두드리니까 소스라치게 놀란 거죠. 게
다가 저는 문 옆에 있었기 때문에 바로 옆에서 두드리는 것
같았죠. 당신의 제안은 정말 고마워요. 하지만 받아들이지
는 않겠어요. 제 방에서 일어난 일에 대해서는 제가 책임을
지겠어요. 그게 누구든 상관없어요. 당황스럽군요. 당신의
그 제안들 중에는 제 자존심을 긁는 면도 있다는 걸 모르는
모양이네요. 물론 좋은 의도도 있지만요. 어쨌든 이제 가주
세요. 저를 혼자 있게 좀 놔두세요. 이제야말로 가세요. 몇
분이면 된다고 하셨는데 벌써 30분이 넘어 버렸어요.」 K는

46

그녀의 손을 잡았다가 이내 손목을 잡았다. 「나 때문에 화가 난 것은 아니죠?」 그가 말했다. 그녀는 손을 뿌리치며 대답했다. 「아뇨, 아뇨. 저는 한 번도 남에게 화를 낸 적이 없어요.」 그는 다시 그녀의 손목을 잡았다. 이번에 그녀는 그냥 참아 넘기며 그를 문 쪽으로 데려갔다. 그는 방에서 나가기로 굳게 마음먹고 있었다. 그러나 막상 문 앞에 서자 그곳에 문이 있을 거라고는 미처 생각지 못한 것처럼 주춤거렸다. 뷔르스트너 양은 이 순간을 이용하여 그의 손목을 뿌리치고서 문을 열고 현관으로 빠져나가 그곳에서 K를 향해 낮은 소리로 말했다. 「자, 어서 이쪽으로 오세요. 저기 좀 봐요.」 그녀는 대위가 있는 방의 문을 가리켰다. 문 밑으로 불빛이 새어 나오고 있었다. 「저 사람이 불을 켜 놓고서 우리를 보고 즐기고 있잖아요.」 「곧 나가요.」 그렇게 말한 K는 앞으로 달려들어 그녀의 입술에 이어 온 얼굴에 키스를 퍼부었다. 마치 목마른 짐승이 마침내 찾아 낸 샘물을 혀로 핥는 형상이었다. 마침내 그는 그녀의 목에 키스를 했는데 그곳에 입술을 오랫동안 대고 있었다. 대위의 방에서 나는 인기척에 그는 고개를 들었다. 「이제 가볼게요.」 그가 말했다. 그는 뷔르스트너 양의 이름을 부르고 싶었으나 이름을 몰랐다. 그녀는 지친 듯이 고개를 끄덕이고 알 바 아니라는 듯 어느새 반쯤 고개를 돌린 채 키스를 하도록 그에게 손을 맡겼다. 그러고는 고개를 떨어뜨린 채 방으로 들어갔다. 곧이어 K는 침대에 누웠다. 그는 이내 잠이 들었다. 잠들기 전에 그는 잠시 자신의 행동에 대해 생각해 보았다. 그는 자신의 행동이 만족

스러웠다. 다만 왜 좀 더 만족스럽지 못한 건지 의아했다. 그
대위라는 인간 때문에 뷔르스트너 양이 무척 신경 쓰였다.

첫 번째 심리

K는 전화로 다음 주 일요일 그의 사건에 대한 간단한 심리가 열릴 예정이라는 연락을 받았다. 이제부터 심리가 정기적으로, 즉 매주는 아니더라도 자주 열릴 거라는 말도 있었다. 어느 면으로 보나 심리는 철저하게 진행되어야 하지만 거기에 소모되는 노력이 너무 크기도 할뿐만 아니라 소송을 빨리 끝내는 것이 누구나의 관심사이므로 너무 오래 끌 수는 없는 노릇이라고 했다. 때문에 바로바로 연이어 열리는 짧은 심리를 택하는 방법밖에 없었다고 했다. 심리 날짜를 일요일로 잡은 것도 K의 직장 일을 방해하지 않기 위한 배려이다. 별 이의가 없을 걸로 생각하지만 만약 다른 날을 원한다면 가능한 한 들어줄 용의가 있다고 했다. 이를테면 밤에도 가능하겠지만 그러면 K가 컨디션이 별로 안 좋을 수도 있다며, 아무튼 이의가 없다면 일요일에 심리를 열도록 하겠다고 했다. 반드시 출두해야 함은 물론이며, 그 사실에 대해서는 굳이 환기시킬 필요조차 없다고 했다. 그들은 출두해야 할 주소를 알려 주었다. 외딴 교외에 있는 어느 건물이었는데, K가 한

번도 가본 적이 없는 곳이었다.

이 통보를 받은 후 K는 대답도 없이 수화기를 내려놓았다. 그는 일요일에 가겠다고 단박에 결심했다. 피할 도리가 없었다. 일단 소송이 시작되었으니 거기에 맞서 싸우는 수밖에 없었다. 이 첫 번째 심리가 마지막 심리가 되도록 노력해야 했다. 그가 생각에 잠겨 전화기 앞에 서 있을 때 등 뒤에서 부지점장의 목소리가 들려왔다. 부지점장이 전화를 쓰려는데 K가 가로막고 있었던 것이다. 「안 좋은 소식이오?」 부지점장이 가벼운 투로 물었다. 굳이 뭔가를 알고 싶어서가 아니라 다만 K를 전화기에서 물러서게 할 목적이었다. 「아뇨, 아닙니다.」 K는 그렇게 말하며 한쪽으로 비켜서기는 했지만 아주 가버리지는 않았다. 부지점장은 수화기를 들고서 전화가 연결되기를 기다리는 동안 수화기 너머로 말했다. 「저, K 씨. 이번 일요일 오전에 내 요트를 타고 소풍이나 가지 않겠소? 사람들이 꽤 많이 합류할 것 같은데. 당신 친구들도 올 거요. 누구보다도 하스테러 검사가 와요. 함께 가지 않겠소? 오도록 해요!」 K는 부지점장이 하는 말을 놓치지 않으려 애썼다. 그의 말을 소홀히 넘길 수는 없었다. 한 번도 사이좋았던 적이 없었던 부지점장의 이 같은 초대는 화해의 표시였으며 K가 은행 내에서 얼마나 중요한 인물이 되었는지, 그리고 은행에서 두 번째 지위에 있는 그 인물이 K의 친구 관계나 철저한 근무 태도를 얼마나 높이 사는지 알려 주는 것이었다. 이런 초대는 부지점장의 입장에서는 굴욕적인 일이었다. 아무리 전화 연결을 기다리면서 수화기 너머로 한 말이라고 해도 말이다. 그러나 K는 그에게 또 다시 굴욕을 안기지 않을 수 없었다. 이렇게 말했기 때문이다. 「대단히 고맙습니다! 하지만 이번 일요일엔 죄송하지만 시간을 낼 수가 없습니다. 선약이 있거든요.」「유감이네요.」 부지점장은 그렇게 말하고는 막 시작된 전화 통화에 몰두했다. 짧지 않은 전화 통화였지만 K는 마음의 갈피를 잡지 못하고 그가 통화하는 동안 내내 전화기 옆에 그대로 서 있었다. 부지점장이 수화기를 내려놓고 나서야 그는 화들짝 놀라 불필요하게 그곳에 서 있었던 자신의 행동을 조금이나마 변명해 보려고 이렇게 말했다. 「방금 전화를 받았는데, 저더러 어디로 좀 와달라고 하더군요. 그런데 그쪽에서 제게 시간을 말하는 걸 깜박했습니다.」「그렇다면 다시 물어보면 되잖소.」 부지점장이 말했다. 「뭐, 그리 중요한 일도 아닙니다.」 K가 말했다. 그로써 방금 전에 했던 부실한 변명이 더 초라해졌다. 부지점장은 그곳을 떠나면서 다른 몇 가지 일에 대해 이야기했고, K 역시 어떻게든 대답을 하려고 애를 쓰면서도 속으로는 일요일 오전 9시까지 출두하는 게 가장 좋을 것 같다는 생각만 했다. 모든 법원은 평일에도 바로 그 시간에 일을 시작하니까.

일요일에는 날씨가 흐렸고, K는 몹시 피곤했다. 간밤에 지인들과 즐기느라 밤늦게까지 단골 술집에 앉아 있었기 때문이다. 까딱하면 늦잠을 잘 뻔했다. 지난주 내내 궁리했던 이런저런 계획들을 정리하거나 곰곰이 생각해 볼 겨를도 없이 그는 아침도 먹지 않은 채 서둘러 옷을 입고 약속된 교외의 장소로 달려갔다. 주위를 둘러볼 여유가 없었는데도 희한하게 그는 사건에 관여했던 세 직원, 즉 라벤슈타이너와 쿨리히 그리고 카미너를 보았다. 먼저 언급한 두 사람은 전차를 타고 K가 가는 길을 가로질러 갔고, 카미너는 한 카페의 테라스에 앉아 있다가 K가 지나가는 것을 보고 호기심에 찬 눈빛을 한 채 난간 너머로 몸을 기울였다. 모두들 그의 뒷모습을 지켜보면서 그들의 상관이 무슨 일로 저렇게 서둘러 가는지 궁금해하는 것 같았다. 오기 같은 것 때문에 그는 차를 타고 가지 않았는데 자기 사건과 관련하여 그 누구로부터 눈곱만큼의 도움도 받기 싫었던 것이다. 아무도 끌어들이고 싶지 않았으며 괜히 어떠한 낌새조차 보이고 싶지 않았다. 끝으로 또 시간을 너무 정확하게 지켜 심리 위원회 앞에서 굴욕적인 태도를 취하고 싶은 생각도 일체 없었다. 물론 정해진 시간에 나오라는 연락을 받은 것은 아니지만 그는 가능한 한 9시에 대가려고 서둘러 가는 중이었다.

정확하게 머릿속으로 그려 본 건 아니지만 멀리서 어떤 표지판을 보거나 입구 쪽의 움직임만 봐도 금세 그 건물을 알아볼 걸로 그는 생각하고 있었다. 그러나 그 건물이 있다고 한 율리우스 가 초입에서 K는 잠시 멈추어 섰는데, 이 거리 양쪽으로는 거의 똑같이 생긴 집들이 늘어서 있었다. 가난한 사람들이 사는 고층의 잿빛 셋집들뿐이었다. 일요일 아침이라서 창문 하나하나마다 사람들이 차지하고 있었다. 남자들은 셔츠 바람으로 창문에 기대어 담배를 피우거나 창문턱에 어린 아이들을 조심스레 잡고 다정한 표정을 짓고 있었다. 어떤 창문들에는 침대 시트가 산더미처럼 쌓여 있었고, 그 너머로 웬 여자의 헝클어진 머리가 잠시 나타나곤 했다. 사람들은 골목을 사이에 두고 큰 소리로 떠들었는데, K의 머리 바로 위쪽에서 너털웃음이 터지기도 했다. 긴 거리 양옆을 따라 일정한 간격을 두고 도로보다 낮은 쪽에 계단으로 이어진 갖가지 식료품을 파는 작은 가게들이 있었다. 여자들은 그곳으로 드나들거나 계단에 서서 수다를 떨고 있었다. 한 과일 장수는 위쪽 창문을 향해 물건을 사라고 외치다가 서로 주의를 하지 않는 바람에 하마터면 수레로 K를 넘어뜨릴 뻔했다. 바로 그때 부유한 동네에서 그 역할을 다하고 굴러 들어 온 축음기 한 대가 죽어라고 악악대기 시작했다.

K는 점점 더 골목 안으로 깊숙이 걸어 들어갔다. 천천히, 마치 이제는 시간적 여유가 있다는 듯이, 또는 예심 판사가 어느 창문으로 그를 발견하고 드디어 K가 출두했음을 확인이라도 했다는 듯이. 9시가 조금 지난 시간이었다. 그 건물은 낮고 넓게 자리 잡고 있었다. 별나게 죽 늘어선 느낌이었다. 특히 입구 쪽은 높고 넓었다. 분명 여러 제품 창고 소속의 짐차들이 통과할 수 있게 만들어 놓은 것이었다. 제품 창고들은 지금은 닫혀 있었는데 큰 마당을 에워싼 채 각각 회사의 이름을 달고 있었다. 그중 몇몇은 K가 은행 업무를 보면서 알게 된 이름들이었다. 평소와 달리 그는 겉으로 보이는 이 모습들을 샅샅이 살피면서 잠시 마당 입구에 서 있었다. 근처에 놓인 궤짝에 맨발의 한 사내가 걸터앉아 신문을 읽고 있었다. 사내아이 둘이 어떤 손수레 위에서 앞뒤로 몸을 일렁이며 흔들고 있었다. 펌프 앞에는 파리해 보이는 한 소녀

가 잠옷 차림으로 서서 주전자에 물이 쏟아지는 동안 K를 빤히 쳐다보았다. 마당 한 모퉁이에서는 두 창문 사이로 줄을 내거는 중이었는데 줄에는 벌써 볕에 말릴 속옷들이 걸려 있었다. 아래쪽에는 한 사내가 서서 소리를 질러 가며 작업을 지시했다.

K는 계단 쪽으로 몸을 돌려 심리 위원회실로 가려다가 다시 발걸음을 멈추었다. 마당에서 보니 그 계단 말고도 위층으로 올라가는 다른 세 개의 계단이 보였기 때문이다. 그 외에도 마당 끝에 있는 어떤 좁은 통로는 또 다른 마당으로 통하는 것 같았다. 그는 심리 위원회가 열리는 방의 위치를 정확하게 가르쳐 주지 않은 그들에게 화가 났다. 그들은 정말 무시하거나 깔보는 태도로 그를 대했다. 이 점을 그냥 얼렁뚱땅 넘어가지 않기로 했다. 결국 그는 첫 번째 계단으로 올라갔다. 그의 기억 속에는 감시원 빌렘이 했던, 법원은 죄가 있는 쪽으로 쏠린다는 말이 맴돌았다. 그 때문에 심리가 열릴 방은 왠지 택한 계단 쪽에 있을 것 같았다.

그는 계단을 올라가다가 거기서 놀고 있던 많은 아이들을 방해했는데, 아이들은 자기들 사이를 걸어가는 그를 화난 얼굴로 쳐다보았다. 〈다음에 다시 이곳에 오게 되면…….〉 그는 생각했다. 〈사탕을 들고 와 이 녀석들을 꼬이지 아니면 몽둥이를 들고 와 두들겨 패줘야겠어.〉 2층에 막 도착하기 전에 그는 굴러가던 장난감 공이 멈출 때까지 잠시 기다려야 했다. 그사이 다 큰 건달 같은 짓궂은 표정을 한 두 어린 녀석이 그의 바지춤을 꼭 잡고 늘어졌다. 녀석들을 떨쳐 버리려다가 녀석들이 아프다며 소리를 질러 댈까 봐 두려워졌다.

2층에 들어서면서부터 본격적인 방 찾기가 시작되었다. 심리 위원회가 어느 방에서 열리는지 누구한테 물어볼 수 있는 상황이 아니었기 때문에 그는 목수 란츠라는 인물을 생각해 냈다. 그 이름이 떠오른 까닭은 그루바흐 부인의 조카인 대위의 이름이었기 때문이다. 그렇게 집집마다 돌면서 혹시 란츠라는 목수가 사는지 묻고는 슬쩍 방 안을 들여다볼 생각이었다. 대개의 경우 별로 힘들지 않았다. 왜냐하면 거의 모든 집의 문들이 열려 있거나 아이들이 들락날락했기 때문이다. 보통은 창문이 하나뿐인 작은 방들로 거기서 음식까지 만들고 있었다. 대부분의 여자들은 한쪽 팔로 아이를 안고 자유로운 다른 손으로는 화덕에서 일을 하고 있었다. 앞치마만 걸친 듯한 계집애들은 아주 부산하게 이리저리 뛰어다녔다. 방마다 놓여 있는 침대는 다 사용 중이었다. 침대에는 아픈 사람이나 아직 자는 사람 또는 옷을 입은 채로 벌렁 드러누운 사람들이 있었다. 문이 잠긴 집에 이르면 K는 문을 두드리고서 혹시 란츠라는 목수가 사는지 물었다. 대개는 여자가 나와 문을 열었으며 질문을 귀담아듣고는 몸을 돌려 방 안쪽을 보며 침대에서 막 일어나던 누군가에게 말했다. 「이분이 란츠라는 목수가 여기에 사는지 알고 싶어 하셔요.」 「목수 란츠요?」 침대에 있던 사람이 물었다. 「네.」 K는 대답했다. 그곳에서 심리 위원회가 열리지 않는 것이 분명했고 더이상 알아볼 것이 없었지만 말이다. 대부분의 사람들은 목수 란츠를 찾는 일이 K에게 몹시 중요하다고 믿고 오래도록 곰곰이 생각하다 란츠가 아닌 다른 목수를 대거나 란츠라는 이름과 아주 약간 비슷한 이름을 대기도 했다. 또 이웃에게 물어보기도 했으며 K를 꽤 떨어진 문까지 데려가 주기도 했다. 그곳에 비슷한 사람이 재임대자로 산다거나 혹은 자기들보다 더 사정이 밝은 사람이 산다면서 말이다. 결국에 가서는 직접 질문을 던지지 않아도 되었으며, 이런 식으로 K는 건물의 이쪽저쪽으로 끌려다녔다. 그는 곧 자신의 계획을 후회했다. 애당초엔 꽤 괜찮아 보였지만 말이다. 6층에 이르기에 앞서 그는 찾는 일을 그만두기로 마음먹고 그를 계속해서 위층으로 데려가려던 상냥한 젊은 노동자와 작별을 한 뒤 아래층으로 내려갔다. 그러나 곧 지금까지 했던 발걸음이 모두 수포로 돌아갔다는 생각에 울컥 화가 치밀어 다시 위층으로 돌아가 6층의 첫 번째 문을 두드렸다. 그 조그만 방에서 그가 가장 먼저 본 것은 커다란 벽시계였다. 시계는 벌써 10시를 가리키고 있었다. 「혹시 란츠라는 목수가 여기 사나요?」 그가 물었다. 「네, 들어오세요.」 커다란 통에다 어린아이의 속옷을 빨고 있던, 검고 빛나는 눈을 가진 한 젊은 여자가 젖은 손으로 열려 있는 옆방 문을 가리켰다.

K는 마치 큰 집회에 들어서는 듯한 느낌이 들었다. 천차만별의 온갖 사람들이 — 이들 중 누구도 안으로 들어오는 남자에게 신경 쓰지 않았다 — 창문이 두 개 달린 중간 정도 크기의 홀을 가득 메우고 있었다. 천장 바로 아래쪽으로 빙 둘러 가며 관람석이 있었는데, 그곳도 사람들로 가득 차 있었다. 사람들은 허리를 구부리고 서 있거나 머리와 등을 천장

에 대고 있었다. K는 공기가 너무 답답해서 다시 밖으로 나와 아까 그 젊은 여자가 분명 자기 말을 제대로 알아듣지 못했다고 생각하고 다시 말했다. 「내가 찾는 사람은 목수인데요, 란츠라고 하는.」「맞아요.」여자가 말했다. 「어서 안으로 들어가 보세요.」K는 그녀가 시키는 대로 하지 않았을지도 모른다. 만약에 그 여자가 그에게 다가와 문손잡이를 움켜잡고서 이런 말을 하지 않았다면 말이다. 「일단 당신이 들어가고 나면 문을 닫아야 해요. 이젠 아무도 안으로 못 들어가요.」「거참, 그럴듯한 말이군요.」K가 말했다. 「그런데 홀은 이미 초만원인걸요.」그럼에도 그는 다시 안으로 들어갔다.

문간 바로 앞에서 이야기를 하고 있던 두 남자 — 한 남자는 두 손을 앞으로 쭉 내밀고서 돈을 세는 시늉을 하고 있었고, 다른 남자는 그 남자를 날카롭게 쩨려보고 있었다 — 틈을 비집고 K를 향해 손 하나가 불쑥 뻗쳐 나왔다. 뺨이 불그스레한 작은 사내아이였다. 「이쪽으로 오세요, 이쪽으로요.」아이가 말했다. K는 아이가 잡아끄는 대로 따라갔다. 시끌벅적한 군중 사이로 좁은 통로 하나가 나 있었다. 아마도 군중을 두 편으로 나누는 구분선인 것 같았다. 그도 그럴 것이 좌우로 늘어선 첫 열에서 K에게 얼굴을 돌린 사람은 거의 없었고 대부분 등을 돌린 채 자기 편 사람들만 보고 제스처를 해가며 이야기를 하고 있었기 때문이다. 대부분은 검정 옷차림이었는데 치렁치렁한 구식 예복을 입고 있었다. 이런 옷차림이 K를 어리둥절케 했다. 그것만 아니라면 그는 이 모임을 지역 정치 집회로 생각했을 것이다.

K가 이끌려 간 홀의 반대편 끝에는 아주 나지막한 연단이 있었고 그 위에도 사람들이 우글대고 있었다. 연단 위의 가장 자리에는 작은 책상 하나가 가로로 놓여 있었고 그 뒤에는 작고 뚱뚱한 남자가 앉아 있었는데 거칠게 숨을 내쉬며 자기 바로 뒤에 서 있는 남자 — 이 남자는 의자 등받이에 팔꿈치를 받치고서 다리를 꼬고 있었다 — 와 큰 소리로 웃어 가며 떠들고 있었다. 가끔 그는 허공에다 손을 내저었는데, 그 모습이 마치 누군가를 익살스레 묘사하려는 것처럼 보였다. K를 데려간 사내아이는 소식을 전하느라 무척 힘을 들여야 했다. 벌써 두 번씩이나 까치발로 서서 뭔가 이야기를 전달하려 했지만 그 남자는 거들떠보지도 않았다. 연단 위에 있던 사람들 중 하나가 그 사내아이를 알아차리고 나서야 비로소 그 남자는 고개를 돌리고 허리를 구부려 소년의 전언을 귀담아들었다. 그런 다음 그 남자는 시계를 꺼내더니 바로 K를 똑바로 쳐다보았다. 「1시간 5분 전에 왔어야죠.」 그가 말했다. K는 뭐라고 대답하려 했지만 기회가 되지 않았다. 그 남자가 말을 끝내자마자 홀의 오른쪽 절반을 차지하고 있던 사람들이 웅성거렸기 때문이다. 「당신은 1시간 5분 전에 왔어야 했다고요.」 그 남자는 이번엔 목소리를 높여 다시 한 번 말하면서 얼른 홀을 내려다보았다. 그러자 웅성거림은 더욱 커졌다가 그 남자가 아무 말도 하지 않자 차츰 수그러들었다. 이제 홀 안은 K가 발을 들여놓았을 때보다 훨씬 조용했다. 다만 위층 관람석의 사람들만은 그치지 않고 지껄여 댔다. 어슴푸레한 빛과 탁한 공기와 먼지 때문에 분간하기는 좀 힘들었지만 그

사람들은 아래쪽에 있는 사람들보다 행색이 나빠 보였다. 그 중 몇몇은 찰과상을 입지 않으려고 가져온 쿠션을 머리와 천장 사이에 대고 있었다.

K는 뭐라고 말하는 대신 그냥 지켜보기로 결심했다. 그래서 늦게 왔다고 다그치는 주장에 대해 변호하는 일을 그만두고 그냥 이렇게 말했다. 「늦게 오긴 했어도 여기 이렇게 있잖소.」 홀의 오른쪽 편에 있던 사람들로부터 박수갈채가 이어졌다. 〈이 사람들은 쉽게 내 편으로 만들 수 있겠어.〉 K는 생각했다. 다만 바로 그의 등 뒤에 있는 왼쪽 편 사람들이 조용히 있는 것이 신경 쓰였다. 이들로부터는 간헐적인 박수 소리가 나왔을 뿐이다. 이들 모두를 단숨에 내 편으로 만들려면, 혹은 그게 불가능하다면 하다못해 지금 이 순간 반이라도 내 편으로 만들려면 무슨 말을 해야 할까, 하고 그는 곰곰이 생각했다.

「그렇군요.」 그 남자가 말했다. 「그러니 당신을 더 이상 심문하지 않아도 그만이오.」 다시 웅성거림. 하지만 무슨 의미인지 불분명했다. 왜냐하면 그 남자가 손으로 사람들을 제지하면서 이렇게 말을 이었기 때문이다. 「하지만 오늘만큼은 예외적으로 심문을 하기로 하겠소. 오늘처럼 또 지각하는 일이 있어서는 안 되오. 자, 앞으로 나오시오!」 연단 위에 있던 누군가가 밑으로 펄쩍 뛰어내려 자리 하나가 나자 K는 그 자리를 향해 올라갔다. 그는 사람들에게 밀려 책상에 바짝 붙어 서 있었다. 뒤에서 군중이 엄청나게 밀어 대서 예심 판사가 앉아 있는 책상뿐만 아니라 잘못하다가는 예심 판사까지 바닥으로 밀려 떨어질 것 같았고, 그렇게 되지 않기 위해 그는 엄청난 힘으로 버텨야 했다.

그러나 예심 판사는 그런 것은 아랑곳하지 않고 안락의자에 아주 편안하게 앉아 자기 뒤편에 있던 사내에게 뭐라고 마지막 말을 하고는 책상 위에 놓여 있던 유일한 물건인 조그만 메모장 같은 것을 손에 잡았다. 생긴 것은 꼭 학교에서 쓰는 공책 같았는데, 낡았고 자주 뒤적거려서 모양새가 완전히 일그러져 있었다. 「자, 그러면……」 예심 판사는 공책을 뒤적거리면서 K를 쳐다보고 확인하는 투로 물었다. 「당신은 실내 장식가죠?」 「아닙니다.」 K가 말했다. 「큰 은행의 수석 업무 대리인이지요.」 이 대답에 연단 아래 오른쪽에 있던 군중이 너털웃음을 터뜨리자 K는 따라 웃을 수밖에 없었다. 사람들은 양손으로 무릎을 짚고서 터져 나오는 기침을 어쩔 수 없다는 듯이 몸을 흔들어 댔다. 심지어 2층 관람석에 있던 사람들도 몇몇 웃음을 터뜨렸다. 화가 잔뜩 난 예심 판사는 아래쪽에 있는 사람들을 다룰 만한 힘이 없는 것 같았는데 이에 대한 보상을 받으려는 듯 2층 관람석에 대고 분풀이를 해댔다. 그는 자리에서 벌떡 일어나 그쪽을 향해 위협적인 몸짓을 보였다. 그 통에 별로 눈에 띄지 않던 눈썹이 크고 검게 꿈틀거렸다.

왼편에 있는 사람들은 여전히 침묵을 지켰다. 줄을 선 채로 얼굴을 연단으로 향하고 연단 위에서 오가는 말 뿐만 아니라 상대편 사람들이 질러 대는 소음까지도 묵묵히 듣고만 있었다. 그들은 심지어 자기들 줄에 있던 몇몇 사람이 곳곳에서 상대측에 동조하는 것도 묵인했다. 그들은 우연히도 오른쪽 사람들보다 숫자가 더 적을 뿐 근본적으로 별로 다른 점은 없어 보였다. 다만 침묵을 지키고 있는 그들의 태도 때문에 좀 더 중요해 보일 뿐이었다. K는 이제 발언을 시작하면서 자신이 이들 편에서 말을 하고 있다고 확신했다.

「나보고 실내 장식가냐고 물은 당신의 질문은 말입니다, 예심 판사님. 당신은 사실 내게 묻지도 않고 직설적으로 확언을 했는데, 그 질문이 지금 나를 상대로 벌이고 있는 이 소송의 전체적인 성격을 잘 말해 주고 있습니다. 당신은 이것이 소송이 아니라고 주장할 수도 있겠죠. 물론 지극히 맞는 말씀입니다. 내가 이것을 소송이라고 인정해야만 소송이 될 테니까요. 그래, 지금 이 순간 소송으로 인정해 드리죠. 참으로 딱해서 그러는 겁니다. 어떻게라도 이 건에 집중하려면 동정심으로밖에 어찌 별수가 있을까요. 이 소송이 엉성하기 짝이 없다는 뜻은 아닙니다. 예심 판사님께서 한번 자신을 돌이켜 보라는 뜻에서 이런 표현을 쓴 것입니다.」

K는 말을 멈추고 홀을 내려다보았다. 그의 말은 정곡을 찔렀다. 원래 생각했던 것보다 사뭇 날카로웠다. 사방에서 박수를 받아 마땅했다. 그러나 모두 조용했다. 다음에 무슨 말이 이어질까 고대하는 것이 분명했다. 어쩌면 이런 침묵 속에서 단칼에 모든 것을 끝장낼 폭발적인 무언가가 무르익는 중인지도 모른다. 하필 이때 홀 한쪽 문이 열리며 빨래를 하던 그 젊은 여자가 일을 다 끝낸 듯 안으로 들어왔는데, 아주 조심하는 듯했지만 몇몇 사람의 눈길을 끌었다. 다만 예

심 판사만이 K를 즉각적으로 기쁘게 해주었다. 왜냐하면 예심 판사는 그의 말을 듣고 당장 충격을 받은 것 같았기 때문이다. 이때까지 예심 판사는 그냥 선 채로 듣고만 있었다. 회랑 쪽을 노려보려고 몸을 일으켰다가 K의 연설에 놀란 것이다. 그는 K가 연설을 잠시 중단한 틈을 이용해 사람들의 눈에 띄지 않으려는 듯 천천히 자리에 앉았다. 그는 다시 공책을 집어 들었다. 얼굴 표정을 누그러뜨리려는 것 같았다.

「그래 봤자 소용없어요.」K는 말을 이었다. 「당신 공책에도, 예심 판사님, 내가 한 말이 그대로 적혀 있을 테니까요.」K는 낯선 홀에 자신의 목소리만이 차분하게 울려 퍼지는 것을 흐뭇해하면서 이젠 아예 서슴없이 예심 판사의 손에서 공책을 빼앗더니 끔찍한 것을 만지기라도 하는 것처럼 두 손가락 끝으로 가운데쯤 되는 한 장을 잡고서 높이 쳐들었다. 그 바람에 글씨가 빼곡하게 적혀 있는, 얼룩이 지고 가장자리가 누렇게 변색된 종이들이 양쪽으로 늘어졌다. 「이게 예심 판사가 갖고 있는 서류랍니다.」그는 그렇게 말하면서 공책을 책상에 떨어뜨렸다. 「어서 차분히 더 읽어 보시죠, 예심 판사님, 이깟 공책 정도는 정말이지 전혀 겁 안 나요. 물론 나로서는 이 공책의 내용을 알 도리가 없습니다. 그저 이렇게 두 손가락으로 집어 볼 뿐이죠.」이 어찌 심한 굴욕이라 하지 않을 수 있을까. 아니 적어도 그렇게 볼 수밖에 없었다. 공책이 책상에 떨어지자 예심 판사가 그것을 얼른 손에 들고서 정돈을 한 다음 다시 읽기 시작했으니 말이다.

맨 앞줄에 있는 사람들은 K를 뚫어져라 쳐다봤다. 그 때문에 그는 잠시 이들을 내려다보지 않을 수 없었다. 다 늙수 그레한 남자들이었는데, 그중 몇몇은 수염이 하얬다. 이 모임 전체에 영향을 줄 만한 결정적인 사람들로 보였다. 이들은 또 예심 판사가 당한 굴욕에도 불구하고 K의 연설에 빠져들어 미동도 하지 않았다.

「내가 당한 일은 말입니다.」 K는 아까보다 좀 나직한 어조로 말을 이었다. 그러면서 계속해서 맨 앞줄에 있는 얼굴들을 훑어보았다. 그 때문에 말투는 산만한 느낌이었다. 「내가 당한 일은 그저 사적인 사건에 불과하고 뭐 또 그렇게 중요할 것도 없어요. 나 자신이 그걸 그리 심각하게 생각하지 않으니까요. 그러나 이번 일은 대부분의 사람들이 겪는 소송 절차의 전형적인 모습입니다. 나는 바로 그 사람들을 위해 이 자리에 서 있는 것입니다. 나 자신을 위해서가 아니라.」

그는 자기도 모르게 목소리를 높였다. 어디서 누군가 두 손을 쳐들고서 박수를 치며 외쳤다. 「브라보! 여부가 있겠어요? 브라보! 다시 브라보!」 맨 앞줄에 있던 사람들 중 몇몇은 수염을 어루만졌다. 그 외침에도 불구하고 아무도 돌아보지 않았다. K 역시 그 외침을 대단하게 생각하지 않았다. 그래도 그 소리를 듣고 용기를 얻은 것은 사실이다. 이제는 모두 박수를 칠 필요도 없다고 생각했다. 그저 대부분의 사람들이 그 사안에 대해서 생각하고 그저 가끔 동의만 해주면 그만이었다.

「내가 뭐, 연설가로 성공을 해보겠다는 뜻은 아닙니다.」 K는 곰곰이 생각하다가 말했다. 「그런 지위는 꿈도 못 꾸죠. 말솜

씨로 말하자면 예심 판사님이 훨씬 낫겠지요. 그게 직업이니까요. 나는 그저 공공연한 폐단을 한번 공개적으로 논의해 보자는 겁니다. 내 말 좀 들어 보세요. 나는 열흘 전쯤 체포되었습니다. 체포라는 사실 자체가 좀 웃기지요. 지금 이 자리에서 그것에 대해 왈가왈부하자는 것은 아닙니다. 새벽에 침대에 누워 있다가 그냥 당했습니다. 아마도 — 예심 판사의 말로 보아 이 점을 배제할 수 없는데 — 아마도 어떤 실내 장식가를 체포하라는 명령이 있었나 본데, 나처럼 전혀 무고한 사람을 말이죠. 그 사람 대신 나를 택한 것 같습니다. 불한당 같은 두 감시원이 내 옆방을 차지해 버렸습니다. 위험천만한 강도라 해도 그처럼 철통같은 조치를 하지는 않았을 겁니다. 게다가 그 감시원들은 양심이라고는 눈곱만큼도 없는 하수인들입니다. 그 자들은 귀가 따갑도록 떠들어 대더군요. 뇌물까지 달라고 하고요. 은근슬쩍 내 속옷과 양복까지 갈취하려 했고요. 그 자들은 내게 아침을 갖다 주겠다면서 공공연히 돈까지 요구했습니다. 내가 두 눈으로 지켜보는 앞에서 뻔뻔스럽게도 내 아침밥을 다 먹어 놓고서는 말입니다. 그게 다가 아닙니다. 나는 또 다른 방에 와 있던 감독관 앞으로 끌려갔습니다. 그 방은 내가 아주 좋게 생각하는 한 숙녀의 방이었습니다. 내 잘못은 아니지만 나로 인해 감시원들과 감독관에 의해 그 방이 어지럽혀지는 광경을 바라봐야만 했습니다. 정말 가만있을 수 없더군요. 그래도 침착함을 유지하고 그 감독관에게 아주 차분하게 물었죠 — 그 사람이 만일 이 자리에 와 있다면 그 사실을 확인해야 할 겁니다 — 대체 내가 왜 체포된 건지 말입니다. 그 감독관이라는 사람이 뭐라고 대답했을까요? 그 사람이 앞서 말한 그 숙녀의 안락의자에 앉아 문자 그대로 멍청하게 거드름을 떨던 모습이 지금도 눈에 선합니다. 신사 여러분, 사실 그 사람은 아무 대답도 하지 않았습니다. 어쩌면 아는 게 아무것도 없었는지도 모릅니다. 나를 체포해 놓고 그걸로 만족한 거죠. 그 사람은 게다가 쓸데없는 일까지 벌였습니다. 뭐냐 하면 방금 말한 그 숙녀의 방에 내 은행에서 일하는 말단 직원 셋을 데려온 거죠. 그 친구들은 숙녀의 사진이나 물건들을 만지작거리면서 제멋대로 흩어 놓았습니다. 그런데 이 말단 직원들을 데려온 데에는 물론 다른 뜻이 있었습니다. 하숙집 여주인과 그녀의 가정부와 마찬가지로 내가 체포되었다는 소문을 퍼뜨려 나의 사회적 체면을 손상시키고 특히 은행에서 내 위치를 흔들어 놓으려 한 거죠. 하지만 뜻대로 된 것은 하나도 없습니다. 성격이 순박한 하숙집 여주인 — 존경하는 마음에서 그녀의 이름을 알려 드리죠. 그루바흐 부인이라고 합니다 — 그 그루바흐 부인까지도 그런 체포라는 것이 아무런 의미도 없고 고작 버르장머리 없는 사내아이들이 길거리에서 저지르고 다니는 나쁜 짓에 불과하다는 사실을 훤히 알아차렸으니까요. 다시 한 번 말씀드리지만, 이 모든 게 내게 불쾌감과 약간의 화를 돋우긴 했습니다. 혹시 결과가 더 나쁠 수도 있지 않았을까요?」

그때 K는 문득 말을 멈추고서 잠자코 있는 예심 판사 쪽을 바라보았다. 순간 예심 판사가 군중 속의 누군가에게 눈짓으로 신호를 보내는 듯한 느낌을 받았다. K는 씩 웃으며 말했다. 「여기 내 옆에 있는 예심 판사께서 여러분 중의 누군가에게 방금 은밀한 신호를 보냈습니다. 그러니까 여러분 중에는 여기 이 위쪽의 지시를 받는 사람들이 있다는 얘기입니다. 그 신호가 야유를 이끌어 내려는 건지 아니면 박수갈채를 유도하려는 건지는 모르겠지만, 아무튼 이런 것을 먼저 눈치챘기 때문에 나로서는 사실 그 신호의 의미를 알 수 있는 기회를 일부러 포기하는 거나 다름없습니다. 그딴 거야 아무 상관 없습니다. 나는 예심 판사님께 아예 까놓고 권한을 주어 저 아래 쪽에 있는 월급 받는 직원들에게 괜히 은밀한 신호를 보내기보다 차라리 큰 소리로, 이를테면 이렇게 명령하라고 하고 싶습니다. 한 번은 〈이번엔 야유를 해〉 그리고 다음엔 〈이번에는 박수를 쳐〉라고 말입니다.」

당황한 건지 초조한 건지 예심 판사는 의자에 앉은 채 이리저리 몸을 뒤척였다. 조금 전에 그와 이야기를 주고받았던 등 뒤의 남자는 그에게 다시 몸을 구부렸다. 그냥 용기를 북돋아 주려는 건지 아니면 특별한 조언을 해주려는 건지는 모르겠지만. 연단 아래쪽의 사람들은 나지막하면서도 활발하게 이야기를 나누었다. 아까만 해도 서로 대립되는 견해를 가진 것 같았던 두 진영이 이제는 뒤섞여서 어떤 사람들은 손가락으로 K를 가리켰고, 또 다른 사람들은 예심 판사를 가리켰다. 홀 안에는 희뿌연 공기가 자욱하게 시야를 가로막아서 먼 쪽에 있는 사람들의 모습은 제대로 알아볼 수가 없었다. 특히 회랑 쪽에 있던 사람들에겐 이 공기가 성가셨다.

그래서 그들은 예심 판사를 곁눈으로 흘깃흘깃 쳐다보면서 무슨 말인지 좀 더 자세히 알기 위해 그곳의 다른 사람들에게 낮은 소리로 질문을 해야 했다. 그러면 대답을 하는 사람도 손으로 입을 가리고서 낮은 소리로 말했다.

「이제 다 끝나 갑니다.」 K는 그렇게 말하고서, 종이 없었기 때문에 그 대신 주먹으로 책상을 세차게 내리쳤다. 그 바람에 깜짝 놀라 예심 판사의 머리와 그에게 조언을 주던 남자의 머리가 순간적으로 서로 떨어졌다. 「나는 이 사건 전체와 아무 상관이 없습니다. 그렇기 때문에 이 사건을 차분하게 판단할 수 있어요. 여러분은 만약 여기 이 법정이라는 것에 관심이 있다면 내 말을 들어 두는 게 좋을 겁니다. 내가 말씀드리는 것에 대한 여러분끼리의 논평은 나중으로 미루어 주시기 바랍니다. 나는 시간도 많지 않고 곧 가봐야 하거든요.」

홀 안이 금세 조용해졌다. K는 그런 식으로 집회를 완전히 손아귀에 쥐고 있었다. 사람들은 초반에 그랬던 것처럼 웅성대며 소리를 지르지도 않았고, 더 이상 박수를 치지도 않았다. 사람들은 이제 그의 편으로 넘어왔거나 아니면 거의 넘어오는 중인 것 같았다.

「정말 분명합니다.」 K는 아주 차분한 목소리로 말했다. 집회에 온 모든 사람들이 숨을 죽이고서 자신의 말에 귀를 기울이자 그는 은근히 기분이 좋았다. 바로 이런 고요 속에서 한 줄기 바람처럼 그의 목소리가 울렸으며, 그 소리는 어떤 미친 듯한 박수갈채보다도 더 자극적이었다. 「정말 분명합니다. 이 법정에서 행해지는 모든 표명들의 배후에는, 그러니까 내 경우의 체포와 오늘 심리의 배후에는 아주 거대한 조직이 도사리고 있다는 것 말입니다. 이 조직으로 말하자면, 뇌물만 밝히는 감시원들과 멍청한 감독관들, 아무리 잘 보려 해도 평범하기 짝이 없는 예심 판사들을 고용하고 있을 뿐 아니라 고급 및 최고위직 재판관들을 먹여 살리고 또 사환들이나 서기, 경찰관들 그리고 그 밖의 보조 인력 등의 어쩔 수 없이 필요한 수많은 조직원들을 거느리고 있습니다. 심지어 사형 집행인까지도 있습니다. 나는 이런 단어가 겁나지 않습니다. 그렇다면 이 거대한 조직의 목적은 무얼까요, 여러분? 무고한 사람들을 체포하여 쓸데없는, 그리고 내 경우처럼 아무런 상관도 없는 소송이나 벌이는 게 목적이지요. 전체 조직이 이렇게 엉망이라면 관리들이 벌이는 최악의 부패 상황을 어떻게 막겠습니까? 그것은 불가능하며, 가장 높은 자리에 있는 재판관이 아무리 혼자서 애를 써도 어쩔 수가 없습니다. 그래서 감시원들은 체포를 당한 사람이 입고 있는 옷이나 훔치려 하고, 감독관들은 남의 집에 마음대로 쳐들어오고, 무고한 사람들은 제대로 된 심리를 받지 못하고 대규모 집회에 끌려 나와 모욕을 당하는 겁니다. 감시원들은 물품 보관소 이야기를 하면서 그곳에다 체포당한 사람들의 물건을 맡겨 둔다고 하더군요. 그 물품 보관소라는 곳을 한번 보고 싶군요. 만약 도둑놈 심보의 보관소 관리가 슬쩍하지 않으면 체포자가 애써 벌어 마련한 물품은 그곳에서 썩어 가고 있을 겁니다.」

K는 홀의 끝 쪽에서 들려오는 째지는 듯한 외침 소리에 방해를 받았다. 그는 대체 무슨 일인지 알아보려고 손을 눈 위쪽에 갖다 댔다. 햇빛에 반사된 공기가 희뿌옇게 되어 눈이 부셨기 때문이다. 문제의 인물은 바로 그 세탁부였다. K는 그녀가 안으로 들어오는 것을 보는 순간 그녀가 소란의 장본인이리라 짐작했다. 이번 일의 책임이 그녀에게 있는지 아닌지 여부는 분명치 않았다. K는 다만 한 남자가 그녀를 문쪽 구석으로 끌고 가 끌어안는 것을 보았을 뿐이다. 그러나 비명을 지른 것은 그 여자가 아니라 그 남자였다. 남자는 입을 헤벌린 채 천장을 쳐다보고 있었다. 두 사람 주위로 작은 원을 그리며 사람들이 몰려들었고, 근처의 회랑에 있던 사람들은 K가 조성했던 심각한 회합 분위기가 이런 식으로 깨진 것을 몹시 기뻐하는 것 같았다. K는 당장 그리로 달려가고 싶은 생각이 불쑥 일었다. 또한 모두가 질서를 되찾고 적어도 그 남녀를 홀 밖으로 쫓아 버리기를 바랄 것이라고 생각했다. 그러나 그와 마주한 맨 앞줄 사람들은 요지부동 아무도 꼼짝도 하지 않았으며 누구 하나 K를 통과시켜 주지 않았다. 그러기는커녕 사람들은 그를 막아섰다. 노인들은 팔들을 앞으로 내뻗었고, 웬 손 하나가 — 그는 몸을 돌릴 틈도 없었다 — 뒤에서 그의 목덜미 쪽 옷깃을 움켜잡았다. K는 이젠 그 남녀 생각 따위는 할 겨를이 없었다. 자유를 구속당하는 듯한 느낌이었다. 정말로 체포된 것 같았다. 그는 무턱대고 연단 아래로 뛰어내렸다. 이제 그는 사람들의 무리와 눈을 마주하고 서 있었다. 혹시 그가 이 사람들을 제대로 판

단하지 못한 건 아닐까? 혹시 그가 자신의 연설의 효과를 과신한 것은 아닐까? 그가 말을 하는 동안에는 이들이 자신들의 본모습을 숨기고 있다가 이제 그가 결론을 꺼내고 나니 자신들의 가식적인 행동에 싫증이 난 것일까? 그를 에워싼 꼬락서니를 보라! 작고 검은 눈동자들은 좌우로 바삐 움직였고, 양쪽 뺨은 술꾼처럼 축 쳐졌으며, 긴 수염은 빳빳하고 듬성듬성해서 수염을 어루만지려 하면 수염을 만지는 것처럼 보이지 않고 발톱을 오그리고 있는 듯한 형상이었다. 그러나 수염 밑 — 이것은 K가 실제로 발견한 것인데 — 웃옷 칼라에 모양과 크기가 제각각인 배지가 은은하게 반짝였다. 어디를 봐도 다 같은 배지를 달고 있었다. 겉으로만 좌우로 갈라진 것 같았지, 실제는 모두 한편이었다. 그가 몸을 휙 돌려 예심 판사를 봤더니 예심 판사의 칼라에도 똑같은 배지가 달려 있었다. 예심 판사는 양손을 무릎에 얹고서 조용히 아래쪽을 내려다보고 있었다. 「그렇군요!」 K는 그렇게 소리치면서 이 갑작스런 깨달음을 위해서는 공간이 필요하기라도 한 듯 허공을 향해 양팔을 뻗었다. 「보아하니 당신들은 다 관리들이군요. 당신들이 바로 내가 좀 전에 말했던 그 부패한 패거리로. 당신들은 이곳에 몰려와 방청객이나 염탐꾼 노릇을 하며 가짜로 편을 갈라서 그중 한쪽은 내 말에 박수를 보냈습니다. 나를 시험해 보려 한 거죠. 당신들은 어떻게 하면 무고한 사람들로 하여금 길을 잃고 헤매게 할 수 있는지 알아보려 한 겁니다. 부디 이곳에 온 것이 헛되지 않았기를 바라겠소. 혹시 당신들은 누가 당신들에게 무죄를 변호해 달라고 애원하기를 기대하며 즐겼거나 아니면……. 이것 좀 놔, 안 그러면 한 대 갈겨 버릴 테니.」 K는 자기 몸 쪽에 바짝 달라붙어서 덜덜 떨고 있는 노인을 향해 소리를 버럭 질렀다. 「아니면 뭔가 배웠기를 바라오. 당신들 하는 사업이 잘되기를 빌겠소.」 그는 책상 가장자리에 놓여 있던 모자를 얼른 집어 들고는 너무나 놀란 나머지 말을 잃은 사람들 사이의 적막을 뚫고 출구를 향해 걸었다. 그러나 예심 판사가 K보다 좀 더 빨랐던 것 같다. 어느새 문에 와서 그를 기다리고 있었던 것이다. 「잠깐만요.」 예심 판사가 말했다. K는 멈추어 섰는데 예심 판사를 쳐다보지 않고 문만 바라보았다. 그는 이미 문의 손잡이를 잡고 있었다. 「나는 그저 이 점을 알려 주고 싶을 뿐이오.」 예심 판사가 말했다. 「당신은 아직도 감을 잡지 못하나 본데, 체포된 사람이라면 누구라도 심리를 통해 얻을 수 있는 이점을 당신 스스로 포기했다는 것 말이오.」 K는 문을 쳐다보며 껄껄대고 웃었다. 「이런 사기꾼들.」 그가 소리쳤다. 「심리 같은 것은 당신들이나 다 가지시오.」 그는 문을 열고 서둘러 계단을 내려갔다. 그의 등 뒤에서 사람들이 다시 활기를 띠고 시끄럽게 떠드는 소리가 들렸다. 오늘 있었던 일들에 대해 마치 대학생들이 세미나를 하는 식으로 논의하기 시작한 것 같았다.

텅 빈 법정에서
대학생
법원 사무실

K는 그다음 주 내내 날마다 새로운 통지가 오기만을 기다렸다. 사람들이 그가 심리를 포기한다는 말을 말 그대로 받아들였으리라고 생각할 수는 없었다. 기다리던 통지가 토요일 저녁때까지도 오지 않자 그는 암묵적으로 같은 시간에 같은 건물로 출두하라는 통지를 받은 것으로 간주했다. 그래서 일요일이 되자 다시 그곳을 찾아갔다. 이번에는 여러 계단과 복도를 지나 곧장 갔다. 몇몇 사람들이 그를 기억하고 문간에 있다가 인사를 했다. 사람들에게 물어볼 필요가 없었기 때문에 금방 그가 찾는 문 앞에 도착했다. 노크를 하자 곧 문이 열렸다. 문간에 서 있던 낯이 익은 예의 그 여자에겐 눈길도 주지 않고 다짜고짜 옆방으로 들어가려했다. 「오늘은 법정이 안 열려요.」 여자가 말했다. 「왜 안 열린다는 거죠?」 그는 믿지 않았다. 그러나 여자는 옆방의 문을 열어서 그 사실을 확인시켜 주었다. 방은 정말로 텅 비어 있었으며, 텅 비어서 그런지 지난 일요일보다 훨씬 초라해 보였다. 변함없이 연단의 책상에는 몇 권의 책이 놓여 있었다. 「책 좀 구경해도

될까요?」K가 물었다. 특별히 호기심이 있어서 그런 게 아니라 온전히 이곳까지 헛걸음했다는 게 싫어서였다. 「안 돼요.」여자는 다시 문을 닫으며 말했다. 「그럴 수 없어요. 저 책들은 예심 판사 거거든요.」「아, 그렇군요.」K는 고개를 끄덕였다. 「아마도 법률 책이겠죠. 그리고 이 법정의 성격이라는 게 말입니다, 이를테면 무고한 사람뿐만 아니라 무지한 사람까지도 유죄 판결을 받게 하는 거 아닌가요?」「그럴지도 모르겠네요.」여자가 말했다. 여자는 그의 말을 제대로 이해하지 못한 듯했다. 「그럼, 가보겠소.」K가 말했다. 「예심 판사에게 전하고 싶은 말씀이라도 있으세요?」「예심 판사를 잘 아시오?」「물론이에요.」여자가 말했다. 「내 남편이 재판소 정리(廷吏)거든요.」그제야 K는 지난번에 왔을 때만 해도 빨래통 하나만 달랑 놓여 있던 그 방이 이제는 완벽하게 가구를 갖춘 거실로 변한 것을 깨달았다. 여자는 그가 놀라워하는 표정을 알아채고서 이렇게 말했다. 「우리는 이 집에서 집세를 내지 않고 살아요. 하지만 법정이 열리는 날에는 가구들을 치워 줘야 해요. 제 남편의 지위가 그렇게 확고하지 못해서요.」「사실 방 때문에 놀란 게 아니오.」K는 그렇게 말하면서 여자를 화난 표정으로 쳐다보았다. 「당신이 결혼을 했다는 게 놀라운 거지.」「지난번 심리 때 있었던 사건을 말씀하시는 거 같군요. 그때 제가 당신의 연설을 방해했지요.」여자가 말했다. 「물론이오.」K가 말했다. 「이제 다 지난 일이고 잊힌 일이오. 하지만 그때는 정말 화가 났소. 그런데 지금 당신은 당신 입으로 직접 결혼한 몸이라고 말하는군요.」「연설이 중단된 게 반드시 당신에게 불리한 것만도 아니었어요. 나중에 가서 사람들은 당신 연설을 아주 좋지 않게 생각했거든요.」「그럴 수 있겠죠.」 K는 화제를 딴 쪽으로 돌리며 말했다. 「그렇다고 당신 잘못이 없어지는 건 아니오.」「저를 아는 모든 사람들 앞에서 용서를 받았어요.」 여자가 말했다. 「그때 나를 끌어안았던 그 남자는 벌써 오래전부터 제 뒤를 따라다녔어요. 다른 사람들은 저를 별로 매력적으로 생각하지 않는데, 그 남자는 내게 끌리나 봐요. 어떻게 막을 도리가 없어요. 이제는 제 남편조차도 인정할 정도예요. 자기 일자리를 지키려면 어쩔 수가 없어요. 그 남자는 대학생인데 앞으로 더 큰 권력을 갖게 될지도 모르니까요. 그는 언제나 제 뒤를 졸졸 따라다녀요. 당신이 도착하기 바로 직전에 이곳에서 나갔어요.」「모든 게 다 얽히고설켜 있군요. 뭐 내 입장에서는 그리 놀랄 것도 없지만.」「당신은 이곳의 문제점들을 고쳐보려고 하는 것 같군요.」 여자는 자신이나 K에게 위험이 될 만한 말을 하는 듯 K를 뜯어보며 천천히 말했다. 「당신의 연설을 들으며 그런 느낌을 받았어요. 사실 개인적으로는 당신의 연설이 정말 마음에 들었어요. 일부밖에 못 들었지만요. 시작 부분은 놓쳤고 끝 부분에 이르렀을 땐 저는 그 대학생과 바닥에서 뒹굴고 있었거든요……. 이곳은 정말이지 구역질 나죠?」 그렇게 말한 여자는 잠시 후 K의 손을 잡았다. 「어떻게, 이곳을 좀 개선할 수 있을 것 같아요?」 K는 씩 웃으며 여자의 부드러운 두 손에 잡힌 자신의 손을 약간 틀었다. 「사실…….」 그가 말했다. 「당신 말마따나 나는 이곳의 뭔가를 개선할 만한 입장이 못 돼요. 그 말을 이를테면 예심 판사 같은 사람이 들었다가는 당신은 비웃음을 사거나 처벌을 받을 거예요. 사실 나 같은 사람이 일부러 나서서 이런 일에 개입했겠소? 내가 뭣하러 이딴 법정의 개선 문제 때문에 잠을 설치겠어요. 하지만 나보고 체포됐다고 하니 — 그들 말로 내가 체포됐다고 하는 겁니다 — 할 수 없이 이 일에 개입하게 된 거죠. 다 나 자신을 위해서 그렇게 된 겁니다. 하지만 이 일이 어떤 식으로든 당신에게도 도움이 된다면 기꺼이 할 용의가 있어. 단순히 이웃 사랑 때문만은 아닙니다. 당신이 나를 도울 수 있으니까 해보려는 겁니다.」「어떻게 하면 당신을 도울 수 있을까요?」 여자가 물었다. 「이를테면 저기 책상 위에 있는 책들을 보여 주면 됩니다.」「그까짓 것쯤이야 문제없어요.」 여자는 그렇게 큰 소리로 말하고는 그를 이끌고 당장 그리로 달려갔다. 오래되어 낡고 해진 책들이었다. 그중 한 권은 표지가 거의 반으로 쪼개져 있었고, 쪼개진 조각들은 제본한 실에 의해 간신히 붙어 있었다. 「이곳은 너무 지저분하군요.」 K는 그렇게 말하면서 고개를 가로저었고, 그 여자는 K가 책들을 손에 잡기 전에 건성으로나마 책에 묻어 있는 먼지를 털어 냈다. K는 가장 위쪽에 있던 책을 펼쳤다. 점잖지 못한 그림이 나타났다. 남자와 여자가 벌거벗은 채 안락의자에 앉아 있었다. 그림을 그린 사람의 추잡한 의도는 금세 알 수 있었다. 그림 솜씨가 어찌나 형편없던지 몸뚱어리만 두드러진 한 남자와 한 여자의 모습만 겨우 알아볼 수 있을 정도였다. 너무나 몸을 곧게 세워 앉은 데다 원근법까지 엉터리여서 둘이 서로를 바라보고 있는 모습이 영 어설펐다. K는 더 이상 훑어보지 않고 두 번째 책의 표제지 쪽을 넘겨보았다. 그것은 『그레테가 남편 한스에게 당한 고통 이야기』라는 제목의 소설이었다. 「여기서는 이런 것들을 법률 서적이라고 연구하나 보군요.」 K가 말했다. 「이런 인간들한테 재판을 받아야 하다니.」 「도와 드릴게요.」 여자가 말했다. 「제 도움을 받으시겠어요?」 「정말 그럴 수 있겠어요? 그러다가 위험에 빠질 수도 있을 텐데요. 방금 전에 당신 입으로 당신의 남편은 상급자들에게 얽매인 몸이라고 했잖아요.」 「암만 그래도 돕겠어요. 자, 어서 우리 의논해 봐요. 제가 겪을 위험 따위는 말도 꺼내지 마세요. 마음속으로 두려움을 느낄 때나 두려운 거죠. 자, 어서요.」 여자는 연단을 가리키며 어서 함께 계단에 걸터앉자고 했다. 「눈이 참 검고 아름답네요.」 여자는 함께 자리를 잡고 나더니 K의 얼굴을 밑에서 올려다보며 말했다. 「사람들은 저보고 눈이 아름답다고 말하기는 하지만, 당신 눈이 저보다 훨씬 아름다워요. 당신이 이곳에 처음 들어왔을 때 이미 그 아름다운 눈이 금세 제 눈에 띄었어요. 나중에 제가 이 집회실 안으로 들어온 것도 다 그 눈 때문이었어요. 평소에는 한 번도 그런 적이 없어요. 게다가 저는 이곳에 자유롭게 들어올 수도 없고요.」 〈바로 그거였군.〉 K는 생각했다. 〈이 여자는 지금 내게 자기 몸을 바칠 참이야. 이곳에 있는 다른 모든 사람과 다름없이 이 여자도 타락했어. 법원 관리들에게 싫증이 날 만도 하지. 그건 이해가 가. 때문에 낯선 남자가 오면 그게 누구든 간에 눈이 아름다우니 뭐니 하면서 호들갑을 떠는 거야.〉 이윽고 K는 입 밖으로 크게 소리 내어 자신의 행동을 여자에게 다 설명했다는 듯 말없이 자리에서 일어났다. 「당신이 나를 도와줄 수 있다고는 생각지 않아요.」 그가 말했다. 「정말로 나를 도우려면 고위 관리들을 알아야 해요. 하지만 당신이 아는 사람들이란 고작 하급 직원들뿐이죠. 그런 사람들이야 이곳에 지천으로 널려 있어요. 당신은 그 사람들을 아주 잘 아니까 그들을 통해 어떤 일들은 해결할 수 있겠죠. 그건 믿어 의심치 않아요. 하지만 그들을 통해 얻을 수 있는 가장 큰 성과라 하더라도 이번 내 소송의 궁극적 결말을 위해서는 전혀 쓸모가 없다, 이 말입니다. 그렇게 하다가 잘못하면 당신은 친구들 몇 명을 잃을 뿐이죠. 그건 제가 바라는 바가 아닙니다. 그 사람들과의 관계를 종전처럼 그냥 유지하세요. 내가 보기에 당신에겐 그게 꼭 필요해요. 이런 말을 하는 게 나로서도 적잖이 유감입니다. 왜냐하면 당신이 해준 칭찬의 말에 답하는 차원에서 말하자면, 나도 당신이 마음에 들거든요. 특히 지금처럼 당신이 나를 그렇게 슬픈 눈으로 쳐다볼 땐 더 그래요. 그런데 사실 당신이 그렇게 슬퍼할 필요는 없어요. 당신은 내가 싸워야 할 대상인 바로 그 집단에 속해 있고, 그 안에서 잘 지내고 있잖아요. 게다가 그 대학생을 사랑하고요. 아니, 사랑하지 않는다 해도 적어도 당신 남편보다는 그 학생을 좋아하잖아요. 그 정도야 당신 말만 가지고도 충분히 짐작할 수 있어요.」 「아니에요.」 여자는 그렇게 소리치며 자리에 앉은 채로 K의 손을 잡았다. 그는 여자의 손을 얼른 떨쳐 버리지 못했다. 「지금 이렇게 가시면 안 돼요. 저에 대한 그릇된 인상을 가지고서 그냥 가실 수는 없어요. 꼭 지금 가셔야 하나요? 잠깐만 더 이곳에 머무르는 호의를 베풀고 싶은 생각조차 들지 않을 만큼 정말로 제가 그렇게 하찮은 존재인가요?」 「내 말을 오해했군요.」 K는 그렇게 말하면서 다시 자리에 앉았다. 「내가 여기 있는 것을 그렇게 바란다면야, 얼마든지 있어 줄게요. 시간은 있어요. 사실 오늘 심리가 열릴 걸로 생각하고 왔거든요. 방금 내가 했던 말은 공연히 내 소송에 끼어들지 말라는 겁니다. 이런 말에 마음 상할 것 없어요. 이 점을 생각해 봐요. 내 입장에서는 소송의 결과 따위는 전혀 중요하지 않고 또 유죄 판결 같은 것이 나와도 그냥 웃어 버릴 테니까요. 다 소송이 제대로 결말에 이른다는 것을 전제로 하는 말이죠. 사실 그것도 의심스럽기 짝이 없어요. 오히려 내 소송은 이 관료 세계에 만연한 태만이나 건망증 또는 두려움 때문에 이미 중단되었거나 아니면 얼마 안 가 중단될지도 몰라요. 이들은 혹시 더 큰 뇌물을 받을까 하여 소송을 계속할지도 모르지요. 오늘 미리 말씀드리지만 다 헛수고죠. 나는 뇌물 같은 것은 모르는 사람이니까요. 물론 당신이 나서서 예심 판사나 그밖에 중요한 소문을 퍼뜨리길 좋아하는 사람에게 그 양반들이 지금까지 재산을 쌓을 때 사용해 온 술책으로 내 마음을 아무리 움직이려 해도 절대 뇌물을 건네지 않을 거라고 말해 준다면 너무나 고마운 일이죠. 아무리 그래 봤자 소용없다는 점을 그 사람들에게 솔직하게 말해 줘요. 어쩌면 그 사람들은 이 점을 이미 알아챘을 수도 있어요.

만약 그렇지 않고 지금 와서 이 점을 눈치챈다 해도 나는 아무 상관 없어요. 그러면 오히려 이 양반들 쓸데없는 일 하나 줄어드는 거죠. 나도 불쾌한 일 덜 당하는 거고요. 그런데 만일 그런 불쾌한 일이 그 양반들의 귀싸대기를 한 대 때리는 것처럼 타격을 줄 수 있는 거라면 얼마든지 그 일을 감내할 생각이 있어요. 놈들도 꼭 맛을 보게 할 거요. 정말로 그 예심 판사를 잘 아세요?」「그럼요.」 여자가 말했다.「사실 제가 당신을 돕겠다고 말했을 때 가장 먼저 떠올린 게 예심 판사인걸요. 그 사람이 그렇게 하급 관리인 줄은 미처 몰랐어요. 하지만 당신이 그렇게 말하니까 그게 사실이겠죠. 그래도 그 사람이 상부에 올리는 보고가 어느 정도는 영향력이 있다고 봐요. 그 사람은 보고서를 아주 많이 작성하지요. 당신은 관리들이 나태하다고 말하는데, 다 그런 건 분명 아니에요. 누구보다 이 예심 판사는 정말 그렇지 않아요. 이 사람은 정말 많은 보고서를 작성해요. 이를테면 지난 일요일에도 저녁때까지 회합이 이어졌어요. 다른 사람들은 다 갔지만, 예심 판사는 홀에 남아 있었어요. 그래서 나는 램프를 가져다줘야 했지요. 제겐 부엌에서 쓰는 조그만 램프밖에 없었어요. 그래도 그는 그것으로 만족하고는 곧이어 글을 쓰기 시작했어요. 그사이에 마침 그 일요일에 휴가였던 제 남편도 돌아와 가구들을 옮겨 우리 방을 다시 꾸몄어요. 그러다가 이웃들이 찾아와서 촛불을 켜 놓고 잠시 이야기를 나누었어요. 그러니까 예심 판사의 존재를 잊고 그냥 잠자리에 들었었죠. 갑자기 밤중에, 이미 밤이 아주 깊었을 때 저는 잠에서 깼어요. 예심 판사가 침대 앞에 서서 불빛이 제 남편에게 비치지 않게 손으로 등불을 가리고 있었어요. 사실 그건 쓸데없는 우려였어요. 제 남편은 아무리 불빛이 비쳐도 잠에서 깨지 않으니까요. 저는 소스라치게 놀라 하마터면 소리를 지를 뻔했어요. 그러나 예심 판사는 아주 다정하게 저를 진정시키면서 이렇게 속삭였어요. 지금까지 글을 썼으며 이제 램프를 돌려주려 한다고요. 그러면서 잠들어 있던 저의 모습을 영원히 잊지 못할 거라고 하더군요. 이런 말씀을 드리는 까닭은 예심 판사가 사실 여러 편의 보고서를 작성했는데, 그게 특히 당신에 대한 보고서였기 때문이에요. 왜냐하면 지난 일요일에 있었던 회합에서 당신에 대한 심리는 누가 보나 가장 중요한 사안이었거든요. 그렇게 긴 보고서들이 전혀 의미가 없을 리는 만무하죠. 그리고 이런 사건으로 미루어 예심 판사가 제게 마음이 있다는 걸 아실 거예요. 예심 판사는 저의 존재를 이제야 알아챈 것 같은데, 알다시피 이렇게 초반에야말로 그 사람에게 제대로 영향력을 행사할 수 있어요. 그가 저를 얼마나 마음속에 품고 있는지 알려 줄 만한 다른 증거들도 있어요. 어제 그는 그 대학생 — 자기 일을 도와주는 그 학생을 그는 크게 신뢰하고 있어요 — 편에 실크 스타킹을 선물로 보내왔어요. 회의실을 청소해 줘 고맙다는 명목이었지요. 하지만 그건 구실에 불과해요. 그 일은 의무이고, 그 대가로 남편이 월급을 받거든요. 예쁜 스타킹이에요. 보세요.」 여자는 두 다리를 쭉 뻗고 치마를 무릎까지 걷어 올리고서 스타킹을 내려다보았다. 「스타킹 한번 예쁘죠. 하지만 너무 예뻐서 저한테는 안 어울려요.」

여자는 갑자기 말을 멈추더니 안심시키려는 듯 자기 손을 K의 손 위에 살짝 올려놓으며 속삭였다. 「조용히 하세요, 베르톨트가 우리를 쳐다보고 있어요!」 K는 천천히 시선을 들었다. 회의실 문간에 한 젊은 남자가 서 있었다. 키가 작았으며 다리는 휘어 있었다. 그러면서도 듬성듬성하고 짧고 불그스레한 턱수염을 손가락으로 계속해서 매만지며 어떻게든 나름 품위를 보이려 했다. K는 호기심 어린 눈길로 남자를 쳐다보았다. K에게 생소하기만 한 법률을 공부하는 대학생들 중에서 처음으로 직접 대면하는 사람으로, 언젠가는 더 높은 지위에 오를 가능성이 컸다. 반면, 대학생은 K 따위는 안중에도 없는 듯 수염을 어루만지던 손가락 하나로 여자에게 손짓을 하고는 창가로 갔다. 여자는 허리를 굽히고서 K에게 속삭였다. 「노여워하지 마세요. 제발요. 저를 나쁜 여자로 보지 마세요. 이제 저 사람한테 가봐야 해요. 저 볼품없게 생긴 남자에게요. 저 휜 다리 좀 보세요. 금방 돌아올게요. 그러고 나서 당신과 함께 가겠어요. 저를 데려가는 곳이라면 어디든지. 당신 하고 싶은 대로 해도 좋아요. 될 수 있는 대로 이곳에서 오래 떨어져 있을 수 있으면 정말 행복할 거예요. 영원히 떠나 있을 수 있다면 더할 나위 없이 좋고요.」 그녀는 K의 손을 약간 더 어루만지다가 벌떡 일어나더니 창가로 달려갔다. K는 자기도 모르게 여자의 손을 붙잡으려다 허공만 더듬었다. 여자가 그를 유혹한 것은 사실이었다. 아무리 생각해 봐도 여자의 유혹을 뿌리쳐야 할 합당한 이유를 찾을 수 없었다. 여자가 그를 법정에 얽어 넣으려고 그러는 건지도 모른다는 생각이 얼핏 스쳤지만 금세 그 생각을 떨쳐 버렸다. 이 여자가 어떻게 그를 얽어 넣을 수 있단 말인가? 그는 적어도 자신과 관련이 있는 한 당장이라도 이딴 법정을 몽땅 부숴 버릴 수 있을 만큼 여전히 자유로운 몸이 아닌가? 그 정도의 자신감도 없는가? 도움을 주겠다고 자청한 여자의 말은 진심이었고 따지고 보면 무가치할 것 같지만도 않았다. 그리고 어쩌면 예심 판사와 그의 패거리에게서 이 여자를 빼앗아 자기 것으로 만드는 것보다 더 멋진 복수도 없을 것 같았다. 그러면 예심 판사는 K에 대해 거짓 보고서를 낑낑대며 작성하고 나서 밤늦게 여자의 침대가 비어 있는 꼴이나 보게 되는 거다. 왜 침대가 비었겠는가? 그야 여자가 K의 것이 되었기 때문이다. 지금 창가에 있는 저 여자가, 거칠고 두꺼운 천에 싸여 있는 저 풍만하고 부드럽고 따뜻한 몸뚱어리가 오로지 그의 것이 되었기 때문이다.

이렇게 해서 여자에 대한 우려를 털어 내자 창가에서 속살대는 그들의 나직한 대화가 너무 길게 느껴졌다. 그는 손가락 마디로 연단을 두드리다가 나중에 가서는 주먹으로 두드렸다. 대학생은 여자의 어깨 너머로 K를 잠시 넘겨다보고는 전혀 괘념치 않고 몸을 더욱 여자에게 밀착시키며 끌어안았다. 여자는 대학생의 말을 경청하는 듯 고개를 깊이 떨구고 있었고, 대학생은 쪽쪽 소리가 나도록 그녀의 목덜미에 키스를 해 댔다. 그러면서도 하던 말을 멈추지 않았다. 여기서 K는 아까 여자가 호소했던 대로 대학생이 여자를 마음대로 쥐고 흔드는 것을 목격했다. K는 자리에서 일어나 방 안을 서성였다. 대학생을 힐끔힐끔 쳐다보면서 녀석을 어떻게 하면 빨리 쫓아 버릴 수 있을까 생각했다. 마침 그때 K가 발을 쿵쿵 굴러 가며 서성대는 모습에 심기가 상한 게 분명한 듯 대학생이 그를 향해 이렇게 내뱉었을 때 오히려 반가운 느낌마저 들었다. 「그렇게 초조하면 가면 될 거 아니오. 진작 갈 수도 있었는데. 당신이 간다고 섭섭할 사람 아무도 없소. 진작 갔어야지. 아니, 내가 들어올 때 이미 갔어야죠.」 말 속에는 극단적인 분노가 서려 있는 것 같았다. 또한 장래의 법관이 얕보이는 피고를 향해 내뱉는 거만함 같은 것도 스며 있었다. K는 대학생 곁에 바짝 붙어 서서 씩 웃으며 말했다. 「초조한 건 사실이오. 그런데 이 초조함을 없애는 가장 쉬운 방법은 당신이 우리에게서 떠나는 거요. 만일 당신이 공부를 하러 이곳에 온 거라면 — 듣기로 대학생이라고 하던데 — 기꺼이 자리를 비켜 줄 용의가 있소. 이 여자를 데리고 가줄 생각이 있소. 그건 그렇고 판사가 되려면 공부를 열심히 해야 하오. 당신들의 사법 제도에 대해서 잘은 모르지만, 당신의 그런 거칠기 짝이 없는 말투로는 어림도 없을 거요.」 「이런 자를 이렇게 마음대로 나다니게 해서는 안 돼.」 대학생은 K의 모욕적인 설교에 대해 설명하는 투로 여자에게 말했다. 「크게 잘못된 거야. 이미 예심 판사에게도 그 점을 말씀드렸어. 심리가 있을 때를 제외하고는 방에 잡아 둬야 해. 가끔 예심 판사를 이해할 수가 없단 말이야.」 「별 쓸데없는 소리를 다 하는군.」 K는 그렇게 말하면서 여자에게 손을 내밀었다.

「자, 갑시다.」「아니, 이런.」 대학생이 말했다. 「안 돼, 안 돼. 그 여자를 데려가지는 못해.」 그러더니 믿기지 않게 한쪽 팔 힘만으로 여자를 번쩍 들어 올리고는 등을 구부린 채 다정한 눈빛으로 올려다보며 문 쪽으로 내달렸다. K를 두려워하는 빛이 역력했다. 그럼에도 대학생은 자유로운 다른 손으로 여자의 팔을 어루만지고 주무르며 K의 심기를 건드리려 했다. K는 옆에서 몇 걸음 따라가며 녀석을 붙잡아 여차하면 목을 조를 생각이었다. 그때 여자가 말했다. 「그래 봤자 소용없어요. 예심 판사가 저를 불렀어요. 저는 당신과 함께 가지 못해요. 이 조그만 악마는요……」 여자는 손으로 대학생의 얼굴을 어루만지며 말을 이었다. 「이 조그만 악마는요, 저를 놔주지 않아요.」「보아하니 당신은 거기서 헤어 나오고 싶지 않은 거야.」 K는 소리를 지르며 손으로 대학생의 어깨를 잡았다. 그러자 대학생은 그의 손을 이로 물려고 대들었다. 「안 돼요.」 여자는 소리를 지르며 두 손으로 K를 밀쳤다. 「안 돼요, 안 돼요. 제발 그러지 말아요. 대체 무슨 생각을 하는 거예요? 그랬다가는 전 끝장이에요. 제발 이 사람을 놔줘요, 놓아 달라고요. 이 사람은 예심 판사의 명령을 받아 저를 데려가는 거예요.」「갈 테면 가요. 다시는 당신을 안 볼 테니.」 실망한 나머지 화가 치밀어 오른 K는 대학생의 등을 한 대 후려치며 말했다. 대학생은 잠깐 비틀거리더니 넘어지지 않는 것에 만족하며 짐을 짊어 맨 채 더욱 껑충 내달렸다. K는 천천히 그들 뒤를 따라갔다. 그때 그는 이것이 그들에게 당한 명확한 첫 번째 패배임을 깨달았다. 물론 그 때문에 낙담

할 필요는 없었다. 먼저 싸움을 걸다 보니 패배한 것이다. 집에 머물며 평상시 같은 생활을 한다면 이 정도 인간들쯤이야 상대도 안 될 텐데. 그냥 발길질 한 번이면 간단히 제거해 버릴 텐데. 그때 그는 아주 우스꽝스러운 장면을 떠올렸다. 이를테면 이 보잘것없는 대학생, 간덩이가 부운 그 녀석이, 등이 굽은 그 턱수염쟁이가 엘자의 침대 앞에 무릎을 꿇고 손이 닳도록 비는 장면을 말이다. 그런 상상만으로도 K는 기분이 좋았다. 그래서 기회가 되면 그 대학생 녀석을 한번 엘자에게 데려가기로 마음먹었다.

K는 호기심이 발동하여 서둘러 문 쪽으로 달려갔다. 여자를 어디로 데려가는지 보고 싶었다. 이를테면 대학생이 여자를 끌어안고서 이 길 저 길 건너다닐 것 같지는 않았다. 그들이 지나간 길은 생각보다 짧았다. 현관 바로 건너편에 좁은 나무 계단이 다락방 쪽으로 나 있는 것 같았다. 계단이 휘어져서 끝이 보이지 않았다. 이 계단을 거쳐 대학생은 여자를 안고 위로 올라가고 있었다. 낑낑대며 아주 천천히. 여태껏 뛰느라 힘이 빠졌기 때문이다. 여자는 아래쪽에 있는 K에게 손짓으로 인사를 보냈다. 그러면서 어깨를 으쓱 들먹이며 자기는 이번 납치와 전혀 관계가 없음을 보여 주려 했다. 그러나 여자의 몸짓에서 안타까움 같은 것을 느낄 수는 없었다. K는 마치 낯선 여자를 바라보듯 무표정하게 쳐다보았다. 실망한 기색을 보이고 싶지도 않았고, 이 정도 실망감이야 금세 이겨 낼 수 있다는 것조차 보여 주기 싫었다.

두 사람은 이미 사라져 보이지 않았다. 그러나 K는 여전히 문간에 서 있었다. 여자가 그를 속였다고, 그것도 예심 판사에게 가봐야 한다는 말로 속였다고 생각하지 않을 수 없었다. 예심 판사가 다락방 같은 곳에 앉아서 기다릴 리는 없었다. 아무리 오래 노려본들 계단이 그에 대한 답을 주지는 않았다. 그때 K는 다락 층으로 올라가는 계단 옆에 조그만 표찰이 붙어 있는 것을 알아채고 얼른 그리로 가서 어린애처럼 졸렬한 글씨체로 쓰여 있는 글을 읽어 보았다. 〈법원 사무처 계단〉. 이 셋집 다락 층에 법원 사무처가 있단 말인가? 존경심을 불러일으킬 만한 시설은 아니었다. 그리고 피고의 입장에서 볼 때 법원이 가난하여 극빈자들이 쓰레기 같은 넝마를 버리는 이런 곳에 사무처를 두고 있다는 사실은 생각만으로도 위안이 되었다. 물론 관료들이 법원과 관련된 일에 돈을 쓰지 않고 착복할 가능성을 배제할 수 없었다. K가 지금까지 겪은 것으로 보아 그럴 가능성이 가장 농후했다. 법원이 그토록 썩었다는 것이 피고의 입장에서는 좀 굴욕적이기는 하지만 근본적으로 보아 법원이 가난한 것보다 더 위안이 되었다. 이제 와서 보니 첫 심리 때 피고를 다락 층으로 소환하는 것이 창피해 집에 와서 괴롭힌 것도 이해가 되었다. 판사에 비하면 K는 얼마나 형편이 좋은가. 판사는 다락방에 앉아 있지만 그는 은행에도 응접실이 딸린 큰 방을 갖고 있어 커다란 창유리를 통해 활기찬 광장을 내려다볼 수 있다. 뇌물이나 횡령을 통한 부수입은 없었고 사환에게 여자를 사무실로 안아서 데려오라고 하는 일도 없었다. K는 적어도 이번 생에서는 그런 것을 기꺼이 포기할 각오가 되어 있었다.

K는 여전히 그 표찰 앞에 서 있었다. 한 남자가 계단을 올라오더니 열린 문을 통해 거실 안쪽을 들여다보았다. 거실에서 보면 회의실도 보였다. 그러다 마침내 그는 K에게 혹시 여기서 잠시 전에 웬 여자를 못 봤느냐고 물었다. 「법원 정리죠?」 K가 물었다. 「예.」 남자가 말했다. 「아니, 그러고 보니 피고 K씨군요. 이제야 알아보겠어요. 반갑습니다.」 그러면서 K에게 전혀 예상치 않은 악수를 청했다. 「오늘은 예정된 법정이 없습니다.」 K가 아무 말도 않자 정리가 덧붙였다. 「알고 있어요.」 K는 정리가 입고 있는 사복을 보며 말했다. 평범한 몇 개의 단추 옆에 관료의 표지로 두 개의 금 단추가 달려 있었다. 아마도 낡은 장교복에서 떼어 낸 것 같았다. 「방금 전에 당신 부인과 이야기를 나눴습니다. 이젠 여기에 없어요. 대학생이 예심 판사에게 데려갔거든요.」 「보세요.」 정리가 말했다. 「사람들은 자꾸만 내게서 그녀를 빼앗아 가요. 오늘은 일요일이라 사실 공식적인 업무가 없어요. 그런데도 날 이곳에서 떼어 놓으려고 필요도 없는 통지를 전하라며 다른 곳으로 보내 버려요. 뭐, 그리 멀리 가는 것도 아니니 서두르면 제때에 돌아올 수 있겠다는 희망을 품기도 하지요. 후다닥 뛰어가서 통지를 전해야 할 사무실 문틈에 대고 저편에서 알아듣든 말든 숨 가쁘게 소리를 치지요. 그런 다음 다시 후다닥 달려옵니다. 하지만 대학생 녀석은 나보다 한발 빨라요. 거리가 훨씬 짧으니까요. 다락 층 계단을 내려오기만 하면 되거든요. 내가 얽매인 몸만 아니었어도 그 대학생 녀석을 진작에 이 벽에 대고 짓눌러 버렸을 겁니다. 여기 이

표찰 옆에다 말이죠. 늘 그런 꿈을 꿔요. 여기 이 마룻바닥 약간 위에다 납작하게 짓눌러 놓는 거죠. 양팔을 벌린 채로, 손가락들도 벌린 채로, 휜 다리는 원 모양이 되게요. 사방에는 핏물이 튀고. 그러나 아직까지 그건 꿈일 뿐이에요.」「다른 방법은 없나요?」K가 미소를 지으며 물었다. 「잘 모르겠어요. 점점 더 나빠지고 있어요. 전에는 자기가 차지하려고 데려가더니, 이미 오래전에 예상한 바이지만, 이제는 예심 판사한테까지 데려가는 겁니다.」「그렇다면 이 일에 당신 아내의 책임은 없나요?」K가 물었다. 이 질문을 던지면서 K는 감정을 자제해야 했다. K 역시 심한 질투를 느꼈기 때문이다. 「여부가 있나요.」정리가 대답했다. 「누구보다도 그 여편네한테 가장 큰 책임이 있지요. 먼저 녀석한테 매달렸으니까요. 그런데 그 녀석은 말이죠, 여자란 여자 뒤꽁무니만 따라다녀요. 이 건물에만 해도 다섯 집이나 몰래 숨어들어 갔다가 내쫓겼어요. 물론 이 건물 전체에서 내 마누라가 제일 예쁘죠. 그러니 나로서는 어떻게 막을 도리가 없어요.」「상황이 그렇다면 정말 어찌해 볼 방도가 없겠네요.」K가 말했다. 「선생은 안 될 것도 없지 않나요?」정리가 물었다. 「그런 겁쟁이 대학생 녀석을 말입니다. 만일 녀석이 내 마누라를 건드리려고 하면 그냥 흠씬 두들겨 패주고 싶어요. 다시는 그딴 짓을 못하게요. 하지만 나는 그럴 수가 없어요. 다른 사람들도 나를 위해 그렇게 해줄 엄두를 못내요. 모두 녀석의 권력을 두려워하거든요. 혹시 선생 같은 분은 그렇게 할 수 있을지 모르지만.」「어떻게 내가?」K는 흠칫 놀라며 물었다.

「선생은 피고인이니까요.」정리가 말했다. 「그건 그렇죠. 그치만 그러니까 더 두렵죠. 그 친구가 소송의 결과에는 영향력을 끼칠 수 없을지 몰라도 예비 심리에는 영향을 끼칠 가능성이 크거든요.」「그건 그래요.」정리는 K의 생각이 자기 생각과 정확히 일치한다는 투로 말했다. 「하지만 보통 우리는 앞을 내다볼 수 없는 소송은 벌이지 않아요.」「그 의견에는 동의할 수 없어요.」K가 말했다. 「하지만 암만 그래도 그냥 가만있을 수는 없어요. 기회가 되면 그 대학생 녀석을 손봐 줘야죠.」「그렇게 해주신다면 정말 고맙겠습니다.」정리가 정중한 투로 말했다. 하지만 그는 자신이 마음속에 품은 가장 드높은 소망의 실현 가능성을 거의 믿지 않는 것 같았다. 「어쩌면 말이죠.」K가 말했다. 「당신들 관료들 중 다른 사람들도, 아니 관료들 모두 그와 똑같은 맛을 봐야 할 겁니다.」「그럼요, 그렇고말고요.」정리는 불을 보듯 뻔한 이야기라는 투로 말했다. 그러고 나서 지금까지 친절한 태도를 취하면서도 보여 주지 않았던 신뢰 어린 눈빛으로 K를 바라보며 덧붙였다. 「언제 어디서나 반란은 있는 법이지요.」그러나 대화가 좀 불편해진 모양이었다. 이렇게 말하면서 대화를 끊었기 때문이다. 「이제 사무처에 가봐야 해요. 같이 가실래요?」「그곳엔 볼일이 없는데요.」K가 말했다. 「사무처 구경이나 하시죠. 아무도 뭐라 하지 않을 테니까요.」「뭐, 구경할 만한 게 있나요?」K는 머뭇거리며 물었다. 하지만 같이 가고 싶은 마음은 굴뚝같았다. 「글쎄요.」정리가 말했다. 「충분히 관심을 가질 거라고 생각했어요.」「좋아요.」K가 마침내 말했다. 「같이 갑시다.」 그런 다음 정리보다 더 빠른 걸음으로 계단을 올라갔다.

안으로 들어서다가 하마터면 넘어질 뻔했다. 문 뒤에 계단이 하나 더 있었기 때문이다. 「일반인들에 대한 배려는 거의 없군요.」「배려 같은 건 없어요.」 정리가 말했다. 「이 대기실 좀 보세요.」 그건 그냥 긴 복도였는데, 조악하게 만들어진 문들이 다락 층의 이런저런 부서로 통했다. 햇볕이 직접 들어올 수 없는 구조였지만 실내가 아주 캄캄하지는 않았다. 대부분 부서의 복도와 면한 벽들은 판자로 된 하나의 벽이 아니라 천장에 이르기까지 나무 격자로 되어 있었고, 그리로 빛이 들어왔기 때문이다. 격자 창살 사이로 몇몇 관리들이 책상에 앉아서 뭔가 쓰고 있거나 창살에 기대어 그 틈으로 복도에 있는 사람들을 관찰하고 있었다. 일요일이라서 그런지 복도에는 사람이 많지 않았다. 복도의 사람들은 인상들이 꽤나 겸손해 보였다. 이들은 복도 양쪽에 두 줄로 놓인 나무 의자에 거의 일정한 간격을 두고 앉아 있었다. 옷차림새는 보잘것없었지만, 대부분 표정이나 몸가짐, 수염의 스타일 그리고 그 밖의 뭐라 확실하게 말할 수 없는 몇 가지 자잘한 특징들로 미루어 비교적 상층부에 속하는 사람들 같았다. 옷걸이가 없었기 때문에 이들은 다른 사람이 하는 대로 모자를 의자 밑에다 두었다. 문에서 가장 가까운 곳에 앉아 있던 사람들은 K와 정리를 보자 인사를 하려고 자리에서 일어났다. 그것을 본 다음 사람들도 인사를 해야 한다고 생각했다. 그 바람에 두 사람이 지나가는 순간 모두들 자리에서 일어났다.

결코 몸을 곧게 일으켜 세우지는 않았다. 등은 구부정하고 무릎은 꺾인 상태였다. 마치 길거리의 걸인 같은 자세였다. K는 자기 뒤에 조금 떨어져서 따라오던 정리를 기다렸다가 말했다. 「이 사람들은 정말 기가 죽어 있군요.」「그래요.」 정리가 말했다. 「피고들이거든요. 당신 눈에 보이는 이들 모두 피고들입니다.」「정말요?」 K가 말했다. 「내 동지라는 얘기군요.」 그는 바로 옆에 있던, 키가 크고 몸이 날씬한 반백의 남자 쪽을 향하며 말했다. 「뭘 기다리는 중인가요?」 K가 정중한 투로 물었다. 이 느닷없는 질문에 남자는 당황하는 빛이 역력했다. 게다가 이 장면은 보기가 참 안쓰러웠는데, 왜냐하면 남자는 세상 경험이 많은 사람 같았기 때문이다. 아마도 다른 곳에서라면 자신의 마음을 잘 제어했을 테고 수많은 사람들을 대하면서 얻은 우월감을 금방 포기하지 않았을 것이다. 그러나 이 순간 남자는 너무도 간단한 질문에 답을 하지 못했다. 그러면서 다른 사람들을 쳐다보았는데, 마치 사람들에겐 자신을 도와줄 의무가 있으며 만약 도움이 없다면 누구도 자신에게 대답을 요구할 수 없다는 투였다. 그때 정리가 나서서 남자를 안심시키며 부담을 덜어 주려고 이렇게 말했다. 「이분은 그저 당신이 뭘 기다리는지 알고 싶을 뿐이오. 그냥 대답하면 돼요.」 남자에게 친숙한 듯한 정리의 목소리는 효과가 있었다. 「내가 기다리는 것은……」 남자는 그렇게 말을 꺼내 놓고 주춤거렸다. 이렇게 말머리를 꺼낸 것은 질문에 정확히 답하기 위한 것이었지만 아무튼 말을 잇지 못했다. 기다리고 있던 사람들 몇몇이 다가와 그들 주위를 에워쌌다. 그러자 정리는 이들에게 말했다. 「물러서요, 물러서. 길을 막지 말아요.」 그들은 약간 뒤로 물러섰지만 원래 앉아 있던 자리로 돌아가지는 않았다. 그러는 동안 방금 전에 질문을 받았던 남자가 생각을 가다듬고 약간의 미소까지 지으며 대답했다. 「한 달 전에 제 소송 건에 대한 증거를 제출했는데 결과를 기다리고 있습니다.」 「노력을 아주 많이 기울이고 있는 것 같군요.」 K가 말했다. 「그렇습니다.」 남자가 말했다. 「제 일이니까요.」 「누구나 당신처럼 생각하는 것은 아닙니다.」 K가 말했다. 「이를테면 나 역시 기소를 당했는데, 맹세코 말하자면 증거를 제출하지도, 그 밖에 다른 어떤 조치도 취하지 않았어요. 그게 필요하다고 생각하나요?」 「잘 모르겠습니다.」 남자는 다시 자신 없는 태도로 말했다. 남자는 K가 자신을 놀리고 있다고 생각하는 것 같았다. 그래서 혹시라도 잘못하여 다시 실수를 할까 봐 방금 했던 대답을 반복하는 게 좋다고 여기는 것 같았다. 그러나 채근하는 K의 눈빛에 눌려 남자는 그냥 이렇게만 말했다. 「저로 말씀드릴 것 같으면, 증거를 제출했습니다.」 「당신은 내가 기소를 당했다는 것을 믿지 않는군요.」 K가 물었다. 「아뇨, 믿고말고요.」 남자는 약간 옆으로 비켜서며 말했다. 그러나 그 대답에서는 믿음이 아닌 두려움만 느껴졌다. 「정말 내 말을 못 믿겠어요?」 K가 물었다. 그러면서 남자의 비굴한 태도에 자기도 모르게 불쑥 그의 팔을 잡았다. 마치 믿음을 강요하려는 듯이. 아프게 할 생각은 없었으므로 그저 가볍게 잡았을 뿐이다. 그러나 남자는 K가 손가락이 아닌 시뻘겋게 달아오른 집게로 자기를 집기라도 한 것처럼 비명을 질렀다. 이 말도 안 되는 비명에 K는 결국 인내심에 한계를 느꼈다. K가 기소당했다는 사실을 믿지 않는다면 오히려 잘된 일이었다. 어쩌면 남자는 K를 판사로 생각하는 것 같기도 했다. 이번엔 작별을 할 요량으로 남자를 꽉 붙잡아 원래의 벤치에다 밀쳐놓고 가던 길을 계속 갔다. 「기소를 당한 대부분의 사람들은 저렇게 민감해요.」 정리가 말했다. 두 사람 뒤로 대기실에 있던 거의 모든 사람들이 남자 주위에 모여들었다. 남자는 이미 비명을 멈추었다. 사람들은 남자에게 대체 무슨 일이었는지 자세히 캐묻는 것 같았다. 이번엔 K를 향해 감시원이 하나 다가왔다. 그가 감시원이라는 것은 사브르를 보고 알았다. 사브르의 칼집은 그 색으로 보아 알루미늄이었다. K는 놀라운 마음에 만져 보기까지 했다. 비명 때문에 달려온 감시원은 대체 무슨 일이냐고 물었다. 정리는 몇 마디 말로 감시원을 안심시키려 했다. 그러나 감시원은 자기가 직접 나서서 알아봐야겠다며 경례를 하고서 몹시 서둘러 갔는데 통풍에 걸려서 그런지 종종걸음이었다.

이제 K는 더 이상 감시원과 복도에 모여 있던 사람들에게 마음을 쓰지 않았다. 특히 복도 중간쯤에 이르렀을 때 오른쪽에 문이 달려 있지 않은 입구가 있어 그쪽으로 꺾어 들어갈 수 있었기 때문이다. 그는 정리에게 그쪽으로 가는 게 맞는지 눈짓을 보냈고, 정리는 고개를 끄덕였다. K는 실제로 그쪽으로 꺾어 들었다. 정리보다 계속 한두 걸음 앞서 걸어가는 것이 너무 피곤했다. 적어도 여기서는 마치 체포를 당해 연행되는 듯한 느낌을 줄 수가 있었다. 그는 자꾸만 멈춰서 정리를 기다렸다. 그러면 그때마다 정리는 곧 다시 뒤처졌다. 마침내 K는 불쾌한 기분을 끝장내려고 말했다. 「자, 구경 잘 했으니, 이제 나는 가보겠소.」 「아직 다 본 게 아닌데요.」 정리는 전혀 악의가 없는 투로 말했다. 「다 보고 싶은 생각은 없소.」 K가 말했다. 그는 실제로도 피곤함을 느꼈다. 「정말 가고 싶소. 출구가 어느 쪽이오?」 「아니, 벌써 길을 잃은 건 아니죠?」 정리가 놀랍다는 투로 물었다. 「여기서 저 모퉁이까지 가서 오른쪽 복도를 따라서 곧장 내려가면 문이 나와요.」 「같이 갑시다.」 K가 말했다. 「길을 좀 가르쳐 줘요. 혹시 길을 잃을지 모르잖아요. 여긴 길이 하도 많아서.」 「길은 하나밖에 없다니까요.」 정리는 거의 나무라는 투로 말했다. 「당신하고 다시 돌아갈 수는 없어요. 가서 보고를 해야 하는데, 당신 때문에 시간을 많이 잡아먹었어요.」 「그래도 같이 갑시다.」 이번엔 K가 마치 정리의 거짓말을 하는 현장을 목격하기라도 한 것처럼 날카롭게 말했다. 「그렇게 소리 지르지 말아요.」 정리가 속삭였다. 「여기는 곳곳이 사무실이거든요. 혼자 가기 싫다면 저하고 한 블록 더 가든가 아니면 제가 일을 끝마칠 때까지 여기서 기다리세요. 그러면 얼마든지 당신과 함께 돌아가 줄 테니까요.」 「안 돼요. 안 기다릴 거요. 당장 함께 가자니까요.」 사실 K는 지금까지 자기가 들어와 있던 실내를 구경하지 않았다. 그때 그 많은 나무 문들 중 하나가 열리고서야 비로소 그는 그 안쪽을 들여다보았다. 시끄럽게 떠드는 소리를 듣고서 나온 듯 한 아가씨가 다가와서 물었다. 「혹시 도와 드릴 일이라도 있나요?」 아가씨의 뒤편 멀리서 또 한 남자가 어둠에서 다가오는 게 보였다. K는 정리 쪽을 바라보았다. 아까 이 친구는 K에 대해 아무도 신경 쓰지 않을 거라고 말하지 않았던가. 벌써 두 명이나 나타났다. 조금만 있으면 그곳에 있는 관리들이 다 그를 주목할 것이고 왜 이곳에 왔느냐고 캐물을지도 모른다. 그럴 경우 유일하게 납득할 만한 해명은, 피고인으로서 다음 심리 날짜를 알고 싶어서 왔다는 것이지만, 사실 그런 해명은 정말 하기 싫었다. 사실이 아니었기 때문이다. 실제로 그가 이곳에 온 까닭은 호기심 때문이거나, 아니면 해명으로는 더 적절치 못하겠지만, 사법 제도의 내부가 외부만큼이나 역겹다는 것을 확인하고 싶은 욕심 때문이다. 사실 이런 가정은 들어맞은 것 같았다. 그는 더 이상 캐고 들어가고 싶지 않았다. 지금까지 본 것만으로도 마음이 옥죄였다. 언제라도 문 뒤에서 불쑥 나타날 것 같은 고위 관리 앞에 나서고 싶은 생각은 지금으로써는 없었다. 어서 그 자리를 떠나고 싶었다. 정리와 함께, 혹 그게 안 된다면 혼자서라도.

아무 말도 않고 묵묵히 그렇게 서 있으니 그는 사람들의 눈길을 끌 수밖에 없었다. 실제로 아가씨와 정리는 마치 그에게 큰 변화가 일기라도 할 것처럼 그를 쳐다보았다. 그들은 그 장면을 놓치지 않고 꼭 보고 싶었다. 그리고 문가에는 K가 조금 전에 멀리 있는 것을 보았던 남자가 서 있었다. 남자는 마치 초조한 구경꾼처럼 낮은 문의 들보를 잡고 발끝을 살짝 든 채 몸을 흔들었다. 아가씨는 가장 먼저 K의 태도가 몸의 어딘가가 좀 좋지 않기 때문이라는 걸 알아채고서 안락의자를 가져와 물었다. 「좀 앉지 않으실래요?」 K는 얼른 의자에 앉아 몸을 좀 더 편하게 하려고 팔걸이에 팔꿈치를 얹었다. 「현기증이 있으신가 봐요, 네?」 아가씨가 물었다. 아가씨의 얼굴을 아주 가까이서 볼 수 있었다. 그만한 나이의 여자들이 한창때 보이는 엄한 표정이 어려 있었다. 「너무 신경 쓰지 마세요.」 아가씨가 말했다. 「그리 이상할 것도 없어요. 이곳에 처음 오는 사람은 거의 모두가 그런 발작을 일으켜요. 당신도 처음 오셨나요? 그래요, 그리 이상할 것도 없어요. 태양이 이곳 지붕의 서까래를 뜨겁게 달구어서 뜨거워진 목재가 공기를 무덥게 만들지요. 사무실 공간으로는 적합하지 않아요. 다른 장점이 좀 있기는 하지만요. 업무가 한창 바쁠 때는 어느 날이고 간에 공기가 답답해서 거의 숨을 쉴 수가 없어요. 그리고 이곳에 빨래가 즐비하게 널리는 걸 생각하면 — 세입자들에게 그걸 못 하게 할 수는 없어요 — 속이 메스꺼운 것도 별로 이상할 게 없고요. 하지만 살다 보면 공기에 다 적응하게 되지요. 앞으로 두 번이고 세 번이고 오다 보면 답답한 기분은 거의 안 느낄 거예요. 좀 좋아지셨나요?」 K는 대답하지 않았다. 갑자기 몸이 나빠져 이곳 사람들에게 약한 모습을 보이는 것이 너무나 쑥스러웠다. 게다가 자신의 몸 상태가 나빠진 원인을 알고 나니 기분이 나아지기는커녕 오히려 더 나빠졌다. 아가씨는 그것을 금방 알아채고서 K가 신선한 공기를 쐬도록 벽에 기대어 있던 막대 갈고리로 조그만 지붕창을 열어젖혔다. 창은 바로 K의 머리 위에 있었으며 바깥으로 곧장 통했다. 그러나 그을음이 떨어지는 바람에 아가씨는 지붕창을 얼른 닫고 K의 손에 묻은 그을음을 손수건으로 닦아 주어야 했다. K는 너무 탈진하여 자기 손으로 그을음을 털어 낼 수 없었기 때문이다. 그는 이렇게 조용히 앉아 있다가 원기를 회복해서 나가고 싶었다. 사람들이 관심을 보이지 않으면 더 빨리 그렇게 할 수 있을 것 같았다. 아니, 그런데 아가씨가 이렇게 말하는 게 아닌가. 「여기를 가로막고 있으면 안 돼요. 사람들 통행을 방해하잖아요.」 대체 여기서 무슨 통행을 방해한다는 건지 K는 눈짓으로 물었다. 「원하시면 병실로 모셔다 드릴게요. 저 좀 도와 줘요.」 아가씨는 문가에 서 있던 남자에게 말했고, 남자는 금방 다가왔다. 그러나 K는 병실로 가기 싫었다. 계속해서 끌려다니는 것만큼은 피하고 싶었다. 그렇게 끌려 다니다가는 상황이 더 나빠질 것 같았다. 「이제 충분히 걸을 수 있어요.」 그는 너무 편히 앉아 있었기 때문에 몸을 부들부들 떨며 의자에서 일어났다. 그러나 몸을 바로 세우고 서 있을 수가 없었다. 「안 되겠군.」 그는 고개를 가로젓고 한숨을 내쉬며 다시 자리에 주저앉았다. 그는 정리를 생각했다. 상황이 어쨌든 간에 자신을 어렵지 않게 밖으로 데리고 나가 줄 것 같았다. 그러나 정리는 벌써 자리를 뜨고 없는 것 같았다. K는 자기 앞에 서 있는 남자와 아가씨 사이로 눈길을 던져 보았지만 정리의 모습은 보이지 않았다.

　「내 생각으로는……」 남자가 말했다. 옷차림이 우아했고 특히 끝이 두 갈래로 뾰족하게 마무리된 회색 조끼가 이채로

웠다. 「이 신사 양반이 불편해하는 것은 여기 분위기 때문인 것 같소. 그러니 이분이 가장 원하고 또 이분한테 가장 좋은 것은 병실로 데려가는 게 아니라 사무처 밖으로 안내하는 겁니다.」 「바로 그거요.」 K가 소리쳤다. 너무나 반가운 나머지 남자가 말하는 중간에 끼어들었다. 「그러면 금방 좋아질 겁니다. 원래 몸이 이리 약하지 않아요. 겨드랑이를 조금만 부축해 주면 돼요. 그렇게 많은 폐를 끼치지는 않을게요. 그리 먼 거리도 아닙니다. 그저 문까지만 안내해 주면 돼요. 계단에 조금만 앉아 있으면 금방 나아질 겁니다. 이런 발작은 나도 처음이어서 상당히 당황스럽네요. 나도 사무원으로 일해서 사무실 공기에는 익숙한 편인데, 당신들 말마따나 이곳 공기가 나한테는 정말 안 맞는 것 같습니다. 조금만 부축해 주지 않으실래요? 좀 어지러워서요. 혼자 힘으로 일어서면 비틀거릴 것 같아요.」 그러고서 그는 두 사람이 그의 양팔을 쉽게 잡을 수 있도록 양어깨를 추어올렸다.

그러나 남자는 그의 요구를 따라 주기는커녕 양손을 태연스레 바지 주머니에 찔러 넣고는 큰 소리로 웃었다. 「그것 보라니까.」 남자는 아가씨에게 말했다. 「내가 정확히 맞혔잖소. 이분은 평소에 그런 게 아니라 이곳에만 오면 안 좋은 거라니까요.」 아가씨 역시 살짝 웃었다. 그러면서도 K를 상대로 너무 심한 장난을 치는 게 아니냐는 듯 남자의 팔을 손가락 끝으로 툭 쳤다. 「아니, 무슨 생각을 하는 거예요?」 남자는 여전히 웃으면서 말했다. 「정말로 이분을 밖으로 모셔 드릴 생각이라니까.」 「그렇다면 좋아요.」 아가씨는 예쁜 머리를 잠시 숙이며 말했다. 「이분의 웃음에 크게 신경 쓸 것 없어요.」아가씨는 K에게 말했다. K는 다시 서글퍼져 멍하니 앞만 바라볼 뿐 해명 같은 것은 원치 않는 것 같았다. 「이분은 말이에요, 우선 이분을 소개할까요?」(남자는 손짓으로 허락의 뜻을 표했다.) 「이분은 그러니까 안내 담당 직원이에요. 기다리는 사람들에게 필요한 모든 정보를 주지요. 우리 법원에 대해 일반 사람들은 잘 모르기 때문에 안내를 해줘야 할 때가 많거든요. 궁금한 게 있으면 뭐든지 다 알려 줍니다. 혹시 물어보고 싶은 게 있으면 한번 시험해 보세요. 이분의 특기는 그것만이 아닙니다. 또 다른 특기는 우아한 옷차림새죠. 우리 즉 이곳의 관리들은 언젠가, 안내 담당 직원은 소송 당사자들을 가장 먼저 상대하는 사람이니까 좋은 첫인상을 위해서 우아하게 차려입기로 결정했어요. 그 외에 우리 같은 사람들은, 당신이 보시면 금방 알겠지만 유감스럽게도 옷차림이 형편없고 구식이지요. 사실 옷에 돈을 쓰는 것은 불필요한 일이에요. 왜냐하면 우리는 거의 늘 사무처에 있고 잠도 이곳에서 자니까요. 좀 전에 말씀드렸듯이 그래도 우리는 안내 담당 직원에겐 멋진 옷을 입히기로 결정한 거죠. 하지만 우리 행정 부서 — 이런 점에서 좀 특이합니다만 — 에서는 이런 옷을 조달해 주지 않기 때문에 우리가 직접 모금을 해서 — 소송 당사자들까지 찬조를 해서 — 안내 담당 직원에게 이렇게 멋진 옷을 사주었어요. 이렇게까지 좋은 인상을 주기 위해 만반의 준비를 마쳤지만, 그의 웃음이 모든 걸 다 망쳐 놓아요. 사람들도 놀라게 하고요.」「맞는 말이긴 하네요.」남자는 조롱하는 투로 말했다. 「하지만, 아가씨, 대체 뭣때문에 이 양반한테 우리의 속사정까지 다 까발리는 거요? 아니 왜 강요하는 거요? 이 사람은 전혀 알고 싶어 하지도 않는데. 눈으로 잘 봐요, 이 양반은 자기 몸 하나도 추스르지 못 해서 이렇게 주저앉아 있잖소.」 K는 반박하고 싶은 생각이 눈곱만큼도 없었다. 아가씨의 의도는 애당초 좋았던 것 같다. K의 마음을 다른 쪽으로 돌려 보거나 아니면 정신을 차릴 기회를 주려 했던 모양이다. 하지만 방법이 잘못된 것 같았다. 「나는 이분한테 당신의 웃음에 대해 설명해 주지 않을 수 없었어요.」 아가씨가 말했다. 「모욕적이었잖아요.」「내 생각으로는 말이오, 이 사람은 내가 밖으로 안내해 주기만 하면 그보다 더한 모욕도 용서해 줄 거요.」 K는 아무 대꾸도 하지 않고 위를 쳐다보지도 않았다. 그저 참으면서 두 사람이 한 가지 사안을 두고 상의하듯 그에 대해 담판을 짓기만을 기다렸다. 그게 가장 좋을 것 같았다. 그런데 그때 갑자기 한쪽 겨드랑이에 안내 담당 직원의 손이, 다른 쪽 겨드랑이에는 아가씨의 손이 느껴졌다. 「자, 어서 일어나요, 약골 선생.」안내 담당 직원이 말했다. 「두 분께 정말 감사드립니다.」 K는 반색을 하며 말했다. 그는 천천히 몸을 일으키면서 가장 부축이 필요한 곳에 두 낯선 손을 가져다 댔다. 「제가 말이죠.」복도를 향해 걸어가는 동안 아가씨가 K의 귀에 대고 속삭였다. 「안내 담당 직원을 좋게 말하려고 되게 애쓰는 듯한 인상을 받았겠죠. 암만 그래도 사실을 말해야겠어요. 이분은 그렇게 냉정한 사람이 아니에요. 이분에게 아픈 소송 당사자를 밖으로 부축해야 할 의무가 있는 건 아니에요. 하지만 당신이 보다시피 지금 그 일을 하잖아요. 우리들 중 그렇게 심장이 차가운 사람은 없는 것 같아요. 우리는 어떤 사람이든 기꺼이 도와줄 마음이 있어요. 하지만 법원 관리라는 이유로, 우리는 사람을 도와줄 줄 모르는 차가운 인간으로 낙인찍히기 십상이에요. 가슴이 아프죠.」「여기 잠깐 앉을까요?」 안내 담당 직원이 물었다. 그들은 이미 복도에 도착해 있었다. 아까 K가 말을 걸었던 바로 그 피고인 앞에. K는 그 보기가 창피했다. 아까만 해도 그 앞에 당당하게 서 있었건만 이제는 두 사람의 부축을 받아야 했다. 안내 담당 직원은 K의 모자를 손가락에 걸어 균형을 잡고 있었다. K의 머리 모양은 완전히 망가졌고, 머리카락은 땀범벅이 된 이마에 달라붙어 있었다. 그러나 그 피고인은 아무것도 눈치채지 못한 것 같았다. 그는 자기를 거들떠보지도 않는 안내 담당 직원 앞에 굴종적인 자세로 서서 자기가 거기 와 있는 것에 대해서만 변명하려 애썼다. 「저는 물론 알고 있어요. 제가 제출한 서류가 오늘 중으로 처리되지는 못하죠. 그래도 이렇게 온 까닭은 여기서 그냥 기다릴 수는 있으리라 생각했던 거죠. 일요일이니 시간도 많고 이곳에 있어도 남에게 방해가 안 될 걸로 생각했죠.」「변명하지 않아도 돼요.」 안내 담당 직원이 말했다. 「당신의 그 주도면밀함은 정말 알아줄 만하군요. 당신이 쓸데없이 자리를 차지하고 있기는 하지만 내게 거슬리지 않는 한 자신의 일 처리 과정을 지켜보려는 당신을 막을 생각은 없소. 자기 의무를 아무렇게나 소홀히 하는 사람들을 보고 났더니 당신 같은 사람에게 인내심을 갖고 대하는 법을 깨닫게 되는군요. 어서 자리에 앉아요.」「이분은 소송 당사자들을 정말 잘도 다뤄요.」아가씨가 속삭였다. K는 고개를 끄덕였다. 그러나 안내 담당 직원이 다시 〈이곳에 좀 앉지 않을래요?〉라고 물었을 때 K는 화들짝 놀랐다. 「아뇨.」K가 말했다. 「쉴 생각 없어요.」K는 되도록 뚜렷한 어조로 말하려 했다. 사실은 쉬고 싶은 생각이 굴뚝같았다. 마치 뱃멀미를 하는 기분이었다. 육중한 파도에 휩쓸리는 배에서 말이다. 산더미 같은 물이 나무 벽들을 향해 몰려오고 복도의 심연에서 파도가 쏴아 소리를 내며 밀려오는 것 같았다. 그 바람에 복도가 좌우로 흔들리고 그래서 양편에서 기다리고 있는 소송 당사자들이 물속으로 들어갔다 나왔다 하는 것 같았다. 그래서 그를 부축하고 있는 아가씨와 남자의 평온함을 이해할 수 없었다. K는 완전히 그들에게 내맡겨져 있었다. 만약에 그들이 K를 놓아 버리면 마치 판자처럼 떨어져 나갈 것 같았다. 그들은 작은 눈으로 예리하게 좌우를 살폈다. K는 비록 함께 보조를 맞추지는 못해도 그들이 내딛는 일정한 발걸음을 느낄 수 있었다. 왜냐하면 K는 그들에 의해 한 걸음 한 걸음 운반되었기 때문이다. K는 마침내 그들이 자기한테 이야기를 하고 있다는 것을 눈치챘다. 그러나 뭔 소리를 하는 건지는 알지 못했다. 다만 온 공간을 가득 채운 소음만 들렸으며, 그 소리를 뚫고 사이렌 소리처럼 일정한 높이의 세찬 소리가 울리는 것 같았다. 「더 크게.」그는 머리를 숙인 채 속삭였다. 그러면서 창피함을 느꼈다. 왜냐하면 그가 알아듣지 못했을 뿐 그들은 이미 큰 소리로 이야기하고 있었기 때문이다. 그때 걸어가던 쪽 벽이 허물어진 것처럼 신선한 바람 한 줄기가 불어왔다. 옆의 말소리도 들렸다. 「애당초엔 그토록 나가고 싶다고 하더니만 여기가 출구라고 수백 번을 말해 줘도 요지부동이군요.」 K는 자기가 출구 앞에 서 있으며, 아가씨가 문을 열어 놓았다는 것을 알아차렸다. 모든 힘이 갑자기 다시 돌아온 것 같았다. 그는 자유의 맛을 느끼기 위해 얼른 계단을 밟으며 자신을 그곳까지 바래다준 두 사람에게 작별을 고했다. 두 사람은 그를 향해 고개를 숙이고 있었다. 「너무 고맙습니다.」 K는 거듭해서 말하며 두 사람의 손을 꼭 잡고 흔들고 또 흔들었다. 그러다가 이윽고 손을 놔주었는데, 사무처의 공기에 익숙한 이들이 계단에서 불어오는 비교적 신선한 공기를 견딜 수 없어 하는 것처럼 보였기 때문이다. 그들은 아무런 대답도 할 수 없었다. 만약 K가 후다닥 문을 닫지 않았다면 아가씨는 그 자리에서 쓰러지고 말았을지도 모른다. K는 잠시 그 자리에 말없이 서서 손거울을 보며 머리를 쓸어 올리고 가까운 계단 턱에 놓여 있던 모자를 집어서 썼다 — 아마도 안내 담당 직원이 그곳에 던져 놓은 것 같았다 — 그러고는 계단을 껑충껑충 신나게 달려 내려갔다. 이런 급격한 변화에 두려움을 느끼면서……. 평소 건강 상태가 탄탄했던 그에게 이런 놀라운 일은 처음이었다. 여태껏 과거 삶의 방식을 너무나 쉽게 견디어 왔으니, 이제 그의 육체가 혁명을 일으키며 그에게 새로운 삶의 방식을 부여하려 하는 걸까? 다음에 기회가 되면 의사한테 가서 진찰을 받아야겠다는 생각을 완전히 저버릴 수 없었다. 아무튼 그는 앞으로는 — 이 점에서 스스로에게 조언자가 될 수 있었다 — 일요일 오전 시간을 오늘보다는 더 유용하게 쓰기로 다짐했다.

태형 형리

그로부터 며칠 뒤인 어느 저녁 K가 그의 사무실과 중앙 계단 사이의 복도를 지나가고 있는데 — 그날 그는 거의 마지막으로 퇴근했는데, 사환 두 사람만이 남아 알전구의 희미한 불빛 아래서 일을 하고 있었다 — 직접 보지는 않았지만 평소 창고라고만 생각했던 어느 문 안쪽에서 한숨 소리가 들렸다. 놀란 그는 발걸음을 멈추었다. 그러고는 혹시 잘못 들은 게 아닌가 하여 다시 한 번 귀를 기울여 보았다. 한순간 고요해졌다가 이내 다시 한숨 소리가 들려왔다. 처음엔 사환 중 하나를 불러올까 생각했다. 혹시 증인이 필요할지도 모르니 말이다. 그러나 걷잡을 수 없는 호기심에 사로잡힌 그는 문을 직접 열어 보았다. 과연 추측했던 대로 창고였다. 문가 바로 앞쪽에는 이제는 사용할 수 없는 낡은 서식 용지들과 도기로 만든 빈 잉크병들이 나뒹굴고 있었다. 그리고 천장이 낮은 방 안에는 세 남자가 허리를 구부린 채 서 있었다. 선반 위의 촛불이 그들을 비추었다. 「대체 여기서 뭐하는 거요?」 K는 흥분한 나머지 다급하게 물었다. 그러나 목소리가 크지는 않았다. 다른 두 남자를 제압하고 있는 듯한, 처음부터 눈길을 끌었던 한 남자는 검은 가죽옷을 입고 있었는데 목에서 가슴팍에 이르는 부분과 양쪽 팔이 훤히 드러나 있었다. 남자는 대답하지 않았다. 그러나 다른 두 남자가 소리쳤다. 「이것 보쇼! 우리가 이렇게 두들겨 맞는 건 말이오, 지난번에 당신이 예심 판사에게 갔을 때 우리에 대해 나쁘게 얘기했기 때문이오.」 그제야 K는 그 두 남자가 감시원 프란츠와 빌렘임을, 그리고 제3의 남자가 그들을 매질하려고 손에 회초리를 들고 있음을 알아차렸다. 「음.」 K는 그들을 쏘아보았다. 「당신들을 나쁘게 말한 적 없소. 내 방에서 있었던 일을 그대로 말했을 뿐이오. 그리고 당신들 행동이 깨끗했다고 말하지는 못할 거요.」 「그런데 선생.」 프란츠가 제3의 남자를 피해 K의 등 뒤에 몸을 숨기려 애쓰는 사이 빌렘이 말했다. 「우리가 얼마나 형편없는 보수를 받는지 아셨다면 우리에 대해 더 좋게 말했을 겁니다. 나는 부양해야 할 가족이 있고 여기 프란츠는 결혼을 할 계획이었어요. 어떻게든 돈을 모아 보려 하지만, 그냥 일만 해가지고는 어림도 없어요. 아무리 뼈 빠지게 일해도 안 돼요. 그러다 보니 당신의 고급 내의에 유혹을 느꼈던 겁니다. 물론 감시원으로서 그런 행동은 금지되어 있지요. 불법이니까요. 하지만 지금까지 내의는 늘 감시인들의 차지였죠. 정말입니다. 재수 없게 체포당한 사람에게 그깟 물건이 대체 무슨 소용입니까. 그래도 그런 걸 공공연하게 발설하면 처벌이 뒤따를 수밖에 없잖아요.」 「지금 당신이 말하는 것에 대해 전혀 몰랐소. 게다가 당신들의 처벌을 원한

적도 없소. 다만 원칙을 따져 보고 싶었던 거요.」「프란츠.」
빌렘은 다른 감시원 쪽으로 몸을 돌리며 말했다.「이 신사 양
반이 우리의 처벌을 원하지는 않았을 거라고 진작 말했잖나.
자네도 똑똑히 들었지? 우리가 처벌을 받을 거라고는 이분
도 전혀 몰랐다고.」「저런 말에 넘어가지 마시오.」제3의 남
자가 K에게 말했다.「처벌은 정당한 거고 또 피할 수도 없는
거요.」「저 사람 말은 듣지 마세요.」빌렘은 그렇게 말하고서
회초리로 맞은 손을 얼른 입에 가져갔다.「우리가 이렇게 처
벌을 받는 건 다 당신이 우리를 고발했기 때문이에요. 안 그
랬으면 아무 일도 안 당해요. 설사 사람들이 우리가 한 짓을
알아도 말이죠. 이걸 공평하다고 할 수 있나요? 우리 두 사
람, 그중에서도 나는 오랫동안 감시원으로 일하면서 인정을
받을 만큼 받았습니다. 당신도 인정하겠지만 우리는 당국의
관점에서 보면 당신을 제대로 감시했어요. 우리는 출세할 전
망도 있었고, 여기 이 친구처럼 곧 태형 형리가 됐을 거요. 이
친구는 운이 좋아 고발을 안 당했던 거죠. 사실 고발당하는
일도 드물거든요. 선생, 이젠 다 끝장났어요. 우리의 인생은
끝났다고요. 앞으로 우리는 지금까지 했던 감시원 일보다 훨
씬 형편없는 업무를 맡게 될 거예요. 게다가 지금은 이렇게
고통스럽기 짝이 없는 매질까지 당하고 있잖아요.」「아니, 이
정도 회초리가 그렇게까지 아플까요?」K는 이렇게 물으며
태형 형리가 앞에서 휘두르고 있던 회초리를 살펴보았다.
「이제부터 우리는 완전히 발가벗어야 하니까요.」빌렘이 말
했다.「그렇군요.」K는 태형 형리를 유심히 살펴보았다. 마

도로스처럼 구릿빛으로 탄 피부에 얼굴빛은 야성적이면서
생기가 넘쳤다. 「혹시 이 두 사람에게 매질을 면해 줄 수 있
는 가능성은 없나요?」 그가 물었다. 「없소.」 태형 형리는 그
말과 함께 씩 웃으며 고개를 가로저었다. 「어서들 벗어!」 그
는 감시원들에게 명령했다. 그러고서 K에게 말했다. 「저 인
간들 말을 곧이곧대로 다 믿어서는 안 돼요. 매 맞을 두려움
에 정신이 벌써 좀 어떻게 됐거든요. 이를테면 여기 있는 이
사람.」 그는 빌렘을 손가락으로 가리켰다. 「이 사람이 자기
인생 운운하며 했던 말은 참으로 어이가 없소. 이 친구 살찐
것 좀 봐요. 그러니 첫 번째 매질은 이 살덩이 속으로 사라질
겁니다. 어떻게 해서 이렇게 살이 졌는지 아시오? 이 친구는
체포당한 사람들의 아침 식사를 빼앗아 먹는 버릇이 있소.
당신 아침 식사도 다 먹어 치우지 않았나요? 거 봐요. 저렇
게 배가 나온 인간은 절대로 태형 형리가 될 수 없어요. 어림
도 없지.」 「그런 태형 형리들도 얼마든지 있소.」 막 허리띠를
풀던 빌렘이 말했다. 「없어!」 그렇게 말하면서 태형 형리는
그의 목을 회초리로 가볍게 툭 건드렸다. 그러자 그는 움찔
하며 뒤로 물러섰다. 「말참견하지 말고 옷이나 벗어.」 「이 사
람들을 놔주면 두둑하게 보답하겠소.」 K는 그렇게 말하면서
태형 형리 쪽으로 눈길을 주지 않은 채 — 이런 거래는 서로
눈을 내리깔고 하는 게 최상이다 — 지갑을 꺼냈다. 「당신은
이렇게 해놓고서 나를 고발할 속셈이지.」 태형 형리가 말했
다. 「그렇게 해서 나도 매질을 당하게 하려고. 안 돼, 안 돼!」
「자, 이성적으로 생각합시다.」 K가 말했다. 「만약 이 두 사람

이 처벌받기를 바랐다면 내가 뭣하러 몸값까지 지불해 가며 이들을 구하겠소? 만약 그랬다면 그냥 문을 닫고 아무것도 보지도 듣지도 않은 채 집으로 가버리면 그만이오. 하지만 난 그렇게 안 해요. 정말로 이 사람들을 구해 주고 싶어요. 만일 이들이 처벌을 받는다거나 그럴 가능성이 있다는 것을 진작 알았더라면 이 사람들의 이름을 절대 입 밖에 내지 않았을 거요. 무슨 말인고 하니, 난 이들이 유죄라고 생각하지 않는다는 거요. 정작 죄는 조직에 그리고 고위 관리들에게 있소.」「맞아요.」 감시원들은 그렇게 소리를 지르다가 이미 맨살의 등짝을 한 대 얻어맞았다. 「만약 당신의 그 회초리 아래 있는 게 고위직 판사라면 말이오……」 K는 그렇게 말하면서 다시 위로 치켜 올라가려는 회초리를 잡아 밑으로 눌렀다. 「난 당신의 그 매질을 막기는커녕 오히려 그 좋은 일에 돈을 주어 가며 힘을 실어 줄 거요.」「거참 그럴싸하게 들리는군요.」 태형 형리가 말했다. 「하지만 뇌물 따위는 안 받소. 태형 형리의 임무를 부여받았으니 그저 매질을 할 뿐이오.」 K의 개입으로 좋은 결과가 나오기를 기대하며 여태껏 꾹꾹 참고 있던 감시원 프란츠는 바지만 걸친 채로 문 쪽으로 걸어오더니 무릎을 꿇고 K의 팔에 매달리며 속삭였다. 「우리 두 사람을 다 구해 줄 수 없다면 저라도 구해 주세요. 빌렘은 저보다 나이도 많고 모든 면에서 저보다 둔감한 편입니다. 게다가 몇 년 전에 이미 가벼운 태형을 받은 적이 있어요. 하지만 저는 여태껏 수치스러운 일을 당한 적이 없어요. 그리고 사실 저는 빌렘이 하는 대로 따라 했을 뿐입니다. 좋은 면에서나 나쁜 면에서나 그는 제 스승이거든요. 저 아래 은행 입구에서 가련한 제 아내는 결과가 나오기만을 기다리고 있어요. 정말 창피해서 몸 둘 바를 모르겠어요.」그는 눈물로 범벅이 된 얼굴을 K의 옷자락으로 닦았다. 「이제는 더 못 기다려.」태형 형리는 두 손으로 회초리를 잡더니 프란츠를 한 대 후려갈겼다. 그 사이 빌렘은 구석에 웅크리고 앉아 고개를 돌릴 엄두도 못 내고서 그 장면을 몰래 지켜보았다. 그때 프란츠의 입에서 일정한 톤의 비명이 터져 나왔다. 그건 사람에게서 나는 소리가 아니라 고문을 받는 도구에서 나는 소리 같았다. 복도에 비명이 울려 퍼졌다. 온 건물에 다 들릴 만한 소리였다. 「소리 지르지 마시오.」K가 소리쳤다. 도저히 가만히 있을 수가 없었다. 혹시라도 사환들이 달려올 방향을 가슴 졸이며 쳐다보고 있다가 프란츠를 툭 밀쳤다. 아주 세게는 아니지만 그래도 웬만큼 세차게 밀쳤기 때문에 반쯤 정신이 나간 녀석은 바닥에 쓰러져 발작을 일으키며 두 손으로 바닥을 더듬었다. 그래 봤자 매질을 피하지는 못했다. 회초리는 바닥에 쓰러진 그를 여지없이 찾아냈다. 그가 회초리 아래서 버둥대는 동안에도 회초리의 끄트머리는 위아래로 휙휙 소리를 내며 리드미컬하게 움직였다. 벌써 멀리 사환이 나타났고, 그의 등 뒤로 몇 발짝 뒤에 두 번째 사환이 서 있었다. K는 얼른 나와 문을 쾅 닫고서 뜰과 면한 가까운 창문으로 달려가 창문을 열었다. 비명은 이미 완전히 멎었다. 사환들이 더 이상 다가오지 못하게 하려고 그는 소리쳤다. 「나일세.」「안녕하세요, 업무 대리인님.」반대편에서 응답했다.

「무슨 일인가요?」「아냐, 아무것도 아닐세. 마당에 있던 개가 짖은 거야.」 사환들이 돌아갈 기미를 보이지 않자 그는 덧붙였다. 「자네들은 가서 자네들 일이나 보도록 하게.」 사환들과의 대화에 말려들지 않으려고 그는 창문 밖으로 몸을 내밀었다. 잠시 후 다시 복도 쪽을 보니 그들은 가고 없었다. K는 그냥 창가에 남아 있었다. 잡동사니 창고로 다시 들어갈 엄두는 나지 않았고, 집으로 가고 싶은 생각 역시 없었다. 그는 네모진 작은 마당을 내려다보았다. 마당 주위로 빙 둘러 사무실들이 들어차 있었다. 모든 창문은 이제 어두컴컴했고, 가장 높은 곳에 있는 창문들만 달빛을 받고 있었다. K는 마당 구석의 어둠 속을 꿰뚫어 보려고 애를 썼다. 그곳엔 손수레가 몇 대 뒤엉켜 있었다. 매질을 막지 못했다는 사실에 마음이 아팠다. 하지만 매질을 막지 못한 것이 그의 잘못은 아니었다. 만약에 프란츠가 소리를 지르지 않았다면 ─ 몹시 아팠겠지만 결정적인 순간엔 자제를 해야 한다 ─ 만약에 그가 소리를 지르지 않았다면 K는 십중팔구 태형 형리를 설득할 방도를 찾아냈을 것이다. 하급 관리들 모두가 양아치 집단이라면, 비인간적이라 할 수밖에 없는 한낱 태형 형리 역시 예외일 리가 없다. 지폐를 보는 순간 그 두 눈이 반짝이던 것을 K는 분명히 보았다. 매질을 해서 뇌물의 액수를 조금이라도 더 올려 보려 한 것이 분명했다. 실제로 K는 돈을 아끼지 않았을 것이다. 정말로 감시원들을 구해야 한다고 생각했으니 말이다. 사법부의 부패에 대항하여 싸우기로 한 마당이니 이쪽에서부터 접근하는 것은 너무나 당연한 일이다.

그러나 프란츠가 비명을 질러 대기 시작한 순간 모든 것은 여지없이 끝장나고 말았다. 창고에서 그깟 인간들과 협상을 하다가 사환들과 그 밖의 다른 사람들에게 불시에 들키는 꼴을 보여 주고 싶지 않았다. 사실 누구도 그에게 그런 희생을 요구할 수는 없었다. 실제 그렇게 희생할 의도가 있었다면 감시원들을 대신해 K 자신이 옷을 벗고 태형 형리에게 몸을 내놓는 편이 훨씬 간단했을 것이다. 태형 형리는 그렇게 매를 대신 맞겠다고 나서는 것을 받아들이지 않았을 것이다. 괜히 그랬다가는 생기는 것도 없이 자기 의무만 소홀히 하는 꼴이 될 테니까. 어쩌면 자기 의무를 이중으로 저버리는 결과가 되리라. 왜냐하면 법원의 어떤 직원도 소송이 진행 중인 상태의 피고에게 손을 대서는 안 되니까. 물론 이런 경우에 대해서는 특별 규정이 적용될 수도 있다. 아무튼 K로서는 문을 쾅 소리가 나도록 닫아 버리는 수밖에 없었다. 그렇다고 해서 지금 모든 위험이 사라진 것도 아니었다. 마지막에 가서 프란츠를 밀쳐 버린 것은 유감이었지만 지나치게 흥분했던 그의 탓으로 돌릴 수밖에 없었다.

멀리서 사환들의 발걸음 소리가 들렸다. 그들의 주의를 끌지 않으려고 얼른 창문을 닫고 중앙 계단을 향해 걸어갔다. 창고 앞에 이르렀을 때 잠시 발걸음을 멈추고 귀를 기울여 보았다. 너무나 조용했다. 어쩌면 남자가 감시원들을 때려 죽였을지도 모를 일이다. 그들의 목숨은 남자에게 달려 있었으니까. K는 어느새 손잡이를 향해 손을 뻗었다가 이내 다시 거두어들였다. 좀 있으면 사환들이 올 것이다. 그래도 그는 이 일을 공공연하게 문제 삼아 자신의 힘이 닿는 대로 실제로 죄를 지은 자들, 즉 그의 면전에 감히 나타날 생각을 못 하고 있는 고위 관리들이 마땅한 대가를 치르도록 하겠다고 굳게 다짐했다. 은행의 옥외 계단을 걸어 내려가면서 그는 지나가는 모든 사람들을 유심히 살펴보았다. 먼 곳까지 다 살펴보았지만 누군가를 기다리고 있는 아가씨의 모습은 보이지 않았다. 그러니까 신부가 자기를 기다리고 있다고 한 프란츠의 말은 동정심을 조금이라도 더 끌어내려고 한 선의의 거짓말이었다.

이튿날이 되어도 K의 머릿속에서는 감시원들 생각이 떠날 줄 몰랐다. 일을 하려고 자리에 앉아 있어도 도무지 집중이 안 되어서 일을 끝내기 위해 어제보다 조금 더 사무실에 남아 있어야 했다. 귀가 중 다시 그 창고 같은 방 앞에 이르자 그는 습관처럼 문을 열어 보았다. 그가 예상했던 캄캄한 어둠 대신 다른 광경이 펼쳐져 있자 당혹스러웠다. 모든 것이 어제저녁 그가 문을 열었을 때 모습 그대로였다. 문가 바로 앞쪽에 있던 서식 용지들과 잉크병들, 회초리를 손에 든 태형 형리, 옷을 완벽하게 차려 입고 있는 감시원들, 선반 위의 촛불. 그리고 감시원들은 애걸복걸하기 시작했다. 「선생님!」 K는 얼른 문을 휙 닫고 주먹으로 쾅쾅 두드렸다. 그렇게 하면 문이 더 굳게 닫히기라도 하는 것처럼. 그는 거의 울상이 되어 사환들에게로 달려갔다. 사환들은 복사기 앞에서 차분하게 일을 하고 있다가 깜짝 놀라 하던 일을 멈추었다. 「저기 저 창고 같은 방을 당장 없애 버려!」 그는 소리를 질렀다. 「쓰레기 더미에 숨이 막혀 죽을 지경이야.」 사환들은 이 튿날 처리하겠다고 말했다. K는 고개를 끄덕였다. 애당초 당장 치우라고 할 작정이었지만 이렇게 저녁 늦은 시간에 그 일을 시킬 수는 없는 노릇이었다. 그는 잠시 자리에 앉았다. 그렇게 해서 사환들을 잠깐이라도 곁에 두고 싶었다. 그러고 나서 그는 복사물들을 요란스레 뒤적거렸다. 복사물들을 검 토하고 있는 듯한 인상을 주고 싶었다. 그러다가 사환들이 그와 함께 자리에서 일어날 것 같지 않자 피곤한 몸을 이끌 고서 멍한 상태로 귀가했다.

삼촌
레니

그러던 어느 날 오후 — K는 우편물 발송 마감 직전이라 정신없이 바빴다 — 결재 받을 서류를 들고 안으로 들어오던 두 사환을 제치고 시골의 소지주인 K의 삼촌 카를이 방 안으로 들이닥쳤다. 이번 삼촌의 등장은 이미 오래전에 삼촌이 찾아오는 것을 상상했을 때보다 차라리 덜 놀라운 것이었다. 삼촌이 찾아오리라는 것은 불을 보듯 뻔했고, 이미 한 달 전부터 예상했던 일이다. 이미 당시에 그는 삼촌의 모습까지도 머릿속으로 그려 보았었다. 구부정한 모습으로 왼손에는 구겨진 파나마모자를 들고 멀리서부터 그를 향해 오른손을 뻗으며, 거치적거리는 것은 뭐든지 다 뒤엎으며 허둥지둥 다가와 책상 너머로 오른손을 내미는 모습을 말이다. 삼촌은 늘 서둘렀다. 왜냐하면 삼촌은 이 대도시에서 하루 동안 머물면서 계획한 것을 다 처리해야 하고 혹시라도 얘깃거리나 거래 또는 즐길거리가 생기면 하나도 놓치지 말아야 한다는 불행한 생각을 하며 조급하게 쫓겼기 때문이다. 과거에 자신의 후견인 역할을 해주었던 관계로 삼촌에게 진 빛이 많은 K는

115

삼촌이 하는 일이면 무슨 일이든지 다 도와야 하고 또 자기 집에서 머물도록 해야 했다. 이런 삼촌을 그는 〈시골 유령〉이라고 불렀다.

인사를 마치자마자 — K가 자리를 권했지만 삼촌은 앉을 시간조차 없었다 — 삼촌은 K에게 다짜고짜 둘이서만 잠깐 이야기를 하자고 했다. 「꼭 해야 해.」 침을 힘겹게 삼키며 삼촌이 말했다. 「내 마음의 평화를 위해서라도 꼭 해야겠다.」 K는 아무도 듣지 말라는 말과 함께 사환들을 즉시 방에서 내보냈다. 「들은 얘기가 있는데, 그게 뭐냐, 요제프?」 삼촌은 둘만 남게 되자 큰 소리로 말하면서 책상에 걸터앉아 좀 더 자세를 편히 하려고 이런저런 서류들을 살펴보지도 않고 엉덩이 밑으로 쑤셔 넣었다. K는 아무 대꾸도 하지 않고 가만 있었다. 무슨 말이 나올지 어느 정도 짐작이 갔지만 힘든 일을 하던 중에 갑자기 긴장이 풀려 우선은 그냥 기분 좋은 나른함에 몸을 맡긴 채 창문 너머로 건너편 도로를 바라보았다. 그가 앉은 자리에서는 조그만 삼각형의 단면만 보일 뿐이었다. 그것은 두 개의 상점 쇼윈도 사이에 있는 아무것도 없는 벽면의 일부였다. 「뭘 그리 창밖만 바라보냐?」 삼촌은 양팔을 들어 올리며 소리쳤다. 「요제프, 제발 내 말에 대답 좀 해라. 그게 사실이냐? 사실이냔 말이다.」 「삼촌.」 K는 멍한 상태에서 깨어나 정신을 차리고 말했다. 「삼촌이 무슨 얘기를 하시는지 모르겠어요.」 「요제프.」 삼촌이 나무라는 투로 말했다. 「내가 아는 너는 늘 진실만을 말해 왔다. 그러면 네가 방금 한 말을 좋지 않은 징조로 받아들이라는 말이냐?」「삼촌이 뭘 원하시는지는 알겠어요.」K는 순순히 말했다. 「제 소송 소문을 들으신 것 같군요.」「그래.」삼촌은 천천히 고개를 끄덕이며 대답했다. 「네 소송에 대한 소문을 들었어.」「누구한테서 들었죠?」K가 물었다. 「에르나가 내게 편지를 썼더구나. 유감스럽지만 너는 그 애와 전혀 왕래가 없고, 그 애한테 전혀 관심을 안 쏟잖니. 그런데도 그 애가 그걸 알았나 보더라. 오늘 편지를 받았다. 그래서 즉시 이리로 달려온 거란다. 다른 뜻은 없다. 내 생각엔 그것만으로도 충분한 이유가 되지. 너와 관련된 부분을 읽어 줄까?」그는 지갑에서 편지를 꺼냈다. 「여기군. 이렇게 적혀 있어. 〈요제프를 못 본 지 한참 됐어요. 지난주에 은행에 들렀더니 정신없이 바쁘더군요. 그래서 만날 수 없었어요. 거의 한 시간 정도 기다리다가 할 수 없이 집으로 돌아갔어요. 피아노 레슨이 있었거든요. 정말 이야기를 나누고 싶었는데. 그래도 가까운 시일 안에 기회가 있겠지요. 제 영명 축일에는 큰 초콜릿 상자 하나를 보내 주었어요. 정말 친절하고 사려 깊었어요. 당시에는 이 이야기를 편지에 쓴다는 걸 깜박했어요. 아빠가 물으시니까 지금에야 생각났어요. 아빠도 잘 아시겠지만 하숙집에 있다 보면 초콜릿은 금방 사라져 버려요. 초콜릿 선물을 받았다는 사실을 인식도 하기 전에 순식간에 사라지고 말아요. 그건 그렇고 요제프 이야기인데요, 사실 별도로 말씀드릴 게 있어요. 조금 전에 말씀드렸듯이, 제가 요제프를 만나지 못했던 것은 그때 요제프가 웬 신사하고 뭔가 거래를 하고 있어서였어요. 한참을 가만히 기다렸다가 앞으로도 시

117

간이 더 많이 걸릴지 사환에게 물어보았어요. 그럴 거라고
하더군요. 업무 대리인님이 기소된 소송 문제라서 그럴 거라
고 했어요. 대체 무슨 소송이냐, 혹시 잘못 알고 있는 거 아
니냐, 이렇게 물었더니 전혀 잘못 알고 있지 않으며 게다가
중대한 소송이라고 하면서 그 이상은 모른다고 했어요. 자기
도 업무 대리인님을 도와주고 싶다고 하더군요. 성품이 아주
좋고 올바른 사람이라면서요. 하지만 자기로서는 어찌해야
할지 방도를 모르겠고 그저 영향력 있는 분들이 도와주기만
을 바랄 뿐이라고 했어요. 분명 그렇게 될 것이고 결국에는
좋게 끝나겠지만, 업무 대리인님의 기분으로 볼 때 현재로써
는 별로 상황이 안 좋은 것 같다고 하더군요. 물론 저는 이
말을 그리 대수롭게 생각하지 않았어요. 그리고 그 순박한
사환을 안심시키려 노력했어요. 다른 사람들한테는 그 이야
기를 하지 말라고 해놓았어요. 제 생각에는 다 쓸데없는 소
문에 불과한 것 같아요. 그래도 아빠, 다음에 찾아가실 기회
가 있으시면 그때 진상을 한번 알아보시는 게 좋을 것 같아
요. 아빠라면 자세한 내막을 쉽게 알아낼 수 있을 거예요. 혹
시 필요하면 아빠가 아는 많은 유력한 분들을 통해 개입하실
수도 있잖아요. 하지만 그럴 필요가 없다면 — 물론 그럴 가
능성이 제일 많지만요 — 그래도 딸에게 아빠를 포옹할 수
있는 기회를 빨리 주셨으면 해요. 그러면 얼마나 기쁠까요.〉
착한 아이야.」 삼촌은 편지를 다 읽고 나더니 눈가에 맺힌 눈
물을 훔치며 말했다. K는 고개를 주억거렸다. 그는 최근 들
어 겪은 몇 가지 일들 때문에 에르나의 존재를 까맣게 잊고

있었다. 그 애의 생일까지도 잊고 있었다. 초콜릿 이야기는 삼촌과 숙모의 비난으로부터 그를 보호하려고 일부러 꾸며 낸 것이 분명했다. 눈물 나는 장면이었다. 앞으로 극장표를 정기적으로 보내 주려 했는데 그걸로 충분히 보상이 될 것 같지가 않았다. 그렇다고 해서 지금 열일곱 살짜리 고등학교 여학생의 하숙집에 들러 이런저런 얘기를 나눌 기분은 아니었다. 「이제 무슨 말을 할 거냐?」 「네, 삼촌.」 K가 말했다. 「그건 사실이에요.」 「사실이라고?」 삼촌이 소리쳤다. 「뭐가 사실이라는 거냐? 어떻게 그게 사실일 수 있어? 대체 무슨 소송이냐? 혹시 형사 소송은 아니겠지?」 「형사 소송이에요.」 K가 말했다. 「그런데도 너는 가만히 앉아 그걸 두 손 놓고 받아들일 셈이냐?」 삼촌은 점점 더 크게 소리쳤다. 「가만히 있을수록 결과는 더 좋아요. 걱정 마세요.」 K가 지친 목소리로 말했다. 「아무래도 마음이 안 놓여.」 삼촌이 큰 소리로 말했다. 「요제프, 사랑하는 요제프야. 너와 너의 친지와 우리 가문의 명성을 생각해라. 지금까지 너는 우리의 자랑이었어. 그런 네가 우리의 수치가 되어서는 안 된다. 너의 그 태도 말이다.」 삼촌은 고개를 갸우뚱 기울이며 K를 보았다. 「그 태도가 마음에 안 들어. 무고하게 기소당한 사람이 아직 힘이 있는 데도 그런 태도로 있다는 건 말도 안 되는 일이야. 대체 무슨 문제인지 냉큼 말해 봐라. 그래야 내가 손을 쓰지. 보나마나 은행과 관련된 일이겠지?」 「아뇨.」 K는 대답하며 자리에서 일어났다. 「삼촌, 삼촌은 너무 큰 소리로 말씀하세요. 분명히 사환이 문에 기대서 다 엿듣고 있을 거예요. 정말 안 좋아요. 차라리 다른 곳으로 가요. 그러면 삼촌이 묻는 말에 소상하게 답해 드릴게요. 가족에게 다 알릴 의무가 있다는 건 저도 잘 알아요.」「그래, 좋다.」삼촌이 큰 소리로 말했다. 「정말 맞는 말이야. 자, 가자, 요제프, 어서 가자고.」「몇 가지 지시할 게 있어요.」K는 그렇게 말하고서 전화로 자신의 대리인을 불렀다. 조금 있자 대리인이 왔다. 삼촌은 흥분해 가지고는 누가 불렀는지 다 아는 데도 굳이 손가락으로 K를 가리켰다. K는 책상 앞에 일어서서 젊은이에게 자기가 없을 동안 오늘 중으로 처리해야 할 일들에 대해 이런저런 서류를 들척거려 가며 낮은 목소리로 설명을 했고, 젊은이는 아주 차분하게 그의 말에 귀를 기울였다. 삼촌은 괜히 사람을 신경 쓰이게 만들었는데, 처음엔 듣지도 않으면서 눈을 휘둥그렇게 뜨고서 뭔가 초조한 사람처럼 서 있었다. 괜히 듣는 척하는 태도 자체만으로도 방해가 되고도 남았다. 그러더니 이번엔 방 안에서 이리저리 서성거리다가 때로는 창문 앞에, 때로는 그림 앞에 멈추어 서며 갖가지 소리를 크게 질러 댔다. 이를테면, 〈이건 도무지 납득이 안 가〉 또는 〈앞으로 일이 어떻게 될지 한번 말해 보라고〉 하면서. 젊은이는 아무것도 모르는 척하며 K의 지시를 끝까지 들으며 몇 가지 메모를 하고는 K에게뿐만 아니라 삼촌에게도 인사를 하고는 나갔다. 그러나 그때 삼촌은 젊은이에게서 등을 돌리고서 창밖을 내다보며 손을 뻗어 커튼을 구깃거리고 있었다. 문이 닫히자마자 삼촌은 소리를 질렀다. 「꼭두각시 녀석이 마침내 가버렸군. 이제 드디어 나갈 수 있게 됐어. 드디어!」삼촌은 참으로 어떻게 할 수가 없었다. 로비 곳곳에 몇몇 직원들과 사환들까지 있는 데다가 막 부지점장까지 지나가고 있는데도 소송 건에 대해 질문을 던져 대는 것을 말릴 방법이 없었다. 「자, 요제프.」 삼촌이 주변에 서 있던 사람들이 보내는 꾸벅 인사에 고개만 가볍게 끄덕여 답하면서 말을 꺼냈다. 「어서 시원하게 한번 말해 봐. 대체 무슨 소송인지.」 K는 하나 마나 한 소리나 하고 그냥 웃기만 하더니 계단에 이르러서야 삼촌에게 사람들이 보는 앞이라서 대놓고 말하고 싶지 않았다고 해명했다. 「맞는 얘기다.」 삼촌이 말했다. 「그렇다면 이제 말해 봐라.」 고개를 갸우뚱한 채, 시가를 연거푸 급하게 피워 대며 삼촌은 귀를 기울였다. 「무엇보다 말씀드리고 싶은 것은, 삼촌, 이번 소송은 보통 사람들이 접하는 그런 소송이 아니라는 거예요.」 「그거 안 좋군.」 삼촌이 말했다. 「뭐라고요?」 K가 말했다. 그러면서 삼촌을 쳐다보았다. 「안 좋다고 말했다.」 삼촌이 다시 말했다. 그들은 도로로 통하는 건물 밖 계단에 서 있었다. 수위가 엿듣는 것 같아 K는 삼촌을 밑으로 끌고 내려갔다. 그들은 활기찬 도로의 움직임 속으로 빨려 들어갔다. K의 팔짱을 끼고 가던 삼촌은 아까처럼 그렇게 다그치듯 소송에 대해 캐묻지 않았다. 두 사람은 한동안 아무 말 없이 그냥 걸었다. 「어쩌다 그런 일이 일어났니?」 마침내 삼촌이 문득 발걸음을 멈추며 갑작스레 물었다. 그 바람에 그의 뒤에서 걸어오던 사람들이 깜짝 놀라 옆으로 피해 갔다. 「그런 일은 갑자기 찾아오는 게 아니야. 오랜 준비 기간을 거치지. 분명 그런 조짐이 있었을 거야. 그런데도 왜 그런 얘기를 편지로 쓰지 않은 거냐? 너도 알겠지만 나는 네 일이라면 뭐든 발 벗고 나서지 않느냐. 그리고 아직도 네 후견이라면 후견인이야. 지금까지 그게 내 자랑이었는데. 물론 이번에도 너를 도울 거야. 이미 소송이 시작되었으니 일이 쉽지는 않을 거다. 아무튼 지금으로서는 잠깐 휴가를 내서 우리 시골에 와 있는 것이 가장 좋을 것 같다. 좀 수척해졌구나. 이제 보니 그래. 시골에 와 있으면 몸이 다시 건강해질 거다. 그게 좋을 거야. 힘든 일을 앞두고 있으니 말이다. 게다가 시골에 가 있으면 법정에서도 좀 벗어나게 되잖니. 여기에 있으면 그들이 법적으로 유효한 수단을 가지고서 별의별 영향력을 손쉽게 행사할 거야. 하지만 시골에 가 있으면 그들은 기관원을 파견하거나 편지나 전보, 전화 따위로밖에 힘을 쓸 수 없어. 그들의 영향력을 약화시킬 수 있지. 완전히 벗어날 수는 없어도 숨은 제대로 쉴 수 있을 거야.」 「제가 이곳을 떠나는 것을 금할 수도 있어요.」 K는 삼촌의 생각에 솔깃해하면서 말했다. 「그렇게는 안 할 거야.」 삼촌이 신중하게 말했다. 「네가 떠난다고 그들이 무슨 큰 권력의 손실을 입겠어.」 「애당초는요…….」 그러면서 K는 걸음을 멈추지 못하게 하려고 삼촌의 겨드랑이를 잡아끌었다. 「삼촌은 저와 달리 이런 거는 그냥 웃고 넘어갈 거라고 생각했어요. 그런데 웬걸, 지금은 삼촌이 훨씬 심각하게 생각하고 계시네요.」 「요제프.」 삼촌은 큰 소리로 말하면서 그의 팔을 뿌리치고 멈추어 서려 했다. 그러나 K는 놔주지 않았다. 「넌 변했어. 예전엔 사리 판단을 아주 잘했었지. 그런데 그런 능력이 이젠 사라진 거냐? 소송에서 지고 싶은 거냐? 그러면 어떻게 되는 줄 아니? 넌 간단히 지워지는 거야. 온 가문이 다 휩쓸리거나 아니면 철저히 굴욕을 당하는 거야. 요제프, 정신 좀 차려라. 남의 일 보듯 하는 그 태도 때문에 이 삼촌이 미칠 지경이야. 네 꼴을 보고 있자니 옛 격언이 생각난다. 〈소송은 싹수만 봐도 안 다〉.」「삼촌.」K가 말했다. 「괜히 흥분하실 거 없어요. 삼촌한테도 안 좋고 저한테도 안 좋아요. 흥분해서는 이 소송에서 이길 수 없어요. 저도 약간의 인생 경험이 있으니 그걸 좀 알아주세요. 저도 삼촌의 경험을 존중했잖아요. 어떨 땐 좀 당황스럽기도 했지만. 삼촌은 제 소송 때문에 온 가문이 거기에 다 휘말려 든다고 하셨는데, 저로서는 전혀 납득이 안 가요. 아무튼 뭐든 삼촌이 시키는 대로 할게요. 암만 그래도 삼촌이 말씀하신 대로 시골에 가서 머무는 것은 별로 득이 될 것 같지 않아요. 그렇게 하면 도망치는 게 되고 또 죄를 인정하는 게 되니까요. 물론 여기 있다 보면 정신적인 압박은 심하겠지만 그 일에 더 집중할 수 있어요.」「맞는 말이다.」삼촌은 이제야 서로 마음이 가까워진 듯한 투로 말했다. 「내가 그런 제안을 한 것은 말이다, 네가 여기에 있으면서 소송에 신경을 쓰지 않아 일이 잘못될까 걱정이 돼서 그런 거야. 그리고 또 내가 네 대신에 그 일을 맡아서 하면 더 좋을 것 같기도 해서. 물론 네가 전심전력으로 그 일에 매달린다면야 그이상 좋을 게 없지.」「이제 삼촌하고 저하고 의견 일치를 본 거예요.」K가 말했다. 「혹시 삼촌을 위해서 제가 뭘 하면 좋을지 생각한 거 있으세요?」「좀 더 생각해 봐야겠다.」삼촌이 말했다. 「너도 알다시피 나는 20년이나 줄곧 시골에서 살지 않았니. 그러다 보니 이쪽 면에 감각이 많이 둔해졌다. 이쪽 분야에 정통한 유력 인사들과의 친분도 그사이에 약해지고 말이야. 너도 알겠지만, 나는 시골에 있으면서 좀 고립됐지. 막상 이런 일을 당하니 그게 더 피부로 느껴지는구나. 네 일도 나한테는 좀 뜻밖이었어. 에르나의 편지를 받고서 뭔가 그런 조짐을 느끼긴 했지. 오늘 너를 직접 만나 보니 확실해졌다. 그러나 이런 건 아무래도 상관없다. 지금 중요한 건 말이야, 시간을 허비하지 않는 거야.」 그렇게 말하면서 그는 까치발로 택시를 향해 손짓을 했고 운전사에게 주소를 일러 주면서 K를 차 안으로 끌어당겼다. 「지금 홀트 변호사를 찾아갈 거야.」 그가 말했다. 「학교 다닐 때 내 친구였지. 너도 그 사람 이름을 알지? 모른다고? 참 이상하구나. 변호사로서뿐 아니라 가난한 사람들을 대변해 주는 사람으로 명성이 자자한데. 나는 무엇보다도 그 친구의 인간적인 면모를 신뢰해.」 「삼촌 하고 싶으신 대로 하세요.」 K가 말했다. 하지만 일을 급하게 서두르는 삼촌의 방식이 사실은 마음에 들지 않았다. 피고의 입장이 되어 빈민 변호사를 찾아간다는 것이 썩 기분 좋지는 않았다. 「이런 일에 변호사를 끌어들이는 건 생각 못 했어요.」 그가 말했다. 「무슨 소리냐.」 삼촌이 말했다. 「당연한 일이지. 안 될 게 뭐 있냐? 자, 그러면 내게 자세한 내막을 알려 다오. 지금까지 있었던 일을 한번 얘기해 봐.」 K는 당장 이야기를 시작했다. 아무것도 숨기지 않았다. 있는 그대로 털어놓는 것이 소송을 엄청난 치욕으로 보는 삼촌의 견해에 대항할 수 있는 유일한 항의였다. 뷔르스트너 양의 이름을 그는 단 한 번만 얼핏 스치듯 언급했다. 하지만 그것이 그의 솔직함을 해친 것은 아니다. 왜냐하면 뷔르스트너 양은 소송과는 아무 관련이 없기 때문이다. 말을 하는 동안 그는 차창 밖을 보며 법원 사무처가 있던 바로 그 교외 쪽으로 다가가고 있다는 것을 알았다. 삼촌에게 그 점을 상기시켰지만 삼촌은 그런 우연의 일치를 별로 대수롭지 않게 여겼다. 차는 어둠에 잠긴 어느 집 앞에서 멈추어 섰다. 삼촌은 1층 첫 번째 문의 벨을 눌렀다. 기다리는 동안 삼촌은 큰 이를 드러내며 씩 웃더니 K에게 속삭였다. 「8시군. 의뢰인이 방문하기에는 부적절한 시간이지. 그래도 훌트가 기분 나빠하지는 않을 거야.」 구멍 창에 커다란 두 눈이 나타나더니 두 손님을 잠깐 쳐다보고는 사라졌다. 그러나 문은 열리지 않았다. 삼촌과 K는 두 눈을 보았다는 사실을 서로 확인했다. 「새로 온 가정부인가 본데 사람을 무서워하는군.」 삼촌은 그렇게 말하고는 다시 문을 두드렸다. 다시 두 눈이 나타났다. 그러나 왠지 슬퍼 보였다. 아니면 그들 머리 가까운 곳에서 칙칙 소리만 낼 뿐 별로 빛을 발하지 못하는 가스등 불꽃 때문에 생긴 착각인지도 몰랐다. 「어서 문을 열어요.」 삼촌은 그렇게 소리를 지르면서 주먹으로 문을 쾅쾅 두드렸다. 「변호사 친구들이오.」 「변호사님은 지금 편찮으세요.」 뒤쪽에서 어떤 목소리가 속삭였다. 가만 보니 작은 복도 끝에 잠옷 차림의 한 신사가 서서 꺼져 갈 듯한 목소리로 말했다. 오래 기다리는 바람에 화가 치민 삼촌은 그쪽으로 몸을 홱 틀면서 소리쳤다.

「아프다고? 당신 지금 그 사람이 아프다고 하는 거요?」 그러면서 그 남자 자체가 병인 것처럼 위협조로 그를 향해 다가갔다. 「문은 벌써 열렸는데요.」 신사는 변호사 집의 문을 가리키며 말했다. 그러고는 잠옷을 여미며 사라졌다. 문은 정말로 열려 있었다. 한 젊은 처녀 ─ K는 이번에도 약간 튀어나온 검은 눈을 알아보았다 ─ 가 길고 흰 앞치마를 입고서 손에는 촛불을 들고 현관에 서 있었다. 「다음번엔 문을 좀 더 빨리 열어 줘요.」 삼촌은 인사 대신 그렇게 말했다. 그사이 처녀는 무릎을 약간 구부려 인사를 했다. 「자, 가자, 요제프.」 그는 K에게 말했다. K는 천천히 처녀 곁을 스쳐 지나갔다. 「변호사님은 편찮으세요.」 처녀가 말했다. 삼촌은 발걸음을 멈추지 않고 한쪽 문을 향해 서둘러 걸어갔다. K는 처녀를 흥미로운 눈빛으로 바라보았다. 그사이 처녀는 현관문을 다시 닫으려고 몸을 돌렸다. 인형처럼 생긴 동그란 얼굴의 처녀였다. 창백한 빰과 턱도, 관자놀이와 이마도 동그랬다. 「요제프.」 삼촌은 다시 큰 소리로 불렀고, 처녀에게는 이렇게 물었다. 「심장병인가?」 「그런 거 같아요.」 처녀가 말했다. 그녀는 여유를 찾은 표정으로 촛불을 들고 앞서 가 방문을 열었다. 방 한쪽 구석, 촛불 빛이 채 미치지 않는 곳에서 덥수룩한 턱수염의 얼굴이 침대에서 일어났다. 「레니, 누가 오셨냐?」 변호사는 촛불 때문에 눈이 부셔 손님들의 얼굴을 알아보지 못했는지 그렇게 물었다. 「나 알베르트야, 자네의 오랜 친구.」 「아, 알베르트군.」 변호사는 그렇게 말하고는 이런 손님에게는 굳이 가식적인 태도를 취할 필요가 없다는 듯이 다시 베개에 몸을 눕혔다. 「정말로 그렇게 몸이 안 좋은가?」 삼촌은 그렇게 물으면서 침대 가장자리에 앉았다. 「내가 보기엔 그렇게 심한 거 같지는 않군. 자네의 지병인 심장병이 재발한 거겠지. 예전에 그랬던 것처럼 금방 괜찮아질 걸세.」「그럴지도 모르지. 하지만 이번엔 전보다 훨씬 나빠. 숨 쉬기도 힘들고, 잠도 잘 못 자네. 날이 갈수록 힘도 빠지고 말이야.」「아, 그래.」 삼촌은 그렇게 말하면서 파나마모자를 무릎 위에 올려놓고 큰 손으로 꾹 찍어 눌렀다. 「별로 안 좋은 소식이군. 그런데 병간호는 잘 받고 있나? 이곳은 참 침울하고 어둡군. 지난번에 오고 시간이 좀 흘렀어. 그땐 분위기가 꽤 따뜻했는데. 조그만 자네 가정부도 밝아 보이지가 않아. 아니면 괜히 그러는 건가.」 가정부는 초를 든 채로 여전히 문 옆에 서 있었다. 불분명한 그녀의 눈길로 파악해 보건대, 그녀는 삼촌보다는 K를 쳐다보고 있었다. 심지어 삼촌이 자기 이야기를 하고 있는데도 그랬다. K는 안락의자 하나를 처녀가 있는 쪽으로 밀어 놓고는 거기에 기대어 있었다. 「사람이 나처럼 이렇게 아프면 좀 쉬어야 해. 이곳에 있다고 그렇게 적적하지는 않아.」 잠시 사이를 두었다가 변호사는 다시 덧붙여 말했다. 「레니가 잘 보살펴 준다네. 아주 좋은 애야.」 그러나 삼촌은 그 말에 동의하지 않았다. 삼촌은 가정부를 삐딱하게 보는 게 분명했다. 환자의 말에는 대꾸하지 않은 채 간병을 하는 그 가정부를 엄한 눈빛으로 좇았다. 그녀는 곧 침대 쪽으로 가서 초를 협탁에 세워 놓고는 허리를 굽혀 베개를 정돈하면서 환자에게 뭐라고 속삭였다. 삼촌은 환자에 대한 배려 같은 것은 안중에도 없었다. 자리에서 일어나더니 가정부 뒤에 가서 이리저리 서성였다. 그녀의 뒤에서 치마를 잡고서 그녀를 침대에서 홱 떼어 놓았다고 해도 K는 놀라지 않았을 것이다. K는 그 모든 것을 조용히 지켜보았다. 그의 입장에서는 변호사가 병이 난 것이 꼭 나쁘지만도 않았다. 그로서는 삼촌이 이번 일에서 내보인 열성을 어떻게 막아 볼 도리가 없었다. 그러나 개입하지도 않았는데 삼촌의 열성이 다른 쪽으로 방향을 트니 그저 가만히 받아들일 뿐이다. 그때 삼촌이 말했다. 아마도 가정부의 속을 긁어 놓으려는 의도였던 것 같다. 「아가씨, 미안하지만 우리끼리 있게 좀 나가 줄래요? 내 친구한테 좀 개인적으로 상의할 게 있어서.」 가정부는 환자 위로 여전히 허리를 구부리고서 벽 쪽의 침대 시트를 반반하게 펴고 있다가 고개를 돌려 아주 차분한 투로 말했다. 그녀의 말투는, 치미는 화 때문에 더듬대다가 이어 과격하게 콸콸대는 삼촌의 말투와 확연한 대조를 이루었다. 「보시다시피, 변호사님은 편찮으세요. 상의할 수 없으세요.」 그녀는 삼촌이 한 말을 별생각 없이 그냥 반복한 것 같았다. 제3자의 입장에서 보면 마치 조롱하는 것처럼 보였을 것이다. 삼촌은 당연히 칼에 찔리기라도 한 사람처럼 펄쩍 뛰었다. 「이런 망할 년 같으니.」 너무나 당황해서 식식거리는 바람에 그의 말은 거의 알아들을 수가 없었다. 상황이 그렇게 전개될 것으로 예상하기는 했지만 K는 너무나 놀라서 삼촌을 향해 달려갔다. 두 손으로 삼촌의 입을 막을 생각이었다. 다행스럽게도 처녀의 뒤에 있던 환자가 몸을 일으켰다.

삼촌은 뭔가 끔찍한 것을 삼키는 듯 어두운 표정을 짓더니 이번엔 좀 차분한 어조로 말했다. 「우린 아직 이성을 잃지 않았소. 난 불가능한 건 요구하지도 않소. 어서 좀 나가 줘요.」 가정부는 침대 옆에 똑바로 서 삼촌을 정면으로 바라보았는데, K가 보기에 한 손으로는 변호사의 손을 어루만지는 것 같았다. 「레니 앞에서는 무슨 말을 해도 괜찮네.」 변호사는 분명 어서 말해 보라는 투였다. 「나와 관련된 일이 아닐세.」 삼촌이 말했다. 「내 비밀도 아니고.」 그러고는 삼촌은 등을 돌렸다. 더 이상 왈가왈부하고 싶지는 않지만 그래도 좀 생각할 시간을 주겠다는 태도였다. 「그럼 누구 일인가?」 변호사는 꺼질 듯한 목소리로 말하면서 다시 몸을 눕혔다. 「내 조카 일이야. 여기 함께 왔네.」 그러고서 K를 소개했다. 「업무 대리인 요제프 K일세.」 「오.」 환자는 보다 활기찬 목소리로 말하며 K에게 손을 내밀었다. 「미안해요. 온 걸 전혀 몰랐소.」 「나가 봐, 레니.」 그는 가정부에게 말했다. 그녀는 더 이상 버티지 않았다. 마치 긴 작별이라도 하는 것처럼 변호사는 그녀에게 손을 내밀었다. 「그러니까 자네는 말이야.」 마침내 그는 삼촌에게 말했다. 삼촌도 이제는 화가 풀린 듯 더 가까이 다가갔다. 「문병하러 온 게 아니라 일 때문에 온 거군.」 병문안일 거라는 생각에 변호사는 지금까지 풀이 죽어 있던 모양이다. 이제 갑자기 힘이 솟는 것 같았다. 그는 한쪽 팔꿈치를 세우고서 계속 그 자세를 유지했다. 꽤나 힘들 만한 자세였다. 그러면서 줄곧 가운데 수염 가닥을 잡아당겼다. 「자네 몸이 훨씬 좋아진 거 같군. 저 마귀 같은 년이 나가고 나니까 말이야.」 삼촌은 말을 멈추더니 속삭였다. 「분명 저년이 엿듣고 있을 거야.」 그러고는 문 쪽으로 내달렸다. 그러나 문 뒤에는 아무도 없었다. 삼촌은 제자리로 돌아왔다. 실망한 빛은 아니었지만, 그 여자가 엿듣지 않는다는 사실이 더 불쾌하게 느껴져 화가 난 듯한 얼굴빛이었다. 「자넨 그 애를 잘못 봤군.」 변호사가 말했다. 가정부를 감싸는 태도는 아니었다. 어쩌면 보호하지 않아도 된다는 것을 은근히 알리려는 것 같았다. 그는 더욱 관심 어린 말투로 이어 갔다. 「자네 조카 일에 관한 한, 그 힘겨운 일을 수행할 수 있도록 내 건강이 뒷받침되길 바랄 뿐이네. 하지만 그렇지 못할까 봐 걱정이야. 아무튼 내 힘닿는 대로 최선을 다해 보겠네. 내 힘만으로 할 수 없으면 다른 사람이라도 끌어들이겠네. 그 건은 정말 흥미롭네. 해보지도 않고 그냥 포기하고 넘어가기에는 아깝지. 내 심장이 견디지 못한다 해도, 심장이 완전히 멎어도 좋을 만큼 아주 멋진 기회야.」 K는 대체 무슨 뜻인지 어안이 벙벙했다. 그는 무슨 말이 나오나 하여 삼촌 쪽을 쳐다보았다. 그러나 삼촌은 양초를 손에 들고 침대 옆 협탁에 앉아서 — 협탁에 있던 약병은 이미 바닥에 굴러떨어져 있었다 — 변호사가 하는 말에 일일이 고개를 주억대면서 어서 동의를 하라는 듯 가끔 K를 넘겨다보았다. 혹시 삼촌이 소송에 대해 일찌감치 이야기를 해놓은 걸까. 그러나 그건 있을 수 없는 일이었다. 앞서 있었던 일련의 일들이 증명해 주었다. 「도무지 무슨 말씀인지 모르겠군요.」 K는 그렇게 말했다. 「혹시 내가 당신을 오해했소?」 변호사는 K와 마찬가지로 놀라워하며 당혹스런 표정으로 물었다. 「내가 좀 서둘렀나 보군요. 그럼 나와 이야기하고 싶다는 게 뭐죠? 당신의 소송과 관련된 걸로 생각했는데요.」「물론이지.」 삼촌은 그렇게 말하면서 K에게 물었다. 「대체 왜 그러냐?」「어떻게 저와 제 소송에 대해 이리도 잘 알고 있죠?」 K가 물었다. 「아, 그거요.」 변호사는 미소를 지으며 말했다. 「내가 변호사잖소. 그래서 법원에서 일하는 사람들과 교류가 많아요. 그러다 보니 여러 소송 이야기를 해요. 그중에서도 좀 눈에 띄는 소송이 있다면, 특히 그게 친구의 조카와 관련된 거라면 아무래도 기억을 하게 되지요. 뭐 그리 대단할 것도 없소.」「대체 왜 그러냐?」 삼촌이 K에게 다시 한 번 물었다. 「안절부절 못 하고 있구나.」「이쪽 법원 사람들과 만난다고요?」 K가 물었다. 「그렇소.」 변호사가 말했다. 「꼭 어린애 같은 질문을 하는구나.」 삼촌이 말했다. 「같은 일을 하는 사람들이 아니면 대체 누구를 만나겠소?」 변호사가 덧붙였다. 반박할 여지가 없었기 때문에 K는 아무 대꾸도 하지 못했다. 〈당신은 정식 법원의 재판소에서 일하겠죠. 다락 층에 있는 재판소가 아니라.〉 그렇게 말하고 싶었지만 실제 그 말을 입 밖으로 내지는 못했다. 「여기서 한 가지 알아야 해요.」 변호사는 마치 너무나 당연한 것을 구차하게 설명한다는 듯한 투로 말을 이었다. 「한 가지 알아야 해요. 그런 교류를 하다 보면 우리 의뢰인들에게 큰 도움이 된다는 거요. 그것도 여러 모로 말이오. 그런 얘기를 자꾸 할 수는 없소. 물론 요즘은 병 때문에 지장이 있는 건 사실이오. 그래도 좋은 친구들이 찾아와서 이런저런 이야기를 듣소. 어쩌면 아주 건강한 사람들이 법원에 하루 종일 있는 것보다 더 많은 이야기를 들어요. 이를테면 지금 이 순간도 좋은 친구의 방문을 받고 즐기던 중이었소.」 그러면서 그는 어두운 방구석을 가리켰다. 「어디요?」 K는 순간 놀라서 거칠게 물었다. 반신반의하며 주위를 둘러보았다. 작은 촛불의 불빛은 반대편 벽을 비추기에는 너무 약했다. 정말로 저편 구석에서 뭔가가 움직이기 시작했다. 삼촌이 초를 높이 들자 촛불에 비쳐 저편 조그만 탁자에 중년의 한 신사가 앉아 있는 것이 보였다. 그리 오랫동안 눈에 띄지 않다니, 아마도 숨도 쉬지 않은 것 같았다. 이제 그는 귀찮다는 듯 자리에서 일어났다. 주목의 대상이 된 것이 싫은 모양이었다. 그는 두 손을 마치 짤막한 날개처럼 파닥여 소개라든가 인사 따위는 필요 없다고 손짓하려는 것 같았으며, 괜히 자기가 그 자리에 있다는 이유로 다른 사람들을 방해하기 싫은 것 같았다. 자기를 다시 어둠 속에 있게 해달라고, 자신의 존재를 잊어 달라고 애원하는 것 같았다. 그러나 그럴 수는 없는 일이었다. 「자네 때문에 모두 놀랐잖아.」 변호사가 해명조로 말했다. 그러면서 그 신사를 향해 어서 가까이 오라고 손짓했다. 그러자 그 남자는 주위를 슬쩍 휘둘러보면서 그리고 약간 점잔을 빼면서 다가왔다. 「사무국장님이……. 아 참, 죄송합니다. 소개를 안 했군. 여기는 내 친구 알베르트 K이고, 이분은 조카인 업무 대리인 요제프 K이고, 여기 이분은 사무국장님이오. 사무국장님이 이렇게 직접 나를 찾아 주니 정말 기쁘지. 이런 분이 찾아와 주는 게 얼마나 소중한지는 아는 사람만이 아네.

나같은 사람은 사무국장님이 얼마나 눈코 뜰 새 없이 바쁜지 잘 아니까. 그런데도 이렇게 찾아와 주셨지. 그래서 병약한 내 몸이 허락하는 한 조용히 이야기를 나누고 있던 참이야. 레니에게 손님을 집 안에 들이지 말라는 말은 해놓지 않았었네. 올 사람도 없었고. 그래도 우리끼리 있는 게 좋겠다고 생각했었네. 그러던 중 알베르트, 자네가 와서 문을 쾅쾅 두드린 거야. 그래서 사무국장님은 의자와 탁자를 가지고 구석으로 자리를 옮겼던 걸세. 그 건을 함께 논의하려면 우리 다시 머리를 맞대는 것이 좋을 것 같군. 자, 사무국장님.」변호사는 그렇게 말하면서 고개를 숙이고 굴종하는 듯한 미소를 지으며 침대 가까이에 있는 안락의자를 가리켰다.「유감스럽게도 몇 분밖에 더 있지 못하겠습니다.」사무국장은 상냥하게 말하면서 안락의자에 털썩 앉아 시계를 보았다.「일거리가 아주 많거든요. 아무튼 제 친구의 친구를 알게 되는 기회를 놓치고 싶지는 않습니다.」그는 머리를 살짝 삼촌 쪽으로 기울였다. 삼촌은 사람을 새로 알게 되어 기분이 좋은 것 같았다. 하지만 타고난 성격상 존중의 감정을 겉으로 표출하지는 못하고 다만 사무국장이 하는 말에 어쩔 줄 몰라 크게 웃기만 했다. 이런 끔찍한 광경이라니! K는 자신에게 관심을 갖는 사람이 없었기 때문에 모든 것을 조용히 관찰할 수 있었다. 사무국장은 평소 버릇인 듯 일단 한번 앞으로 나서자 대화의 주도권을 잡았다. 처음에 기운 없는 모습을 보인 것은 순전히 새로 온 방문객을 쫓아내려는 의도였었는지, 변호사는 곧 손을 귀에 갖다 대고서 주의 깊게 들었다. 삼촌은 촛불을 들고 — 삼촌은 촛불을 무릎 위에 올려놓고 있었는데 변호사는 그게 신경 쓰였는지 걱정스레 자꾸만 그를 쳐다보았다 — 당혹감에서 벗어나 사무국장의 말솜씨와 함께 부드럽게 물결 모양으로 움직이는 손놀림에 넋을 잃은 모습이었다. K는 침대 기둥에 기대어 있었는데, 사무국장에게 완전히 의도적으로 무시당하는 듯한 느낌을 받았다. 그는 그저 이 노신사들의 말이나 들어 주는 역할만 하고 있었다. 그런데 이들의 말이 도대체 무슨 소리인지 알아들을 수가 없었다. 그래서 가정부와 그녀가 삼촌에게 당한 불쾌한 대우를 생각하기도 하고, 또 혹시 이 사무국장을 어쩌면 이미 보지 않았는지, 바로 첫 심리가 있었던 회합에서 보지 않았는지도 생각해 보았다. 이 사무국장은 회합 참석자들 중에서 첫 번째 줄의 듬성듬성한 수염을 한 늙은 신사들 속에 섞여 있으면 영락없을 것 같았다.

그때 응접실 쪽에서 도자기가 깨지는 듯한 소음이 들려 모두가 귀를 쫑긋했다. 「제가 한번 가볼게요.」 K는 그렇게 말하고는 남들이 붙잡아 주기를 바라는 듯 느린 걸음으로 밖으로 나갔다. 그가 응접실로 나와 어둠 속에서 길을 찾으려는 순간 문고리를 잡은 그의 손에 조그만 손 하나가 와서 얹혔다. K의 손보다 훨씬 작은 손이었다. 그러면서 문이 살며시 닫혔다. 그곳에서 기다리고 있던 것은 가정부 처녀였다. 「아무 일도 아니에요.」 그녀가 속삭였다. 「당신을 밖으로 불러내려고 벽에 접시를 하나 던졌을 뿐이에요.」 K는 얼떨결에 이렇게 말했다. 「나도 당신 생각을 하고 있었어요.」 「그거 더욱 잘됐네요.」 가정부가 말했다. 「자, 이리 오세요.」 몇 걸음 걷자 반투명의 유리문이 나타났다. 가정부는 K에 앞서 그 문을 열었다. 「어서 들어오세요.」 그녀가 말했다. 변호사의 서재임이 분명했다. 두 개의 큰 유리창을 통해 들어온 달빛 은 바닥의 작은 네모난 부분만을 환하게 비추고 있었는데, 달빛으로 보니 방에는 육중하고 오래된 가구들이 즐비했다. 「이쪽으로 오세요.」 가정부는 그렇게 말하면서 나무 장식 등 받이가 달린 거무스레한 궤짝을 가리켰다. 자리에 앉기 앞서 K는 방을 한 번 휘둘러보았다. 천장이 높은 큰 방이었다. 빈 민 변호사의 고객들은 이 방에 들어서는 순간 위압감에 사로 잡혔을 것 같다. 어마어마한 책상을 향해 걸어가는 방문객들 의 총총대는 걸음걸이가 눈에 보이는 듯했다. 그러나 다음 순간 그는 그것을 잊은 채 가정부만 바라보았다. 그녀는 그 의 곁에 바싹 붙어 앉아서 팔걸이 쪽의 그에게 밀착했다. 「제 가 먼저 당신을 불러내지 않아도 알아서 혼자 밖으로 나올 줄 알았어요. 참 이상하더군요. 당신은 집 안에 들어서자마 자 그렇게 저를 눈이 빠지도록 쳐다보더니 나중에 가서는 저 를 기다리게 하다니요. 그냥 레니라고 불러 주세요.」 그녀는 대화의 한순간도 대충 넘길 수 없다는 듯 얼른 그렇게 덧붙 였다. 「좋아요.」 K가 말했다. 「방금 이상하다고 했는데, 그건 금방 해명이 가능해요. 첫째로는 노인분들이 말하는 것을 들 어야 해서 쉽게 자리를 뜰 수가 없었고, 둘째로는 나는 성격 이 뻔뻔스럽지 못하고 쑥스러움을 많이 타는 데다가 레니 당 신도 단숨에 내게 넘어올 것 같지가 않아서 그랬던 거요.」

「아니에요.」레니는 그렇게 말하면서 팔을 등받이에 걸치고
서 K를 바라보았다. 「제가 마음에 안 들었겠죠. 물론 지금도
마음에 안 들 테고요.」「마음에 드니 안 드니 하는 말로는 안
될 것 같네요.」K는 얼버무리는 식으로 말했다. 「오!」그녀는
미소를 지으며 외쳤고 K의 말과 자신의 이 짤막한 외침으로
우월감 같은 것을 느낀 것 같았다. K는 잠시 침묵했다. 방 안
의 어둠에 눈이 적응되자 이제 여러 가지 가구들의 외양을
세세히 구별할 수 있었다. 그중에서도 특히 커다란 그림 하
나가 눈에 띄었다. 문 오른쪽 편에 걸려 있었는데, 그는 그림
을 좀 더 자세히 보려고 몸을 앞으로 구부렸다. 법복 차림의
한 남자가 그려져 있었다. 남자는 높은 옥좌에 앉아 있었는
데, 옥좌의 도금 부분이 특히 두드러졌다. 특이하게도 판사
라는 이 남자는 차분하게 품위를 지키며 앉아 있는 게 아니
라 왼팔은 의자의 팔걸이와 등받이에 밀착시키고 오른팔은
완전히 자유로운 상태로 팔걸이만 꽉 움켜쥐고 있었다. 분노
를 폭발시켜 당장이라도 몸을 휙 일으키며 뭔가 결정적인 말
을 하거나 판결을 내릴 것만 같았다. 피고는 계단의 발치쯤
에 있는 것 같았다. 그림에서는 노란 양탄자가 깔린 가장 위
쪽의 계단 몇 개만 보였다. 「어쩌면 이 사람이 내 사건의 담
당 판사일지도 모르겠군.」K는 그렇게 말하며 손가락으로
그림을 가리켰다. 「제가 아는 사람이에요.」레니가 말하면서
그림을 올려다보았다. 「이곳에 종종 들러요. 저 그림은 젊었
을 때의 모습을 그린 건데, 원래는 저 그림하고 생판 달라요.
체격이 아주 왜소하거든요. 그런데 그림에서는 저렇게 키를

늘여 놓은 거죠. 여기 있는 사람들 모두 그렇듯 저 사람도 몹시 허영에 빠져 있거든요. 하지만 저 역시 허영심이 많아요. 당신이 저를 좋아하지 않아서 사실 실망이 커요.」이 마지막 말에 대해 K는 자기 몸 쪽으로 레니를 당겨 끌어안는 것으로 답했다. 그녀는 그의 어깨에 머리를 가만히 기댔다. K는 그녀가 했던 말에 대해서 마저 물었다. 「지위가 어떻게 되죠?」「예심 판사예요.」그녀는 자기를 껴안고 있던 K의 손을 잡아 그 손가락을 만지작거리며 말했다. 「허구한 날 예심 판사군.」K는 실망한 투로 말했다. 「고위직 판사들은 다 숨었나 보군. 그나마 저 사람은 옥좌에라도 앉아 있네요.」「저건 다 꾸민 거예요.」레니가 K의 손에 얼굴을 묻으며 말했다. 「실제로는 질 나쁜 낡은 모포가 깔려 있는 부엌 의자에 앉아 있었어요. 그런데 당신은 계속해서 소송만 생각하시나 봐요?」그녀가 천천히 덧붙였다. 「안 그래요. 절대로.」K가 말했다. 「어쩌면 너무 생각을 안 하는 건지도 몰라요.」「그건 잘못하는 게 아니에요. 당신의 방식 말이에요.」레니가 말했다. 「당신은 아주 고집이 세다고 하더군요.」「누가 그래요?」K가 물었다. 그는 그녀의 머리를 가슴에 느끼며 단단하게 모양새를 낸, 풍부한 그녀의 검은 머리카락을 내려다보았다. 「그거까지 말하면 너무 많은 것을 누설하는 거예요.」레니가 대답했다. 「자꾸만 이름을 캐묻지 마세요. 그 잘못된 점을 고치세요. 그렇게 고집을 부리지 마세요. 이 법정에 맞서 봤자 소용없어요. 그냥 당신의 죄를 인정하세요. 다음에라도 기회가 되면 죄를 인정하세요. 그래야만 빠져나갈 방도가 생겨요, 그래야만. 그것도 다른 사람의 도움이 없으면 불가능해요. 하지만 누구에게 도움을 받을지 걱정할 필요는 없어요. 그 정도야 저라도 도와 드릴 수 있으니까요.」「당신은 이 법정과 이 법정에서 자행되는 사기 수법을 꿰고 있군요.」K가 말했다. 그러면서 자꾸만 밀착해 오는 그녀를 자기 무릎 위에 올려놓았다.「이러니 참 좋아요.」그녀는 그의 무릎 위에서 편하게 몸을 고쳐 앉으며 치마를 펴고 블라우스도 매만지며 말했다. 그러더니 양손을 그의 목에 두르고서 매달리며 몸을 뒤로 젖혀 오래도록 그를 쳐다보았다.「만일 내가 죄를 인정하지 않으면 나를 못 도와주나요?」K가 떠보는 투로 물었다. 여자 조력자들을 끌어들이고 있는 꼴이군. 스스로 놀라며 그는 생각했다. 처음엔 뷔르스트너 양을, 그다음엔 정리의 마누라를 그리고 이제는 이 조그만 여자 가정부를 말이야. 이 여자는 말할 수 없이 나를 원하는 것 같군. 원래부터 자기 것이라도 되는 것처럼 내 무릎 위에 앉아 있는 꼴 좀 봐!「네.」레니는 그렇게 대답하고는 천천히 고개를 가로저었다.「그러면 당신을 도와줄 수 없어요. 당신은 내 도움을 원치 않는 것 같군요. 관심조차 없어요. 당신은 정말 고집불통에다 남의 말을 전혀 들으려 하지 않아요.」잠시 뒤 그녀가 물었다.「혹시 애인은 있나요?」「없소.」K가 말했다.「그럴 리가요.」그녀가 말했다.「그래, 사실은 있어요.」K가 말했다.「없다고 말은 했지만 사실은 사진까지 갖고 다녀요.」그녀가 자꾸만 졸라 대자 그는 사진을 보여 주었다. 그녀는 그의 무릎 위에서 몸을 구부린 채 사진을 들여다보았다. 스냅 사진이었다. 뱅뱅 도는 춤을 추던 끝자락에 찍은 엘자의 사진이었다. 그녀는 포도주 집에서 그 춤을 즐겨 추었다. 회전력 때문에 치마는 주름이 잡힌 채 몸 주위로 붕 떠 있었고, 양손을 허리에 댄 채 목에 힘을 주고 옆을 바라보고 있었다. 이 사진만 가지고는 엘자가 누구를 쳐다보며 웃는지 알 수 없었다. 「이 여자는 끈을 너무 세게 묶었네요.」 레니는 그렇게 말하면서 자기 생각에 그렇게 보이는 부분을 가리켰다. 「이 여자는 내 마음에 안 들어요. 서툴고 거칠어 보여요. 그래도 당신을 대할 때는 부드럽고 상냥하겠죠. 사진만 봐도 알 수 있어요. 이렇게 덩치가 큰 아가씨들은 그저 부드럽고 상냥한 게 최고인 줄 알죠. 그런데 이 여자가 당신을 위해 과연 희생할까요?」 「아니오.」 K가 말했다. 「그녀는 부드럽거나 상냥하지도 않고 또 나를 위해 희생하지도 않아요. 나 역시 지금까지 그 여자한테 전자의 것도 후자의 것도 요구한 적이 없어요. 그래, 나는 지금까지 당신처럼 그 사진을 그렇게 자세히 들여다본 적이 없소.」 「그렇다면 당신은 이 여자한테 별 관심이 없는 거군요.」 레니가 말했다. 「그러니 사실은 당신의 애인이 아니라는 얘기네요.」 「무슨 소리요?」 K가 말했다. 「아까 한 말을 취소하지는 않겠소.」 「이 여자가 아무리 당신 애인이라 해도 말이에요, 그녀를 잃거나 이를테면 저와 바꾸게 된다 해도 당신은 그렇게 섭섭해하지 않을 거 같아요.」 「물론 그럴 수는 있겠지.」 K는 살짝 미소를 지으며 말했다. 「생각이야 해볼 수 있는 일이오. 하지만 그 여자는 당신에 비해 큰 장점을 갖고 있어요. 그 여자는 내 소송에 대해 아무것도 모르고 있고, 또 설령 안다고 해도 거기에 연연하지 않는다 이 거요. 어서 손을 들라고 괜히 나를 설득하려 들지 않을 거요.」「그건 장점이라고 할 수 없어요.」 레니가 말했다. 「그 밖의 다른 장점이 없다면 제가 기죽을 필요 없겠네요. 혹시 그 여자 몸에 무슨 결함이 있나요?」「몸에 결함이 있냐고?」 K가 물었다. 「네.」 레니가 말했다. 「무슨 말이냐 하면, 저는 그런 작은 결함이 있거든요. 이것 좀 보세요.」 그녀는 오른손의 가운뎃손가락과 약손가락을 쩍 벌렸다. 그러자 이 두 손가락 사이의 물갈퀴 같은 연결 막이 짧고 뭉툭한 두 손가락들 첫 마디까지 붙어 있었다. K는 주위가 어두워서 그녀가 보여 주고자 하는 것이 뭔지 금방 알아채지 못했다. 그래서 그녀는 K의 손을 끌어당겨 그곳을 더듬어 보게 했다. 「별 희한한 기형이 다 있군.」 K가 말했다. 그리고 손 전체를 다 보고 나서는 이렇게 덧붙였다. 「참으로 예쁜 물갈퀴네요!」 K가 놀란 표정으로 그녀의 양 손가락을 펼쳤다 접었다 하다가 마침내 거기에 키스를 하고 놔주는 광경을 레니는 자랑스레 쳐다보았다. 「어머나!」 그녀는 얼른 소리쳤다. 「나한테 키스했어요!」 그녀는 입을 헤벌리고 허겁지겁 그의 몸에 기어오르더니 마침내 무릎을 꿇은 채 그의 무릎 위에 올라탔다. K는 깜짝 놀란 표정으로 그녀를 올려다보았다. 이렇게까지 가까이 다가오자 그녀의 몸에서는 후추 향같은 쌉쓸하고 자극적인 냄새가 확 풍겨 왔다. 그녀는 그의 머리를 당겨 그 위에 몸을 구부리고서 그의 목을 깨물고 키스했다. 그의 머리카락까지도 깨물었다. 「당신은 이제 나로 바꾼 거예요.」 그녀는 때로 그렇게 소리쳤다. 「보세요. 이제 나로 바꾸었다고요!」 그때 그녀의 무릎이 미끄러졌다. 짧은 비명과 함께 그녀는 양탄자로 떨어질 뻔했다. K는 그녀가 떨어지지 않게 끌어안고 있다가 그녀와 함께 밑으로 딸려 내려갔다. 「이제 당신은 내 거야.」 그녀가 말했다.

「여기 집 열쇠가 있으니까, 오고 싶을 때 언제든지 와요.」 그녀의 마지막 말이었다. 떠나는 그의 등 뒤로 키스 세례가 마구 쏟아졌다. 대문 밖으로 나오니 가랑비가 내리고 있었다. 혹시라도 창문으로 레니의 모습을 볼 수 있을까 하여 도로 한가운데로 걸어가려는데, 집 앞에서 기다리고 있던 차에서 삼촌이 후다닥 뛰쳐나왔다. K는 정신이 팔려서 자동차를 전혀 보지 못했던 것이다. 삼촌은 K의 팔을 붙잡고서 그를 대문 쪽으로 밀쳤다. 마치 대문에다 박아 버리려는 듯했다. 「야, 이놈아!」 삼촌이 소리를 질렀다. 「어째 행동이 그 모양이냐! 잘돼 가고 있던 일을 네가 다 망쳐 버렸어. 그런 조그맣고 더러운 것과 함께 숨다니. 게다가 그 여자는 변호사의 정부란 말이다. 몇 시간이나 나타나질 않았어. 구실도 대지 않고 숨기지도 않고, 그래 아예 대놓고서 그 계집애와 함께 있었던 거야. 그러는 동안 우리는 그냥 앉아 있었다. 너를 위해 애쓰는 이 삼촌과 반드시 네 편으로 만들어야 할 변호사 그리고 누구보다 사무국장, 지금 단계에서는 네 일에 가장 영향을 끼칠 수 있는 그 중요한 양반이 말이다. 우리는 어떻게 하면 네게 도움이 될지 상의하려 했지. 나는 변호사의 비위를 맞추어야 했고, 변호사 입장에서는 사무국장을 조심스레 대해야 했다. 그러니 너는 어떤 식으로든 나를 도왔어야지. 그런데 그러기는커녕 코빼기도 안 비쳤어. 암만 그래도 숨길 수는 없는 법이다. 그 사람들이 점잖고 교양이 있는 분들이라서 그 일에 대해 입을 다물었던 거야. 내 체면을 살려준 거지. 결국엔 그분들 역시 참을 수가 없었지. 하지만 입 밖으로 내기가 뭐하니 그냥 침묵했던 거다. 우리는 몇 분간 아무 말도 않고 그냥 앉아서 혹시라도 네가 돌아올까 하여 귀를 기울였어. 다 헛된 일이었다. 마침내 사무국장이 자리에서 일어났어. 그분은 원래 생각했던 것보다 훨씬 오래 계셨던 거야. 헤어지면서 그분은 나를 도와줄 수 없어 아쉬워하시는 기색이 역력했다. 이루 말할 수 없는 애정을 듬뿍 담아 그분은 문간에서 잠시 더 기다렸다가 끝내 떠나셨다. 물론 내 입장에서는 그분이 가셔서 다행이었어. 거의 숨을 쉴 수가 없었으니까. 원래 몸이 아픈 데다 그 때문에 몸이 더욱 안 좋아진 그 마음씨 좋은 변호사는 작별 인사를 할 때도 아무 말 못했어. 그러니까 완전히 몸져눕는 데 기여한 건 바로 너야. 네 녀석은 의지할 수 있는 분의 죽음을 재촉한 거야. 게다가 이 삼촌을 이렇게 빗속에서 몇 시간이나 기다리게 만들었어. 어디 한번 만져 봐라. 흠뻑 젖지 않았냐.」

변호사
제조업자
화가

그러던 어느 겨울날 오전 — 밖은 희뿌연 날씨 속에 눈이 내리고 있었다 — K는 이른 시간임에도 불구하고 몹시 피곤함을 느끼며 사무실에 앉아 있었다. 적어도 그 말단 직원들에게는 책잡히지 않으려고, 중요한 업무 관계로 바쁘니 아무도 사무실에 들이지 말라고 사환에게 지시했다. 그러나 일은 하지 않고 의자에 앉아 몸을 이리저리 돌리면서 책상 위의 물건들을 천천히 가장자리로 밀어내고는 자기도 모르게 팔을 책상 위에 쭉 뻗고 머리를 떨어뜨린 채 미동도 않고 앉아 있었다.

소송 생각이 좀체 그의 마음에서 떠나질 않았다. 변론 문건을 작성해서 법정에 제출하는 게 좋지 않을까. 벌써 여러 번 생각하고 또 생각해 보았다. 자신의 이력을 간략하게나마 기술하고, 좀 중요한 사건의 경우에는 자신이 왜 그렇게 행동했는지 설명하고, 또 지금의 관점에서 그때의 행동 방식이 옳은 건지 그른 건지도 말하고, 각각의 판단에 대한 이유도 들어 볼 생각이었다. 그렇게 변론 문건을 작성하면 오점에서 자유롭지 못한 평범한 변호사들을 써서 변호를 하는 것보다 효과가 크리라는 것은 의심의 여지가 없었다. K는 대체 그 변호사가 무슨 일을 하고 있는 건지 전혀 알지 못했다. 그리 대단한 일을 하는 것 같지는 않았다. 벌써 한 달이 넘도록 변호사는 그를 부르지도 않았다. 전에 몇 번 상담을 할 때에도 변호사가 그를 위해 뭔가 해낼 것 같은 느낌을 받은 적이 한 번도 없었다. 게다가 제대로 질문을 던진 적도 거의 없었다. 사실 물어볼 것은 많았다. 이런 일에서는 질문을 많이 하는 게 우선 과제가 아닌가. K는 차라리 자기가 나서서 필요한 모든 질문들을 던져 볼 수 있을 것 같았다. 하지만 변호사는 자기 이야기만 하거나 그를 앞에 두고 멍하니 앉아 있거나, 아니면 아마도 귀가 나빠서 그랬던 것 같은데 책상 위에 몸을 구부리고서 그의 수염 중 한 가닥을 잡아당기며 양탄자를 내려다보았다. 어쩌면 K가 레니와 누워 있던 그 자리를 보는 것 같았다. 그리고 가끔씩 아이들에게나 할 법한 하나마나 한 훈계나 늘어놓았다. 쓸데없고 지루하기 짝이 없는 말들뿐이었다. 그렇기 때문에 K는 최종 수임료 정산 때 단 한 푼도 주지 않겠다고 결심했다. 변호사는 K를 마음껏 농락하다가 이어 또 약간의 용기를 북돋아 주기도 했다. 이런 종류의 많은 소송에서 완전히 또는 부분적으로 승소한 적이 있으며, 그 소송들은 실제로 이번 소송만큼 어렵지는 않았지만 그래도 외견상으로는 희망이 없는 것들이었다고 했다. 이런 소송들의 목록을 여기 서랍 속에 가지고 있지만 — 그러면서 그는 책상 서랍들 중 어느 한쪽 서랍을 톡톡 두드렸다 —

유감스럽게도 직무상의 기밀인지라 보여 줄 수는 없다고 했다. 이런 모든 소송들을 거치면서 쌓은 자신의 대단한 경험은 당연히 K에게 큰 도움이 될 거라고 했다. 물론 즉시 작업에 착수했으며 이미 첫 번째 청원서 작성이 거의 마무리되었다고 했다. 첫 번째 청원서가 매우 중요한데, 그 이유는 변호에 있어 첫 인상이 소송의 전체 방향을 결정짓기 때문이라고 했다. 유감스럽게도 K에게 알려 줘야 할 말이 있는데, 이렇게 작성된 첫 번째 청원서들을 법원 쪽에서 전혀 읽지 않는 경우도 있다는 것이었다. 이 첫 청원서들을 그냥 서류함에 꽂아 놓고는 서류로 작성된 다른 어떤 것들보다 피고에 대한 심문과 관찰이 훨씬 중요하다고 둘러댄다는 것이었다. 청원자가 끈질기게 요구를 하고 나서면, 결정을 내리기에 앞서 모든 자료들을 다 모으고 첫 청원서들을 포함한 모든 서류를 비교해 가며 검토할 거라는 말이 덧붙여진다고 했다. 그러나 유감스럽게도 이것 역시 대부분 사실이 아니고, 첫 번째 청원서는 보통 아무렇게나 굴러다니거나 망실되며 설사 끝까지 보존된다 해도 변호사가 소문으로 들은 바에 따르면, 읽어 보는 경우는 거의 없다고 했다. 이 모두가 유감이라고 하면서도 옳은 부분이 아주 없는 것은 아니라고 했다. K가 도외시하지 말아야 할 것은 소송 절차가 공개적이지 않다는 것이다. 물론 법원에서 공개로 해야 한다고 여길 땐 공개로 할 수도 있다. 그러나 법률상으로 공개해야 한다는 규정은 없다. 따라서 피고나 변호인은 법원의 기록들, 특히 기소장의 경우에는 접할 수가 없다. 때문에 첫 청원서가 무엇을 겨냥해야 하는지는 전혀 알 수가 없거나 안다 해도 자세히는 알 수 없다. 첫 청원서가 사안에 맞는 중요한 내용을 담느냐 못 담느냐는 결국 운에 맡길 수 밖에 없다. 실제로 적확하고 증거력 있는 청원서는 피고에 대한 심문이 행해지는 과정에서 개별 기소 사항과 그에 대한 근거가 더 분명히 드러나거나 추측 가능할 때나 작성할 수 있다. 이런 상황 때문에 변호는 당연히 어렵고 힘들 수밖에 없다. 이것도 다 의도해서 일어난 일이다. 무슨 말이냐 하면, 변호는 법률에 의해 허용된 것이 아니며 다만 용인될 뿐이다. 용인이라는 말이 해당 법률 부분에 있기나 한지에 대해서도 의견이 나뉘는 실정이다. 그러므로 엄격하게 보면 법원에서 인정한 변호사는 없는 셈이고, 법정에 변호사라는 이름으로 등장하는 사람들은 근본적으로 볼 때 모두 엉터리 변호사일 뿐이다. 이런 사실은 변호사라는 직업 전체에 대한 모욕이 아닐 수 없다. K가 앞으로 법원 사무국에 가게 되면 사실 확인을 해볼 겸 변호사실에 한번 들러 보라. 그곳에 있는 사람들의 모습을 보고 아마 소스라치게 놀랄 것이다. 그들에게 배정된 좁고 천장이 낮은 방 자체가 이미 법원이 변호사들에 대해 갖고 있는 경멸의 빛을 보여 준다. 그 방엔 천장에 나 있는 작은 들창 하나를 통해서만 빛이 들어온다. 그 들창을 통해 밖을 내다보려면 바로 들창 앞쪽에 있는 굴뚝 때문에 연기를 들이마실 수밖에 없고 얼굴까지 그을리는데 그마저도 천장에 너무 높이 달려 있어 먼저 동료 하나를 구해서 그의 등을 밟고 올라가야 한다. 그 방의 마룻바닥에는 — 이런 형편없는 상황을 알려 주는 또 다른 예를 하나 들자면 — 벌써 1년이 넘게 구멍이 하나 나 있다. 사람 몸 하나가 빠질 정도는 아니지만 다리 정도는 빠지고도 남을 정도의 크기이다. 변호사실은 다락의 2층에 있어서 누군가의 다리가 빠지면 그 사람의 다리가 다락방 1층의 천장에 달랑달랑 매달린다. 그곳은 바로 의뢰인들이 기다리는 복도이다. 이런 상황을 두고 변호사들 사이에서 치욕적이라고 말하는 것도 과장은 아니다. 행정 관청 쪽에 불평해 봤자 아무 소용도 없다. 그렇다고 변호사들이 자기 돈으로 변호사실의 뭔가를 변경하는 것도 엄격하게 금지되어 있다. 변호사들을 이렇게 대접하는 데는 다 나름의 이유가 있다. 되도록 변호사의 개입을 배제하고, 피고가 모든 것을 직접 떠맡도록 하려는 것이다. 근본적으로 나쁜 취지는 아니다. 그렇다고 해서 법정에서 변호사의 존재가 피고에게 불필요하다는 추론을 한다면 그야말로 그릇된 생각이다. 그렇기는 커녕 오히려 그 반대이다. 이 법정에서처럼 변호사들이 꼭 필요한 경우도 없다. 재판 과정 전체가 일반 사람들에게뿐만 아니라 피고에게도 비밀에 부쳐지기 때문이다. 물론 비밀 유지도 어느 정도까지겠지만, 의외로 상당한 정도까지 가능하다. 그러니까 피고도 법원에서 작성한 서류를 열람할 수 없으며, 또 심문 과정에서 나온 이야기를 가지고 그 근거 자료가 뭔지를 캔다는 것은 너무나 어려운 일이다. 특히 자신감도 없고 근심에 사로잡혀 정신이 산만한 피고에게는 말할 나위도 없다. 바로 이 지점에서 변호사가 개입한다. 보통은 심문을 할 때 변호사는 그 자리에 있을 수 없다. 따라서 변호사는 심문이 끝나는 즉시, 가능하다면 심리가 열린 법정의 문 앞에서 바로 피고에게 심문 내용에 대해 캐물어, 대개의 경우 이미 흐릿해진 피고의 말에서 변론에 도움이 될 만한 것들을 얻어 내야 한다. 그러나 이것이 가장 중요한 것은 아니다. 왜냐하면 이런 방식으로는 많은 정보를 캐낼 수 없기 때문이다. 물론 어디서나 마찬가지로 여기서도 유능한 사람은 다른 사람들보다 더 많은 것을 알아내겠지만 말이다. 가장 중요한 것은 변호사가 갖고 있는 인맥이다. 바로 이런 인맥 관리가 변호사가 해야 할 가장 중요한 일이다. 이제 K는 그간의 경험을 통해서, 법원의 가장 말단 조직조차도 틈새 없이 완벽하지는 못하며 자기 책무를 망각한 채 뇌물이나 받아먹는 직원들을 거느리고 있고, 엄격한 법원 조직에도 얼마간은 구멍이 있다는 사실을 알았을 것이다. 바로 이 구멍으로 수많은 변호사들이 밀고 들어간다. 이 구멍을 통해 뇌물이 오가고 정보 탐색이 이루어진다. 전에는 이 구멍을 통해 서류 도적질까지 일어났다. 이런 식으로 당장은 피고에게 유리한 놀라운 결과를 이끌어 내 하찮은 변호사들이 뻐기고 돌아다니며 새로운 고객들을 유혹할 수 있다 해도, 향후 소송 과정에서 이런 것은 아무 의미도 없거나 전혀 좋은 결과를 가져오지 못한다는 것은 부인할 수 없다. 그러나 진정한 가치는 진정한 인간관계에, 특히 고위직 관리와의 인간관계에 있다. 여기서 고위직 관리란 하급 법원의 고위 관리를 말한다. 이 경우에만 향후 소송 과정에 영향을 끼칠 수 있다. 처음엔 보이지 않을 정도로 미미하지만 나중에 가서는 그 영향이 갈수록 또렷해진다. 물론 그렇게 할 수 있는 변호사의 수는 얼마 안 되며, 그런 면에서 K의 선택은 탁월했다. 한둘 정도의 변호사들만이 홀트 박사 자신처럼 이런 인맥을 동원할 수 있다. 이런 변호사들은 변호사실에 있는 무리에 대해서는 관심도 없고 실제로 이들과는 상종도 하지 않는다. 그러나 법원 관리들과의 관계는 그만큼 더 긴밀하다. 법원에 나가 예심 판사들의 응접실에서 행여나 예심 판사들이 나타나기를 기다리거나 그들의 그때그때 기분에 따라 대개 속 빈 강정 같은 성공을 이루거나 아니면 이마저도 이루지 못하거나 할 필요가 홀트 박사로서는 전혀 없다는 것이다. K가 직접 두 눈으로 보았듯이, 관리들, 그리고 제법 고위 관리들까지도 제 발로 걸어와 정보를 — 그것도 확실하거나 적어도 쉽게 해석할 수 있는 정보를 — 알려 주거나 소송의 향후 절차를 논의한다. 심지어 몇몇 사건의 경우 다른 사람들의 말에 설복당하여 남의 견해를 기꺼이 받아들이기도 한다. 물론 그렇다고 해서 그들의 이런 점을 지나치게 신뢰해서도 안 된다. 이들은 변호에 도움이 될 만한 새로운 견해를 내놓고서는, 이튿날 사무국으로 돌아가 피고를 향해 원래의 견해, 즉 완전히 포기하겠다고 선언했던 것보다 더 가혹한 판결을 내놓을지도 모르기 때문이다. 물론 이것을 어떻게 막을 도리는 없다. 왜냐하면 단둘이서 사적으로 한 이야기는 사적으로 한 이야기일 뿐이며 그것을 공적으로 왈가왈부할 수는 없기 때문이다. 아무리 변호인이 이 신사들의 호감을 사려고 공을 들여도 말이다. 다른 한편으로, 이 신사들이 인류애라든가 개인적인 호감에서 변호인과 — 물론 전문가로서의 자질이 뛰어난 변호인과만 — 관계를 맺는 것은 아니라는 점은 사실이다. 오히려 어떤 면에서는 이들 역시 변호사들에게 의존한다. 이렇게 첫 단계에서부터 비밀 재판을 고수하는 법원 조직이 갖는 결함이 드러난다. 관료들은 일반 사람들과의 접촉이 없다. 이들 관료들은 보통 정도의 평범한 소송들에 대해서는 대비가 잘되어 있다. 정해진 길을 따라 거의 저절로 잘 굴러가서 가끔 가다 한 번씩 툭 쳐주기만 하면 되기 때문이다. 그러나 너무나 쉬운 경우나 아니면 너무나 어려운 경우를 만나면 이들은 어쩔 줄 모르고 당황하기 일쑤다. 밤낮으로 법률 속에 처박혀 있다 보니 이들은 인간관계에 대한 올바른 이해가 없다. 그리고 이런 경우 인간관계에 대한 이해가 없는 것은 대단한 약점이다. 그러면 이들은 변호사를 찾아와 조언을 구한다. 그리고 그들 뒤로 사환 하나가 평소에는 비밀에 부쳐져 있던 서류들을 들고 따라온다. 바로 여기 이 창가에서 평소 만나는 걸 꿈도 꿀 수 없는 신사들이 서서 망연자실한 표정으로 골목을 내다보고 있는 장면을 목격했을 것이다. 그러는 동안 변호사는 책상에 앉아 그들에게 조언해 주기 위해 서류를 살펴보고 있다. 바로 이런 기회에 이들 신사들이 자신들의 직업을 얼마나 진지하게 생각하고 있으며 타고난 기질상 극복할 수 없는 장애물을 앞에 두고 얼마나 깊은 절망의 늪으로 빠져드는지 볼 수 있다. 이들이 맡은 직책은 절대 호락호락한 것이 아니며 괜히 이들을 부당하게 생각하여 그 지위를 쉽게 여겨서는 안 된다. 법원의 직급 및 직위 체계는 끝이 없기 때문에 이 방면에 정통한 사람마저도 제대로 알 수가 없다. 법정에서 벌어지는 재판 과정은 하급 관리들조차 볼 수가 없으며, 따라서 이들은 자신들이 처리한 안건이 향후 어떻게 전개되는지 제대로 다 추적할 수가 없다. 그러므로 법적인 일은 그들 시야에 보이는 것이 전부일 뿐, 그것이 어디에서 와서 어디로 가는지는 그들로서는 알 수가 없다. 그러므로 소송의 개별 단계나 최종 판결 그리고 판결 이유 등을 통해 배울 수 있는 교훈을 하급 관리는 접할 수가 없다. 이들은 소송 중에서 법이 정한 부분만 관계할 뿐이며 그 이상의 것, 이를테면 자기들이 한 일의 결과에 대해서는 대개 변호인들만큼도 모른다. 변호인들은 보통 재판이 끝날 때까지 피고와 이런저런 관계를 맺고 있기 때문이다. 이 점에서도 하급 관리들은 변호인들로부터 많은 귀한 정보를 얻을 수 있다. 이런 것들을 다 알게 된 지금에도 K는 피고들에게 모욕적으로 반응하곤 하는 — 이런 건 누구나 겪는다 — 관리들의 신경질적 태도를 의아하게 생각할 것인가? 모든 관리들은 설사 겉으로는 차분해 보일지라도 신경이 상당히 예민해 있다. 물론 이 때문에 보잘것없는 변호사들은 많은 고통을 당한다. 이를테면 다음과 같은 아주 그럴싸한 이야기가 있다. 어느 늙은 관리가 있었는데 그는 조용한 성품의 훌륭한 신사로, 어려운 송사를 맡아 하게 되었다. 변호사의 청원 때문에 더욱 복잡하게 꼬인 송사였다. 그는 하루의 낮과 밤을 꼬박 바쳐 소송 건을 꼼꼼히 살폈다. 이런 관리들은 정말로 이 세상 누구보다도 부지런하다. 24시간

동안 일을 했지만 거의 아무것도 건지지 못한 어느 아침 녘
그는 현관 쪽으로 걸어갔다. 그리고 그곳에 숨어 있다가 안
으로 들어오려는 변호사들을 계단 아래로 모두 밀쳐 버렸다.
변호사들은 아래쪽 층계참에 모여서 어떻게 대응할 것인지
에 대해 논의했다. 변호사들은 법원 안으로 들여보내 달라고
요구할 권리도 없었고, 따라서 그 관리에게 법적으로 뭔가를
따질 수 있는 입장도 아니었을 뿐만 아니라, 앞서 말했듯이
괜히 자극하여 사이가 나빠지지 않도록 조심해야 했다. 그러
나 다른 한편으로, 법원에서 보내지 못한 하루는 그들에겐
잃은 거나 마찬가지고, 때문에 법원 안으로 들어가는 일이
중요했다. 마침내 그들은 노신사를 지치게 만들기로 의견의
일치를 보았다. 줄기차게 변호사를 한 명씩 올려 보냈고, 계
단을 뛰어 올라간 변호사는 은근히 저항하는 척하다가는 밀
쳐져 떨어지고, 그러면 동료들이 그를 받아 주었다. 한 시간
동안 그렇게 계속되었다. 그러자 그 늙은 관리는 그러지 않
아도 밤샘으로 이미 탈진 상태에 있었던지라 지칠 대로 지쳐
그의 사무실로 돌아갔다. 아래쪽에 있던 사람들은 처음엔 그
사실이 도무지 믿기지가 않았다. 그래서 한 사람을 뽑아 문
뒤로 가서 정말로 아무도 없는지 알아보게 했다. 그런 다음
에야 그들은 안으로 들어갔다. 그들 중 어느 하나 불평을 털
어놓을 생각조차 하지 않았다. 왜냐하면 변호사들은 — 신
참 중의 신참 변호사까지도 상황을 어느 정도 파악하고 있
었다 — 법원의 뭔가를 개선한다든가 도입할 생각이 전혀
없기 때문이다. 반면에 — 이것은 참으로 특이한 건데 — 피

고인들은 거의 누구나, 아니 아주 단순하기 이를 데 없는 사람들까지도 소송 과정에 돌입하기가 무섭게 뭔가 개선할 점을 생각하며 대개 시간과 정력을 낭비한다. 다른 데에다 쓰면 더 좋을 시간과 정력을 말이다. 유일하게 올바른 길은 자신이 처한 상황에 그냥 만족하는 것이다. 설령 소소한 몇 가지를 개선하는 데 성공할 수 있다 해도 — 그러나 이건 말도 안 되는 망상에 불과하다 — 그렇게 해서 미래의 소송들을 위해 득이 될 몇 가지를 이루었다 해도, 결국 언제나 호시탐탐 복수의 기회만 노리는 관리들의 이목을 끌어 자기 자신에게 엄청난 피해를 입히는 결과를 낳을 것이다. 제발 괜히 이목을 끌지 말자! 늘 침착해야 한다. 아무리 신경에 거슬려도! 그리고 한번 잘 통찰해 보라. 이 거대한 법원 조직은 늘 부유하는 상태라는 것을. 그렇기 때문에 누가 자기 자리에서 독자적으로 뭔가 변화를 꾀한다면 결과적으로는 자기 발밑의 바닥을 치워 버리는 꼴이 되어 자기 자신만 추락하고 만다는 것을. 반면에 거대한 조직은 사소한 방해를 받는 순간 얼른 다른 곳으로 자리를 옮겨 가 — 모든 것이 유기적으로 연결되어 있기에 — 전과 다름없는 상태를 유지한다는 것을. 아니, 그러지 않으면 이 거대한 조직은 전보다 훨씬 폐쇄적이 되거나, 훨씬 더 경계를 하거나, 훨씬 더 엄격하거나, 훨씬 더 사악해질 것이다. 그러니 괜히 일을 망치지 말고 변호사한테 맡기는 게 좋을 거다. 공연히 비난을 늘어놓아 봤자 아무 소용 없다. 비난하는 이유를 전체적으로 조목조목 명쾌하게 댈 수 없다면 말이다. 그래도 여기서 K가 사무국장에 대한 태도 때문에 자기 일을 얼마나 망쳤는지는 짚고 넘어가야 한다. K를 위해 뭔가 도움을 줄 수 있는 사람들의 명단에서 이 영향력 넘치는 사람의 이름을 거의 지워야 할 지경이 되었다. K의 소송에 대한 이야기가 스치듯이 나오기만 해도 그 사람은 일부러 못 들은 척한다. 많은 면에서 관리들은 정말 어린애 같은 데가 있다. 이들은 아주 사소한 일 ― 물론 K의 행동은 유감스럽게도 여기에 속하지 않는다 ― 을 가지고도 쉽게 상처를 받아 좋은 친구들하고도 대화를 단절하고 만나면 등을 돌리고 가능한 수단을 다 동원해 친구들을 공격한다. 그러다가도 느닷없이 특별한 이유도 없는데, 누군가가 아무런 의미 없이 그냥 툭 던지는 사소한 농담에 웃음보를 터뜨림으로써 화해를 한다. 이들을 상대하는 일은 쉽고도 어려우며, 여기에 기본 원칙 같은 게 있는 것도 아니다. 가끔 놀라운 것은, 단 한 번뿐인 생의 평균 수명을 가지고도 이곳에서 성공적으로 일을 수행할 수 있을 만큼의 지식을 습득하는 데 충분하다는 것이다. 물론 울적할 때도 있다. 이 세상에서 이루어 낸 것이 아무것도 없는 것 같을 때 그렇고, 애당초부터 좋은 결과가 정해져 있던 소송들이 정말 별 도움 없이 좋게 끝날 때 그렇고, 반면에 아무리 발품을 팔고 노력을 기울이고, 또 얼핏 성공하는 것 같아 기뻐했음에도 줄줄이 패한 듯한 느낌이 드는 소송을 볼 때도 그렇다. 그럴 때면 이 세상 모든 게 확실치 않아 보이고 누군가가 〈본디 잘될 수 있던 소송을 괜히 당신이 끼어드는 바람에 망쳐 버린 거 아니오?〉라는 질문을 해와도 부인할 방도가 없을 것 같다. 이것 역시 자신감의 표현이긴 하다. 그러나 남은 것은 이것뿐이다. 변호사들은 특히 이런 우울한 분위기에 — 사실 이것은 우울한 분위기 이상도 이하도 아니다 — 잘 사로잡히는데, 그것은 그들 나름대로 만족스럽게 잘 진척시키고 있던 소송을 갑자기 빼앗길 때 그렇다. 이것은 어쩌면 변호사가 겪는 것 중에 가장 끔찍한 일이다. 피고가 변호사에게서 소송을 박탈해 가는 경우는 없다. 이런 일은 절대 없다. 일단 특정한 변호사를 선임한 피고는 무슨 일이 있어도 그 변호사 곁에 머물러야 한다. 일단 도움을 청한 마당에 어찌 혼자 버티겠는가. 그러니 그런 일은 절대 없다. 하지만 변호사가 전혀 예측지 못한 방향으로 소송이 전개되는 경우는 종종 있다. 소송과 피고를 비롯한 모든 게 변호사의 손에서 간단히 달아나 버리는 거다. 그러면 아무리 관리들과 좋은 관계를 가지고 있더라도 소용이 없다. 관리들 자신도 아무것도 모르니까. 이제 소송은 누구도 도와줄 수 없는 국면에 돌입한 것이다. 전혀 접근이 불가능한 법정들이 소송을 취급하고, 변호사도 더 이상 피고와 접촉할 수가 없다. 그러던 어느 날 집에 돌아와 책상 위에 해당 소송을 위해 멋진 희망을 품고서 온갖 정성을 들여 작성했던 숱한 청원서들이 고스란히 놓여 있는 것을 발견한다. 소송이 새 국면에 접어들어 더 이상 소용이 없으니 다 반려된 것이다. 이것들은 아무 가치도 없는 휴지 조각에 불과하다. 그렇지만 소송에서 아직 패한 것은 아니다. 전혀 그렇지 않다. 적어도 패했다고 볼 만한 결정적인 근거는 없다. 다만 소송이 어떻게 되어 가고 있는지 모를 뿐이다.

그리고 앞으로도 알 도리가 없다. 그나마 다행스러운 건 이런 경우가 상당히 예외적인 것이라는 사실이다. 만약 K의 소송이 그런 경우라 하더라도 그 정도 단계에 이르려면 아직 한참 멀었다. 현재로서는 변호사가 손을 쓸 수 있는 기회가 상당히 많이 남아 있다. 그 기회를 제대로 다 이용할 생각이니 걱정 마라. 아까 말했듯 청원서는 아직 제출하지 않았다. 그건 급할 것 없다. 이보다 더 중요한 것은 힘 있는 관리들에게 초반에 이야기를 잘 해놓는 거다. 이건 벌써 손을 써놓았다. 솔직히 말해 성과는 그때그때 다르긴 하지만. 세세한 내용은 지금으로서는 밝히지 않는 편이 좋다. 그걸 밝히면 K가 불리한 쪽으로 영향을 받을 수가 있다. 지나치게 희망에 들뜨거나 지나치게 불안해할 수 있다. 다만 이런 건 밝힐 수 있다. 몇몇 사람은 아주 호의적인 반응을 보이면서 기꺼이 도와주겠다고 했다. 반면에 다른 몇몇 사람은 덜 호의적인 반응을 보이긴 했지만 돕지 않겠다고 한 것은 아니다. 전반적인 성과는 아주 좋다. 다만 너무 성급한 결론을 끌어내면 곤란하다. 초기 단계의 섭외는 대개 비슷하게 시작하지만 향후의 흐름이 이 섭외가 잘된 건지 여부를 알려 주기 때문이다. 아무튼 아직 패한 것은 아무것도 없다. 그리고 몇몇 문제에도 불구하고 사무국장을 끌어들일 수만 있다면 — 물론 이를 위해 여러 가지로 손을 써놓았는데 — 이 건은 전체적으로 볼 때 외과의들이 말하는 깨끗한 상처라 할 수 있다. 그다음엔 그냥 마음 편히 다음 결과를 기다리면 그만이다.

이처럼 변호사는 이런저런 말들을 끊임없이 쏟아 냈다. 그를 찾아갈 때마다 이런 말들은 계속해서 반복되었다. 늘 진척이 있었다고 했지만 어떤 종류의 진척인지에 대해서는 일언반구도 없었다. 언제나 첫 번째 청원서를 작성 중이라고 했다. 하지만 아직 마무리를 짓지는 못했다. 그러나 다음번에 가보면 그것이 오히려 잘한 일로 판명되었다. 지난번에는 정말 예측도 못 했지만 지금에 와서 보니 그때는 청원서를 제출하기에 시기적으로 안 좋았다는 것이다. K가 변호사의 말에 지칠 대로 지쳐, 어려움이 많은 것은 알지만 일의 진척이 너무 느린 거 아니냐고 가끔씩 따지면 이런 대답이 돌아왔다. 일의 진척이 느린 것은 전혀 아니다. 물론 K가 제때에 변호사를 찾아왔더라면 일이 훨씬 많이 진척되었을 거다. 불행하게도 당신은 이 일을 소홀히 했다. 그리고 이 소홀함이 나중에 가서 시간상의 손해뿐만 아니라 또 다른 나쁜 결과들을 초래할지도 모른다.

이런 지루한 방문을 유일하게 구원자처럼 중단시켜 주곤한 것은 바로 레니였다. 그녀는 K가 있을 때 적절히 기회를 봐서 변호사에게 차를 가져다주곤 했다. 그녀는 K의 등 뒤에 서서 변호사가 탐욕스레 찻잔에 고개를 쑤셔 박고서 차를 들이켜는 것을 보는 척하면서 슬쩍 K에게 손을 맡겼다. 적막한 침묵이 감돌았다. 변호사는 차를 마셨고, K는 레니의 손을 꼭 쥐었는데 레니는 슬며시 K의 머리를 쓰다듬기까지 했다. 「아직도 안 가고 여기 있었냐?」 차를 다 마신 변호사가 물었다. 「찻잔을 가져가려고요.」 레니가 말했다. 그러면서 그녀는 마지막으로 K의 손을 만졌다. 변호사는 손으로 입을 훔치고서 다시 기운을 내 K에게 설교를 하기 시작했다.

대체 변호사는 궁극적으로 뭘 원하는 걸까? 위안인가 절망인가? K는 알 수가 없었다. 그러나 곧 확신했다. 자신의 변호가 좋은 사람의 손에 들어가지 않았다는 것을 말이다. 변호사가 한 이야기가 모두 사실일지도 몰랐다. 자꾸만 자신을 전면에 내세우려 한다는 점과 그의 말대로 K의 소송처럼 큰 건을 한 번도 맡아 본 경험이 없을 것 같다는 점이 분명해 보이기는 했지만 말이다. 그렇지만 그가 누차 강조했던 관리들과의 개인적 관계는 의심스러워 보였다. 정말로 K에게 도움을 주려고 그런 인간관계를 이용한단 말인가? 변호사는 말을 꺼낼 때마다 잊지 않고 자신의 인맥은 하급 관리들, 즉 종속적인 지위에 있는 관리들이라고 하면서 소송의 향방이 이들의 출세를 위해 중요할 수 있다고 말했다. 어쩌면 이들은 피고에게서 당연히 불리한 결과를 이끌어 내기 위해 변호사를 이용하는 게 아닐까? 매 소송 때마다 그렇게 하지는 않을 거다. 분명 그건 있을 수가 없는 일이다. 이들은 또 어떤 소송에서는 변호사에게 수고한 대가로 뭔가 이득을 챙겨 줄지도 모른다. 변호사의 명성을 지켜 주는 것 또한 이들에게 중요하기 때문이다. 정말로 상황이 이 지경이라면, 이들은 어떤 식으로 K의 소송에 손을 댈 것인가. 변호사의 말대로 무척 어렵고도 중요한 소송이며 당장 초반부터 법정의 대단한 주목을 받은 이 소송에 말이다. 그들이 무슨 짓을 할지는 불을 보듯 뻔했다. 그럴 조짐은 진작부터 엿보였다. 소송이 시작된 지 벌써 몇 달이 지났는 데도 첫 번째 청원서조차 제출하지 않았다는 점 그리고 모든 것이 변호사의 말대로 아직 시작 단계에 있다는 점에서 그랬다. 이런 것들은 물론 피고의 의식을 잠재워 무기력 상태로 만들기 위해 계산된 것이다. 그러다가 느닷없이 선고를 내리거나, 아니면 적어도 그에게 불리하게 마무리된 심리가 상급 재판소로 넘어갔다는 통고를 기습적으로 전할 것이다.

그렇기 때문에 무조건 K가 직접 나서야 했다. 오늘 같은 겨울날 오전, 몸이 몹시 피곤한 데다가 온갖 잡생각이 중구난방으로 머리를 스치고 지나가니 이런 확신을 저버릴 수가 없었다. 전에 자신의 소송을 바라보던 경멸감 같은 것은 더는 있을 수 없었다. 세상에 그 혼자만 있다면야 까짓 소송 정도야 가볍게 무시할 수 있을 것이다. 그렇다면 소송 같은 것도 생기지 않았겠지만. 그러나 이제 그의 삼촌이 이미 그를 변호사에게 데려다 놓은 데다가 집안 생각도 한몫을 했다. 그의 직위 역시 소송 과정에서 완전히 자유로울 수 없었다. 그 자신이 먼저 나서서 묘한 만족감을 느끼며 지인들 앞에서 조심성 없이 자기 소송 이야기를 꺼내기도 했는데, 다른 사람들은 알 수 없는 경로를 통해 그 사실을 이미 알고 있었다. 뷔르스트너 양과의 관계도 소송과 함께 일렁이는 것 같았다. 한마디로, 소송을 받아들이느냐 거부하느냐의 선택권은 이제는 그에게 없었다. 그는 소송의 한중간에 있었으며 스스로가 알아서 버티는 수밖에 없었다. 이미 지쳤다면 좋지 않은 일이었다.

물론 지금 상황에서는 쓸데없이 지나치게 걱정할 이유가

없었다. 그는 능력을 발휘하여 비교적 짧은 기간에 은행에서 현재의 높은 지위까지 올랐으며 모두의 인정을 받으며 그 자리를 지켜 내고 있었다. 이제 그것을 가능케 했던 그 능력을 소송에 조금만 쓰면 결과가 좋을 것임에는 의심의 여지가 없었다. 무엇보다도, 뭔가를 이루어 내려면 자신이 죄를 저질렀을지도 모른다는 생각을 애당초부터 갖지 말아야 했다. 죄를 지은 게 없었다. 소송이란, 그가 은행에 큰 이익을 안기며 마무리하곤 했던 큰 거래와 다를 게 없었다. 보통 다 그렇듯이 내적으로 많은 위험이 도사리고 있지만 그것을 어떻게든 막아 내야 하는 그런 거래 말이다. 이를 위해서는 자신이 죄를 지은 게 아닌가 하는 생각에 매달리지 말고 자신이 갖고 있는 능력을 통해 뭔가 이루어 내겠다는 쪽으로 생각을 집중해야 한다. 생각이 이런 관점에까지 이르자 그 변호사에게서 대리인의 자격을 되도록 빨리, 아니 오늘 저녁에라도 당장 박탈하는 것이 불가피했다. 변호사가 들려준 말에 따르면 그것은 있을 수도 없고 너무나 모욕적인 일이었지만, K의 입장에서는 소송 과정에서 기울이는 그의 노력이 자신의 변호사에 의해 유발된 듯한 장애물에 부딪히는 것을 용인할 수 없었다. 일단 변호사를 털어 내고 나면 청원서를 제출하고 날마다 가서 어서 청원서를 참작해 달라고 졸라야 했다. 이 목적을 달성하기 위해서는 물론 다른 사람들처럼 모자를 의자 밑에 놓고서 복도에 앉아 있어서는 안 될 일이었다. 그가 직접 가거나 아니면 여자들이나 다른 사환들을 시켜서 매일같이 관리들을 찾아가 괴롭히고 격자 창살 너머로 복도나 내다보는 일 없이 당장 책상에 앉아 K의 청원서를 꼼꼼히 살펴보도록 압박을 가해야 한다. 이런 노력을 줄기차게 밀고 나가야 하고, 모든 것을 조직적으로 하고 감독해야 한다. 이제 드디어 법원은 자기 권리를 지켜 낼 줄 아는 피고를 만나게 될 것이다.

K는 이 모든 것을 해낼 수 있다고 자신하기는 했지만 청원서를 작성하는 어려움이 만만치 않았다. 전에는, 그러니까 일주일 전만 해도 그는 언젠가 그런 청원서를 자신이 직접 작성해야 할 것 같다는 생각에 수치심 같은 것이 약간 생기기도 했었다. 하지만 이 일이 그렇게 어려울 줄은 미처 생각지 못했었다. 그때 그는 어느 오전의 일을 기억했다. 할 일이 산더미 같은데도 갑자기 책상의 모든 서류를 옆으로 치우고서 메모장을 꺼내 앞에서 말한 것과 같은 청원서의 초안을 잡아 그 굼뜬 변호사에게 보일 생각을 했었다. 그런데 그 순간 지점장실의 문이 열리더니 부지점장이 껄껄 웃으면서 들어왔다. 그때 K는 정말 쥐구멍이라도 찾고 싶은 심정이었다. 물론 부지점장이 청원서 때문에 웃은 것은 아니었다. 부지점장은 그것에 대해서는 아무것도 모르고 있었다. 그가 웃은 건 방금 들은 증권 관련 농담 때문이었다. 그 농담을 설명하려면 그림을 그려야 했다. 부지점장은 K의 책상 위로 허리를 구부리더니 K가 들고 있던 연필을 빼앗아 원래 청원서를 작성하려 했던 메모장에다 그림을 그리기 시작했다.

오늘은 수치심 같은 것을 따질 겨를이 없었다. 어떻게든 청원서를 작성해야 했다. 사무실에서 작성할 시간이 없으면 ―

그럴 게 뻔한데 — 집에 가서 밤에라도 작성해야 한다. 그걸로도 모자라면 휴가라도 내야 했다. 도중에 관둬서는 안 될 일이었다. 청원서를 작성하는 것은 사업에서든 이 세상 어디서 무엇을 하는 경우에서든 가장 멍청한 짓이다. 거의 끝이 보이지 않는 일이었다. 소심한 성격은 아니었지만 도무지 청원서를 마무리 지을 날이 올 것 같지 않다는 생각이 들었다. 게으름이나 음흉함 — 변호사는 아마 이것 때문에 청원서 작성을 하지 못했던 것 같지만 — 때문이 아니라 현재의 기소 내용도 모르고 향후 어떤 식으로 진행될지도 모르는 상황에서 지금까지의 생을 극히 사소한 행동이나 사건에 이르기까지 모두 기억해 담아야 하고 다각도로 검토해야 했기 때문이다. 참으로 울적한 작업이 아닐 수 없었다. 어쩌면 은퇴를 한 뒤 마음이 어린애같이 되었을 때 소일거리 삼아 기나긴 나날을 보내기에나 안성맞춤일 것 같았다. 그러나 지금, 모든 생각을 일에 집중해야 할 이 시점에, 그리고 아직도 승진 과정에 있고 이미 부지점장을 위협하는 입장에 있어 매시간이 번개처럼 흘러가는 이 시점에, 그리고 짧은 저녁과 밤 시간을 젊은이로서 즐기고 싶은 이 시점에 이런 청원서 작성이나 하고 있어야 하나. 여러 생각들은 다시 한숨으로 변했다. 이런 생각에 종지부를 찍으려고 그는 자신도 모르게 응접실로 통하는 벨의 단추를 더듬었다. 벨의 단추를 누르면서 그는 시계를 올려다보았다. 11시였다. 두 시간을, 정말로 소중한 긴 시간을 몽상으로 허비했다. 몸은 아까보다도 더 찌뿌듯했다. 물론 시간을 그냥 허비한 것만은 아니었다. 좋은 결과를 가져올지도 모를 결단을 내렸으니 말이다. 사환은 몇 가지 우편물과 함께 두 신사의 명함을 가지고 왔다. 이들은 아마 꽤 오래 K를 기다렸던 모양이다. 하필이면 그들은 은행의 매우 중요한 고객들이었다. 이들을 기다리게 해서는 절대 안 되었다. 왜 이렇게 시점이 안 좋을 때 온 걸까. 이들이 문 뒤에서 묻는 것 같았다. 대체 왜 부지런한 K가 황금 같은 근무 시간을 사적인 일에 쓰는 걸까? 앞서 있었던 일로 지치고 피곤한 표정으로 다음 일을 기다리던 K는 자리에서 일어나 첫 번째 고객을 맞이했다.

키가 작고 활달한 성격의 신사로 K가 잘 아는 제조업자였다. 그는 중요한 업무 중인 K를 방해해서 미안하다고 했고, K는 제조업자를 오래 기다리게 해서 오히려 자기가 미안하다고 했다. 그러나 그는 이 유감의 말을 아주 기계적인 투로, 그것도 엉뚱한 단어에 악센트를 넣어 가며 발음했는데, 제조업자가 만약 자기 사업 일에 정신이 팔려 있지 않았다면 그 점을 분명 눈치챘을 것이다. 그러나 그 대신 그는 얼른 이곳저곳 주머니에서 견적서와 목록을 꺼내서 K 앞에 펼쳐 놓고 개별 항목에 대해 설명하면서 사소한 계산 실수를 수정하기도 했는데, 이렇게 대충 훑어보는 과정에서도 그에게는 그게 눈에 띄는 모양이었다. 그리고 K에게 1년 전에 그와 맺은 비슷한 사업 이야기를 상기시키며 지나가는 듯한 말투로 이번엔 다른 은행이 막대한 희생을 감수하고서라도 그 사업을 따내려 한다고 말하더니 입을 꾹 다물었다. K의 의견을 들어보려는 참이었다. K 역시 처음엔 제조업자가 하는 말을 잘 따라갔다. 중요한 사업 이야기에 그 역시 정신이 번쩍 들기도 했다. 그러나 그것은 오래가지 않았다. 그는 금세 더는 귀담아듣지 않았고, 제조업자가 큰 소리로 열을 내면 잠시 고개만 끄덕였으며, 끝에 가서는 이마저 그만두고, 서류를 들여다보느라 고개를 숙인 제조업자의 대머리를 쳐다보면서 그 모든 얘기가 다 소용없다는 것을 이 제조업자는 언제나 알아차릴까 하며 스스로에게 물을 뿐이다. 제조업자가 말을 그치자, K는 처음엔 드디어 남의 말을 들을 기분이 아님을 고백할 수 있는 기회가 왔다고 생각했다. 그러나 유감스럽게도 무슨 이야기를 하든 기꺼이 답하겠다는 듯 기대에 찬 제조업자의 눈빛을 보자 사업 이야기가 계속될 수밖에 없음을 알아차렸다. 제조업자는 마치 무슨 명령이라도 받은 듯 연필을 들고서 이리저리 움직이다가 가끔씩 멈추어서 숫자를 하나씩 뚫어지게 쳐다보았다. 제조업자는 그 숫자에 대해 K가 이의를 제기할 거라고 생각한 것 같았다. 숫자가 제대로 맞지 않았을 수도 있고 아니면 숫자가 결정적인 요인이 아닐 수도 있었다. 아무튼 제조업자는 손으로 서류들을 덮더니 K에게 바싹 다가앉으면서 다시 사업에 대해 전체적으로 설명하기 시작했다. 「어렵네요.」 K는 입술을 오므리며 말했다. 그가 유일하게 만질 수 있는 물건인 서류가 가려져 있어서 그는 엉거주춤하면서 안락의자의 등받이에 털썩 몸을 기댔다. 그러고는 흐리멍덩한 눈빛으로 올려다보고만 있었다. 그때 지점장실의 문이 열리더니 마치 면사포에 가려진 것처럼 선명하지 않은 모습의 부지점장이 나타났다. K는 그런 것은 꽤 넘치 않고, 그저 즉각적으로 일어난 반응만을 눈으로 좇았다. 그에겐 참으로 다행스런 일이 아닐 수 없었다. 제조업자가 냉큼 의자에서 용수철처럼 벌떡 일어나더니 부지점장을 향해 성큼성큼 걸어갔기 때문이다. K는 그의 동작을 열 배는 더 빠르게 만들어 주고 싶었다. 부지점장이 다시 사라지지 않을까 걱정이 되었기 때문이다. 그러나 그것은 기우였다. 두 사람은 만나서 악수를 나누더니 함께 K의 책상 쪽으로 걸어왔다. 제조업자는 업무 대리인이 자기 사업에 별 관심을 보이지 않는다고 불평을 하면서 K를 가리켰다. K는 부지점장의 눈길을 받으며 다시 서류에 고개를 박았다. 두 사람은 그의 책상에 기댔고, 제조업자는 부지점장의 마음을 사려고 작전을 폈다. 그때 K는 그의 머리 위에 있는 두 사람의 모습이 엄청나게 크게 느껴졌고 이들이 자신을 놓고 협상을 벌이는 것 같은 느낌이 들었다. 그는 천천히 조심스레 눈을 치켜뜨고서 위에서 무슨 일이 벌어지고 있는지 알아보려고 책상에 있는 서류 중 아무거나 하나 집어 들어 그것을 손바닥에 위에 올려놓고는 자리에서 일어서면서 서서히 그 남자들을 향해 들어 올렸다. 그때 그는 다른 생각은 하지 않았고, 다만 언젠가 위대한 청원서의 작성을 끝내고 나면 마음속의 큰 부담을 덜어 냈다는 생각에 이처럼 행동하지 않을까 하는 느낌으로 움직였던 것이다. 부지점장은 대화에 집중해 있다가 그 서류를 설핏 보더니 내용을 전혀 읽어 보지도 않고 — 업무 대리인한테 중요한 게 부지점장한테도 중요한 것은 아니니까 — 서류를 K의 손에서 빼앗으며 말했다. 「고맙소, 이미 다 아는 내용이야.」 그러고는 서류를 다시 책상에 위에 가만히 놓았다. K는 씁쓸한 표정으로 그를 흘겨보았다. 부지점장은 그것을 전혀 눈치채지 못한 것 같았다. 아니면 눈치채고 오히려 기분이 좋아져 자꾸만 큰 소리로 껄껄 웃어 댄 것 같기도 했다. 그는 또 기지 넘치는 대꾸로 제조업자를 몹시 당혹스럽게 해놓고는 자기가 한 말을 스스로 무화하여 당혹감에서 구해 주었다. 그러더니 마침내는 제조업자에게 자기 방에 가서 사업 얘기를 마무리 짓자고 했다. 「아주 중요한 일입니다.」 그는 제조업자에게 말했다. 「나는 다 알아요. 우리 업무 대리인께서도……」 이 대목에서도 그는 제조업자만 보고 말했다. 「아주 좋아할 겁니다. 이런 일을 덜어 주면 말이죠. 이번 일은 잘 생각해 가면서 해야 합니다. 오늘 보니 업무 대리인이 과중한 일 때문에 좀 힘들어하는 것 같군요. 게다가 아직도 몇 사람이 더 대기실에서 몇 시간 째 그를 기다리고 있어요.」 K는 간신히 정신을 차리고 부지점장에게서 고개를 돌려 제조업자를 향해 상냥하지만 굳은 미소를 지어 보일 수 있었다. 이것을 제외하고는 그는 전혀 이야기에 끼지 못했으며 그저 판매대 뒤에 서 있는 점원처럼 두 손으로 책상을 짚고서 허리를 앞으로 약간 구부린 채 두 남자가 책상에 있던 서류를 집어 들고서 이야기를 나누며 지점장실로 사라지는 것을 지켜보았다. 문가에 이르렀을 때 제조업자는 다시 몸을 돌리더니, 아직 작별하는 게 아니고, 물론 업무 대리인님께 협의의 성공 여부를 알릴 것이며 게다가 사소하기는 하지만 전할 말이 있다고 했다.

마침내 K만 혼자 남았다. 다른 고객을 방에 들이고 싶은 생각은 전혀 없었다. 어렴풋이나마 이런 생각이 들었다. 밖에 있는 사람들이 그가 아직도 제조업자와 협상 중인 걸로 믿고 있으니 아, 정말 마음이 편하다. 그리고 그 때문에 아무도, 사환까지도 그의 방에 들어오지 못하니 말이다. 그는 창가의 난간에 걸터앉아 한 손으로는 창문 손잡이를 꼭 움켜잡은 채 광장을 내다보았다. 눈발은 아직도 날리고 있었고, 하늘은 아직도 환해지지 않았다.

한참 동안 그는 그렇게 앉아 있었다. 자신의 걱정거리가 무엇인지도 모른 채. 그저 이따금 살짝 놀라며 어깨 너머로 대기실 쪽을 넘겨다보았을 뿐이다. 무슨 소린가 들린 것 같았기 때문이다. 그러나 아무도 오지 않았고, 마음이 다시 차분해졌다. 그는 세면대로 가서 차가운 물로 얼굴을 씻고 머릿속이 한결 가벼워짐을 느끼며 다시 창가의 자리에 가서 앉았다. 스스로 자신의 변호를 하기로 한 결단이 생각보다 훨씬 중대하게 여겨졌다. 변호사에게 위임했던 때는 사실 소송의 영향을 크게 받지 않았다. 그저 멀리서 바라보았을 뿐이고, 소송의 손길에 직접 닿지도 않았다. 자기 일이 어떤 상태에 있는지 알고 싶으면 그냥 한번 넘겨다보면 그만이었다. 그리고 또 원할 때면 언제든 머리만 빼면 그만이었다. 이에 반해 자신이 직접 나서서 변호를 하기로 한 지금은 적어도 얼마간은 오로지 재판에 자신을 내맡겨야 했다. 만약에 성공하게 되면 나중에 가서 완벽하고도 궁극적인 해방을 맛보게 될 테지만, 이것을 달성하려면 당분간은 전보다 더 큰 위험

속으로 뛰어들어야 했다. 지금까지는 이런 결단에 대해 자꾸 의심했으나 오늘 있었던 부지점장과 제조업자와의 회동 장면이 충분히 그게 아니라는 걸 입증해 주고도 남았다. 그때 그는 오로지 스스로 변호를 하겠다는 결단에 사로잡혀 앉아 있지 않았던가? 나중 일은 어떻게 될 것인가? 그에겐 어떤 날들이 기다리고 있는가? 그는 모든 어려움을 헤치고 행복한 결말에 이르는 길을 찾아낼 수 있을까? 세심한 변호 — 그 밖의 다른 모든 것은 아무 의미도 없다 — 세심한 변호란 동시에 가능한 한 다른 모든 것으로부터 자신을 걸어 잠그는 것을 의미하지 않는가? 이것을 잘 이겨 낼 수 있을까? 은행에서 근무하면서 어떻게 그 일을 해낼 수 있을까? 청원서만이 문제는 아니었다. 청원서라면 휴가를 한 번만 내면 충분할 것이다. 물론 휴가를 내는 것도 쉬운 일은 아니겠지만 말이다. 그래, 가장 문제되는 것은 앞으로 얼마나 걸릴지 모를 소송 전체였다. K의 출세 가도에 느닷없이 이 무슨 장애물이란 말인가!

이런 마당에 은행을 위해 일해야 하나? 그는 책상 쪽을 바라보았다. 이제 고객들을 들어오라 하여 그들과 사업 이야기를 해야 하나? 그의 소송이 계속 굴러가고 있는 마당에, 다락방 꼭대기에서 법원 관리들이 그의 소송과 관련된 서류들을 들여다보고 있는 마당에 은행 업무나 보고 있어야 하나? 이런 것 역시 법원이 인정한 고문의 일종이 아닌가? 소송의 일부가 아닌가? 한편 은행에서는 그의 업무를 평가할 때 그가 처한 독특한 처지를 고려해 줄까? 그럴 리 만무하다. 그의 소송이 전혀 알려지지 않은 것은 아니었다. 물론 누가 얼마만큼 아는지는 아직 분명치 않지만 말이다. 그래도 그 소문이 부지점장의 귀에까지는 안 들어갔기를 바랐다. 만약 그랬다면 그 사람은 동료애도 인간애도 없이 K를 음해하는 데 그 소문을 한껏 이용할 것이기 때문이다. 그렇다면 지점장은 어떨까? 그 사람은 분명 K를 좋게 생각하고 있기 때문에 소송에 대한 소문을 듣자마자 힘닿는 대로 K의 부담을 덜어주려 노력할 것이다. 하지만 그 일을 해내지는 못할 것이다. 왜냐하면 지점장은 견제와 균형의 역할을 하던 K의 힘이 약해지기 시작하면 점점 더 부지점장의 영향력 아래 놓일 것이기 때문이다. 게다가 부지점장은 지점장이 아픈 틈을 타 자신의 힘을 키우려 하고 있었다. 그렇다면 K는 어디에 희망을 걸어야 하는가? 이런 생각은 그의 저항력을 약화시키겠지만, 그래도 자신을 속이지 않고 현재로써 할 수 있는 한 모든 것을 뚜렷이 파악하는 것은 반드시 필요한 일이었다.

별 이유가 있어서 그런 것은 아니고 그저 당장은 책상으로 돌아가기가 싫어 그는 창문을 열었다. 쉽게 열리지가 않아 두 손으로 창문 손잡이를 잡고 돌려야 했다. 순간 활짝 열린 창문으로 연기와 뒤섞인 안개가 방으로 쏟아져 들어와 온 방 안을 부드러운 탄내로 가득 채웠다. 눈송이까지도 바람에 흩날려 들어왔다. 「가을 날씨 한번 고약하군요.」 K의 등 뒤에서 제조업자가 말했다. 부지점장의 방에서 나와 슬그머니 들어와 있었다. K는 고개를 끄덕하고는 편치 않은 눈빛으로 제조업자의 서류 가방을 바라보았다. 제조업자는 이제 가방에서 서류들을 꺼내 K에게 부지점장과의 협상 결과를 알려 줄 것이다. 그러나 제조업자는 K의 눈길을 좇으면서 서류 가방을 툭툭 치더니 가방을 열지 않은 채 말했다. 「상담 결과가 궁금하시겠죠. 그럭저럭 괜찮았습니다. 계약 체결 서류가 내 호주머니에 들어 있는 거나 마찬가지입니다. 멋진 분이에요, 당신의 부지점장 말입니다. 하지만 전혀 위험하지 않은 인물은 아니죠.」 그는 웃으면서 K의 손을 잡고 흔들며 K도 따라 웃게 하려 했다. 그러나 서류를 보여 주지 않으려는 제조업자의 태도가 K는 미심쩍었다. 그리고 그의 말에서 우스운 것은 하나도 없었다. 「업무 대리인님.」 제조업자가 말했다. 「날씨 때문에 기분이 안 좋으신 것 같군요. 오늘 좀 침울해 보이십니다.」「그렇습니다.」 K는 그렇게 말하고는 관자놀이를 쓰다듬었다. 「두통에다 집안에 걱정거리도 있어서요.」「정말 그래요.」 제조업자가 말했다. 그는 성격이 급해서 남의 말을 가만히 듣는 법이 없었다. 「걱정거리 없는 사람이 어디 있겠습니까.」 K는 자기도 모르게 문 쪽으로 한 걸음 떼어 놓았다. 마치 제조업자를 문 밖으로 배웅하려는 듯한 태도였다. 그러나 제조업자가 말했다. 「업무 대리인님, 드릴 말씀이 있습니다. 괜히 이런 말씀 드려서 심려를 끼칠까 염려됩니다. 최근에 두 번이나 찾아뵈었지만 그때마다 말씀을 드린다는 걸 깜박했습니다. 다시 또 다음으로 미루면 말씀을 전하는 의미가 전혀 없을 것 같군요. 지금 전하지 못하면 정말 유감스러울 겁니다. 제가 드리는 말이 전혀 무가치하지는 않을 테니까요.」 K가 미처 대답도 하기 전에 제조업자는 그에게

다가오더니 손가락 관절 마디로 그의 가슴을 가볍게 두드리며 소곤대듯 말했다. 「지금 소송에 말려 있지요?」 K는 뒤로 물러서며 소리쳤다. 「부지점장이 말했나 보군요.」 「아, 아닙니다.」 제조업자가 말했다. 「부지점장 같은 사람이 어떻게 알겠습니까?」 「그러면 어떻게?」 어느새 차분해진 음성으로 K가 물었다. 「저는 여기저기 다니며 법원 소식을 듣지요.」 제조업자가 말했다. 「말씀드리고 싶다고 한 것이 바로 그겁니다.」 「법원과 관련을 맺고 있는 사람들이 정말 많군요!」 K는 고개를 수그린 채 말하고는 제조업자를 책상 쪽으로 안내했다. 그들은 다시 조금 전처럼 앉았고, 제조업자가 말했다. 「드릴 말씀이 그리 많지는 않습니다. 하지만 그런 일에서는 사소한 것 하나도 소홀히 해서는 안 되죠. 보잘것없는 것이지만 저는 어쩐지 도움을 드리고 싶어요. 여태껏 우리는 사업상 좋은 친구 사이였잖아요, 그렇죠? 자, 그럼……」 K는 오늘 상담 때 보인 자신의 행동을 사과하려 했지만, 제조업자는 그가 끼어들도록 놔두지 않았다. 그는 자신이 무척 바쁘다는 것을 보여 주려 서류 가방을 겨드랑이에 끼고서 말을 이었다. 「소송 이야기를 들은 것은 티토렐리라는 사람을 통해서였어요. 직업은 화가인데요, 티토렐리는 가명일 뿐이고 실제 이름이 뭔지는 저도 모릅니다. 벌써 몇 년 전부터 제 사무실에 드나들었죠. 올 때마다 조그만 그림들을 가져오면 그 대가로 ― 그 사람은 거지나 다름없었어요 ― 늘 동냥주듯 몇 푼씩 주었어요. 그래도 그림은 멋졌어요. 들녘 풍경 같은 것들이었는데, 그 거래 ― 우리 둘은 이미 거기에 익숙해졌으니까요 — 는 아주 순조롭게 이루어지곤 했어요. 그러던 언젠가부터 그가 찾아오는 일이 부쩍 잦아졌어요. 그래서 제가 좀 나무랐지요. 그러다가 대화를 나누게 되었어요. 어떻게 그림만 가지고 먹고사는지 정말 궁금했지요. 그때 놀랍게도 그의 주 수입원이 초상화라는 걸 알았지요. 법원 쪽일을 많이 한다고 하더군요. 어떤 법원이냐고 물어보니 법원 얘기를 들려주더라고요. 제가 그때 그 이야기를 듣고 얼마나 까무러치게 놀랐는지 충분히 상상하고도 남을 겁니다. 그 뒤로 그 친구는 올 때마다 법원에서 있었던 새로운 소식을 알려 주었어요. 그러다 보니 서서히 그쪽 분야에 눈을 뜨게 되었지요. 물론 그 티토렐리라는 친구는 말이 하도 많아서 제가 나서서 말을 끊곤 하지요. 가끔 거짓말을 하기 때문이기도 하지만, 저처럼 사업을 하면서 자기 일만으로도 쓰러질 지경인 사람이 한가하게 남의 일에 신경을 쓸 겨를이 없으니까요. 그런 건 다 곁다리 얘기고요. 어쩌면, 지금 제 생각으로는 티토렐리가 당신을 좀 도와줄 수 있지 않을까 싶어요. 그 친구는 판사들 중에도 아는 사람이 많아요. 큰 영향력을 갖고 있지는 못해도 그 사람이라면 영향력 있는 사람들과 어떻게 접촉할 수 있는지 정도는 조언해 줄 수 있을 겁니다. 그런 조언 자체는 결정적이지 못할 수 있지만, 그래도 한번 들어 두면 다 소용이 있을 거라고 생각합니다. 당신은 변호사나 다름없으니까요. 저는 늘 〈K 업무 대리인은 변호사나 다름없다〉고 말하고 다니지요. 오, 그렇기 때문에 당신이 소송에 걸려 있다 해도 별로 걱정하지 않습니다. 티토렐리를 한

번 만나 보실래요? 제가 추천하는 것이니만큼 그 친구가 할 수 있는 일은 다 할 겁니다. 정말로 한번 만나 보시는 게 좋을 것 같아요. 꼭 오늘이 아니어도, 언젠가 시간이 나실 때요. 물론 — 이 말씀을 드리고 싶습니다 — 제가 이런 조언을 드린다고 해서 꼭 티토렐리를 찾아가야 한다는 것은 아닙니다. 그래요, 티토렐리 같은 사람이 없어도 된다면, 그냥 없는 걸로 쳐도 그만입니다. 어쩌면 이미 나름대로 치밀한 계획을 갖고 계실 테니 오히려 방해될 수도 있으니까요. 그래요, 그렇다면 당연히 가실 필요가 없지요. 그런 친구한테 조언을 받는 것도 심리적으로 만만치는 않죠. 그러니 당신 뜻대로 하세요. 여기 소개장도 있고, 주소도 있습니다.」

적이 낙담한 표정으로 K는 소개장을 받아서 주머니에 넣었다. 아무리 유리한 쪽으로 해석해 보아도 이 소개장이 그에게 줄 수 있는 이득이라는 것은 제조업자가 그의 소송에 대해 알고 있다는 점과 또 화가가 소문을 동네방네 퍼뜨리고 다녀서 생길 손해에 비하면 턱없이 작은 것에 지나지 않았다. 그 때문에 문 쪽으로 걸어가고 있던 제조업자에게 몇 마디 감사의 말을 하려 해도 차마 입 밖으로 나오지가 않았다. 「한번 가볼게요.」 문가에서 제조업자와 헤어질 때 그가 말했다. 「아니면 요즘 제가 너무 바쁘니까 편지를 써서 언제 한번 제 사무실로 들르라고 하죠.」「진작 알고 있었어요.」 제조업자가 말했다. 「최선의 방책을 선택하실 걸로요. 물론 티토렐리 같은 사람을 여기 은행으로 불러서 소송에 대해 말하는 것은 꺼려하실 줄 알았죠. 그런 사람들한테 편지를 전해 주는 것도 그리 좋은 생각은 아닌 것 같군요. 하지만 당신은 여러 모로 생각을 해봤을 테고 무엇을 해야 할지도 아시리라 믿습니다.」K는 고개를 끄덕이고 대기실 바깥까지 제조업자를 배웅해 주었다. 겉으로는 태연한 척했지만 자신이 했던 생각에 대해 스스로 소스라치게 놀랐다. 티토렐리에게 편지를 쓰겠다고 말한 것은 사실 따지고 보면 제조업자에게 소개장을 써줘서 고맙다는 뜻과 함께 티토렐리와의 만남을 곧 고려해 보겠다는 생각을 보여 주려 했던 것이다. 만일 티토렐리의 도움이 유용할 걸로 생각했다면 당장 편지를 썼을 것이다. 그러나 그로 인해 생길 수 있는 위험성을 일깨워 준 것은 바로 제조업자의 말이었다. 이제는 자기 머리조차 믿을 수 없게 되었단 말인가? 정체를 모를 의심스러운 사람을 명백한 편지로 은행으로 불러들여 부지점장과 고작 문 하나를 사이에 두고 있는 방에서 소송 건에 대해 이런저런 조언을 구하려고까지 했으니, 다른 위험들 역시 간과하고 있거나 아니면 그 위험들 속으로 뛰어들지 않으라는 법이 있겠는가? 자신한테 경고의 말을 해주는 사람을 늘 곁에 두고 있었던 것은 아니다. 하필이면 혼신의 힘을 한곳으로 모아야 할 지금 같은 때에 지금까지는 있지도 않았던, 스스로의 주의력에 대한 의혹이 생기는 것은 뭐란 말인가. 사무실 일을 수행하면서 느꼈던 어려움이 이제는 소송에서도 시작된 걸까? 아무튼 지금으로써는 도무지 납득이 가지 않았다. 어찌 티토렐리에게 편지를 써서 은행으로까지 그를 불러들이려 했단 말인가.

그 일에 대해 고개를 설레설레 젓고 있을 때 사환이 그에게 다가와 세 신사가 대기실에서 기다리고 있다고 귀띔해 주었다. 그들은 벌써 오래전부터 K와의 면담을 기다리고 있었다. 사환이 K와 이야기하는 것을 보고서 그들은 자리에서 일어나 있었다. 모두 이 좋은 기회를 잘 이용해서 남들보다 앞서 K를 만나 보려 했다. 은행 측에서 아무런 배려 없이 이곳 대기실에서 시간을 허비하게 했기 때문에 이들 역시 남에 대한 배려 같은 것은 안중에도 없었다. 「업무 대리인님.」 벌써 어느 한 사람이 말했다. 그러나 K는 사환에게 겨울 외투를 갖다 달라고 하고 사환의 도움을 받아 외투를 걸치면서 세 사람 모두에게 말했다. 「실례합니다, 여러분. 유감스럽지만 지금은 여러분을 뵐 여유가 없군요. 정말 죄송합니다. 하지만 급히 처리해야 할 일이 생겨서 당장 나가 봐야 합니다. 여러분도 직접 보셔서 알겠지만, 저는 지금까지 너무 오랫동안 사무실에 잡혀 있었습니다. 내일이나 아니면 언제고 편하실 때 다시 한 번 와주시지 않으시겠습니까? 아니면 혹시 전화로라도 일을 처리하면 어떨까요? 아니면 지금 안건이 뭔지 짧게 일러 주시겠습니까? 그러면 제가 서면으로 자세하게 답변을 드리겠습니다. 물론 가장 좋은 것은 다음에 다시 찾아와 주시는 겁니다.」 K의 이런 제안에 지금까지의 기다림이 완전히 수포로 돌아가게 된 신사들은 너무나 어이가 없어 서로 멍하니 얼굴만 쳐다볼 뿐이었다. 「자, 그러면 우리 합의를 본 거죠?」 사환 쪽으로 몸을 돌리면서 K가 물었다. 사환은 이번엔 모자를 가져다주었다. 열린 방문을 통해서 눈발이 더

175

욱 세차게 쏟아지는 바깥 풍경이 보였다. 그래서 K는 외투의 깃을 높이 세우고 목 바로 아래까지 단추를 채웠다.

그때 막 옆방에서 부지점장이 나오더니 겨울 외투를 입은 채 신사들과 타협 중인 K를 미소 띤 얼굴로 쳐다보며 물었다. 「업무 대리인, 어디 나가시나 보죠?」「네.」 K는 그렇게 말하면서 몸을 곧추세웠다. 「바깥에서 봐야 할 업무가 있어서요.」 그러나 부지점장은 어느새 신사들 쪽으로 몸을 돌리고 있었다. 「그러면 이분들은?」 그가 물었다. 「보아하니 여러분은 꽤 오래 기다리신 것 같은데요.」「어떻게 할지 우리끼리 얘기가 다 됐습니다.」 K가 말했다. 그러나 신사들은 더는 참지 못하고 K를 에워싸고는 설명하기 시작했다. 자신들이 뭣하러 이렇게 오래 기다렸겠는지, 만일 중요한 것이 아니라면 그리고 단둘이 의논해야 할 일이 아니라면 말이다. 부지점장은 그들의 말에 잠시 귀를 기울이고 나서, 모자를 손에 든 채 이따금 먼지를 털어 내고 있던 K 쪽을 바라보더니 말했다. 「여러분, 아주 간단한 해결 방법이 있어요. 저라도 괜찮으시다면, 제가 업무 대리인 대신에 기꺼이 협상을 해드리겠습니다. 여러분의 용건은 물론 당장 논의해야죠. 우리도 여러분과 마찬가지로 다 사업하는 사람들이기 때문에 사업하는 사람들한테 시간이 얼마나 중요한지는 잘 알지요. 자, 이쪽으로 들어오시죠.」 그 말과 함께 그는 자기 사무실의 대기실 문을 열었다.

K가 어쩔 수 없이 포기할 수밖에 없는 것들을 하나씩 다 챙겨 가는 부지점장의 저 절묘한 솜씨라니! 혹시 K가 괜히

필요 이상으로 포기하고 있는 것은 아닌가? 막연하기 짝이 없고, 또 그 스스로 인정할 수밖에 없는 별 희망도 없는 일로 알지도 못하는 화가를 찾아가는 사이 이곳에서 그의 평판은 돌이킬 수 없는 손상을 입고 있었다. 차라리 입고 있던 겨울 외투를 다시 벗고서 옆방에서 아직 기다리는 두 신사라도 확보하는 편이 훨씬 좋을 것 같았다. K는 그렇게 했을지도 모른다. 만약 방에 들어와 마치 자기 거라도 되는 것처럼 서가에서 뭔가를 찾고 있는 부지점장의 모습을 보지 않았더라면 말이다. K가 열이 나서 문 쪽으로 다가가자 그가 소리쳤다. 「아니, 아직 안 나가셨네.」 K를 돌아보는 그의 얼굴에 난 많은 깊은 주름은 나이가 아닌 권력을 말해 주는 것 같았다. 그러더니 그는 계속해서 뭔가를 찾기 시작했다. 「계약서 사본을 찾는 중이오.」 그가 말했다. 「그 회사 대표 말로는 당신 방에 있을 거라던데. 찾는 걸 좀 도와주겠소?」 K는 한 걸음 떼어 놓았다. 그러나 부지점장이 말했다. 「고마워요. 여기 찾았어요.」 그러더니 계약서 사본뿐만 아니라 분명 많은 다른 서류들까지 들어 있는 서류 뭉치를 들고 다시 자기 방으로 돌아갔다.

〈지금으로써는 저 친구를 당할 수가 없어〉 K는 속으로 중얼거렸다. 〈하지만 언젠가 내 개인적인 문제들이 풀리고 나면, 그땐 가장 먼저 쓴맛을 제대로 보게 될 거다.〉 이런 생각으로 마음을 좀 가다듬고서 K는 아까부터 그를 위해 복도로 나가는 문을 잡고 있던 사환에게 기회가 되는 대로 지점장에게 자기가 업무 관계로 밖에 나갔다고 전하라고 해놓고는 한

동안은 자기 일에만 몰두할 수 있게 되었기에 행복감을 느끼며 은행을 떠났다.

그는 당장 화가를 찾아갔다. 화가는 재판소 사무국이 있던 교외의 정반대 쪽에 살고 있었다. 꽤나 가난한 지역이었다. 집들은 아주 우중충했고, 골목은 오물 천지였는데, 질퍽하게 녹은 눈 위를 천천히 떠다녔다. 화가가 살고 있는 건물의 큰 대문 중 한쪽 문이 활짝 열려 있었다. 그리고 다른 쪽 문 아래쪽 벽에는 구멍이 하나 뚫려 있었는데, K가 다가가자 김이 서린 누런 물이 역겨운 냄새를 풍기며 콸콸 쏟아져 나왔다. 그 물을 피하려고 쥐 한 마리가 가까운 하수구로 도망쳤다. 계단 아래쪽에는 한 어린애가 땅바닥에 엎드려 울고 있었다. 그러나 건물 입구의 반대편에 있는 함석 공장에서 들리는, 모든 것을 잡아먹을 듯한 소음 때문에 아이의 울음소리는 거의 들리지 않았다. 함석 공장의 문은 열려 있었고, 세 명의 조수들이 작업 재료를 반원으로 둘러싼 채 해머로 두드리고 있었다. 벽에 걸려 있는 커다란 함석판의 창백한 빛은 두 조수 사이를 뚫고 그들의 얼굴과 작업용 앞치마를 환히 밝혔다. K는 이 모든 것을 그냥 한 번 훑어보았을 뿐이다. 그는 되도록 빨리 이곳에서 일을 끝내고 싶었다. 화가에게 몇 마디 말을 던져 알고 싶은 것을 알아 내면 당장 은행으로 돌아갈 생각이었다. 여기서 아주 작은 성과라도 얻으면, 은행에 돌아가서 처리해야 할 남은 일에도 긍정적인 영향을 줄 것이다. 4층에 이르렀을 때 그는 발걸음 속도를 줄여야 했다. 숨이 가빴다. 계단도 그렇지만 한 층의 높이도 굉장히

높았다. 화가는 맨 꼭대기 다락방에 산다고 했다. 공기까지 갑갑한 데다가 층계참도 없었다. 좁은 계단은 벽으로 양쪽이 막혀 있었고, 맨 위쪽의 벽에는 띄엄띄엄 작은 창문들이 달려 있었다. K가 잠깐 걸음을 멈추고 서 있자니 계집아이들 몇몇이 집에서 뛰쳐나와 깔깔대며 계단을 뛰어 올라 갔다. K는 그들 뒤를 천천히 따라 올라갔다. 그러다가 발이 걸려 비틀대며 뒤로 처진 여자애 하나를 따라잡았다. 여자애와 나란히 올라가는 동안 그는 물었다. 「혹시 이곳에 티토렐리라는 화가가 사니?」 여자애는 한 열세 살이나 될까 말까한 약간 곱사등이였는데, 팔꿈치로 그를 툭 치더니 고개를 갸웃하며 올려다보았다. 어린 나이도 육체적 결함도 그 아이가 일찌감치 타락해 가는 것을 막을 수는 없었다. K는 아이의 행동을 못본 척하며 물었다. 「티토렐리라는 화가를 아니?」 여자아이는 고개를 끄덕이더니 외려 자기 쪽에서 되물었다. 「그 사람은 왜 찾아요?」 K는 어서 조금이라도 티토렐리에 대해 알아내는 것이 유리할 것 같다고 생각했다. 「내 초상화를 그려 달라 하려고.」 그가 말했다. 「초상화를 그려 달라고 한다고요?」 여자아이는 입을 쩍 벌리더니 K가 얼토당토않거나 말도 안 되는 소리를 한 것처럼 손으로 K를 툭 치고는 원래도 짧은 치마를 양손으로 들어 올리고 다른 계집아이들 뒤를 있는 힘껏 쫓아갔다. 그들이 외치는 고함 소리는 어느새 저 꼭대기에서 희미하게 들리다 사라졌다. 그러나 계단의 다음 굽이를 돌아섰을 때 K는 그 계집애들 모두와 다시 마주쳤다. 그 아이들은 곱사등이 계집아이로부터 K가 뭣 때문에 왔는지 들고는 그곳에서 기다리고 있었던 것 같다. 그들은 K가 편하게 지나갈 수 있도록 계단 양쪽 벽에 등을 붙이고 손으로는 앞치마의 주름을 문질러 폈다. 얼굴들 생김새나 도열해 있는 모습이나 어딘지 모르게 천진난만함과 타락의 분위기가 뒤섞인 듯한 인상이었다. 등 뒤로 깔깔대며 늘어선 계집아이들의 맨 선두에는 예의 그 곱사등이 여자애가 앞장서서 대장 노릇을 했다. K가 제대로 된 길을 금방 찾아 낸 것은 바로 이 여자애 덕분이었다. 곧장 올라가려 하는데, 그 애가 나서서 티토렐리에게 가려면 옆쪽으로 갈라지는 계단으로 가야 한다고 알려 주었다. 티토렐리가 있는 곳으로 올라가는 계단은 특히 폭이 좁았고 아주 길었다. 휘어짐도 없어서 전체 길이를 한눈에 볼 수 있었는데, 꼭대기는 바로 티토렐리의 집 문 앞에서 끝나 있었다. 그 문은 그 위쪽에 비스듬히 나 있는 작은 천창 때문에 계단의 다른 부분과 달리 꽤 환하게 보였는데 색을 칠하지 않은 판자들로 만들어져 있었고 그 위에 티토렐리라는 이름이 굵직한 붓질로 붉게 쓰여 있었다. K가 뒤따르는 아이들과 함께 계단의 중간쯤 이르렀을 때, 아마도 숱한 발걸음 소리 때문에 눈치를 챈 듯 위쪽에서 문이 조금 열리더니 잠옷 차림인 듯한 한 남자가 문틈에 나타났다. 「아니, 이런!」 그는 무리를 보자 소리를 지르며 사라졌다. 곱사등이 여자애는 기뻐서 손뼉을 쳤고, 다른 여자애들은 K의 등 뒤에 더욱 바싹 달라붙어 어서 빨리 앞으로 가라고 떠밀었다.

그들이 아직 다 올라가지도 못했을 때, 위쪽에서 화가가 문을 활짝 열어젖히더니 깊이 허리를 굽혀 인사를 하고서 K를 향해 어서 안으로 들어오라고 손짓했다. 하지만 여자아이들은 들어오지 못하게 막았다. 아무리 애원하고 심지어 그의 허락 없이 안으로 들어가려고 떼를 써도 그는 그들 중 어느 하나도 안에 들이려 하지 않았다. 곱사등이 여자아이만 활짝 펼치고 있는 그의 팔 밑으로 살짝 들어가는 데 성공했지만, 화가는 그 아이를 쫓아가 치마를 움켜잡고 자기 주위로 한 번 휙 돌린 다음 다른 여자아이들이 있는 문 앞에다 내놓았다. 아이들은 화가가 그 자리를 비운 사이에도 감히 문지방을 넘을 엄두도 못 내고 있었다. K는 도대체 이 모든 것을 어떻게 받아들여야 할지 난감했다. 어떻게 보면 모든 것이 서로 간에 사이좋게 합의한 가운데 일어나는 것 같기도 했다. 바깥에 서 있던 여자애들은 하나씩 차례로 목을 길게 뽑고서 화가를 향해 온갖 장난기 어린 말을 외쳐 댔다. K는 도무지 무슨 소린지 알 수가 없었다. 화가 역시 곱사등이 여자애가 그의 손에 잡혀 허공을 나는 동안 그저 웃고만 있었다. 이윽고 그는 문을 닫고서 K에게 허리를 굽혀 인사를 하고 손을 내밀며 자신을 소개했다. 「화가 티토렐리입니다.」 K는 여자애들이 뒤쪽에서 아직도 속삭이고 있는 문을 가리키며 말했다. 「쟤들은 이 건물에서 사람들의 사랑을 받나 봅니다.」 「아이고, 저 말괄량이들요!」 화가는 그렇게 말하면서 잠옷의 목 단추를 잠그려 했지만 제대로 되질 않았다. 게다가 그는 맨발에 헐렁한 노란 면바지 차림이었다. 바지에 허리띠를 매고 있었는데, 그 긴 끄트머리가 이리저리 제멋대로 흔들거렸다. 「저 말괄량이들은 정말 골칫덩어리들이죠.」 그는 말을 이었다. 그러면서 결국 단추가 떨어지자 잠옷에서 손을 떼고 안락의자를 하나 끌어와 K에게 앉으라고 권했다. 「쟤들 중에 한 아이 — 그 애는 오늘 함께 오지 않았군요 — 를 한 번 그려 주었더니 저 모양으로 나를 쫓아다니는 거예요. 제가 방에 있을 땐 허락을 받고 들어오지만, 제가 방을 비웠을 때에도 꼭 한 놈 정도는 들어와 있어요. 녀석들은 내 방 열쇠를 복사해 가지고는 서로 돌려 가며 빌려 쓰는 거예요. 얼마나 귀찮게 하는지 상상을 초월해요. 이를테면 초상화를 그리려고 숙녀분을 데리고 집에 와서 열쇠로 문을 열면 그 곱사등이 여자애가 저기 저 탁자 앞에 앉아서 붓으로 입술을 빨갛게 칠하고 있는 거예요. 그사이에 그 여자애가 돌봐야 하는 어린 여동생들은 온 방을 휘젓고 다니며 난장판을 만들어 놓지요. 아니면 어제 처음으로 그랬습니다만, 제가 밤늦게 집에 돌아와 — 그걸 감안하셔서 제가 하고 있는 꼴과 이 지저분한 방을 용서해 주시기 바랍니다 — 그래요, 밤늦게 돌아와 침대에 누우려 하는데 뭐가 제 다리를 꼬집는 겁니다. 저는 침대 밑을 뒤져서 녀석을 끄집어냈죠. 녀석들이 왜 그렇게 저한테 달라붙는지 모르겠습니다. 제가 저 애들을 이 방으로 끌어들이지 않는다는 건 분명히 보셨을 거예요. 녀석들은 물론 제가 일하는 것까지 방해해요. 만약 이 방이 공짜만 아니라면 저는 벌써 보따리를 싸야 했을 거예요.」 바로 그때 문 뒤에서 작은 목소리가 부드럽고 조심스레 말했다. 「티토렐리, 우리 한 번만 들어가면 안 돼요?」 「안 돼.」 화가가 대답했다. 「나 혼자만이라도 안 돼요?」 그 목소리가 다시 물었다. 「아무튼 안 돼.」 화가는 그렇게 말하고서 문 쪽으로 가더니 문을 잠가 버렸다.

그러는 사이 K는 방 안을 한 번 휘둘러보았다. 이런 형편없고 손바닥만 한 방을 아틀리에라고는 부르지 못할 것 같았다. 여기서는 가로세로로 두 걸음을 떼놓기가 힘들 지경이었다. 바닥, 벽 그리고 천장 등 모든 것이 다 목재였고, 판자들 사이에는 좁은 틈새가 보였다. K가 있는 곳의 맞은편 벽에는 침대가 붙어 있었는데, 침대에는 여러 가지 색상의 침구가 쌓여 있었다. 방 한가운데에 있는 이젤에는 그림 한 점이 셔츠로 가려져 있었고, 셔츠의 소매는 바닥을 향해 달랑달랑 매달려 있었다. K의 등 뒤에는 창문이 하나 있었는데, 안개가 끼었기 때문에 밖에는 눈 덮인 이웃 건물의 지붕밖에 보이지 않았다.

열쇠를 자물쇠에 꽂고서 돌리는 장면을 보자 K는 잠시만 들렀다가 가려 했었다는 생각이 떠올랐다. 그는 주머니에서 제조업자가 준 소개장을 꺼내 화가에게 주면서 말했다. 「당신과 친분이 있는 이분을 통해서 이야기를 들었고 이분의 제안으로 여기까지 왔습니다.」 화가는 소개장을 대충 훑어보더니 침대 위에다 휙 던졌다. 만일 제조업자가 화가를 아주 잘 안다고 그토록 분명하게 말하지 않았더라면, 그리고 자기가 주는 동냥으로 먹고사는 불쌍한 사람이라는 말을 하지 않았더라면, 티토렐리가 제조업자를 전혀 모르는 게 아닌가, 아니면 적어도 그를 기억하지 못하는 게 아닌가 하는 생각을 갖기 십상이었다. 게다가 화가는 이런 질문까지 했다. 「그림을 살 건가요, 아니면 초상화를 그릴 건가요?」 K는 뜨악한 표정으로 화가를 쳐다보았다. 도대체 소개장에다 뭐라고 쓴 거지? K는 너무나 당연하게도 제조업자가 K가 이곳에 온 이유는 다름 아닌 자신의 소송과 관련하여 뭔가 알아보려는 것이라는 사실을 소개장에 담았을 걸로 생각했었다. 그게 아니라면 너무 성급하게, 제대로 생각도 하지 않은 채 이곳으로 달려온 꼴이다! 그러나 그는 지금 화가에게 어떤 식으로든 대답해야 했다. 그래서 이젤을 쳐다보며 말했다. 「그림 작업 중인가 봐요?」 「그렇습니다.」 화가는 그렇게 말하면서 이젤을 덮고 있던 셔츠를 방금 소개장을 던졌던 침대 위로 휙 던졌다. 「초상화입니다. 그런대로 해볼 만한 작품인데 아직 마무리가 안 됐어요.」 K에게는 절호의 기회였다. 법원에 대해 말할 수 있는 기회가 아주 정식으로 주어졌다. 어느 판사의 초상화임이 분명했기 때문이다. 변호사 서재에서 보았던 초상화와 어딘가 모르게 비슷했다. 물론 턱수염이 덥수룩하니 뺨까지 뒤덮은 뚱뚱한 모습의 전혀 다른 남자인 데다, 서재에서 보았던 것은 유화였고 여기 있는 것은 파스텔화로 연하고 불분명하긴 했지만, 그 밖의 다른 것은 아주 유사해 보였다. 왜냐하면 이 그림에서도 판사는 팔걸이를 꽉 잡은 채로 옥좌처럼 생긴 의자에서 벌떡 일어나려는 듯한 포즈를 취하고 있었기 때문이다. 〈판사군요.〉 K는 얼른 그렇게 말하려다가 잠시 꾹 눌러 참고서 그림을 자세히 뜯어보려는 듯 그 앞으로 다가갔다. 의자의 등받이 위 한가운데에 있는 커다란 형상이 뭔지 도무지 알 수 없어서 화가에게 그게 뭐냐고 물었다. 「마무리 작업을 좀 더 해야 해요.」 화가는 그렇게 대답하면서 작은 탁자에서 파스텔 하나를 집어 들고서 그 형상의 가장자리에 칠을 약간 했다. 그래도 K는 그 형상이 뭔지 알 수 없었다. 「이건 정의의 여신이지요.」 마침내 화가가 말했다. 「이제야 알겠군요.」 K가 말했다. 「이건 눈가리개이고 이건 저울이고. 그런데 발꿈치에 날개가 달려 있네요. 이건 날아가는 모습 아닌가요?」 「그래요.」 화가가 말했다. 「의뢰를 받았기 때문에 그렇게 그려야 해요. 그러니까 정의의 여신과 승리의 여신을 합쳐서 그린 겁니다.」 「별로 좋은 결합 같지는 않군요.」 K는 미소를 지으며 말했다. 「정의의 여신은 차분하게 있어야 하지요. 그러지 않으면 저울이 흔들려서 좋은 판결을 내릴 수가 없잖아요.」 「의뢰인의 말을 따를 뿐입니다.」 화가가 말했다. 「그야 그렇겠지요.」 K가 말했다. 말로 상대의 기분을 상하게 할 생각은 없었다. 「의자에 앉아 있는 모습을 보고서 그대로 그린 것 같군요.」 「아뇨.」 화가가 말했다. 「나는 저런 멋진 의자에 앉아 있는 인물의 모습을 한 번도 본 적이 없어요. 그냥 상상해서 그린 거죠. 그려 달라고 한 대로 말입니다.」 「무슨 말이죠?」 K가 물었다. 그는 부러 도무지 무슨 소린지 못 알아듣겠다는 표정을 지었다. 「저건 판사잖아요. 판사석에 앉아 있는.」 「그렇습니다.」 화가가 말했다. 「하지만 높은 지위에 있는 판사는 아니죠. 저 사람은 저런 으리으리한 의자에 앉아 본 적이 없어요.」 「그런데도 왜 저렇게 위엄 있는 자세로 그려 달라고 했죠? 꼭 재판장 같잖소.」 「그래요, 이 양반들은 허황한 데가 있어서요.」화가가 말했다. 「하지만 이 사람들은 상부로부터 이렇게 그려도 된다는 허락을 받았습니다. 사람마다 초상화를 어떻게 그리도록 명확하게 규정되어 있지요. 하지만 유감스럽게도 이 그림만 가지고는 의상과 의자의 세부적인 모습을 제대로 알아볼 수 없어요. 파스텔은 이런 그림을 그리기에 적절치 않거든요.」「그건 그렇네요.」K가 말했다. 「파스텔로 그렸다는 게 좀 특이하군요.」「판사가 그걸 원했죠.」화가가 말했다. 「어떤 숙녀에게 줄 거라고 하더군요.」초상화를 보자 화가는 일할 마음이 생긴 것 같았다. 그는 소매를 접어 올리더니 파스텔을 몇 개 집어 들었다. K는 파스텔의 떨리는 움직임 아래서 판사의 머리에 붉은 그림자가 생기는 것을 바라보았다. 붉은 그림자는 그림의 가장자리를 향해 방사상으로 희미하게 퍼져 나갔다. 점차 이 그림자 유회는 판사의 머리를 무슨 보석이나 고귀한 훈장처럼 에워쌌다. 반면에 정의의 여신은 거의 눈에 띨까 말까 한 한군데 농담(濃淡)을 제외하고는 밝은 빛에 에워싸여 있었다. 밝은 빛에 에워싸여 있어서 그런지 정의의 여신은 특히 앞으로 돌출되어 보였다. 정의의 여신도, 승리의 여신도 떠올려지지 않았다. 지금은 오히려 사냥의 여신을 완전히 빼닮은 꼴이었다. 화가가 작업하는 모습은 K의 마음을 자꾸만 주체할 수 없이 잡아끌었다. 그러나 결국에 가서 필요한 일을 하지 않은 채 오래도록 지체하고 있는 자신을 나무랐다. 「이 판사의 이름은 뭐죠?」K가 갑작스레 물었다. 「말해 줄 수 없습니다.」화가가 대답했다. 화가는 그림을 향해 몸을 잔뜩 구부린 채 손님 따위는 안중에도 없었다. 아까는 그렇게도 정중하게 맞이하더니만 말이다. K는 그걸 다 화가의 변덕스러운 성격 탓으로 돌렸다. 하지만 그 때문에 시간을 허비하는 것이 화가 났다. 「당신은 법원을 위해 중재인 역할을 하고 있죠?」 그가 물었다. 그러자 화가는 얼른 파스텔 연필을 옆으로 치우며 허리를 세우고는 양손을 문지르면서 K를 향해 미소를 지었다. 「당장 진실을 말하라, 이거군요.」 그가 말했다. K가 뭔가 이의를 달려고 하자 화가는 얼른 손사래를 치며 다시 말했다. 「법원에 대해 뭔가 알고 싶은 게 있나 보군요. 소개서에도 그렇게 씌어 있고요. 처음엔 내 마음을 얻어 보려고 그림 이야기를 하더니만. 난 그걸 그렇게 나쁘게 생각하지 않아요. 나한테 그런 걸 물어 봤자 소용없다는 걸 당신은 몰랐을 테니까요. 오, 잠깐만요!」 그러더니 다시 말을 이었다. 「그런데 당신 말이 맞긴 맞아요. 나는 법원의 중재인입니다.」 그는 잠시 말을 멈추었다. 마치 K에게 이 사실을 따져 볼 시간을 주려는 것 같았다. 그때 다시 문 뒤에서 여자애들의 소리가 들렸다. 열쇠 구멍 주위로 모여들어 있는 것 같았다. 어쩌면 그 틈으로 방 안을 들여다볼 수 있는 듯했다. K는 사과의 말을 하지 않았다. 화가의 이목을 공연히 다른 데로 돌리고 싶지 않았기 때문이다. 아니, 어쩌면 화가가 너무 지나치게 과장하여 자신을 가까이 할 수 없는 존재로 부풀리는 것을 원치 않았기에 K는 물었다. 「공식적으로 인정된 지위인가요?」 「아뇨.」 화가는 더 이상 할 말을 잃었는지 짧게 대답했다. 그러나 K는 화가가 침묵하도록 내버려 두고 싶지 않았기에 이렇게 말했다. 「그렇게 공인되지 않은 자리가 공인된 자리보다 더 큰 영향력을 발휘할 때가 많지요.」 「내 경우가 바로 그래요.」 화가는 그렇게 말하고는 인상을 찌푸리며 고개를 끄덕였다. 「어제 제조업자와 당신 일을 놓고 상의를 했어요. 나보고 혹시 당신을 도와줄 의향이 없냐고 묻더군요. 그래서 이렇게 대답했지요. 〈그 남자를 내게 한 번 보내 보세요.〉 이렇게 빨리 당신을 만나게 되니 기뻐요. 그 일로 고통이 클 거라고 생각해요. 별로 이상할 것도 없는 일이죠. 먼저 외투부터 벗지 않을래요?」 잠깐만 이곳에 있을 생각이었지만 K는 화가의 이 권유가 너무나 반가웠다. 방 안의 공기가 갈수록 답답하게 느껴졌기 때문이다. 그는 방 한쪽 구석에 불을 피우지 않은 채 있는 조그만 난로 쪽으로 자꾸만 눈길을 주었다. 방 안이 왜 이리 후텁지근한 건지 알 수가 없었다. 그가 겨울 외투를 벗고 윗도리의 단추까지 풀어 놓는 동안 화가가 변명조로 말했다. 「나는 따스한 게 좋아요. 이곳은 꽤 아늑하지요, 안 그래요? 그걸 보면 이 방은 위치를 아주 잘 잡은 겁니다.」 하지만 K는 이 말에 대해 아무 대꾸도 하지 않았다. 그의 불쾌감을 자아낸 것은 바로 숨을 못 쉬게 할 정도로 답답한 공기였다. 아마도 오랫동안 환기를 시키지 않은 듯했다. 불쾌한 기분은 더욱 커졌는데, 왜냐하면 화가가 그에게는 침대에 앉으라고 하면서 정작 자신은 이젤 앞에 있는, 이 방에서 유일한 의자에 앉았기 때문이다. 그런데도 화가는 K가 왜 침대 가장자리에 엉거주춤하게 앉아 있는 건지 이해가 안 되는 모양이었다. 화가는 K에게 어

서 편히 앉으라고 하면서, K가 망설이자 직접 나서서 그를
침대 안쪽 베개 쪽으로 밀어 넣었다. 그런 다음 그는 다시 자
기 의자로 돌아가서는 마침내 일과 관련된 첫 질문을 던졌
다. 그 바람에 K는 다른 모든 것은 잊고 말았다. 「죄를 짓지
않았지요?」「그래요.」 K가 말했다. 이런 질문에 답하는 것은
너무나 기쁜 일이었다. 아무런 책임 의식 없이 한 개인에게
하는 것이었기 때문이다. 여태껏 누구에게도 그렇게 솔직한
질문을 받은 적이 없었다. 이 기쁨을 낱낱이 맛보기 위해 그
는 이렇게 덧붙였다. 「터럭만큼의 죄도 없습니다.」「그렇군
요.」 화가는 그렇게 말하면서 생각에 잠긴 듯 고개를 떨어뜨
렸다. 그러다가 갑자기 머리를 들더니 이렇게 말했다. 「죄가
없다면 문제는 아주 간단해요.」 순간 K의 눈빛이 침울해졌
다. 법원의 중개인이라는 사람이 이렇게 아무것도 모르는 어
린애처럼 말하다니. 「죄가 없다고 해서 일이 간단해지는 건
아닙니다.」 K는 그렇게 말하고 허탈하게 웃음을 짓다가 천
천히 고개를 가로저었다. 「문제는 법원이 자잘한 것에 목을
맨다는 겁니다. 결국에 가서 법원은 애당초 전혀 문제 될 것
도 없는 쪽에서 엄청난 죄를 끌어내죠.」「맞아요, 정말 맞아
요.」 화가는 마치 K가 쓸데없이 자기 생각을 방해하기라도
하는 것처럼 말했다. 「당신은 정말로 죄가 없죠.」「그래요.」
K가 말했다. 「그게 중요한 겁니다.」 화가가 말했다. 반대 근
거를 대도 그는 아무런 영향을 받지 않을 것 같았다. 다만 그
렇게 단호한 말이 확신에서 나온 건지 아니면 무관심에서 나
온 건지는 분명하지 않았다. K는 확인해 보고 싶어서 이렇게

말했다. 「보아하니 나보다 법원에 대해 훨씬 잘 아는 것 같군
요. 내가 아는 것이라곤 이런저런 사람한테서 들은 이야기뿐
입니다. 하지만 모두 이구동성으로 하는 말은, 경솔하게 고
소를 하는 일은 없고, 일단 법원에서 고소를 하면 피고소인
의 죄에 대해 확신하는 것이며 이런 확신을 철회시키기가 아
주 힘들다는 것이죠.」 「힘들다고요?」 화가는 그렇게 되물으
면서 한쪽 손으로 허공을 휘저었다. 「법원으로부터 그런 철
회를 얻어 낸 적은 한 번도 없어요. 내가 여기 하나의 화폭에
다 판사들의 모습을 다 그려 놓고 이 앞에서 자기 변호를 하
는 것이 실제 법정에 가서 하는 것보다 더 성공적일 겁니다.」
「그렇군요.」 K가 혼잣말을 했다. 그는 원래 화가를 떠보려
했었던 자신의 의도를 잊고 있었다.

　문 뒤쪽에서 다시 어떤 여자애가 묻기 시작했다. 「티토렐
리, 그 사람 빨리 안 가나요?」 「조용히 해.」 화가는 문 쪽을
향해 소리쳤다. 「이 신사분과 상담을 하는 게 안 보여?」 그러
나 여자애는 그 말에 전혀 꿈쩍도 않고 또 물었다. 「그 사람
을 그릴 건가요?」 화가가 아무런 답을 하지 않자 그 애는 이
렇게 말했다. 「그 사람 초상화는 그리지 마세요. 그렇게 못생
긴 사람은.」 뭐라고 하는지 알 수 없는 시끌벅적한 호응이 이
어졌다. 화가는 문 쪽으로 펄쩍 뛰어가 문을 살짝 열고서 ─
그때 애원하듯 빌면서 내민 여자애들의 손이 보였다 ─ 말했
다. 「조용하지 않으면 몽땅 계단 밑으로 던져 버릴 테다. 여
기 계단에 앉아서 좀 조용히 하고들 있어.」 하지만 아마도 곧
장 말을 듣지 않는 모양이었다. 그는 다시 명령을 내려야 했

다. 「계단 위에 앉아!」 그러고 나서야 조용해졌다.

「죄송합니다.」 화가는 다시 K에게로 돌아와서 말했다. K는 문 쪽을 거의 쳐다보지 않았다. K는 자신에 대한 보호의 권리를 완전히 화가에게 맡겨 버렸다. 거의 꼼짝하지 않고 있었다. 그때 화가는 그에게 허리를 구부려 밖에서 듣지 못하도록 귀에 대고 속삭였다. 「저 여자애들도 법원에 속해 있어요.」 「뭐라고요?」 K는 고개를 약간 옆으로 비껴 화가를 쳐다보며 물었다. 그러나 화가는 다시 의자에 앉더니 농담 반 진담 반으로 이렇게 말했다. 「그러니까 법원에 속하지 않는 건 하나도 없다는 거죠.」 「그걸 몰랐군요.」 K가 짧게 대답했다. 이렇게 원론적인 말을 듣자 방금 여자애들 이야기에 관한 불안감이 싹 가셨다. 그럼에도 K는 한동안 문 쪽을 쳐다보았다. 문 뒤의 여자애들이 조용히 계단 위에 앉아 있었다. 다만 한 여자애는 판자들 틈으로 지푸라기 하나를 끼워 넣고서 서서히 위아래로 움직였다.

「아직도 법원이 뭔지 잘 모르시나 보군요.」 화가가 말했다. 그는 두 다리를 넓게 벌리고서 발끝으로 바닥을 탁탁 쳤다. 「하지만 당신은 죄가 없으니까 다 알 필요는 없어요. 내가 알아서 당신을 꺼내 줄게요.」 「왜 그런 생각을 하는 거죠?」 K가 물었다. 「조금 전만 해도 아무리 증거를 대봤자 법원에는 통하지 않는다고 직접 말했잖소.」 「법정에 나가서 제시하는 증거물들만 그렇다는 거죠.」 그렇게 말하면서 화가는 집게손가락을 치켜세웠다. 마치 K가 섬세한 차이를 알아채지 못했다는 듯. 「그러니까 공식적인 법정 뒤에서 처리할 경우에는 얘기가 다르다는 말입니다. 이를테면 상담실이나, 복도 아니면 여기 아틀리에 같은 곳에서 말이죠.」화가가 한 말이 그리 신빙성이 없어 보이지만은 않았다. 오히려 K가 다른 사람들에게서 들었던 이야기와 상당 부분 일치했다. 그렇다, 아주 희망적이기까지 했다. 변호사가 말했듯이 인간적인 관계를 통해서 재판관들의 마음을 정말 그리 쉽게 조종할 수 있다면, 화가가 허영에 들뜬 판사들과 갖고 있는 관계 역시 매우 중요하고, 아무튼 무시할 수는 없는 것이었다. 이렇게 되면 화가 역시 K가 하나둘씩 주변에 챙기고 있는 조력자의 서클에 안성맞춤인 사람이었다. 은행에서 일하면서도 그는 조직화 능력에 대해 칭찬을 받은 적이 있었다. 이제 오로지 자기 힘으로 모든 것을 해내야 하는 지금 상황은 다시금 자신의 능력을 최대한 발휘해 볼 수 있는 좋은 기회인 것이다. 화가는 자신의 말이 K에게 준 효과를 관찰한 뒤 좀 소심한 어투로 말했다. 「내 말투가 꼭 법률가 같지 않나요? 법원 사람들과 끊임없이 교류하다 보니까 이렇게 되는군요. 물론 그 과정에서 득도 많이 봤지만 예술적인 열정은 많이 잃었어요.」「그런데 처음엔 판사들과 어떻게 관계를 갖게 되었나요?」K가 물었다. 그는 화가를 자기편으로 끌어들이기 전에 먼저 화가의 신임을 얻고 싶었다. 「그거야 너무 쉬운 일이었죠.」화가가 말했다. 「이 연줄은 그냥 유산으로 물려받았거든요. 부친께서 법원 전속 화가였어요. 이 직책은 계속해서 대물림돼요. 새로운 사람들을 고용하기는 힘들죠. 무슨 말이냐 하면, 다양한 계급의 관리들을 그리는 데에는 다양하고 많은, 그리고 무엇보다 비밀스러운 규칙들이 정해져 있거든요. 특정한 가문 외에는 전혀 알 수가 없죠. 이를테면, 저기 저 서랍 속에는 아버지로부터 넘겨받은 메모들이 있어요. 지금까지 남한테 한 번도 보여 준 적이 없는 것들이죠. 이것들을 알아야만 판사들의 초상화를 그릴 수 있어요. 설사 이것들을 잃어버려도 내 머릿속에 많은 규칙들이 그대로 남아 있기 때문에 아무도 내 자리를 넘볼 수는 없죠. 어떤 판사든지 예전에 유명했던 판사들 같은 모습으로 그려 주길 원해요. 이 일을 할 수 있는 사람은 나밖에 없습니다.」「부럽습니다.」은행에서의 자신의 위치를 생각하며 K가 말했다.「당신의 자리는, 그러니까 요지부동이란 말이군요?」「그럼요, 요지부동이죠.」화가는 그렇게 말하면서 자랑스레 어깨를 으쓱해 보였다.「그래서 이렇게 가끔 소송에 걸린 불쌍한 양반을 돕겠다고 나설 수 있는 거죠.」「어떻게요?」K는 방금 화가가 불쌍한 양반이라고 부른 사람에 자기는 포함되지 않는 것처럼 물었다. 그러나 화가는 신경도 쓰지 않았다.「이를테면 당신 경우에는 전혀 죄를 짓지 않았으니 나는 이렇게 할 겁니다.」화가가 또다시 아무 죄가 없다느니 하는 말을 반복하자 K는 마음에 부담을 느꼈다. 이런 말을 자꾸 하는 걸로 보아 소송이 궁극적으로 유리하게 끝날 것을 전제하고 도와주려는 것처럼 보였기 때문이다. 그렇다면 그런 도움이라는 게 결국엔 하나 마나 한 것 아닌가. 이런 의구심이 들었지만 K는 마음을 가다듬고 화가의 말을 끊지 않았다. 화가의 도움을 포기하고 싶지는 않았다. 아니, 포기하지 않기로 마음먹었다. 게

다가 화가가 주겠다는 도움은 변호사의 도움보다 훨씬 덜 의심스러웠다. K는 화가가 훨씬 믿음직스럽다고 느꼈다. 더 순박하고 정직한 느낌을 주었기 때문이다.

화가는 자기 의자를 침대 쪽으로 바싹 당겨 놓고는 가라 앉은 목소리로 말을 이었다. 「당신한테 먼저 물어본다는 걸 깜박했군요. 당신은 어떤 종류의 석방을 원하죠? 세 가지 방 식이 있죠. 즉 실제 무죄 판결, 표면상의 무죄 판결, 판결 지연이죠. 실제 석방이 물론 가장 좋죠. 하지만 이런 방식의 석 방까지는 내 힘이 닿지 않습니다. 내 생각에 실제 무죄 판결 을 이끌어 낼 만큼 영향력이 있는 사람은 없어요. 결정적인 것은 십중팔구 피고의 무죄일 뿐이죠. 죄를 짓지 않았으니까 오로지 당신의 그 무죄에 기대를 거는 것이 좋을 겁니다. 이 경우 당신은 나뿐만 아니라 어떤 다른 사람의 도움도 필요 치 않아요.」

이렇게 논리 정연한 설명을 듣고 K는 처음엔 당혹스러웠 으나, 이내 화가처럼 차분한 어투로 말했다. 「당신의 말은 모 순되는 데가 있군요.」 「그게 무슨 말이죠?」 화가는 마음을 억누르고 미소를 지으며 몸을 뒤로 기댔다. 그 미소를 보고 있자니 K는 마치 화가의 말이 아닌 법정의 소송 자체에서 모 순을 발견하는 것 같았다. 그래도 피하지 않고 말을 이었다. 「아까는 법정에서는 아무리 증거를 대도 소용이 없다고 하더 니, 또 그다음엔 그 말을 공식적인 법정에 국한시켰지요. 그 러더니 이제 와서는 죄를 짓지 않은 사람은 법정에서 굳이 다른 사람의 도움이 필요 없다고 하는군요. 여기에 바로 모순이 있는 거죠. 게다가 또 아까는 판사들에게 개인적으로 영향을 끼칠 수 있다고 했죠. 그러더니 지금 또 당신 표현은 실제 무죄 석방이라는 것이 개인적인 영향을 통해 가능하다는 것을 부정하고 있어요. 여기에 두 번째 모순이 있습니다.」 「그 모순은 쉽게 해명할 수 있어요.」 화가가 말했다. 「여기서 나는 서로 다른 두 가지 것을 이야기한 거예요. 하나는 법률에 적혀 있는 것이고, 또 하나는 내가 개인적으로 경험한 것이죠. 그걸 혼동해서는 안 돼요. 법률에는 ─ 물론 법률 서적을 읽어 본 적은 없지만 ─ 당연히 죄를 짓지 않은 사람은 무죄 판결을 받는다고 적혀 있어요. 하지만 거기엔 판사들이 영향을 받을 수 있다는 말은 적혀 있지 않아요. 그러나 나는 바로 그 정반대의 것을 경험했지요. 실제 무죄 판결에 대해서는 들어 보지 못했고, 숱한 영향력 행사에 대해서는 잘 알지요. 물론 내가 알고 있는 사례에서 죄를 짓지 않은 경우는 없었을 수도 있죠. 하지만 그럴 가능성은 없지 않을까요? 그토록 많은 사례에서 죄를 짓지 않은 경우가 없다는 것 말입니다. 나는 어렸을 때부터 아버지가 집에 와서 소송 이야기를 들려주면 그 말에 귀를 기울였어요. 판사들도 아버지의 아틀리에에 와서 재판 얘기를 많이 했지요. 우리가 아는 사람들 사이에서 다른 이야기는 하지 않았지요. 법정에 직접 가볼 기회가 생기기만 하면 나는 그 기회를 늘 잘 살렸어요. 수많은 소송의 중요 단계마다 다 방청했고 볼 수 있는 데까지 다 쫓았어요. 그렇지만 ─ 시인하건대 ─ 단 한 번도 실제 무죄 판결이 나는 것을 보지 못했지요.」 「단 한 번의 무죄 판결도 못 봤다.」 K는 마치 자신과 자신의 희망에게 말하는 투로 중얼거렸다. 「법원에 대해 제 생각을 확인시켜 주는 말이군요. 이 점에서 보면 법원은 전혀 필요가 없어요. 형리 하나가 법원 전체를 대신할 수 있을 테니까요.」 「그렇게 일반화시키지 마시죠.」 화가가 불만스레 말했다. 「그저 내 경험을 말했을 뿐이니까요.」 「그걸로 됐어요.」 K가 말했다. 「혹시 예전에 있었던 무죄 판결 이야기는 못 들었나요?」 「그런 무죄 판결들이 말이죠……」 화가가 대답했다. 「물론 있었다고는 해요. 하지만 그것을 확인하기가 무척 힘듭니다. 법정에서 벌어지는 최종 판결은 공개되지도 않고 판사들조차 열람할 수가 없으니까요. 옛날에 있었던 판결들은 전설로만 남아 있을 뿐이죠. 물론 이 전설들 중 실제로 무죄 판결이 많이 있을 겁니다. 다만 그렇게 믿을 뿐 증명할 수는 없는 거죠. 그렇다고 이 전설들을 등한시하면 안 됩니다. 어쩌면 이 전설들 속에 진실이 담겨 있을 수도 있으니까요. 이 전설들은 아름답기까지 해서 나는 그 내용으로 그림도 몇 점 그렸었죠.」 「단순한 전설으론 내 생각을 바꾸지 못해요.」 K가 말했다. 「법정에서도 이런 전설들 얘기를 끄집어낼 수 있을까요?」 화가가 웃었다. 「아뇨, 그럴 수는 없죠.」 그가 말했다. 「그렇다면 그런 얘기는 해봤자 아무 소용 없어요.」 K가 말했다. 당분간은 화가가 하는 말은 무엇이든 그냥 참아 주기로 했다. 비록 이야기가 좀 허황돼 보이고 다른 의견들과 합치되지 않는다 해도. 지금으로서는 화가가 하는 말에 사실 여부를 따지거나 반박할 시간적 여유가 없었다. 지금 할 수 있는 최선의 행동은 비록 결정적이지는 않더라도 어떤 방식으로든 화가가 자신을 돕도록 마음을 움직이는 것이었다. 그래서 이렇게 말했다. 「그렇다면 실제 무죄 판결은 제외합시다. 아까 또 다른 두 가지 방법이 있다고 했어요.」「표면상의 무죄 판결과 판결 지연 방법이지요. 가능한 것은 바로 이 두 가지라고 봐요.」 화가가 말했다. 「그건 그렇고 그 이야기를 하기 전에 재킷을 좀 벗으시죠. 좀 더우신 거 같군요.」「그러죠.」 K가 말했다. 지금껏 오로지 화가의 설명에만 집중하고 있다가 덥다는 생각이 떠오르자 이마에서 땀이 쏟아졌다. 「정말 못 참겠네요.」 화가는 K가 불편해하는 것을 잘 이해한다는 듯 고개를 끄덕였다. 「혹시 창문을 좀 열면 안 될까요?」 K가 물었다. 「그건 곤란합니다.」 화가가 말했다. 「유리창이 고정되어 있거든요. 열 수가 없습니다.」 그때 K는 그동안 내내 자기나 화가, 둘 중에 하나가 갑작스레 창문 쪽으로 가서 창문을 활짝 열어젖혔으면 하고 바라고 있었음을 깨달았다. 심지어 입을 활짝 벌려 안개를 들이마실 자세까지 갖추고 있었다. 공기로부터 완전 차단당했다는 느낌이 들자 현기증이 일었다. 그는 자기 옆쪽의 깃털 침대를 톡톡 치며 희미한 목소리로 말했다. 「저렇게 해놓으면 불편하기도 하고 몸에도 안 좋아요.」「아닙니다, 그렇지 않아요.」 화가가 자기 창문을 옹호하는 차원에서 말했다. 「비록 저 창문이 단유리로 되어 있지만 열지 못하기 때문에 이중창보다 온기를 더 잘 보호해 줘요. 판자들 틈으로 공기가 새어 들어오기 때문에 꼭 필요하지는 않지만 그래도 환기를 시키고 싶으면 나는 두 방문 중에 하나를, 아니면 두

개를 다 열어 놓습니다.」 K는 이 설명을 듣고서 약간 마음이 놓여 두 번째 문이 어디 있는지 보려고 주위를 두리번거렸다. 화가는 그것을 눈치채고서 이렇게 말했다. 「그 문은 당신 등 뒤에 있어요. 어찌하다 보니 침대로 막아 놓을 수밖에 없었어요.」 그제야 K는 벽에 붙어 있는 작은 문을 보았다. 「이곳은 아틀리에로 쓰기에는 너무 좁죠.」 화가는 혹시라도 K가 뭐라고 할까 봐 서둘러 말했다. 「최대한으로 신경 써서 가구를 배치하다 보니 이렇게 됐어요. 침대가 문을 가리고 있으니 아주 좋지 않은 자리에 있는 거지요. 지금 초상화를 그려 주고 있는 판사는 늘 침대 옆의 저 문을 통해서 들어와요. 저쪽 문 열쇠도 그 사람한테 주었거든요. 혹시 내가 집에 없을 때 오더라도 아틀리에에서 나를 기다릴 수 있게 하려고요. 그랬더니 시도 때도 없이, 내가 잠에 곯아떨어져 있는 이른 아침에도 찾아오는 겁니다. 침대 옆 문이 열리면 곤한 잠에 빠져 있다가도 깰 수밖에 없지요. 아침 일찍 그가 내 침대를 넘어갈 때 내가 퍼붓는 욕설을 한 번 들으면 판사에 대해 갖고 있던 당신의 존경심은 싹 사라질 겁니다. 물론 열쇠를 빼앗아 버리면 그만이겠죠. 하지만 그랬다가는 더 복잡해질 수 있어요. 이 방에 있는 문들은 약간의 힘만으로도 문짝째 떨어지거든요.」 이야기가 계속되는 동안 K는 재킷을 벗어야 하는 건지 생각해 보았다. 마침내 그렇게 안 하면 이곳에 더 오래 있을 수 없다는 것을 알아챘다. 그는 재킷을 벗어 무릎 위에 올려놓았다. 이야기가 끝나면 언제라도 다시 입을 수 있도록. 그가 옷을 벗기 무섭게 여자애들 중 하나가 소리쳤다.「저 사람이 재킷을 벗었다.」그 광경을 직접 확인하려고 모두 판자 틈을 향해 우르르 몰려드는 소리가 들렸다.「저 애들은 말이죠……」화가가 말했다.「내가 당신을 그릴 걸로 생각하나 봐요. 그래서 당신이 옷을 벗은 거라고 말이죠.」「그렇군요.」K는 약간 언짢은 투로 말했다. 셔츠 차림으로 앉아 있었지만 아까보다 몸 상태가 더 좋아지지 않았기 때문이다. 퉁명스런 투로 K가 물었다.「두 가지 다른 가능성이 뭐라고 하셨죠?」그는 벌써 그 표현들을 잊고 있었다.「외견상의 무죄 석방과 판결 지연이요.」화가가 말했다.「그 둘 중에서 어떤 것을 택하느냐는 오로지 당신한테 달려 있어요. 두 가지 다 이룰 수 있습니다. 물론 수고 없이는 안 되죠. 이 점에서 볼 때 차이점은 이렇습니다. 외견상의 무죄 석방을 위해서는 짧지만 집중적인 노력이 필요하고, 재판 지연을 위해서는 힘은 덜 들지만 지속적인 노력이 필요하다는 것이죠. 그러면 먼저 외견상의 무죄 석방에 대해 말씀드리죠. 만약 이것을 원한다면 큰 종이에다 당신의 무죄를 입증하는 내용의 확인서를 쓸게요. 확인서 문안은 부친한테서 물려받은 게 있는데 전혀 나무랄 데가 없어요. 이 확인서를 가지고 내가 아는 판사들을 하나씩 돌아가며 찾아가는 거죠. 이를테면 오늘 저녁 내가 초상화를 그릴 판사가 오면 그 확인서를 전달하면서 시작하는 겁니다. 그 확인서를 전달하면서 당신의 무죄를 설명하고 그걸 내가 보증하는 거죠. 이건 말로만 하는 보증이 아니고 진짜 구속력이 있는 보증입니다.」화가의 눈빛에서는 왜 내게 보증의 부담을 얹으려 하느냐는 비난의 기색 같은 것이 엿보였다. 「그렇게 해주신다면야, 정말 좋지요.」 K가 말했다. 「그런데 판사가 당신 말을 믿기는 해도 실제로는 나를 무죄 석방하지 않을 수도 있지 않을까요?」 「아까 말씀드린 대로입니다.」 화가가 대답했다. 「게다가 판사들 누구나가 내 말을 믿어 준다는 법도 없어요. 이를테면 어떤 판사들은 나보고 당신을 직접 데려오라고 요구할 수도 있어요. 그러면 한 번은 나와 함께 가야 해요. 물론 이런 경우 반은 이긴 거나 다름없어요. 이 판사를 대할 때 어떻게 해야 하는지 내가 미리 다 알려 줄 수 있거든요. 이보다 나쁜 경우는 — 물론 이런 경우도 생길 수 있는데 — 판사들이 처음부터 나를 거부할 때입니다. 이런 사람들이야 포기하는 게 좋죠. 그렇다고 시도해 보지 않겠다는 말은 아니고요. 포기한다고 해서 그리 손해는 없어요. 개별 판사들에게 결정권이 있는 것은 아니니까요. 확인서에 많은 판사들의 서명을 충분히 받고 나면 나는 그 확인서를 들고서 당신의 소송을 맡을 판사를 찾아갈 겁니다. 가능하면 그 사람의 서명도 받을 거고요. 그러면 만사가 평소보다 훨씬 더 신속하게 진행될 겁니다. 그렇게 되면 대체로 거치적거리는 것도 그리 많지 않을 거고, 피고의 입장에서는 극도로 확신하는 시기가 찾아오는 거죠. 정말 신기하게도 사람들은 무죄 선고를 받았을 때보다 이 시기에 더 확신을 갖죠. 그때부턴 더 애쓸 필요도 없어요. 담당 판사는 여러 판사들이 수두룩하게 서명한 확인서를 보증으로 전혀 부담 없이 당신에게 무죄를 선고할 수 있거든요. 물론 여러 가지 형식적인 일을 처리하고 나서 판사는 당신이나 다른 지인들이 기쁘도록 틀림없이 무죄 선고를 내릴 겁니다. 그러면 당신은 법정에서 유유히 걸어 나와 자유의 몸이 되는 거죠.」「그래요, 그러면 자유의 몸이 되겠죠.」K가 멈칫거리며 말했다.「그렇습니다.」화가가 다시 말했다.「하지만 겉으로만 그런 거지요. 아니, 더 정확하게 말하자면 잠시만 자유로운 겁니다. 무슨 말이냐 하면, 내가 아는 판사들이 다 그렇지만 최하급 판사들은 최종 선고를 내릴 권한을 갖고 있지 못해요. 그런 권한은 당신이나 나 아니, 우리 모두의 손이 닿지 않는 최상위의 법정이 갖고 있어요. 이 법정이 어떻게 생겼는지는 우리도 모르고, 또 알고 싶지도 않아요. 피고의 상태로부터 완전히 벗어나게 해줄 그 대단한 권한이 내가 아는 판사들에겐 없어요. 그래도 피고 상태에서 풀어 줄 정도의 권한은 갖고 있죠. 다시 말해서, 만일 당신이 이런 식으로 석방 선고를 받게 되면 단지 잠시만 피고 상태에서 벗어날 수 있을 뿐, 고소는 여전히 당신 머리 위에서 둥둥 떠다니다가 상부에서 명령이 내려지는 즉시 다시 효력을 발한다는 말입니다. 내가 법원과 좋은 관계를 갖고 있기 때문에 실제적인 무죄 판결과 외견상의 무죄 판결 사이에 법원 사무국 규정상 어떤 형식적인 차이가 있는지 설명할 수 있는 겁니다. 실제적인 무죄 판결의 경우엔 소송 관련 자료들이 완전히 폐기 처분됩니다. 소송과 함께 완전히 사라지죠. 기소장뿐만 아니라 소송 그리고 무죄 판결까지도 폐기되지요. 모든 게 다 폐기됩니다. 외견상의 무죄 판결의 경우엔 다릅니다. 서류의 경우 어떤 변화도 없죠. 다만 죄가 없다는 사실에 대한 확인,

무죄 판결, 무죄 판결의 이유 등이 덧붙여지죠. 그리고 이 서류는 계속해서 소송 속에 남아 있습니다. 법원 사무국들 사이의 끊임없는 업무 교류가 그렇듯이 이 서류는 상부 법원으로 넘겨졌다가 다시 하부 법원으로 돌아오며, 크고 작은 진동과 크고 작은 간격으로 계속해서 이리저리 진자처럼 흔들리죠. 서류가 왕래하는 길은 종잡을 수가 없어요. 외부에서 보면 서류도 망실되고 마치 모든 것이 오래전에 잊힌 듯한, 이제 완벽하게 무죄 판결이 마무리된 듯한 인상을 갖게 됩니다. 하지만 법원 내부 사정을 아는 사람이라면 그것을 믿지 않을 겁니다. 법원에서 망실이라는 것은 있을 수 없고, 잊는 일도 없습니다. 그러던 어느 날 — 아무도 예상치 못하게 — 어느 판사가 그 서류를 집어 들고서 유심히 살펴보다가 아직 기소가 마무리되지 않은 것을 알고는 즉각적인 체포를 명령하는 거죠. 이건 외견상의 무죄 판결과 새로운 체포 사이에 긴 시간적 간격이 있다는 전제하예요. 충분히 그럴 수 있어요. 실제 그런 사례도 알고 있고요. 하지만 어떤 사람이 법원에서 무죄 판결을 받고서 집에 와보니 명령을 받은 사내들이 벌써 그를 체포하려고 기다리고 있는 경우도 있을 수 있어요. 그렇게 되면 자유로운 인생은 끝난 거죠.」「그러면 소송이 새로 시작되나요?」 K가 믿을 수 없다는 듯이 물었다. 「물론이죠.」 화가가 말했다. 「소송은 새로 시작되죠. 하지만 전처럼 외견상의 무죄 판결을 이끌어 낼 가능성은 또 있어요. 온 힘을 다해서 정신을 바짝 차리고 쉽게 굴복해서는 안 돼요.」 이 끝말은 약간 의기소침해진 K의 모습을 보고 한 듯했다. 「그런데 말이죠.」 K는 화가가 뭔가 미리 발설하는 것을 막으려는 듯이 물었다. 「다시 무죄 판결을 얻어 내는 것이 처음보다 어려운가요?」 「그 점에 대해서는…….」 화가가 대답했다. 「뭐라고 딱 집어서 말할 수가 없습니다. 당신 말의 속뜻은 아마도 두 번씩이나 체포했기 때문에 판사들이 피고에게 불리한 쪽으로 판결을 내리지 않겠느냐는 거죠? 그럴 가능성은 없어요. 판사들은 무죄 판결을 내릴 때 이미 두 번째 체포를 예상하니까요. 그렇기 때문에 별로 상관없어요. 그렇지만 그 밖의 다른 수많은 이유로 판사들의 기분에 따라 사안에 대한 법리적 해석이 달라질 수 있으므로 두 번째 무죄 판결을 얻어 내기 위해서는 달라진 환경을 감안하는 노력을 해야 하고, 한마디로 첫 번째 무죄 판결을 끌어내기 위해서 했던 것만큼 온갖 힘을 기울여야 해요.」 「그렇다면 그 두 번째 무죄 판결도 결국엔 또 최종적인 것이 아니겠군요.」 K는 어이가 없다는 듯이 말했다. 「물론 아니죠.」 화가가 말했다. 「두 번째 무죄 판결에 이어 세 번째 체포가 있고, 세 번째 무죄 판결에 이어 네 번째 체포가 있고, 이런 식으로 계속되죠. 이미 외견상의 무죄 판결이라는 말 속에 그 의미가 다 들어 있죠.」 K는 아무 말도 하지 않았다. 「외견상의 무죄 판결이 별로라고 생각하는 것 같군요.」 화가가 말했다. 「당신한테는 어쩌면 판결 지연이 더 잘 맞을 것 같습니다. 그러면 판결 지연이 무엇인지 설명해 드릴까요?」 K는 고개를 끄덕였다. 화가는 의자에 편하게 등을 기댔다. 그러자 잠옷의 품이 열렸고, 한 손을 그 안에 넣어 가슴과 옆구리를 쓰다듬었다. 「판결 지연이란……」화가는 그렇게 말하며 가장 정확한 설명을 찾는 듯 잠시 앞을 응시했다. 「판결 지연이란 재판이 계속 최하급 소송 단계에 머물러 있는 걸 말합니다. 이렇게 하려면 피고와 조력자, 특히 조력자가 법원과 지속적으로 관계를 잘 맺고 있어야 합니다. 다시 한 번 말하자면 이를 위해 외견상의 무죄 판결을 이끌어 낼 때같은 노력이 필요한 건 아니지만, 그래도 훨씬 더 큰 주의력이 필요합니다. 소송 과정을 눈에서 떼어서는 안 됩니다. 그리고 일정하게 날을 정해 놓고서 해당 판사를 찾아가야 할 뿐만 아니라 특별한 일이 있을 때도 찾아가야 해요. 무슨 방법을 쓰더라도 판사와 관계를 잘 맺어 놓고 있어야 하죠. 판사와 개인적으로 잘 알지 못하는 사이라면 잘 아는 판사들을 통해 담당 판사에게 힘이 미치도록 해야 합니다. 그렇다고 해서 판사와 직접 상담하는 일을 포기해서는 안 되죠. 이런 여러 가지 사항을 하나도 빠뜨리지 않고 이행한다면 소송이 첫 단계를 넘어서지 않을 거라고 확신할 수 있죠. 소송이 멈추는 것은 아니지만 피고인은 유죄 판결을 받지 않고 평소처럼 자유롭게 지낼 수 있어요. 외견상의 무죄 판결에 비해 판결 지연은 피고의 미래가 덜 불확실하다는 장점이 있습니다. 외견상의 무죄 판결처럼 느닷없이 체포를 당해 소스라치게 놀라는 일도 없을 거고, 자신의 상황이 최악일 때조차도 애를 쓰고 흥분해야 하는 일이 없을 테니까요. 물론 판결 지연도 단점이 없는 건 아니죠. 결코 과소평가할 만한 게 아닙니다. 여기서 단점이란 피고가 자유롭지 못한 몸이라는 걸 말하는 게 아닙니다. 제대로 따져 보면 외견상의 무죄 판결의 경우에도 마찬가지니까요. 여기서 말하는 단점은 다른 겁니다. 소송이라는 것은 적어도 특별한 이유 없이는 멈출 수 없다는 거죠. 외부에서 볼 때 뭔가 계속 진행 중이라는 느낌을 줘야 합니다. 이를테면 때때로 여러 가지 지시가 내려져야 하고, 피고에 대한 심문이 있어야 하고, 심리도 열려야 하는 등 여러 가지 일이 일어나야 합니다. 소송은 일부러 좁게 그려 놓은 작은 동그라미 안에서 뱅뱅 돌아야 합니다. 그러다 보면 피고에게 불쾌한 일이 생기기도 하죠. 그렇다고 너무 부정적으로 생각해서는 안 돼요. 모든 일은 그저 겉치레로 하는 것일 뿐이니까요. 이를테면 심문 시간도 아주 짧아요. 시간이 없거나 그냥 가고 싶지 않으면 양해를 구하면 돼요. 심지어 어떤 판사들과는 함께 상의를 해서 장기 일정을 미리 정할 수도 있습니다. 그러니까 간단히 말해 피고는 그 신분에 따라 가끔씩 판사를 찾아가기만 하면 된다는 것이죠.」 마지막 말을 듣는 사이 K는 어느새 재킷을 팔에 걸치고서 자리에서 일어났다. 「아니, 저 사람 벌써 일어나네.」 곧장 문 밖에서 외치는 소리가 들렸다. 「벌써 가시려고요?」 화가 역시 일어서서 그렇게 말했다. 「이곳 공기가 안 좋아서 가시는군요. 참으로 송구스럽습니다. 할 얘기가 아직도 많은데. 좀 줄여서 했어야 하는데. 이해하셨기를 바랍니다.」 「물론입니다.」 억지로 귀를 기울여 듣느라 골이 지끈지끈해진 K가 말했다. 이렇게 확인해 줬음에도 화가는 K가 돌아가는 길에 위안의 선물이라도 챙겨 주려는 듯 모든 걸 다시 한 번 요약해서 말했다. 「두 가지 방법의 공통점은 바로 피고에 대한 유죄 판결을 방해한다는 거죠.」
「또한 실제적인 무죄 판결도 방해하지요.」 그 사실을 알아차린 것이 좀 쑥스러운 듯 K가 낮은 목소리로 말했다. 「일의 핵심을 알아채셨군요.」 얼른 화가가 되받았다. K는 손을 외투에 가져갔지만 입어야 할지 말아야 할지 결정하지 못했다. 마음 같아서는 옷을 그냥 챙겨 가지고 밖으로 뛰쳐나가 맑은 공기나 쐬고 싶었다. 미리부터 떠들썩하게 소리를 질러 대며 그가 옷을 입는다고 난리를 쳤지만 여자애들도 그가 옷을 입게 하지는 못했다. 화가는 어떻게든 K의 기분을 파악해 보고 싶었다. 그래서 이렇게 말했다. 「지금 내 제안들을 놓고 아직도 결정을 내리지 못하는군요. 이해해요. 그렇게 빨리 결정을 내리는 건 나도 반대입니다. 장점과 단점은 종이 한 장 차이이지요. 모든 걸 다 잘 파악해야 해요. 그렇다고 시간을 허비해서도 안 돼요.」 「곧 다시 올게요.」 K는 순간적으로 결단을 내려 재킷을 입고 외투를 어깨에 걸치고서 문을 향해 달렸다. 문 뒤에서는 여자애들이 소리를 지르기 시작했다. 문틈으로 소리를 지르는 여자애들의 모습이 보이는 것 같았다. 「약속을 꼭 지키셔야 합니다.」 화가는 그의 뒤를 쫓지 않은 채 말했다. 「안 그러면 은행으로 직접 찾아가 물어볼 거요.」 「와서 문 좀 열어 줘요.」 그러면서 K는 손잡이를 세게 당겼다. 손잡이가 돌아가지 않을 때 뭔가 힘이 느껴졌는데, 문 밖에서 여자애들이 손잡이를 꽉 움켜잡고 있는 게 분명했다. 「계집애들이 성가시게 굴 텐데 괜찮겠어요?」 화가가 물었다. 「차라리 이쪽 출구로 나가요.」 그러면서 그는 침대 뒤쪽 문을 가리켰다. K는 얼른 침대로 다시 돌아갔다. 그러나 화가는 문은 열어 주지 않고 침대 밑으로 기어들어 가더니 그 밑에서 물었다. 「잠깐만요. 그림 하나 더 안 볼래요? 당신한테 팔 수 있는 건데요.」 K는 무례한 반응을 보이고 싶지 않았다. 화가는 사실 그를 돌봐 주었고 앞으로도 계속 도와주겠다고 약속한 터였다. 게다가 K는 건망증 때문에 도움에 대한 사례 이야기는 단 한마디도 하지 않았다. 그래서 제안을 거절할 수 없는 입장이었다. 아틀리에에서 당장이라도 도망치고 싶었지만 하는 수 없이 그림을 보자고 했다. 화가는 침대 밑에서 액자에 끼우지 않은 그림 한 꾸러미를 끄집어냈다. 그림들은 먼지로 뒤덮여 있었는데, 화가가 가장 위쪽의 먼지를 혹 불자 먼지는 K의 눈앞에서 숨을 빼앗으며 한동안 아지랑이처럼 요동쳤다. 「늪지 풍경을 그린 겁니다.」 화가는 그렇게 말하면서 K에게 그림을 넘겼다. 짙은 초원에 두 그루의 하늘하늘한 나무가 서로 멀리 떨어져 서 있는 풍경이었다. 배경에는 찬란한 일몰이 펼쳐졌다. 「멋지군.」 K가 말했다. 「사겠소.」 K는 아무 생각 없이 말해 버리고 나서, 화가가 나쁘게 생각하기는커녕 오히려 바닥에서 다른 그림을 집어들자 안도의 한숨을 쉬었다. 「여기 이 그림과 짝이 되는 그림이 있어요.」 화가가 말했다. 짝으로 그리려고 한 것은 알겠으나 첫 번째 그림과 아무런 차이점도 찾아볼 수가 없었다. 여기에 나무들, 여기에 초원 그리고 저기에 일몰. 그러나 K는 개의치 않았다. 「아름다운 풍경이군요.」 그가 말했다. 「두 개다 사서 내 사무실에 걸어 놓겠소.」 「이런 모티프를 좋아하시나 보네요.」화가는 그렇게 말하면서 세 번째 그림을 끄집어 냈다. 「마침 여기 비슷한 그림이 또 있어서 다행이네요.」이 번 것은 비슷하다기보다는 처음의 풍경화와 완전히 똑같은 그림이었다. 화가는 이번 기회를 이용해서 묵은 그림들을 잘 처분하고 있었다. 「그래, 이것도 사겠소.」K가 말했다. 「이 그 림 세 점 모두 얼마요?」「그건 나중에 이야기합시다.」화가가 말했다. 「지금은 당신이 바쁘잖소. 게다가 앞으로도 서로 연 락을 할 테니까. 아무튼 당신이 이 그림들을 좋아하니 정말 기쁘군요. 여기 밑에 있는 그림들까지 다 줄게요. 다 들판 풍 경입니다. 이런 들판 풍경 그림을 많이 그렸어요. 사람들은 대개 이런 그림들을 싫어해요. 너무 황량해서요. 그런데 개 중에 어떤 사람들, 즉 당신 같은 사람들은 이런 황량한 걸 좋 아하죠.」그러나 K는 더 이상 이 거지 화가의 직업적 경험을 듣고 싶지 않았다. 「그림들을 다 챙겨 놓으시오.」그는 화가 의 말을 끊으며 말했다. 「내일 내 사환이 와서 가져갈 거요.」 「그럴 필요 없습니다.」화가가 말했다. 「짐꾼을 하나 불러서 당신에게 딸려 보낼게요.」그 말과 함께 침대 위로 몸을 구부 려 문을 열었다. 「신경 쓸 거 없이 그냥 침대 위로 올라가세 요.」K는 사실 이 말이 없었어도 자기 마음대로 할 생각이었 다. 그는 벌써 한쪽 발을 침대 한중간에 올려놓았다. 순간 그 는 열린 문으로 밖을 보고는 얼른 발을 거두어들였다. 「저게 뭐죠?」그는 화가에게 물었다. 「뭘 가지고 그렇게 놀랍니 까?」화가도 놀란 표정으로 물었다. 「법원 사무국이죠. 아니, 여기에 법원 사무국이 있는 걸 몰랐나요? 법원 사무국은 다락 층마다 다 있는데, 여기라고 없으라는 법 있겠소? 내 아틀리에도 사실은 법원 겁니다. 법원에서 내게 쓰라고 내준 거죠.」 K가 놀란 것은 이런 곳에서 법원 사무국을 발견해서가 아니었다. 그는 오로지 자기 자신 때문에, 법원 사정을 전혀 모르는 자신 때문에 놀란 것이었다. 그가 보기에 피고가 지켜야 할 기본 원칙은 언제나 준비된 자세로 무슨 일에도 쉽사리 놀라지 말고, 판사가 자신의 왼쪽에 있으면 뭣도 모르고 오른쪽을 쳐다보지 않는 것이었다. 그런데 바로 이 기본 원칙을 그는 자꾸만 어기고 있었다. 눈앞에는 긴 복도가 펼쳐져 있었다. 거기서 바람이 불어왔다. 이 공기에 비하면 아틀리에의 공기가 훨씬 신선했다. 복도 양쪽으로 긴 나무 의자들이 놓여 있었는데, K의 소송을 맡았던 사무국의 대기실과 똑같았다. 사무국의 시설 배치에는 상세한 규정이 있는 것 같았다. 지금은 소송 당사자들의 출입이 그리 많아 보이지 않았다. 한 남자가 거기 반쯤 누운 채 앉아 있었다. 의자에 기댄 채 양팔에 얼굴을 묻고서 잠들어 있는 것 같았다. 또 한 남자는 복도 끝의 어슴푸레한 어둠 속에 서 있었다. K는 드디어 침대를 넘었고, 화가는 그림들을 들고 그의 뒤를 따랐다. 그들은 금방 법원 정리와 마주쳤다. K도 이제는 금 단추만 보면 바로 정리임을 알 수 있었다. 이들은 그들이 입고 있는 사복 단추들 속에 금 단추 하나를 달고 있었다. 화가는 정리에게 그림들을 들고 K를 배웅하라고 지시했다. K는 손수건을 입에 댄 채 필요 이상으로 비틀거렸다. 그들이 거의 출구에 도달했을 때, 예의 그 여자애들이 몰려왔다. K는 아이들로부터도 자유롭지 못했다. 이들은 아틀리에의 두 번째 문이 열린 것을 보고서 우회로를 택해 쳐들어온 것이다. 「더 이상 배웅을 할 수 없겠네요.」 밀고 들어오는 여자애들을 보고 웃으며 화가가 소리쳤다. 「잘 가요. 그리고 너무 깊이 생각하지 마시고!」 K는 그를 향해 고개를 돌리지 않았다. 거리에 나와 그는 다가오는 첫 마차를 잡아 탔다. 무엇보다도 정리로부터 벗어나고 싶었다. 다른 사람들 눈에는 별로 눈에 띄지도 않았겠지만 그에겐 정리의 금 단추가 자꾸만 눈에 거슬렸다. 정리는 맡은 바 임무를 다하려고 조수석에 앉으려 했지만, K는 그를 마차에서 내려보냈다. K가 은행에 도착했을 땐 정오가 지난 지 이미 오래였다. 그는 그림들을 그냥 마차에 놔둔 채 내리고 싶었다. 하지만 나중에 혹시라도 화가가 그림을 어떻게 했는지 물을까 두려웠다. 그래서 그림들을 사무실로 옮겨 책상 서랍 중 가장 아래 칸에다 넣고 자물쇠를 잠가 버렸다. 적어도 당분간은 부지점장의 눈에 띄지 않게 감추어 놓기 위해서였다.

상인 블로크
변호사 해약

마침내 K는 자신의 소송을 더 이상 그 변호사에게 맡기지 않기로 결심했다. 과연 이렇게 하는 것이 옳은가에 대한 의구심은 완전히 떨쳐 버릴 수 없었지만, 그래도 그 방법밖에 없다는 생각이 우세했다. 이 결심을 굳힌 날 K는 업무에 집중하기가 힘들었다. 변호사를 찾아가기로 한 날의 업무는 특히 더뎠기 때문에 아주 늦게까지 사무실에 있어야 했다. 결국 10시가 넘어서야 변호사 집 문 앞에 설 수 있었다. 초인종을 누르기 전에 그는 생각해 보았다. 혹시 변호사에게 전화나 편지로 해약을 알리는 편이 낫지 않을까. 개인적으로 만나서 이야기를 한다는 것은 곤혹스럽기 짝이 없을 것 같은데. 그래도 그는 이 방식을 포기하고 싶지 않았다. 이와 다른 방식으로 해약 통보를 하면 어떤 방식을 쓰던 상대방은 묵묵히 받아들이거나 아니면 몇 가지 공식적인 말로 반응을 보이며 끝낼 것이다. 만일 레니가 뭔가 알아내 귀띔을 해주지 않는다면 K로서는 변호사가 해약 통지를 어떻게 받아들였는지, 그리고 이런 해약 통지가 K에게 어떤 결과를 가져다줄지 나름 무시할 수 없는 변호사의 생각을 알 수 없을 것이다. 그러나 K와 마주한 상태에서 변호사가 해약 통지에 놀라는 모습을 보면, 아무리 속내를 감추려 해도 그의 얼굴이나 태도에서 K가 원하는 모든 것을 쉽게 알아낼 수 있을 것이다. 또한 그 변호사에게 계속 변호 일을 맡기는 것이 좋겠다는 확신이 들어 해약 통보를 취소하는 경우도 배제할 수는 없었다.

변호사 집의 현관문에서 초인종을 울렸지만 늘 그랬듯이 첫 번째 초인종 소리에는 아무 반응도 없었다. 〈레니는 좀 더 잽싸게 움직일 수 없나?〉 K는 생각했다. 그래도 다른 때처럼 다른 사람, 즉 잠옷을 입은 남자나 그 밖의 성가시게 구는 다른 인간이 끼어들지 않는 것만 해도 다행이었다. K는 다시 한 번 초인종을 누르면서 다른 쪽 문을 건너다보았다. 이번엔 그 문도 열리지 않았다. 마침내 현관문의 조그만 창에 두 눈이 나타났다. 레니의 눈은 아니었다. 누군가 문을 살짝 열었다. 그리고 우선 몸으로 문을 괴고 거실을 향해 〈그 사람이에요〉 하고 외치고 나서야 문을 활짝 열었다. 그사이 K는 몸으로 문을 밀어붙이고 있었다. 뒤편의 집 문 자물쇠에서 황급하게 열쇠 돌아가는 소리가 들렸기 때문이다. 마침내 문이 열리자 그는 후다닥 응접실로 들어갔다. 그때 방들 사이의 복도로 속옷 바람의 레니가 도망치는 게 보였다. 그러니까 문을 열어 준 남자의 경고는 바로 그녀를 향한 것이었다. K는 잠시 그녀의 뒤를 눈으로 좇다가 이어 문을 열어 준 남자를 쳐다보았다. 털보 수염에 키가 작고 마른 남자였는데, 손에는 양초를 들고 있었다. 「이 집에서 일하나요?」 K가 물었다. 「아닙니다.」 남자가 말했다. 「이 집하고 아무 상관 없어요. 변호사가 내 일을 맡아서 하고 있죠. 법률 문제로 여기와 있는 겁니다.」 「재킷도 안 입고요?」 K는 그렇게 묻고는 남자의 허술한 옷차림새를 손으로 가리켰다. 「아이고, 이거 죄송합니다.」 남자는 그렇게 말하면서 자신의 상태를 이제야보는 듯 촛불로 자신을 비추어 보았다. 「레니가 당신 애인인가요?」 K가 짤막하게 물었다. 그는 다리를 약간 벌리고 뒤춤에 양손을 맞잡은 채 모자를 들고 있었는데 묵직한 외투를입고 있는 것만으로도 비쩍 마른 작은 남자를 위압했다. 「아이고 맙소사.」 작은 사내는 얼토당토않은 소리 말라며 한 손으로 얼굴을 가렸다. 「아닙니다, 아니에요. 대체 무슨 생각을하는 겁니까?」 「당신은 신뢰가 가는군요.」 K가 미소를 지으며 말했다. 「아무튼 어서 갑시다.」 그는 모자로 손짓을 해서남자를 앞장세웠다. 「이름이 뭐요?」 걸어가며 K가 물었다. 「블로크, 상인 블로크입니다.」 작은 남자는 그렇게 자신을소개하며 K를 향해 몸을 돌렸지만 K는 남자에게 발걸음을멈추지 못하게 했다. 「그게 당신 실명이오?」 K가 물었다. 「물론입니다.」 남자가 대답했다. 「왜 의심하는 거죠?」 「실명을감출 만한 이유가 있을 걸로 생각했소.」 K가 대답했다. K는몹시 자유로움을 느꼈다. 마치 타지에서 신분이 낮은 사람들과 이야기를 하면서 자신과 관련된 것은 다 감추고 태연스레상대방의 관심사에 대해 이야기하며 이들을 마음대로 들었다 놓았다 하는 기분이었다. 변호사의 서재 문에 이르렀을때 K는 걸음을 멈추고 문을 열었다. 그러고는 그저 K가 시킨 대로 앞서서 계속해서 걸어가고 있던 상인을 향해 소리쳤다. 「너무 그렇게 서두르지 마시오! 여기를 비추어 봐요.」 레니가 그 방에 숨었다고 생각한 K는 상인에게 방 안 구석구석을 샅샅이 찾아보라고 했다. 그러나 방은 텅 비어 있었다. 판사의 초상화 앞에 이르렀을 때 K는 상인의 바지 멜빵을 붙잡아 멈추어 세웠다. 「혹시 이 사람 아시오?」 그는 집게손가락으로 허공을 가리키며 물었다. 상인은 초를 치켜들고 눈을 껌벅이며 위를 쳐다보며 말했다. 「판사군요.」 「고위직 판사인가요?」 K는 그렇게 물으면서 상인이 그림을 보며 어떤 표정을 짓고 있는지 보려고 그의 옆으로 슬쩍 발을 내디뎠다. 상인은 경탄의 표정으로 올려다보고 있었다. 「제대로 볼 줄 모르는군요.」 K가 말했다. 「이 사람은 하급 예심 판사들 중에서도 지위가 가장 낮은 사람이오.」 「이제야 생각나는군요.」 상인은 초를 내려놓으며 말했다. 「저도 어디선가 들은 적이 있어요.」 「왜 안 그렇겠소.」 K가 큰 소리로 말했다. 「나도 까먹고 있었는걸. 당신도 분명 어디선가 들었을 거요.」 「그런데 왜 이러세요, 도대체 왜 이러세요?」 상인은 K의 두 손에 떠밀려 문 쪽으로 걸어가며 물었다. 복도로 나왔을 때 K가 말했다. 「당신, 레니가 어디 숨었는지 알지?」 「숨어 있다고요?」 상인이 말했다. 「무슨 소리에요. 지금 부엌에서 변호사한테 줄 수프를 끓이고 있을걸요.」 「왜 진작하지 말하지 않았소?」 K가 물었다. 「그리로 안내하려고 했더니만, 다시 날 불러 세웠잖아요.」 이랬다저랬다 하는 명령 때문에 헷갈린다는 듯한 투로 상인이 대답했다. 「본인이 똑똑하다고 생각하는가 보군.」 K가 말했다. 「그렇다면 어서 안내나 해보쇼.」 부엌은 처음이었다. 생각보다 훨씬 컸고 설비도 좋았다. 화덕 하나만 해도 보통 크기보다 세 배는 컸다. 그 밖의 것들은 자세히 볼 수가 없었다. 부엌을 비추어 주는 것은 입구 쪽에 걸려 있는 조그만 등 하나뿐이었기 때문이다. 화덕 앞에는 언제나처럼 흰 앞치마를 두른 레니가 알코올 불 위에 냄비를 올려놓고 푼 계란을 붓고 있었다. 「안녕, 요제프.」 곁눈으로 보며 그녀가 말했다. 「안녕.」 K가 대답하며 한쪽 구석에 있는 의자를 가리키며 상인에게 앉으라고 했다. 상인은 그의 말대로 앉았다. K는 레니 뒤로 바짝 다가가 그녀의 어깨 위로 몸을 구부리고서 물었다. 「저 친구 누구야?」 레니는 한 손으로는 K를 끌어안아 당기고 다른 손으로는 수프를 저으면서 말했다. 「딱한 인간이에요. 불쌍한 상인이죠. 이름이 블로크인가 뭔가던데. 저 인간 좀 잘 봐요.」 두 사람은 뒤를 돌아다보았다. 상인은 K가 앉으라고 한 의자에 앉아 촛불이 이제는 더 이상 필요가 없자 훅 불어서 끄고 연기가 나지 않도록 심지를 손가락으로 꾹 찍어 눌렀다. 「아까 보니 속옷만 입고 있더군.」 K는 그렇게 말하면서 손으로 그녀의 머리를 다시 화덕 쪽으로 돌려놓았다. 그녀는 아무 말도 하지 않았다. 「당신 애인이야?」 K가 물었다. 그녀는 수프 냄비를 잡으려 했다. 그러나 K는 그녀의 두 손을 잡고서 말했다. 「어서 대답해.」 그녀가 말했다. 「서재로 가요. 다 말씀드릴 테니까요.」 「아냐.」 K가 말했다. 「여기서 말하라고.」 그녀는 그에게 매달리며 키스를 하려 했지만 K는 뿌리쳤다. 「여기서 키스

215

하고 싶지 않아.」「요제프.」 레니는 애원이 섞인 솔직한 눈빛으로 K를 쳐다보며 말했다. 「블로크 씨를 너무 질투하지 마세요……. 루디.」 그녀는 이어 상인 쪽으로 고개를 돌리며 말했다. 「나 좀 도와줘요. 지금 이렇게 의심을 받고 있잖아요. 초는 거기 그냥 내려놔요.」 다른 사람 같으면 상인이 왜 이쪽에 신경을 쓰지 않을까 생각했겠지만, 사실 그는 돌아가는 사정을 완전히 꿰고 있었다. 「왜 나를 그렇게 질투하는 건지 모르겠네요.」 별로 재치 있는 말은 아니었다. 「왜 그러는 건지 나도 모르겠소.」 K는 웃음기 띤 얼굴로 상인을 바라보며 말했다. 레니는 큰 소리로 웃으면서 K가 방심한 틈을 타 그의 팔짱을 끼며 속삭였다. 「저 사람을 그냥 내버려 둬요. 어떤 사람인지 눈으로 똑똑히 봤잖아요. 저 사람을 좀 돌봐 준건 변호사의 큰 고객이라 그런 거예요. 절대 다른 이유는 없어요. 그런데 당신 용건은요? 당신도 변호사 면담을 하려는 건가요? 변호사는 오늘 몸이 아주 안 좋아요. 그래도 꼭 원한다면 왔다고 알릴게요. 오늘 밤은 저와 함께 있어요. 정말요. 우리 집에 안 온 지도 벌써 꽤 됐잖아요. 변호사도 당신 안부를 묻던걸요. 소송 일을 소홀히 하면 안 돼요! 나도 당신한테 몇 가지 그간 알아낸 걸 알려 줄게요. 그건 그렇고 일단 외투부터 좀 벗으세요!」 그녀는 K의 외투와 모자를 받아 들고 응접실로 가 걸어 놓고는 달려와 다시 수프 만들기에 열중했다. 「먼저 당신이 왔다고 알릴까요, 아니면 먼저 수프를 갖다 드릴까요?」 「먼저 내가 왔다고 알려 줘.」 K가 말했다. 그는 화가 치밀었다. 원래는 자신의 일에 대해, 무엇보다 변호사와의 해약 문제를 어떻게 할 것인지에 대해 레니와 자세히 상의해 볼 생각이었지만 그 자리에 있는 상인 때문에 그 마음이 싹 사라지고 말았다. 그러나 아무리 생각해 봐도 자기 일이 너무도 중요하게 여겨졌다. 하찮은 상인 하나 때문에 휘둘리기에는 말이다. 그래서 그는 이미 복도로 걸어가던 레니를 다시 불러들였다. 「변호사한테 먼저 수프를 갖다 드려.」 그가 말했다. 「그래야 원기를 회복해 상담을 하지. 지금은 그게 필요해.」 「당신도 고객인가 보군요.」 구석에 있던 상인이 확인하는 투로 나직이 말했다. 하지만 반응은 신통치 않았다. 「그게 당신하고 무슨 상관이오?」 K가 말했다. 그러자 레니가 끼어들었다. 「당신은 좀 가만히 있으라니까요. 좋아요, 그러면 변호사에게 먼저 수프를 갖다 드릴게요.」 레니는 K에게 그렇게 말하고서 접시에다 수프를 부었다. 「좀 걱정되는 건 변호사가 곧 잠들면 어쩌나 하는 거예요. 식사를 하고 나면 금방 잠이 들거든요.」 「내 얘기를 들으면 아마도 잠이 안 올 걸.」 K가 말했다. 그는 변호사와 담판 지어야 할 중요한 일이 있다는 것을 지속적으로 암시하고 싶었다. 그런 다음 레니가 대체 그게 뭐냐고 물어 주기를 바랐다. 그러면 그때 가서 그녀에게 조언을 부탁할 생각이었다. 그러나 그녀는 입 밖으로 나온 명령만 한 치의 오차 없이 수행할 뿐이었다. 접시를 들고 그의 곁을 지나가던 그녀는 일부러 슬쩍 스쳐 가면서 속삭였다. 「변호사가 수프를 다 먹고 나면 곧장 당신이 기다리고 있다고 말할게요. 되도록 빨리 당신이 내 차지가 될 수 있도록.」 「어서 가봐.」 K가 말했다. 「어서 가보라고.」「좀 더 부드럽게 말할 수 없어요?」 그녀는 문가에 이르러 접시를 든 채로 몸을 홱 돌리더니 말했다.

K는 걸어가는 그녀의 뒷모습을 바라보았다. 그때 마침내 변호사와 해약하기로 마음먹었다. 미리 레니와 이야기하지 않은 게 어쩌면 더 다행인지도 몰랐다. 사실 그녀는 사건의 내막을 제대로 파악하지 못하고 있었다. 그녀는 아마도 K에게 해약하지 말라고 충고했을 것이다. 해약하는 것을 말리고 나섰을 게 뻔했다. 그러면 그는 계속해서 의심하고 불안해할 것이고, 시간이 좀 흐르고 나면 결국 다시 결심을 하고 실행에 옮기게 될 터였다. 아무래도 이 결심을 굳힐 수밖에 없는 상황이니 말이다. 되도록 일찍 실행에 옮기는 것이 피해를 줄이는 일이었다. 그런데 어쩌면 상인이 이 일에 대해 아는 게 좀 있지 않을까?

K는 다시 몸을 돌렸다. 그것을 눈치챈 순간 상인은 얼른 자리에서 일어나려 했다. 「그냥 앉아 있어요.」 K는 그렇게 말하고서 의자 하나를 그의 곁으로 끌고 갔다. 「저 변호사하고 거래한 지 오래됐소?」 K가 물었다. 「네.」 상인이 말했다. 「아주 오랜 의뢰인이죠.」 「그 사람이 당신 변호를 맡은 지 몇 년이나 됐소?」 K가 물었다. 「무슨 말씀인지 잘 모르겠습니다만.」 상인이 말했다. 「변호사가 내 사업상 ― 나는 곡물상을 하고 있어요 ― 의 법률 문제를 맡아서 한 것은 내가 가게를 인수했을 때부터였으니까, 20년은 됐군요. 당신은 아마 내 소송 건을 묻는 것 같은데, 그것도 처음부터 맡았으니까, 벌써 5년이 넘었군요. 맞아요, 5년이 훨씬 넘었네요.」 그렇게

덧붙이더니 상인은 주머니에서 낡은 지갑을 꺼냈다. 「여기에다 적어 놓았어요. 혹시 원하신다면 정확한 날짜를 가르쳐 드릴 수 있어요. 머리로 다 기억할 수는 없는 노릇이죠. 내 소송은 아, 그보다 훨씬 더 오래된 것 같군요. 아내가 죽고 난 직후에 시작됐으니까 벌써 5년 반도 넘었군요.」 K는 그에게 더 바싹 다가앉았다. 「그러니까 저 변호사가 일반 법률 일도 맡아 한다는 말인가요?」 법원과 상식적인 법률 지식이 이렇게 연결된다는 사실에서 K는 무한한 안도감을 느꼈다. 「그럼요.」 상인은 그렇게 대답하고서 K에게 속삭이듯 말했다. 「사람들 말로는 다른 사건보다 외려 이 방면에 더 수완이 좋다고 하던 걸요.」 그러나 그는 곧 자기가 한 말을 후회하는 것 같았다. 그는 한 손을 K의 어깨 위에 올리며 말했다. 「정말 부탁인데, 내가 한 말을 발설하면 안 돼요.」 K는 안심하라는 투로 그의 허벅지를 치면서 말했다. 「안심하쇼. 남을 배신하는 사람은 아니니까.」 「이런 말을 하는 건, 저 사람이 복수심이 강해서 그래요.」 상인이 말했다. 「당신처럼 충실한 의뢰인한테 무슨 짓을 하겠소.」 K가 말했다. 「그렇지 않아요.」 상인이 말했다. 「한번 흥분하면 물불 안 가리는 사람입니다. 게다가 내가 그 사람한테 그렇게 충실한 것도 아니고요.」 「그게 무슨 말이오?」 K가 물었다. 「당신한테 이런 말을 해도 될지 모르겠네요.」 상인은 안심이 안 된다는 투로 말했다. 「물론 문제없지요.」 「그렇다면…….」 상인이 말했다. 「조금만 말씀드릴게요. 그 대신에 당신도 내게 비밀을 한 가지 말해 줘야 합니다. 우리가 변호사를 상대로 힘을 합치려면 이 수밖에 없어요.」「아주 신중한 데가 있군요.」K가 말했다. 「아무튼 나도 당신한테 비밀을 한 가지 말해 주겠소. 들으면 안심이 될 거요. 변호사한테 충실치 못했다는 당신의 얘기는 뭔가요?」「제가 말입니다.」상인은 머뭇거리며 무슨 불명예스러운 일을 자백하는 듯한 투로 말했다. 「사실 저 사람 말고 변호사가 또 하나 있거든요.」「뭐 그리 나쁠 것도 없네요.」 K는 대수롭지 않다는 듯 말했다. 「그렇지만 여기서는……,」 자백을 하면서부터 숨조차 쉬기 힘들어 하던 상인은 K의 말에 좀 안심을 하면서 말했다. 「그러면 안 되거든요. 공인 변호사 외에 엉터리 변호사를 두는 것은 정말 안 돼요. 그런데 제가 바로 그 짓을 한 거죠. 저 변호사 말고도 엉터리 변호사를 다섯이나 두었거든요.」「다섯이라고!」K가 소리쳤다. 그가 놀란 것은 숫자 때문이었다. 「이 집에 있는 변호사 말고도 변호사를 다섯이나?」상인은 고개를 끄덕였다. 「지금 여섯 번째 변호사를 섭외 중이에요.」「도대체 왜 그렇게 많은 변호사가 필요하죠?」K가 물었다. 「나는 이 사람들이 다 필요해요.」상인이 말했다. 「왜 그런지 얘기 좀 해주겠소?」K가 말했다. 「물론이죠.」상인이 말했다. 「무엇보다 소송에서 패하고 싶지 않기 때문입니다. 너무나 당연한 얘기죠. 그러니 도움이 될 만한 것이 있으면 뭐든 다 동원해야죠. 어떨 땐 도움이 되리라는 희망이 아주 적을지라도 그냥 버릴 수는 없습니다. 그래서 내가 갖고 있는 것은 다 소송에 동원했어요. 이를테면 하던 사업에서 돈을 다 빼냈지요. 한때는 내 사업장 사무실이 건물 한 층을 다 차지했어요. 지금은 뒤채에 있는 조그만 방이 다예요. 거기서 수습사원 하나와 일하고 있어요. 이렇게 망한 것은 돈을 빼낸 데에도 원인이 있지만 내 힘을 사업에 제대로 사용하지 못한 탓도 있어요. 소송에 말려든 사람은 다른 일엔 신경을 쓸 수가 없거든요.」 「그러면 법원에도 직접 힘을 쓰나요?」 K가 물었다. 「그런 게 좀 궁금하거든요.」 「그것에 대해서는 별로 말씀드릴 게 없네요.」 상인이 말했다. 「나도 처음엔 좀 시도를 해봤어요. 그러다가 곧 때려치웠지요. 힘만 너무 들고 성과는 미미했거든요. 거기 가서 직접 물밑 작업을 하는 일이 나로서는 도저히 힘들더군요. 그곳에서 무작정 앉아 기다리는 것도 정말 힘들었지요. 사무국의 후텁지근한 공기는 당신도 잘 아실 텐데요.」 「아니, 내가 그곳에 갔다는 걸 당신이 어떻게 알죠?」 「내가 바로 그 대기실에 있을 때 당신이 지나갔거든요.」 「아니, 우연도 이런 우연이!」 K는 그 이야기에 완전히 빠져서 좀 전에 보았던 상인의 우스꽝스런 모습 같은 것은 다 잊고 소리쳤다. 「나를 봤군요! 당신이 대기실에 있을 때 내가 지나갔다 이거군요. 맞아요, 그곳을 한 번 지나간 적이 있어요.」 「뭐, 그렇게 대단한 우연도 아닙니다.」 상인이 말했다. 「매일같이 그곳에 가거든요.」 「나도 이제 그곳에 자주 가는 축에 속할 겁니다.」 K가 말했다. 「이젠 사람들이 나를 전처럼 그렇게 공손하게 맞아주지는 않겠네요. 그땐 모두 자리에서 일어났죠. 나를 판사로 본 모양이오.」 「그게 아닙니다.」 상인이 말했다. 「그때 우리는 정리를 보고 인사했던 겁니다. 당신이 피고라는 것을 우리는 진작 알고 있었어요. 그런 소문은 금방 퍼지니까요.」

「그걸 다 알고 있었다면……」 K가 말했다. 「혹시 내 태도가 거만해 보였나요? 그걸 두고 뭐라 수군대지 않았나요?」 「아뇨.」 상인이 말했다. 「오히려 그 반대였죠. 그런데 다 쓸데없는 짓입니다.」 「쓸데없는 짓이라니?」 K가 물었다. 「그런건 왜 묻죠?」 상인은 신경질을 내며 말했다. 「당신은 아직 그곳 사람들을 제대로 모르는가 보군요. 아마도 잘못 파악하고 있는 것 같아요. 이런 소송 과정에서는 이성적으로는 도저히 파악할 수 없는 많은 것들이 자꾸만 입에 오르내린다는 점을 아셔야 합니다. 그러다 보니 너무 피곤하고 신경 쓸 것도 많아서 그 반작용으로 자꾸 미신에 끌리게 돼요. 다 다른 사람들 이야기이긴 하지만 나 자신도 다를 게 없어요. 그런 미신의 예를 하나 들려 드릴까요? 많은 사람들이 피고의 얼굴에서, 특히 입술 생김새를 보고 소송의 결과를 예측하는 경우가 있습니다. 이 사람들 얘기로, 당신 같은 경우 입술 모양으로 보아 분명히 얼마 안 있어 유죄 판결을 받을 거라고 하더군요. 다시 한 번 말씀드리지만, 이 미신이라는 게 참으로 우스꽝스러운 거죠. 대부분의 경우, 사실들에 의해 거짓이 완전히 들통나 버리죠. 그래도 그런 분위기 속에 젖어 있다 보면 그런 생각들로부터 벗어난다는 게 쉽지 않아요. 정말, 이 미신이라는 게 한 번 붙으면 떨어지질 않아요. 거기서 당신은 한 남자에게 뭔가 물었죠, 네? 그 사람은 아무 대답도 못했죠. 그곳에 있다 보면 여러 가지 이유로 정신이 사나워지는데, 아마 당신의 입술을 봐서 그랬을지도 몰라요. 그 사람이 나중에 말해 주던데요, 당신의 입술을 보는 순간 자기도 유죄 판결을 받을 것 같은 조짐을 보았답니다.」「내 입술이 어째서?」K는 그렇게 물으면서 주머니에서 손거울을 꺼내 자기 얼굴을 살펴보았다. 「내 입술에 뭐 그리 특별한 게 있는 것 같지는 않은데. 그런 당신이 보기에는 어때요?」「내가 보기에도 별 이상한 건 없어요.」상인이 말했다. 「정말 없습니다.」「정말 미신에 빠져 있군요.」K가 소리쳤다. 「그렇다고 내가 진작 말하지 않았나요?」상인이 물었다. 「그 사람들도 서로 교류하고 의견 교환도 할 텐데요?」K가 말했다. 「나 같은 사람이야 지금까지 동떨어져서 살았지만요.」「대체로 그 사람들도 서로 간에 교류가 거의 없어요.」상인이 말했다. 「거의 불가능하다고 봐야죠. 사람 수가 엄청나니까요. 공동의 관심사도 없고요. 가끔 어떤 집단은 공동으로 뭔가 대처할 수 있다고 믿지만 얼마 안 가 다 허상이었음이 드러나죠. 법원을 상대로 공동으로 뭘 한다는 게 불가능합니다. 각각의 소송은 개별적으로 다릅니다. 법원이라는 게 치밀하기 이를 데 없죠. 그러니까 공동으로 뭔가 해낼 수는 없다는 얘기예요. 가끔 개별적으로 비밀리에 뭔가 해내는 경우는 있죠. 누가 뭔가를 해내고 나서야 다른 사람들도 그걸 알게 되죠. 아무도 그걸 어떻게 해냈는지는 모릅니다. 유대감 같은 것은 찾아볼 수 없어요. 가끔씩 대기실에 모이기는 하지만 서로 상의를 하는 경우는 거의 없습니다. 미신이라는 것은 까마득한 옛날부터 있어 왔고 점점 늘어 가는 것 같습니다.」「나도 거기 대기실에 있던 남자들을 봤지요.」K가 말했다. 「모두들 기다리고 있던데 참 소용없어 보이더군요.」「기다리는 게 소용없지만은 않아요.」 상인이 말했다. 「뭔가를 독자적으로 해보려 한다는 거, 그게 소용없는 거죠. 아까도 말씀드렸지만 나는 여기 있는 변호사 말고도 다섯 명의 변호사를 쓰고 있어요. 사람들은 아마 이렇게 생각할 겁니다. 아니, 나도 처음에는 그렇게 생각했어요. 이제 변호사들한테 소송 건을 다 맡겨 놓고 손 털고 있어도 되겠다고요. 이거야말로 착각이죠. 그런데 사실 그 사람들한테 맡기느니 한 사람한테 맡기는 게 낫죠. 그게 무슨 소린지 모르시겠죠?」「모르겠소.」K는 그렇게 말하면서 말을 너무 빨리 하지 말라는 뜻으로 상인의 손 위에다 자기 손을 가만히 올려놓았다. 「좀 천천히 말해 줬으면 좋겠소. 나한테는 정말 중요한 것들인데 당신 말을 따라가기가 힘들군요.」「상기시켜 줘서 고마워요.」 상인이 말했다. 「당신은 이 바닥에서 신참, 애송이에 불과해요. 당신 소송도 이제 고작 반 년밖에 안 됐죠, 안 그래요? 소문으로 들었어요. 아주 햇병아리 소송이죠! 난 이런 일에 대해 수백 번도 더 생각하다 보니, 훤히 꿰게 됐어요.」「당신 소송이 많이 진척되어서 기쁜가요?」 K가 물었다. 상인의 송사가 현재 어떤 상태에 있는지에 대해서는 묻고 싶지 않았다. 그러나 어쨌든 분명한 말을 듣지 못했다. 「그래요. 5년이나 소송 건으로 씨름을 했습니다.」 상인은 그러면서 고개를 떨어뜨렸다. 「결코 작은 성과가 아니지요.」 그러더니 잠시 침묵했다. K는 혹시 레니가 벌써 오지 않나 해서 귀를 기울였다. 한편으로는 그는 그녀가 오지 않기를 바랐다. 상인에게 물어볼 게 아직 많은 데다 이렇게 은밀한 대화를 나누는 장면을 그녀에게 들키고 싶지 않았기 때문이다. 그러면서도 다른 한편으로 그는 자신이 와 있는데도 그녀가 의사한테 가서 수프를 건네주며 필요 이상으로 지체하고 있는 것에 화가 났다. 「그때가 생각나는군요.」 상인은 다시 말을 꺼냈고 K는 귀를 쫑긋 세웠다. 「내 소송이 지금의 당신 소송정도 되었을 때죠. 당시 나는 여기 저 변호사만을 쓰고 있었죠. 그런데 별로 만족스럽지 못했어요.」〈여기서 모든 걸 다 알게 되는군.〉 K는 생각했다. 그러면서 고개를 열심히 끄덕였다. 마치 상인에게 알아 둘 만한 것은 어서 말하도록 북돋우려는 것 같았다. 「내 소송은 말입니다.」 상인은 말을 이었다. 「전혀 진척이 없었어요. 심문에도 그때그때 다 갔지요. 자료도 모으고 영업 장부도 법원에 다 제출했고요. 나중에 알고 보니 필요도 없는 짓이었습니다. 변호사를 뻔질나게 찾아갔고, 변호사 역시 이런저런 여러 가지 청원서를 제출했습니다.」 「이런저런 여러 가지 청원서라고요?」 K가 물었다. 「그럼요. 물론입니다.」 상인이 말했다. 「그건 나한테 정말 중요해요.」 K가 말했다. 「내 소송 건의 경우, 변호사는 아직 첫 번째 청원서 작성도 못 했소. 한 게 아무것도 없어요. 나한테는 전혀 신경도 안 쓴 거요.」 「여태껏 첫 번째 청원서도 못 썼다면 거기엔 그럴 만한 이유가 있을 겁니다.」 상인이 말했다. 「그런데 내 소송의 경우, 나중에 가서 보니 청원서라는 게 전혀 쓸모가 없었다는 겁니다. 법원 관리 하나가 친절을 베풀어 줘서 청원서 중 하나를 내가 직접 읽을 기회가 있었어요. 뭐 좀 학식 있게 쓰기는 했지만 내용은 아무것도 없었어요. 라틴어투성이였는데,

나는 읽을 수도 없었어요. 그다음엔 몇 페이지에 걸쳐 법원을 향해 늘어놓는 하나 마나 한 탄원의 말들이 나오고, 이어서 몇몇 관리들에게 아부하는 말들이 나왔어요. 누구라고 말은 안 했지만 아는 사람은 다 알 수 있는 관리들이었죠. 그다음엔 변호사의 자화자찬이 늘어졌죠. 그러면서도 법원을 향해서 개처럼 비굴한 자세를 취하더군요. 그리고 끝으로 과거의 사례에서 가져온, 내 건과 비슷하다고 생각한 법률 사례들에 대한 분석이 있었지요. 분석은 내가 보기에 그런대로 상세하게 되어 있더군요. 내가 변호사가 쓴 청원서를 가지고 이러쿵저러쿵 비판하려는 건 아닙니다. 게다가 내가 읽은 청원서도 많은 청원서들 중 하나일 뿐입니다. 아무튼 말씀드리고자 하는 것은 당시에 내 소송은 전혀 진척이 없었다는 거죠.」「대체 어떤 진척을 바랐는데요?」 K가 물었다. 「아주 좋은 질문입니다.」 상인은 미소를 띠며 말했다. 「이런 소송에서는 진척을 보기가 아주 힘들어요. 그러나 당시에는 그걸 몰랐습니다. 나는 상인이고 또 그땐 지금보다 훨씬 재산이 많았죠. 나는 눈에 보이는 진척을 보고 싶었어요. 전체적으로 결말을 향해 가던지, 아니면 본격적인 궤도에 들어서기를 바란 거죠. 그런데 그 대신 심문만 있었고, 내용도 허구한 날 그게 그거였어요. 그러다 보니 주고받는 기도처럼 답변을 외워 가지고 있었죠. 일주일에도 몇 번씩, 법원의 사환이 내 가게나 집으로, 아니면 내가 있는 어디든 찾아왔어요. 정말 성가셨죠 ─ 이런 면에서는 지금이 훨씬 나아졌어요. 전화로 하면 성가신 일이 훨씬 줄어드니까요 ─ 사업 동료들뿐만 아니라 친지들 사이에 내가 소송에 걸렸다는 소문이 퍼지기 시작했어요. 그러다 보니 사방에서 손실이 생기기 시작한 겁니다. 하지만 가까운 시일 내에 첫 재판이 열릴 만한 기미는 눈곱만큼도 찾아볼 수 없었죠. 그래서 변호사를 찾아가 하소연을 했지요. 그 사람은 장황하게 해명만 할 뿐, 내가 하자는 대로 하는 걸 단호히 거절했어요. 아무도 공판일을 잡는 데 영향을 끼칠 수 없고, 청원서에다 내가 요구한 대로 써넣었다는 건 여태껏 들어 보지도 못했으며, 그렇게 했다가는 나나 자신을 망칠 거라고 했죠. 그래서 나는 이렇게 생각했습니다. 이 변호사가 하기를 원치 않거나 그가 못 하는 부분을 다른 변호사라면 해낼 수 있을 거라고 말이죠. 그래서 다른 변호사들을 알아보기 시작한 겁니다. 그러면 결과를 미리 말씀드리죠. 어떤 변호사도 공판일을 요구하거나 확정시키지 못했고, 물론 한 가지 유보 사항이 있기는 하지만, 그건 좀 있다 말씀드리기로 하고, 아무튼 그렇게 한다는 건 전혀 불가능한 일이었습니다. 이 점에서 보면 변호사가 나를 속인 것도 아닙니다. 그렇지만 다른 변호사들을 알아본 것을 후회하는 건 전혀 아닙니다. 당신은 아마 훌트 박사를 통해서 엉터리 변호사들에 대해 이런저런 이야기를 많이 들었으리라 믿습니다. 아주 깔보는 투로 말했겠죠. 실제로도 그렇긴 합니다. 물론 박사가 그들에 대해 말하면서 자신과 자신의 동료들을 비교할 때면 늘 작은 실수를 저지르곤 합니다. 말이 나온 김에 말씀드리는 것이긴 하지만, 그 사람은 이들과 구별해서 자기편의 변호사들을 〈큰 변호사들〉이라고 부르죠. 이건 잘못된 겁니다. 원한다면 누구나 자신에게 〈큰〉 자를 붙일 수 있는 거 아닌가요? 사실 여기서는 법원의 관습이 중요합니다. 이에 따르면 엉터리 변호사 외에 작은 변호사와 큰 변호사가 있지요. 하지만 이 집에 있는 변호사와 그의 동료들은 사실 작은 변호사에 지나지 않아요. 큰 변호사들에 대해서는 소문만 들었지 나도 직접 본 적은 없는데, 그 사람들은 작은 변호사들과는 비교도 안 될 만큼 높은 지위에 있어요. 이 작은 변호사들과 이들이 경멸하는 엉터리 변호사들과의 차이보다 훨씬 크죠.」「큰 변호사들이라고요?」K가 물었다.「대체 그 사람들이 누군데요? 어떻게 하면 접촉할 수 있죠?」「그 사람들에 대한 얘기를 한 번도 들어 본 적이 없나 보군요?」 상인이 말했다.「그 사람들에 대한 소문을 듣고서 만나 보기를 꿈꾸지 않은 피고는 한 명도 없습니다. 괜히 그런 유혹에 넘어가지 않는 게 좋습니다. 큰 변호사가 누군지는 알지도 못하고, 또 그들과 접촉하려면 어떻게 해야 하는지도 정말 모릅니다. 그 사람들이 개입했다고 분명하게 말할 수 있는 소송 건에 대해서는 들어 본 적이 없어요. 이들이 소송을 맡아 변호를 하는 경우도 있기는 하지만, 피고가 자신의 의지로 이들을 변호사로 삼기는 힘들지요. 이들은 자신들이 변호하고 싶은 소송만 변호하니까요. 이들이 마음을 두는 소송 건은 이미 하급 법원의 단계를 넘어선 것들임에 틀림없어요. 아무튼 그 사람들 생각은 안 하는 게 좋을 겁니다. 안 그러면 다른 변호사들과의 상담이나 이들이 해주는 조언과 도움이 모두 역겹고 쓸모없어 보이니까요. 나도 그런 경험을 했는데요, 그렇게 되면 다 집어치우고 그냥 집에서 침대에나 누워 아무것도 듣고 싶지 않아집니다. 그게 세상에서 가장 바보 같은 짓이죠. 침대에 누워 있어도 마음 편한 게 그리 오래가지는 못할 겁니다.」「그렇다면 당신은 당시에 큰 변호사들을 생각하지 않았나요?」K가 물었다. 「그리 오래 생각하지는 않았습니다.」상인은 그렇게 말하면서 다시 미소를 지었다. 「하지만 그들에 대한 생각을 완전히 잊기는 힘들어요. 특히 밤에는 그런 생각에 더 빠지죠. 당시만 해도 나는 당장 눈앞에 보이는 성과를 보고 싶어 했죠. 그래서 엉터리 변호사들을 찾아갔던 것입니다.」

「아니, 두 분이 여기 나란히 앉아 계셨네요.」레니가 외쳤다. 그녀는 찻잔을 들고 문가에 서 있었다. 그들은 실제로 바짝 붙어 앉아 있었다. 고개를 약간만 돌려도 머리를 부딪칠 정도였다. 원래 체구도 왜소한 데다가 등까지 구부리고 있던 상인은 모든 것을 다 잘 듣고 싶으면 자기한테 몸을 깊이 숙이라는 태도였다. 「잠깐만.」K는 여전히 상인의 손 위에 얹고 있던 손을 초조하게 움찔거리면서 레니를 향해 외쳤다. 「이분이 내 소송 이야기를 듣고 싶어 해서요.」상인은 레니에게 말했다. 「어서 말해 줘요, 어서요.」레니가 말했다. 그녀가 아주 다정하면서도 약간은 거만한 투로 상인과 이야기하는 꼴이 K는 싫었다. 이제 알아챘지만, 상인도 나름 가치가 있었다. 적어도 경험이 있었고 그것을 전달할 줄도 알았다. 어쩌면 레니가 그를 잘못 본 것 같았다. 레니는 이제 지금까지 내내 촛불을 들고 있던 상인의 손에서 초를 받아 들고는 앞치마로 상인의 손을 닦아 주더니 그 옆에 앉아 바지에 떨어진 촛농까지 긁어서 털어 내주었다. 그 모습을 K는 마뜩치 않은 표정으로 바라보았다. 「엉터리 변호사들 이야기를 하려던 참이었어.」 K가 말했다. 그러면서 거두절미하고 레니의 손을 옆으로 치웠다. 「왜 그래요?」 레니가 물으며 K를 살짝 때리고는 하던 일을 계속했다. 「그래요, 엉터리 변호사들 이야기를 하려 했죠.」 상인은 그렇게 말하면서 무슨 생각이라도 하듯 이마를 만졌다. K는 그를 거들어 주고 싶어서 이렇게 말했다. 「당신은 당장 눈에 보이는 성과가 보고 싶어서 엉터리 변호사들한테 찾아갔지요.」 「맞습니다.」 상인이 말했다. 그러나 말을 잇지는 않았다. 〈아마 레니가 있어 말하고 싶지 않은 모양이군.〉 K는 그렇게 생각하고 당장 이야기를 듣고 싶다는 조급한 생각을 접고 더는 조르지 않았다.

　「내가 와 있다고 전했나?」 그는 레니에게 물었다. 「물론이죠.」 그녀가 나지막이 말했다. 「그분은 당신을 기다리고 계세요. 이제 블로크를 놔주세요. 블로크하고는 나중에도 이야기할 수 있잖아요. 이 사람은 계속 여기 있을 텐데요, 뭘.」 K는 잠시 머뭇거렸다. 「당신 여기 계속 있을 거요?」 K가 상인에게 물었다. 그는 상인의 대답을 직접 듣고 싶었다. 레니가 상인을 두고 마치 이 자리에 없는 사람인 것처럼 하는 게 싫었다. 오늘은 레니에게 은근히 잔뜩 화가 났다. 그러나 이번에도 대답한 것은 레니였다. 「이 사람은 여기서 종종 자고 가는 걸요.」 「여기서 잔다고?」 K는 소리를 질렀다. 그는 사실, 변호사와 상담을 얼른 끝내고 나서 자기를 기다리고 있던 상인과 함께 밖으로 나가 방해를 받지 않고 모든 것에 대해 세세하게 이야기해야겠다고 생각했었다. 「그래요.」레니가 말했다. 「요제프, 누구나 당신처럼 아무 때나 와서 변호사를 만날 수 있는 건 아니에요. 당신은 변호사가 몸이 편찮은데도 밤 11시에 당신을 만나 주시는 걸 별로 대수롭지 않게 생각하는 것 같아요. 당신 친구들이 당신을 위해 하는 일들을 당신은 너무 당연히 생각해요. 물론 당신 친구들, 적어도 나만 해도 그 일을 기꺼이 해요. 그렇다고 제가 따로 감사의 표현을 원하는 것은 아니에요. 그저 저를 사랑해 주시기만 하면 돼요.」〈당신을 사랑한다고?〉순간 그는 그렇게 생각했다. 그러나 다음 순간 이런 생각이 그의 머리를 스쳤다. 〈그래, 난 이 여자를 사랑하고 있어.〉그렇지만 다른 것은 신경도 쓰지 않고 이렇게 말했다. 「그 사람이 나를 만나 주는 건 내가 고객이라서 그런 거야. 그 사람을 만나는 데 남의 도움이 필요했다면야 늘 구걸하고 감사했겠지.」「저 사람 오늘 정말 고약하네요, 안 그래요?」레니는 상인에게 물었다. 〈이젠 나를 아예 유령처럼 취급하는군.〉K는 생각했다. 그러면서 상인에게도 화가 났다. 왜냐하면 상인은 레니의 이런 무례함을 따라 이렇게 말했기 때문이다. 「변호사가 그를 만나 준 건 다른 이유가 있어서일 거요. 그 사람의 소송 건이 내 것보다 훨씬 흥미롭거든요. 게다가 그 사람의 소송은 아직 시작 단계에 있어서 절망하기에는 아직 이르니까요. 그래서 변호사는 저 사람 소송 건을 기꺼이 넘겨받은 거요. 나중에 가면 아마 달라질 거요.」「맞아요, 맞아.」레니는 그렇게 말하면서 웃는 표정으로 상인을 바라보았다. 「이 사람은 말도 정말 많아요! 그러니까 당신은 말이에요.」 이 대목에서 그녀는 K 쪽을 향해서 말했다. 「이 사람은 절대 믿으면 안 돼요. 좋은 면도 있지만 말이 너무 많아요. 아마 그래서 변호사도 별로 좋아하지 않는 것 같아요. 아무튼 변호사는 기분이 내킬 때만 이 사람을 만나 줘요. 나도 그걸 어떻게 좀 바꾸어 보려고 무척 노력해 보았지만 어쩌지 못했어요. 제가 가서 블로크가 왔다고 전하면 셋째 날이나 돼야 만나 줘요. 그러나 변호사가 부를 때 블로크가 마침 자리에 없으면 그걸로 그냥 끝이에요. 그러면 처음부터 다시 면담 신청을 해야 해요. 그래서 블로크를 이곳에 재우게 된 거예요. 한밤중에 변호사가 블로크를 찾는 초인종을 울린 적도 있거든요. 그러다 보니 블로크는 이제 밤에도 대기 상태에 있는 거예요. 물론 변호사가 블로크가 와 있다는 것을 알고는 그를 만나겠다는 말을 다시 취소하는 일도 있어요.」 K는 정말이냐는 듯한 표정으로 상인을 바라보았다. 상인은 좀 전에 K와 말할 때처럼 고개를 끄덕이며 솔직한 투로 말했는데, 아무래도 쑥스러워서인지 당혹해하는 기색이 엿보였다. 「그래요, 나중에 가서는 변호사에게 완전히 매달리게 됩니다.」 「저 사람 부러 청승을 떠는 거예요.」 레니가 말했다. 「저 사람은 여기서 자는 걸 좋아해요. 벌써 몇 번이나 저한테 그렇게 말한걸요.」 그녀는 쪽문을 향해 걸어가더니 그 문을 활짝 열었다. 「이 사람이 자는 방 좀 보실래요?」 K는 그쪽 문가에 서서 천장이 낮고 창문도 없는 방 안을 들여다보았다. 방에는 폭이 좁은 침대 하나가 꽉 들어차 있었다. 침대 안으로 들어가려면 침대 기둥을 타고 올라가야 했다. 침대 머리맡 벽에는 우묵한 벽감이 있었는데 그곳에 초와 잉크병과 펜 그리고 아마도 소송 관련 자료들인 듯한 한 꾸러미의 서류들이 가지런히 놓여 있었다. 「가정부 방에서 자요?」 K는 그렇게 물으면서 등을 돌려 상인을 쳐다보았다. 「레니가 쓰라고 내게 내주었어요.」 상인이 대답했다. 「아주 편리해요.」 K는 상인을 뚫어지게 바라보았다. 상인에게서 받은 첫인상이 아마도 맞는 것 같았다. 소송이 오래 계속된 까닭에 경험은 많았으나, 그 대가를 혹독하게 치러야 했다. 돌연 K는 상인의 낯짝을 쳐다보기가 싫어졌다. 「이 친구를 당장 침대로 보내.」 그는 레니를 향해 소리쳤다. 그녀는 무슨 말인지 전혀 이해하지 못하는 것 같았다. 그는 이제 변호사에게 가서 해약을 선언하고 변호사뿐만 아니라 레니와 상인으로부터도 어서 벗어나고 싶었다. 그가 미처 문에 이르기도 전에 상인이 나직한 목소리로 그를 불러 세웠다. 「업무 대리인님.」 K는 인상을 찌푸리며 등을 돌렸다. 「약속 한 가지를 잊으셨어요.」 상인은 그렇게 말하면서 앉아 있던 자리에서 K를 향해 몸을 일으키며 애원조로 말했다. 「아까 내게 비밀을 하나 말해 주신다고 했는데요.」 「그렇군.」 K는 그렇게 말하면서 자기를 빤히 쳐다보고 있는 레니 쪽도 한 번 슬쩍 쳐다보았다. 「잘 들어요. 이제 이건 거의 비밀이라고 할 것도 없지만, 나는 지금 변호사를 찾아가 해약을 통고할 거요.」 「이 사람이 변호사를 해고한대요.」 상인은 그렇게 소리치면서 양팔을 치켜들고서 부엌을 이리저리 뛰어다녔다. 그는 계속해서 소리쳤다. 「이 사람이 변호사를 해고한대요.」 레니는 곧장 K에게 달려가려 했으나, 상인이 자꾸만 가로거쳤다. 그래서 그녀는 주먹으로 그를 한 대 후려쳤다. 이어 그녀는 두 주먹을 불끈 쥔 채로 K의 뒤를 쫓았다. 그러나 그는 훨씬 앞서 달아났다. 그가 막 변호사의 방으로 들어서려는 찰나, 레니가 그를 따라잡았다. 방 안으로 들어가서 방문을 거의 닫았을 즈음, 레니는 발을 집어넣어 문을 닫지 못하게 한채 그의 팔을 붙잡고 끌어내려 했다. 그러나 그가 그녀의 손목을 어찌나 세게 움켜쥐었던지 그녀는 신음 소리를 내며 손을 놓을 수밖에 없었다. 그녀는 차마 안으로 들어갈 엄두를 내지 못했다. 그럼에도 K는 열쇠로 문을 잠가 버렸다.

「한참이나 당신을 기다리고 있었소.」 침대에서 변호사가 촛불 빛에 읽고 있던 서류를 침대 옆 협탁에 내려놓으며 말했다. 그러더니 안경을 쓰고서 K를 날카롭게 쳐다보았다. 미안하다는 말 대신 K는 이렇게 말했다. 「곧 돌아갈 겁니다.」 K의 말이 사과를 하는 것이 아니었기 때문에 변호사는 들은 척 만 척하고서 이렇게 말했다. 「다음부터는 이렇게 늦은 시간에는 만나 주지 않겠소.」 「그거 내가 바라던 바요.」 K가 말했다. 변호사는 그게 무슨 소리냐는 듯한 표정으로 그를 쳐다보았다. 「어서 앉으시오.」 그가 말했다. 「원하신다면.」 K는 그렇게 말하면서 의자 하나를 협탁 쪽으로 끌고 와 앉았다. 「아까 보니 문을 걸어 잠그는 것 같던데.」 변호사가 말했다. 「그렇습니다.」 K가 말했다. 「레니 때문에 그랬습니다.」 지금 그는 누구를 감싸 줄 기분이 아니었다. 그러나 변호사는 이

렇게 물었다. 「그 여자가 이번에도 그렇게 치근댔소?」 「치근
댔냐고요?」 K가 물었다. 「그래요.」 변호사가 말했다. 그러더
니 그는 껄껄 웃다가 발작적으로 기침을 했다. 기침이 그치
자 그는 다시 껄껄대며 웃기 시작했다. 「그 여자가 치근덕거
리는 건 잘 봤죠?」 변호사는 물으면서 K의 손등을 두드렸다.
황망 중에 협탁 위에 손을 올려놓고 있던 그는 얼른 손을 뒤
로 뺐다. 「그런 걸 별로 대수롭지 않게 생각하는 것 같군요.」
변호사는 그렇게 말했고, K는 아무 말도 하지 않았다. 「그거
더 잘된 일이오. 안 그랬으면 내가 진작 당신한테 사과를 했
어야 했소. 그건 레니가 지닌 특이한 성격인데 사실 나는 그
걸 오랫동안 모른 척해 왔소. 만약 당신이 방금 문을 잠그지
않았다면 지금도 그 이야기를 꺼내지 않았을 거요. 이 특이
한 성격에 대해 당신한테 자세히 설명할 필요는 없겠지만,
당신이 그렇게 나를 황당무계한 표정으로 쳐다보니 이야기
해 주는 거요. 그 여자의 특이한 성격은 바로 대부분의 피고
가 잘생겼다고 생각한다는 거요. 그 여자는 그래서 아무한테
나 매달리고 모든 피고를 사랑해요. 물론 그렇게 해서 이들
로부터 사랑을 받는 것 같기도 하고요. 나를 즐겁게 해주려
고 그 여자는 내가 허락만 하면 그런 이야기들을 내게 들려
주곤 해요. 나는 이런 일을 가지고 당신처럼 그렇게 놀라지
않소. 사실 잘 살펴보면 피고들이 정말로 잘생겨 보이기도
해요. 이건 특이하긴 하지만 어떻게 보면 자연 과학적 현상
이라고 할 수 있어요. 물론 피소를 당했기 때문에 외모에 뭐
라고 말할 수 있는 뚜렷한 변화가 생기는 것은 아니지요. 그

래도 여느 소송 건들과는 다르지요. 대부분의 사람들은 평소의 생활 방식을 그대로 유지하고, 혹시라도 유능한 변호사를 만나면 그 변호사가 그들을 잘 보살펴 주므로 소송 때문에 생활에 지장을 받지도 않아요. 그렇긴 해도 이쪽에 경험이 있는 사람들은 아무리 엄청난 군중 속에 섞여 있다 해도 피고들을 하나하나 다 골라낼 수 있어요. 뭘 보고 알죠? 당신은 이렇게 묻겠지. 내 답변이 당신을 만족시켜 주지는 못할 거요. 피고들이야말로 가장 잘생긴 사람들이죠. 죄를 저질렀기 때문에 이들이 잘생겨 보이는 건 아니오. 왜냐하면, 변호사로서 말하는 것이지만, 모두가 유죄는 아니기 때문이오. 그러니 이들을 잘생겨 보이게 만드는 것은 앞으로 받을 벌도 아니오. 모두가 벌을 받는 것은 아니니까요. 그렇다면 이들에게 제기된, 그들로서는 어떻게 떨쳐 버릴 수 없는 법적 소송이 유일한 이유가 될 거요. 물론 잘생긴 남자들 중에서도 특히 잘생긴 남자가 있기 마련이오. 그러나 아름답기는 다 마찬가지요. 저 비천한 벌레 같은 인간 블로크도 그래요.」

변호사가 말을 다 마쳤을 때, K는 냉정함을 완전히 되찾았다. 변호사의 마지막 말에 그는 눈에 띄게 고개를 끄덕였다. 그것은 자신이 전에 품었던 생각이 옳았음을 확인하는 동작이었다. 변호사는 전에도 늘 그랬지만 이번에도 일과는 관련이 없는 일반적인 말만 지껄여 K의 정신을 산만하게 흔들어 놓고 K의 소송 건과 관련하여 여태껏 자신이 한 일이 무엇인지의 핵심 문제로부터는 비켜 나가고 있었다. 변호사도 K가 이번엔 평소보다 더 강하게 자신에게 저항하고 있음을 느낀 것 같았다. K에게 직접 말을 하도록 기회를 주고 자신은 침묵하는 걸로 보아 그랬다. 그러나 K가 계속해서 침묵을 지키자 이윽고 변호사는 운을 떼었다. 「오늘 무슨 특별한 의도를 가지고 나한테 온 거요?」「그렇습니다.」K는 그렇게 말하면서 변호사의 얼굴을 제대로 보려고 한 손으로 촛불을 살짝 가렸다. 「오늘부로 나에 대한 변호 권리를 철회한다는 사실을 알리고 싶었습니다.」「이거 내가 제대로 들은 거요?」변호사는 그렇게 물으며 침대에서 몸을 반쯤 일으키고 한 손으로 베개를 짚었다. 「그렇다고 봅니다만.」K는 그렇게 말하고서 허리를 꼿꼿이 세운 채 앉아 경계 태세를 늦추지 않았다. 「자, 그렇다면 우리 이 계획에 대해 한번 이야기해봅시다.」잠시 후 변호사가 말했다. 「무슨 계획이 또 있겠습니까.」K가 말했다. 「물론 그렇지요.」변호사가 말했다. 「그래도 우리 너무 서두르지는 맙시다.」변호사는 K를 놓아줄 생각이 없다는 듯, 아니면 이제 그의 대변인 노릇이 끝났다 해도 적어도 조언자로는 남아야겠다는 듯, 〈우리〉라는 말을 사용했다. 「전혀 서두르지 않았습니다만.」K는 그렇게 말하고서 자리에서 천천히 일어나 자기 의자 뒤쪽으로 걸어갔다. 「생각할 만큼 생각한 결과죠. 아니, 너무 오래 생각한 것 같군요. 결심에는 변함없습니다.」「그렇다면 몇 마디만 합시다.」변호사는 깃털 이불을 옆으로 걷어치우고 침대 가장자리에 앉았다. 허연 털이 더부룩한 그의 맨다리는 추워서 덜덜 떨렸다. 그는 K에게 소파에 있는 담요를 건네 달라고 부탁했다. K는 담요를 건네주며 말했다. 「괜히 그렇게 추위에 몸을 내맡길 필요 없어요.」「충분히 그럴 만하오.」 변호사는 그렇게 말하며 깃털 이불로 윗몸을 감싸고서 담요로 다리를 덮었다. 「당신 삼촌은 내 친구이고, 시간이 흐르면서 나도 당신을 좋아하게 됐소. 이건 솔직히 말하는 거요. 그렇다고 부끄러울 것도 없어요.」 노인이 하는 이런 청승맞은 말이 K는 정말 싫었다. 하고 싶지 않은 말들을 어서 낱낱이 해명해 보라는 투였기 때문이다. K 역시 솔직히 고백하자면, 변호사의 말은 K의 결심을 번복하게까지는 못하더라도 적어도 그의 마음을 헷갈리게 했다. 「그간 친절하게 마음을 써주어서 고마웠습니다.」 그가 말했다. 「그리고 힘닿는 대로 내게 도움이 되도록 신경써 주고 보살펴 주었다는 것도 인정합니다. 하지만 최근에 나는 그 정도로는 안 되겠다는 확신을 갖게 되었습니다. 물론 나는 나보다 훨씬 나이도 있고 경험도 많은 분께 제 생각을 강요하고 싶지는 않습니다. 가끔 가다 본의 아니게 그런 태도를 보였다면 용서를 바랍니다. 예전에 당신이 말씀하셨듯이, 이번 소송 건은 정말 중요합니다. 단연코 말씀드리건대 지금까지보다 훨씬 더 적극적으로 소송에 개입해야 합니다.」「무슨 말인지 알겠는데……」 변호사가 말했다. 「너무 조급하군요.」「조급한 게 아닙니다.」 K는 약간 화가 나서 말했다. 그는 이제 더는 변호사의 말에 신경을 쓰지 않았다. 「내가 처음으로 이곳에 삼촌과 함께 왔을 때 아마 당신은 내가 소송 건을 대수롭지 않게 생각한다는 것을 느꼈을 겁니다. 누군가 나서서 그렇게 적극적으로 내 소송 건을 상기시켜 주지 않으면 그냥 까맣게 잊곤 했죠. 그런데 삼촌이 자꾸만 내 변호 일을 당신한테 맡겨야 한다고 우기는 바람에 삼촌의 뜻을 거스르기도 뭐해서 그렇게 따른 겁니다. 그렇다면 그때부터 마땅히 소송 일이 전보다 더 쉽게 진행되었어야 하는 거 아닌가요? 소송의 부담을 조금이라도 덜어버리기 위해 변호사에게 변호 일을 맡겼으니 당연히 그래야 하죠. 하지만 상황은 그 반대였죠. 당신한테 변호를 맡기고부터는 오히려 예전보다 훨씬 더 소송 때문에 걱정을 하게 되었습니다. 애당초 나 혼자였을 땐 이 일 때문에 무슨 일을 도모하기는커녕 별로 의식도 하지 않았어요. 반면에 변호사를 두고 나서부터는 뭔가 이루어지도록 모든 일을 도모했죠. 나는 점점 더 간절히 당신이 개입해 주기를 끊임없이 바랐어요. 하지만 그렇게 해주지 않더군요. 물론 당신에게서 법원과 관련된 여러 가지 이야기는 들을 수 있었어요. 그런 이야기는 다른 사람에게서는 들을 수 없는 것이었지요. 그러나 그게 무슨 소용인가요? 소송이 점차 아주 은밀하게 나에게 다가오고 있는 지금 이 마당에 말입니다.」 K는 의자를 걷어차며 일어나 양손을 양복 주머니에 찔러 넣고 똑바로 서 있었다. 「소송 일을 맡아서 하다 보면 어느 시점부터는…….」 변호사가 부드럽고 차분한 어투로 말했다. 「본질적으로 새로운 일은 생기지 않소. 소송이 진행될 때 당신 같은 단계에 이른 의뢰인들이 지금과 같은 이야기를 한 적이 한두 번이 아니오.」 「그렇다면 나와 비슷한 처지의 의뢰인들의 말이 다 옳았다는 얘기군요. 그런 얘기로 날 꺾을 순 없죠.」 「당신 말을 꺾으려는 게 아니오.」 변호사가 말했다. 「다만 당신은 다른 사람들보다 판단력이 더 나을 거라고 생각했었다는 거요. 특히 당신한테는 다른 어떤 의뢰인들한테보다 법원 제도나 나의 활동에 대해 더 많은 정보를 주었으니까 말이오. 이렇게 다 해주었는데도 당신이 나를 별로 신뢰하지 않는 꼴을 당하는구려. 당신은 내 일을 자꾸만 꼬이게 하고 있소.」 변호사가 K 앞에서 비굴하게 나오는 꼴이란! 직업상의 자존심도 하나 없다니. 오히려 이 대목에서 직업상의 자존심이 가장 민감하게 작용해야 하는 것 아닌가! 외견상 그는 잘나가는 변호사였고 돈도 많은 사람이었다. 수입의 손실이나 고객 하나 정도 잃는 것은 문제가 될 턱이 없었다. 게다가 몸이 안 좋은 형편이니 오히려 일을 줄여야 마땅했다. 그런데도 그는 K를 붙잡고 놔주지 않으려 했다. 도대체 왜 그런 걸까? 삼촌과의 개인적 친분 때문일까, 아니면 K의 소송 건이 워낙 특별한 경우여서 이를 통해 K 앞에서나, 아니면 — 이 가능성도 전혀 배제할 수는 없었다 — 법원에 근무하는 친구들 앞에서 한번 본때를 보여 주고 싶어서 그런 걸까. 그러나 아무리 자세히 뜯어보아도 그의 얼굴에서는 아무것도 감지할 수가 없었다. 어쩌면 일부러 무덤덤한 표정으로 자기가 한 말의 반응을 기다리고 있는 것인지도 몰랐다. K의 침묵을 유리하게 해석한 그는 다시 이야기를 끌어갔다. 「당신도 봤겠지만 나는 이렇게 큰 사무실을 운영하면서도 다른 직원들을 쓰지 않고 있어요. 전에는 이렇지 않았소. 젊은 법률가들을 고용했던 때도 있었지요. 지금은 나 혼자 일하고 있소. 일이 이렇게 된 것은 한편으로는 내가 변호사 업무를 좀 바꾼 것과도 관련이 있어요. 갈수록 당신의 소송 건과 같은 법률 사건에만 집중했거든요. 또 다른 한편으로는 그런 법률 사건들을 접하면서 자꾸만 생각이 깊어졌기 때문이오. 나의 고객이나 내가 맡은 일에 대해 죄를 저지르지 않으려면 이 일을 남한테 맡겨서는 안 된다는 걸 깨달았소. 모든 일을 혼자서 떠맡다 보니 자연스레 이런 결과가 생길 수밖에 없었어요. 변호를 맡아 달라는 거의 모든 의뢰를 거절하고 마음이 쏠리는 의뢰만 받아들였지요. 그러다 보니 벌레 같은 인간들이 주변에까지 늘어날 대로 늘어나 이제는 빵부스러기만 던져도 우르르 몰려드는 형편이오. 게다가 너무 과중한 일로 병까지 났소. 그렇지만 이 결정을 후회하지는 않소. 아마도 변호 건수를 좀 더 줄여야 했는지도 몰라요. 일단 맡은 소송에 대해서는 전력을 다할 수밖에 없었소. 그러면 승소로 보답을 받았지요. 언젠가 일반적인 송사의 변호와 이런 종류의 송사의 변호의 차이점을 훌륭하게 표현해 놓은 어떤 글을 본 적이 있소. 이런 말이 적혀 있었지. 전자의 경우 변호사는 하나의 줄을 따라 판결이 날 때까지 의뢰인을 안내하지만, 후자의 경우 변호사는 의뢰인을 곧장 어깨에 짊어지고 한 번도 내려놓지 않은 채 판결이 날 때까지, 아니 판결을 넘어서까지 줄곧 걸어간다는 겁니다. 그건 사실이오. 내가 이 힘든 일을 한 번도 후회하지 않았다고 한다면 그건 거짓말입니다. 당신의 소송 건처럼 오해를 뒤집어쓰게 되면 어찌 후회를 안 하겠소.」 K는 변호사의 이 말을 듣고서 마음이 움직이기보다는 오히려 초조해졌다. 만약 자신이 굴복하면 무엇이 기다리고 있을지 변호사의 말투에서 다 알 수 있을 것 같았다. 나중에 가서는 결국 승소하게 될 거라는 이야기가 다시 시작될 거고, 청원서 작성에 진척이 있다는 얘기도 나올 것이고, 관리들 기분도 많이 좋아졌다는 말도 나올 테고, 또 일을 하면서 봉착하는 큰 어려움에 대한 말도 나올 거다. 간단히 말해 넌더리가 날 정도로 잘 아는 것들을 다시 끄집어내 또 다시 모호하기 짝이 없는 희망을 들이대며 K를 속이고, 또 알 수 없는 협박으로 괴롭힐 거다. 어떤 식으로든 막고 싶었다. 그래서 이렇게 말했다. 「내 소송 건을 계속 맡아서 한다면 어떻게 하실 작정입니까?」 변호사는 심기를 건드리는 이런 질문도 그냥 받아들이며 대답했다. 「지금까지 당신을 위해 해왔던 대로 계속 그렇게 할 거요.」 「그럴 줄 알았습니다.」 K가 말했다. 「이제 더 이상 이러쿵저러쿵 말할 필요가 없군요.」 「다른 시도를 한 번 더 해볼 거요.」 변호사가 말했다. 흥분해야 할 것은 K가 아니라 오히려 자기라는 듯한 투였다. 「내가 보기에 당신은 법률 고문으로서의 내 능력을 과소평가하는 것 같군요. 그리고 또 당신은 피고 신분임에도 불구하고 너무 대우를 잘 받는 바람에, 아니 정확히 말해서, 너무 엄격하지 않게, 아니 너무 엄격하지 않은 듯한 대우를 받는 바람에 지금과 같은 태도를 보이는 것 같소. 이렇게 엄격하지 않게 대우를 하는 데는 다 이유가 있어요. 그건 쇠사슬을 차고 있는 게 자유로운 것보다 훨씬 낫기 때문이오. 그러니 다른 피고들은 어떤 대우를 받는지 당신한테 한번 보여 주고 싶소. 어쩌면 거기서 배우는 게 있을지도 모르오. 그러면 당장 블로크를 불러올 테니 당신은 가서 문을 열어 놓고 여기 협탁 옆에 앉으시오.」「얼마든지요.」K는 변호사가 시키는 대로 했다. 배울 자세야 언제든지 갖추고 있었다. 그러나 만약의 경우에 대비해서 다시 한 번 물었다. 「나에 대한 변호의 권리를 철회한다는 건 잘 알고 계시죠?」「그래요.」변호사가 말했다. 「하지만 오늘 중으로 그 말을 취소하게 될지도 모르지요.」 그는 다시 침대에 누워 깃털 이불을 끌어당겨 턱까지 덮고 벽을 향해 몸을 돌렸다. 그런 다음 초인종을 울렸다.

종소리와 거의 동시에 레니가 나타났다. 그녀는 눈동자를 잽싸게 놀려 무슨 일이 있었는지 살펴보았다. K가 변호사의 침대 옆에 태연스레 앉아 있는 것을 보고는 안심하는 눈치였다. 그녀는 자기를 빤히 쳐다보고 있는 K를 향해 고개를 끄덕였다. 「블로크를 데려와.」변호사가 말했다. 그러나 그녀는 그를 부르러가지 않고 그냥 문 앞으로 가더니 소리쳤다. 「블로크! 변호사님께로 와요!」 그러더니 변호사가 벽 쪽으로 몸을 돌린 채 아무런 신경도 쓰지 않고 있는 것처럼 보이자 얼른 K의 의자 뒤로 다가갔다. 그때부터 그녀는 안락의자 등받이에 몸을 걸치고서 몸을 앞으로 구부리거나, 두 손으로 아주 부드럽고 조심스레 그의 머리카락을 쓰다듬거나, 아니면 그의 뺨을 어루만지면서 성가시게 굴기 시작했다. 마침내 K는 그녀의 한쪽 손을 꽉 잡아 그렇게 하지 못하게 했다. 그녀는 조금 버티더니 끝내 굴복했다.

블로크는 부름을 받고 쏜살같이 달려왔으나 문 앞에 이르자 안으로 들어가야 하나 말아야 하나 고민하는 것 같았다.

그는 눈썹을 추켜올리며 고개를 떨어뜨렸다. 마치 변호사에게 들어오라는 명령이 언제 다시 나올지 엿보는 듯한 태도였다. K는 그에게 어서 들어오라고 권할 수도 있었지만, 이제 변호사뿐만 아니라 이 집에 있는 모든 것과 끝내 결별하기로 마음먹은 터이므로 자리에서 꼼짝도 하지 않았다. 레니 역시 침묵을 지켰다. 블로크는 적어도 자신을 쫓아낼 사람은 아무도 없다는 것을 눈치채고는 발꿈치를 안으로 들이밀었다. 얼굴에는 긴장된 표정이 역력했고, 양손은 꽉 움켜진 채로 뒷짐을 진 모습이었다. 혹시 되돌아가야 할지도 모르기 때문에 문은 열어 두었다. 그는 K에게는 신경도 쓰지 않고 그저 산더미처럼 불룩한 깃털 이불만 쳐다보았다. 이불 속 변호사는 벽 쪽으로 붙어 있었기 때문에 전혀 보이지 않았다. 그때 그의 목소리가 들려왔다. 「블로크가 들어왔나?」 이미 발걸음을 앞으로 많이 옮긴 블로크는 이 물음에 가슴과 등짝을 호되게 후려 맞은 듯 비틀대더니 곧 멈춰 서서 허리를 깊이 숙인 채 말했다. 「부름을 받고 왔습니다.」 「원하는 게 뭔가?」 변호사가 물었다. 「자넨 안 좋을 때 왔어.」 「저를 부른 게 아닌가요?」 블로크는 물었다. 변호사한테 묻는다기보다는 스스로에게 묻는 투였다. 그는 방어적으로 두 손을 앞으로 내밀었다. 언제라도 도망칠 태세였다. 「자넬 불렀네.」 변호사가 말했다. 「그래도 온 시점이 안 좋아.」 잠시 사이를 두었다가 변호사는 다시 덧붙였다. 「자넨 늘 시점이 안 좋을 때 온다고.」 변호사가 말을 시작하고서부터 블로크는 침대 쪽을 쳐다보지 않고, 한쪽 구석을 응시하며 귀만 기울였다. 말하고 있는 사람이 너무나 눈이 부셔 참을 수 없는 듯한 표정이었다. 그러나 그렇게 계속 귀를 기울이고 있는 것도 힘들었다. 변호사는 벽을 향해, 그것도 작은 소리와 빠른 속도로 말했기 때문이다. 「이만 가볼까요?」 블로크가 물었다. 「일단 왔으니……」 변호사가 말했다. 「그냥 있게!」 어쩌면 변호사가 블로크의 뜻은 들어주기는커녕 몽둥이로 위협을 하는 것은 아닌가 하는 생각이 들 정도였다. 정말로 블로크가 부들부들 떨기 시작했기 때문이다. 「어제 말이야.」 변호사가 말했다. 「내 친구인 세 번째 변호사를 찾아갔었어. 이야기를 서서히 자네 쪽으로 끌고 갔지. 그 사람이 뭐라고 했는지 알고 싶나?」「예, 제발.」 블로크가 말했다. 변호사가 금방 대답하지 않자, 블로크는 〈제발〉을 반복하며 무릎을 꿇듯이 허리를 구부렸다. 그러나 그때 K가 그를 향해 호통을 쳤다. 「지금 뭐하는 거요?」 레니가 그것을 막으려 했기 때문에 K는 그녀의 다른 손마저 움켜쥐었다. 그러나 사랑해서 꽉 잡은 손이 아니었던 까닭에 그녀는 몇 번이고 신음 소리를 내며 K에게서 손을 빼내려 했다. 그러나 그 호통 소리 때문에 벌을 받은 것은 블로크였다. 변호사가 이렇게 물었기 때문이다. 「자네 변호사가 누구지?」「그야 선생님이시지요.」 블로크가 말했다. 「그러면, 나 말고는?」 변호사가 물었다. 「선생님 말고는 아무도 없습니다.」 블로크가 대답했다. 「그렇다면 다른 사람 말은 따르지 말게.」 변호사가 말했다. 블로크는 그 말뜻을 확실하게 알아들었다. 그는 K를 화난 눈길로 노려보며 고개를 세차게 흔들었다. 이 동작을 말로 바꿨다면 영락없이 거친 욕설이었을 것이다. K는 이런 인간하고 마음을 열고 자기 사건에 대해 의논을 하려고 했던 것이다! 「이제 당신 같은 사람을 방해하지 않겠소.」 K는 의자에 등을 깊숙이 기대며 말했다. 「무릎을 꿇든 아니면 네발로 기든, 당신 하고 싶은 대로 하시오. 나야 전혀 신경도 안 쓸 테니까.」 그러나 블로크는 나름 자존심이 있는 것 같았다. 특히 K에 대해서 만큼은 말이다. 왜냐하면 두 주먹을 흔들어 대며 K를 향해 다가서면서 변호사 앞에서나 용납될 만한 나름의 큰 목소리로 소리쳤기 때문이다. 「나한테 그딴 식으로 말하면 안 돼요. 그건 있을 수 없어. 무슨 권리로 날 모욕하는 거요? 게다가 여기 변호사님 면전에서 말이야. 우리 두 사람, 즉 당신이나 나는 변호사님이 지금 자비로 봐주고 있다는 걸 알아야 해요. 당신이 나보다 나은 인간이라고 할 것도 없소. 당신 역시 기소당해 소송 중에 있는 형편 아니오. 그럼에도 당신이 여전히 신사라면 나 역시 신사요. 비록 더 훌륭한 신사라고 할 수는 없어도 나 또한 그렇게 불리기를 바라는 바요. 특히 당신한테 말이오. 당신 표현대로 내가 기는 동안 당신이 여기 편히 앉아 편하게 듣는 걸 무슨 특권이라도 부여받은 것처럼 생각한다면 법 쪽에서 쓰는 오래된 격언 하나를 알려 주리라. 〈피의자는 한자리에 가만히 있는 것보다 움직이는 것이 낫다. 왜냐하면 가만히 앉아 있는 사람은 자기도 모르는 사이 자기 죄와 함께 언제라도 저울 위에 놓여 저울질당할 수 있기 때문이다.〉」 K는 아무 말도 하지 않았다. 다만 정신이 나간 듯한 그 상인을 뚫어질 듯이 쏘아보았다. 마지막 순간에 대체 이 사람에게 무슨 변화가 일어난 걸까! 소송 때문에 그렇게 된 걸까? 소송이 그를 이리 던지고 저리 던져 결국엔 누가 친구이고 누가 적인지조차 구별하지 못하게 만든 걸까? 변호사가 일부러 그에게 굴욕을 줘 궁극적으로 자기 힘을 과시하며 K까지도 손아귀에 넣으려는 속셈을 그는 끝까지 알아채지 못하는 걸까? 하지만 블로크가 이런 걸 파악할 줄 모른다면, 아니 파악했다 해도 변호사가 무서워 덜덜 떤다면, 어떻게 그런 그가 그토록 교활하면서도 대담하게 변호사를 속여 넘기고 자신의 속내를 감출 수 있단 말인가. 이 변호사 말고도 다른 변호사들을 고용하고 있다는 사실을 말이다. 그리고 어찌 그런 그가 감히 K에게 대든단 말인가? K가 당장이라도 그 비밀을 폭로할 수 있는데도 말이다. 그런데 상인은 한술 더 떠서 변호사의 침대 앞으로 가서 K에 대한 불평을 늘어놓기 시작했다. 「변호사님.」 그가 말했다. 「이 사람이 저와 무슨 말을 했는지 들으셨죠. 소송이 시작된 걸 시간으로 세도 셀 수 있는 이런 사람이 벌써 5년이나 소송 중에 있는 저 같은 사람한테 훈계를 하려 든다니까요. 심지어 이 사람은 제게 욕까지 해요. 자신은 아는 것도 별로 없으면서 저를 욕하다니요. 미약한 힘으로나마 예의가 뭔지, 의무가 뭔지, 법적 전통이 뭔지에 대해 나름 자세히 공부한 제게 말입니다.」 「다른 사람이야 뭐라 하던 신경 쓰지 말고…….」 변호사가 말했다. 「자네가 옳다고 생각하는 것을 하면 되는 걸세.」 「알겠습니다.」 블로크는 스스로 용기를 북돋듯 그렇게 말하고서 곁눈질로 슬쩍 옆을 보고는 침대 바로 앞에 무릎을

꿇었다. 「이렇게 무릎을 꿇었습니다, 변호사님.」 그가 말했
다. 그러나 변호사는 아무 말도 하지 않았다. 블로크는 손으
로 조심스레 깃털 이불을 쓰다듬었다. 침묵이 감도는 중에
레니가 K의 손에 잡혀 있던 자기 손을 빼내면서 말했다. 「아
파요. 이거 놔요. 블로크한테 가볼래요.」 그녀는 침대 가장
자리에 앉았다. 블로크는 그녀가 오자 너무 기뻤다. 그는 무
언의 생생한 제스처로 변호사 앞에서 자기 편을 좀 들어 달
라고 그녀에게 부탁했다. 변호사가 건네주는 정보가 절실하
게 필요했기 때문이다. 물론 그 정보를 얻어 그의 다른 변호
사들이 마음껏 이용하게 하려는 의도였다. 레니는 변호사에
게 어떻게 다가가야 하는지 아주 잘 아는 것 같았다. 그녀는
변호사의 손을 가리키며 키스를 하듯 입을 오므렸다. 블로
크는 당장 변호사의 손등에 키스를 했다. 그리고 레니의 명
령에 따라 두 번 더 키스를 했다. 그러나 변호사는 여전히 침
묵을 지켰다. 그때 레니는 멋진 몸매를 쭉 펴서 드러내며 변
호사 위로 허리를 구부렸다. 그런 다음 자기 얼굴을 변호사
얼굴에 바짝 갖다 대고서 길고 허연 머리카락을 쓰다듬었다.
그랬더니 그의 입에서 대답이 튀어나왔다. 「말을 건네기가
좀 망설여지는군.」 변호사가 말했다. 그는 머리를 약간 흔들
어 보였다. 아마도 레니의 손길을 좀 더 느껴보려는 것 같았
다. 블로크는 귀를 기울이며 머리를 푹 숙였다. 마치 그렇게
귀를 기울이는 것이 무슨 법도를 어기는 거나 되는 것처럼.
「왜 망설이세요?」 레니가 물었다. K가 보기엔 마치 리허설을
충분히 해놓은 대화 같았다. 지금까지 몇 번이고 반복되었고

앞으로도 반복될 것이지만 블로크만 처음 듣는 그런 대화 같았다. 「오늘은 이 사람 태도가 어땠느냐?」 변호사는 대답을 하지 않고 이렇게 물었다. 레니는 그 물음에 대해 뭐라고 말을 하기 전에, 블로크를 내려다보며 잠시 지켜보았다. 그는 그녀를 향해 두 손을 치켜들고 애원조로 싹싹 빌었다. 마침내 그녀는 진지하게 고개를 끄덕이고서 변호사를 쳐다보며 말했다. 「조용히 노력하는 태도를 보였어요.」 턱수염이 덥수룩한 늙은 남자는 젊은 아가씨에게 제발 이야기를 잘해 달라고 애원했다. 아무리 나름 속셈이 있다 해도 남 보기에 좋은 모양새는 아니었다. 바라보는 사람마저도 굴욕감을 느낄 정도였다. 도대체 변호사는 이딴 연기로 어떻게 자신의 마음을 붙잡아 보겠다는 건지 K로서는 도무지 납득할 수 없었다. 만약 변호사가 K를 쫓아내지 않았다고 해도, 이런 연기로라면 진작에 K는 변호사를 떠났을 것이다. 따라서 K가 이런 분위기에 오래 노출되지 않은 것은 다행스러운 일이었다. 변호사가 구사하는 방법의 최종 목적은 뻔했다. 의뢰인으로 하여금 결국에 가서는 세상일을 다 잊고 소송이 끝날 때까지 이렇게 잘못된 길로 질질 끌려다니게 만드는 것, 바로 그것이었다. 그것은 더 이상 의뢰인의 모습이 아니라 변호사가 끌고 다니는 개였다. 변호사가 상인에게 개집에 들어가듯 침대 밑으로 기어들어 가서 멍멍 짖으라고 명령했다면 상인은 그렇게 하고도 남았을 것이다. K는 지금 벌어지는 대화를 정확히 기록한 보고서를 상부에 보고하라는 지시를 받은 것처럼 낱낱이 귀 기울여 들었다. 「이 사람은 하루 종일 무슨 일을 했느냐?」변호사가 물었다. 「저는 이 사람을요⋯⋯.」레니가 말했다. 「제가 일하는 걸 방해 못 하도록 가정부 방에다 가두어 놓았어요. 평소에 묵는 방 있잖아요. 지붕창을 통해서 가끔 뭘 하나 들여다보았지요. 이 사람은 줄기차게 침대에 무릎을 꿇고 앉아 변호사님이 빌려 준 서류들을 창턱에 펼쳐 놓고서 읽고 있었어요. 그걸 보고 저는 좋은 인상을 받았어요. 그 창문은 환기통 쪽으로만 열리고 빛도 별로 들어오지 않거든요. 그런데도 블로크가 서류들을 읽고 있는 건 이 사람이 얼마나 순종적인지를 보여 주는 것이었어요.」「그 말을 들으니 기분이 좋구나.」변호사가 말했다. 「이해를 하면서 읽는 것 같더냐?」대화가 진행되는 동안 블로크는 계속해서 입술을 움직였다. 아마 레니에게 자신이 바라는 대답을 표현한 것 같았다. 「그에 대해서는 물론⋯⋯.」레니가 말했다. 「그에 대해서는 확실하게 답해 드릴 수 없어요. 아무튼 이 사람이 꼼꼼히 읽고 있는 것만큼은 보았어요. 온종일 같은 페이지만 읽었고, 손가락으로 한 줄 한 줄 더듬어 가면서 읽었어요. 안을 들여다볼 때마다, 읽는 것이 힘든지 이 사람은 한숨을 내쉬었어요. 변호사님이 이 사람에게 넘겨준 서류들이 꽤나 어려웠나 봐요.」「물론.」변호사가 말했다. 「그 서류들은 물론 이해하기가 쉽지 않아. 이 친구가 뭐라도 이해했을 거라고는 생각하지 않아. 그 서류들을 읽으면 내가 이 친구의 변호를 위해 수행 중인 싸움이 얼마나 힘든 것인지 어렴풋이나마 알게 될 거야. 내가 대체 누구를 위해 이 힘든 싸움을 하는 거지? 참, 입 밖에 내어 말하기도 우습군. 그야

250

블로크를 위해서야. 이게 무슨 뜻인지도 이 친구는 앞으로 배워야 해. 그런데 쉬지 않고 꼼꼼히 살펴보더냐?」「네, 거의 쉬지 않았어요.」 레니가 말했다. 「딱 한 번 마실 물을 좀 달라고 하더군요. 그래서 지붕창을 통해 물 한 잔을 건네주었어요. 8시에는 밖으로 나오게 하여 먹을 것을 좀 주었고요.」 블로크는 K를 힐끔 쳐다보았다. 〈자, 이 칭송의 말들 좀 들어 보라〉는 투였다. 그는 이제 더욱 희망에 들떴는지, 한층 자유롭게 움직이며 무릎을 끌고 이리저리 돌아다녔다. 그 때문에 변호사의 다음과 같은 말을 듣고 얼음처럼 굳어지는 그의 모습은 더욱 두드러졌다. 「너는 이 친구를 칭찬하고 있구나.」 변호사가 말했다. 「그러니 내가 말을 하기가 힘들지. 판사는 말이다, 블로크뿐만 아니라 그의 소송에 대해서도 호의적으로 말하지 않았거든.」「호의적으로 말하지 않았다고요?」 레니가 물었다. 「아니, 왜 그렇죠?」 블로크는 힘이 잔뜩 들어간 눈빛으로 그녀를 바라보았다. 변호사가 이미 내뱉어 버린 말을 지금이라도 유리한 쪽으로 돌리도록 그녀에게 힘을 부여하려는 것 같았다. 「호의적이지 않았다고.」 변호사가 말했다. 「내가 블로크 이야기를 꺼냈더니 대뜸 화를 냈거든. 〈블로크 이야기는 하지 마시오〉라고 말하더군. 〈내 고객이요〉라고 했더니 〈당신은 지금 이용당하고 있소〉라고 그가 말했지. 〈그 사람 소송 건을 패했다고 생각하지는 않소〉라고 내가 말했어. 〈당신은 지금 이용당하고 있소〉라고 그가 반복하더군. 〈그렇게 생각하지 않아요〉라고 내가 말했지. 〈블로크는 소송 일에 열심을 보여요. 늘 그 일에만 매달려 있지요.

사소한 것도 놓치지 않으려고 거의 우리 집에서 살고 있어요. 그런 열성을 찾아보기는 힘들어요. 물론 개인적으로 그렇게 호감을 주지는 않아요. 예절도 별로 없고 지저분하기도 하죠. 하지만 소송과 관련해서는 나무랄 데가 없는 사람이죠.〉나는 나무랄 데가 없다는 표현을 썼어. 일부러 과장한 거지. 그러자 판사가 말하더군. 〈블로크는 간교하기 이를 데 없는 놈이오. 경험도 많고 소송을 지연시키는 법도 알아요. 하지만 그런 간교함보다는 무지함이 훨씬 더 큰 놈이죠. 그런데 만약 소송이 아직 시작도 안 됐다는 사실을 알게 되면 이 친구가 뭐라고 할까요. 소송의 시작을 알리는 종소리조차 울린 적이 없다고 말해 주면 말입니다.〉가만히 있게, 블로크.」 변호사가 말했다. 블로크가 막 후들거리는 무릎으로 일어나 뭔가 해명을 요구하려는 것 같았기 때문이다. 블로크에게는 변호사가 이렇게 세세하게 자신을 언급한 것이 처음 있는 일이었다. 변호사는 피곤한 눈길로 허공을 바라보다가 다시 블로크를 내려다보았다. 그 눈길 앞에 블로크는 다시 천천히 무릎을 꿇으며 자리에 앉았다. 「판사가 한 말은 자네한텐 아무 의미도 없네.」 변호사가 말했다. 「무슨 말마다 그렇게 놀랄 것 없네. 또 다시 그러면 다시는 아무 얘기도 해주지 않겠네. 도무지 말을 꺼낼 수가 없잖아. 무슨 말만 하면 최종 판결이라도 난 것처럼 쳐다보니. 여기 이 내 의뢰인 앞에서 그렇게 행동하다니, 창피한 줄 알라고! 게다가 자넨 내 의뢰인이 나에 대해 갖고 있는 신뢰감마저 흔들어 놓고 있어. 대체 원하는 게 뭔가? 자넨 여전히 살아 있고, 여전히 내 보호를 받고 있지 않은가? 쓸데없는 걱정 말게! 아마 자넨 어디선가, 최종 판결은 대부분의 경우 어느 알 수 없는 사람의 입에서 느닷없이 나온다는 것을 읽었을 걸세. 유보 사항이 많기는 하지만 이 말은 사실이야. 자네의 그 두려움이 내게 역겨운 것도 사실이고, 그 두려움에서 우리 사이에 꼭 필요한 신뢰의 부족함을 보게 된다고. 대체 내가 무슨 말을 했는데? 나는 단지 어느 판사의 생각을 전했을 뿐이야. 자네도 알다시피, 한 가지 소송을 놓고서 여러 견해들이 겹겹으로 쌓여 안을 들여다볼 수 없을 정도일세. 이를테면 그 판사는 자네의 소송이 내가 생각하는 것과는 다른 시점에 시작될 걸로 보는 거야. 의견이 다른 것일 뿐 아무것도 아니야. 소송이 어느 단계에 이르면 오래된 관습에 따라 종소리가 울리게 되어 있네. 아까 말한 판사의 견해로는 이 종소리와 함께 소송이 시작된다는 거지. 이 견해와 생각을 달리하는 견해들을 지금 일일이 다 이야기해 줄 수는 없네. 그래 봤자 자네가 다 이해하지도 못할 테니. 그 견해와 반대되는 견해도 많이 있다는 것만 알아 두면 돼.」 블로크는 얼이 빠진 듯 손가락 사이로 침대 앞에 깔려 있던 양탄자의 털을 쓰다듬고 있었다. 판사의 말 때문에 잔뜩 불안해진 그는 자신이 변호사에게 예속된 몸이라는 사실을 잊고 있었다. 그는 자신의 생각에만 빠져 판사가 한 말을 곰곰이 생각하고 또 생각해 보았다. 「블로크.」 레니는 타이르는 투로 말하고는 그의 외투 깃을 잡고 살짝 위로 끌어당겼다. 「양탄자 털일랑 그만 놔두고 변호사님 말씀에 귀를 기울여요.」

대성당에서

K는 이탈리아에서 온 은행의 매우 중요한 협력자이며 이 도시에 처음으로 체류 중인 한 거래처 사람에게 예술 기념물들을 구경시켜 주라는 지시를 받았다. 다른 때 같았으면 이런 지시를 분명 영광으로 생각했겠지만, 지금은 은행에서의 자신의 평판을 근근이 이어 가고 있던 터라 떨떠름한 심정으로 받아들일 수밖에 없었다. 사무실 밖에서 보내야 하는 매 시간이 그는 걱정스러웠다. 물론 사무실에서의 근무 시간도 예전처럼 알차게 보내지 못했다. 대부분 최소한의 일만 처리하면서 일하는 흉내만 냈다. 그래서인지 사무실 밖에 나와 있을 때면 걱정이 더욱 컸다. 밖에 있으면 부지점장이 늘 예의 주시하고 있다가 가끔씩 그의 사무실에 들어가 책상에 앉아 그의 서류들을 뒤적거리고 K가 벌써 몇 년 전부터 친구처럼 지내는 고객들을 맞아들여 이들 사이를 이간질하는 모습이 보이는 것 같았다. 심지어 그가 저지른 실수들까지도 파악해 내려는 것 같았다. 요즘 들어서는 일을 하는 동안에 천지 사방에서 실수의 위험이 도사리고 있는 것 같았고 이제는

더 이상 피할 수도 없었다. 그래서 아무리 영예로운 일이라해도 출장을 다녀오라거나 아니면 잠깐 여행을 갔다 오라는지시가 떨어지면 — 요즘 들어 이상하게도 이런 지시가 부쩍늘었다 — 자꾸만, 사람들이 그를 사무실에서 잠깐 떠나게해놓고서 그가 한 일을 검증하거나 아니면 그를 사무실에서없어도 그만인 가벼운 존재로 생각하는 것은 아닌가 하는 의혹이 들곤 했다. 이런 정도의 지시는 마음만 먹으면 별로 거치적거릴 것 없이 거절할 수 있었다. 그러나 그는 그럴 엄두도 못 냈다. 왜냐하면 두려움의 이유가 아주 하찮은 것일지라도 지시를 거부하는 것은 그 두려움을 자백하는 것이나 다름없었기 때문이다. 이런 이유에서 겉으로 아무렇지도 않은척하며 이런 지시들을 받아들였고 심지어 이틀에 걸쳐 고된출장을 다녀와야 할 때도 감기에 걸린 사실을 알리지 않았다. 마침 비 내리는 을씨년스런 가을 날씨를 핑계로 출장을못 가겠다고 하는 게 싫었기 때문이다. 그가 욱신거리는 두통을 안고 출장에서 돌아와 보니 이튿날엔 이탈리아에서 온거래처 사람을 안내하도록 되어 있었다. 적어도 이번 한 번만큼은 거절하고 싶은 생각이 굴뚝같았다. 게다가 이번에 맡은 일은 은행 업무와 직접적인 관련이 없기 때문이다. 거래처사람을 위해 이런 사교적인 업무를 수행하는 것 역시 그 자체로서는 상당히 중요한 일이었다. 하지만 K에게는 해당되지 않는 일이다. 그는 애당초 오직 성공적인 업무를 통해서만 자신의 지위를 지킬 수 있으며, 그것을 제대로 해내지 못하면 아무리 기발한 발상으로 이 이탈리아 사람의 혼을 쏙

빼놓는다 해도 아무 소용 없음을 잘 알고 있었다. 단 하루도 그는 근무의 영역에서 밀려나고 싶지 않았다. 왜냐하면 한 번 밀려나면 다시는 원상 복귀 시켜 주지 않을 것 같은 두려움이 너무나 컸기 때문이다. 물론 쓸데없이 과장된 두려움임을 스스로도 잘 알고 있었지만, 이 두려움이 내내 그의 숨통을 조여 왔다. 이번 경우엔 그럴싸한 이유를 만들어 내는 일이 쉽지 않았다. K의 이탈리아어 실력은 아주 대단하지는 않았지만 그런대로 쓸 만했다. 그러나 결정적인 요인은 그가 소싯적에 몇몇 예술사 지식을 갖추었다는 것이었다. 이 사실은 더욱 과장되게 은행 내부에 알려졌는데, 그것은 그가 한동안 — 사실 업무상의 이유로 그랬던 것이지만 — 시립 문화 유적 보전 협회의 회원이었기 때문이다. 게다가 소문으로 들은 바에 의하면 거래처 이탈리아인 역시 예술 애호가였으며, 따라서 자연스레 그 사람의 안내인으로 K가 선정된 것이었다.

비가 억수같이 쏟아지고 폭풍우가 몰아치는 아침이었다. K는 앞에 둔 일과에 신경이 곤두선 채 방문객에게 모든 것을 빼앗기기 전에 적어도 몇 가지 일이라도 마무리 지으려고 아침 7시에 사무실로 나왔다. 그는 몹시 피곤함을 느꼈다. 미리 준비를 좀 한다고 이탈리아어 문법을 공부하느라 밤 시간의 절반을 빼앗겼기 때문이다. 최근 들어 버릇처럼 틈만 나면 가서 앉아 있곤 하던 창턱이 유혹했지만, 그 유혹을 뿌리치고 책상 앞에 앉아 일을 시작했다. 하필이면 그때 사환이 업무 대리인님이 출근했는지 알아보라고 지점장님이 보내서 왔노라며 들어왔다. 그리고 출근했으면 어서 접견실로 오라고 덧붙였다. 이탈리아에서 온 손님이 벌써 와 있다면서 말이다. 「지금 가네.」 K는 그렇게 말하면서 작은 사전을 주머니에 넣고, 방문객을 위해 직접 준비한 시내 관광 명소 사진첩을 겨드랑이에 끼고서 부지점장 방을 거쳐 지점장 방으로 들어갔다. 일찌감치 사무실에 나와 있다가 곧장 부름에 응할 수 있게 된 걸 생각하며 그는 속으로 흐뭇해했다. 아마 아무도 예상치 못했을 것이다. 부지점장의 방은 역시 기대했던 대로 마치 한밤중인 것처럼 아직 텅 비어 있었다. 사환이 와서 부지점장도 응접실로 오도록 부르려 했겠지만, 아무 소용 없는 일이었다. K가 접견실로 들어서자 두 명의 신사가 깊숙한 소파에 앉아 있다가 몸을 일으켰다. 지점장은 상냥하게 미소를 지어 보였다. K가 와주어서 기분이 아주 좋은 것 같았다. 지점장은 곧 소개를 했고, 이탈리아 사람은 K의 손을 잡고 힘차게 흔들었다. 그는 웃으면서 누군가의 이름을 대며 일찍 일어나는 사람이라고 말했다. K는 대체 누구를 지칭하는 건지 몰랐다. 게다가 단어의 쓰임도 묘해서 잠시 뒤에야 K는 단어의 뜻을 짐작했다. 그는 매끄러운 몇 문장으로 대답했고, 이탈리아 사람은 다시 웃음으로 반응했다. 그러면서 손을 가만두지 못하고 덥수룩한 회청색 콧수염을 자꾸만 어루만졌다. 콧수염에 향수를 뿌린 것 같았다. 가까이 냄새를 맡아 보고 싶은 유혹이 느껴졌다. 모두가 자리에 앉자 몇 마디 간단한 대화가 오갔다. 이때 K는 자신이 이탈리아 사람의 이야기를 단편적으로밖에 이해하지 못한다는 것을 깨닫고 영 기분이 좋지 않았다. 이탈리아 사람이 차분히 말할 때면 그런대로 다 알아들을 수 있었으나, 그런 경우는 아주 드물었고 대개는 말이 폭포수처럼 쏟아져 나왔다. 그러면서 그렇게 하는 것이 흥겨운 듯 머리를 흔들어 댔다. 그렇게 지껄여 대면서 그는 자꾸만 이탈리아어 같지 않은 사투리를 썼다. 그러나 지점장은 그 말을 알아들을 뿐만 아니라 그 말을 쓰기까지 했다. 물론 이 대목은 K도 예상할 수 있는 바였다. 왜냐하면 그 이탈리아 사람은 남부 이탈리아 사람이었고, 지점장도 그곳에서 몇 년 동안 있었기 때문이다. 아무튼 K는 이 탈리아 사람과 제대로 대화를 나누기는 다 틀렸음을 깨달았다. 그 사람이 쓰는 프랑스어 역시 알아듣기 힘들었다. 게다가 수염이 입술의 움직임을 가려, 입술 모양을 보고 이해하기도 힘들었다. K는 앞으로 닥칠 온갖 불편함이 눈에 보이는 것 같았다. 그래서 우선은 이탈리아 사람 말을 알아들을 생각을 접고 — 이탈리아 사람이 하는 말을 손쉽게 알아듣는 지점장 앞에서 공연히 애를 쓸 필요가 없었다 — 이탈리아 사람이 하는 행태를 그저 시큰둥하니 관찰하기로 했다. 이탈리아 사람은 깊숙한 소파에 편한 자세로 살포시 앉아 우아하게 재단된 짧은 재킷을 수시로 잡아당겼고, 양팔을 치켜들고 손목을 자유롭게 움직이며 뭔가를 표현하려 하기도 했다. K는 몸을 앞으로 구부리고 동작을 눈에서 놓치지 않았지만 그 제스처가 무엇을 의미하는지 깨닫지 못했다. 사람들이 주고받는 대화를 별 감흥 없이 기계적으로 좇고 있던 K에게 마침내 아까 느꼈던 피로가 밀려왔다. 그리고 엉겁결에 자신이

막 자리에서 일어나 등을 돌려 그곳에서 나가려는 것을 알아
차리고 — 다행히도 제때에 알아차리고 — 깜짝 놀랐다. 드
디어 이탈리아 사람은 시계를 들여다보고는 자리에서 벌떡
일어났다. 그리고 지점장에게 작별의 말을 하더니 K 쪽으로
성큼 다가왔다. 그가 너무 바짝 달라붙는 바람에 K는 몸을
움직일 공간을 만들기 위해 자신의 의자를 뒤로 밀어내야 했
다. 지점장은 K의 눈빛에서 이탈리아어 때문에 겪고 있는 그
의 곤란한 상황을 알아채고는 대화에 슬쩍 끼어들어 별로 중
요치 않은 조언을 하는 척하면서 이탈리아 사람이 불쑥불쑥
지점장의 말을 끊어 가며 하는 말들을 간단히 요약해 K에게
알려 주었다. K는 지점장을 통해서 이탈리아 사람이 지금 당
장 처리해야 할 일이 있으며, 유감스럽게도 쓸 수 있는 시간
이 별로 없고, 때문에 서둘러서 모든 명소를 다 찾아갈 생각
은 없지만 — K가 동의한다면, 결정권은 오로지 K에게 있으
므로 — 대성당만이라도 철저히 구경하고 싶어 한다는 것을
알았다. 이렇게 학식 있고 친절한 신사분 — 이 말은 K를 지
칭한 것인데, 지금 그는 이탈리아 사람의 말은 흘려듣고 지
점장의 말에 온 신경을 기울이느라 여념이 없었다 — 의 안
내로 이런 구경을 하게 되어 너무 기쁘며, 시간이 괜찮다면
두 시간 뒤인 10시경에 성당에서 만났으면 좋겠다고 했다.
그리고 그 자신도 시간에 맞게 그곳에 가 있을 수 있기를 바
란다고 했다. K는 이에 대해 적절한 반응을 보였다. 이탈리
아 사람은 먼저 지점장과 악수를 하고 이어서 K와 악수를
나누었다. 그러더니 또다시 악수를 하고서 두 사람의 배웅을

받으며, 이들을 향해 몸을 반쯤 튼 채로, 그러면서도 끊임없이 지껄여 대면서 문 쪽으로 걸어갔다. 이어 K는 지점장과 잠시 자리를 따로 가졌다. 지점장은 오늘따라 몸이 아주 안 좋아 보였다. 지점장은 K에게 어떻게든 사과를 해야 한다고 생각했다. 그래서 그는 말했다 — 이때 그들은 아주 다정히 가까이 서 있었다 — 처음엔 이탈리아 사람을 데리고 직접 자기가 하려 했으나 — 이에 대한 자세한 이유는 밝히지 않았다 — 결국은 K를 보내기로 결정했노라고. 당장 이탈리아 사람의 말을 알아듣지 못한다고 너무 당황할 필요는 없다. 금방 알아듣게 될 거고, 많은 말을 알아듣지 못했다고 해서 그리 나쁠 것도 없다. 이탈리아 사람에겐 말을 알아듣는지 여부는 중요치 않노라고. 게다가 K의 이탈리아어 실력은 놀라울 만치 좋으니까 전혀 문제없이 잘 해낼 거다. 그런 말과 함께 지점장은 K와 작별했다. 남은 시간을 그는 대성당에 가서 안내를 할 때 필요할 만한 어휘들을 사전에서 뽑아 적으며 보냈다. 참으로 신경 쓰이는 작업이었다. 사환들은 우편물을 가져왔고, 직원들은 이런저런 질문거리를 들고 왔다가 K가 바쁜 것을 보고는 문가에 서서 기다리며 K가 대답을 해줄 때까지 꼼짝도 않고 있었다. 부지점장 역시 어김없이 나타나 K를 괴롭혔다. 그는 시도 때도 없이 안으로 들어와 K의 손에서 사전을 빼앗아 별 뜻도 없으면서 괜히 이리저리 뒤적거렸다. 고객들까지도 문이 열리면 대기실의 어슴푸레한 어둠 속에서 나타나 엉거주춤 인사를 했다. 그들은 자신들을 알리고 싶어 했으나 상대가 자기를 보았는지는 확인할 길이 없었다. 이 모든 것들이 마치 중심을 싸고돌듯이 K를 중심으로 움직였다. 그러는 동안 K는 필요한 단어들을 직접 선정하여 사전에서 찾아 노트에 적었다. 발음을 연습해 보고 끝으로 외우려 해보았다. 그러나 예전의 그 좋던 기억력이 다 달아난 것 같았다. 그러다가 이렇게 자신을 힘들게 한 이 탈리아 사람에게 버럭 화가 나서 사전을 서류 더미로 덮으며 이제 더 이상 준비하지 않겠다고 다짐했다. 그러나 이내 대 성당의 예술품 앞에서 벙어리처럼 왔다 갔다만 할 수는 없는 노릇임을 깨닫고 치밀어 오르는 화를 누르며 사전을 다시 끄 집어냈다.

9시 30분 정각에 막 사무실을 나가려 하는데 전화벨이 울 렸다. 레니가 아침 인사차 전화를 하여 안부를 물었다. K는 얼른 고맙다고 말하고서 지금은 대성당에 가봐야 하기 때문 에 통화를 할 수 없다고 말했다. 「대성당엘 간다고요?」「그래, 대성당에.」「대성당에는 왜 가는데요?」 레니가 물었다. K는 그녀에게 간단히 설명하려 했다. 그러나 설명을 시작하려는 순간, 레니가 불쑥 이렇게 말했다. 「그들이 당신을 괴롭히는 거예요.」 요구하지도 기대하지도 않았던 동정의 말을 듣자 K는 참을 수가 없었다. 그는 두 마디 말로 작별 인사를 하고 서 수화기를 내려놓으며, 반은 자기 자신에게 그리고 반은 멀리 있어 들을 수도 없는 여자에게 이렇게 말했다. 「그래, 그 들이 나를 괴롭히는 거야.」

늦을 것 같았다. 제때에 도착하지 못할지도 모른다. 그는 택시를 타고 가는 중이다. 그래도 마지막 순간에 사진첩을 생각해 냈다. 아까는 줄 기회가 없었는데 지금 가져가는 중이다. 그는 사진첩을 무릎 위에 올려놓고 차 안에서 내내 초조하게 사진첩을 두드렸다. 그사이 빗줄기는 가늘어졌다. 그러나 축축하고 서늘한 데다 어두워서 성당 안은 잘 보이지 않을 것 같았다. 게다가 차가운 대리석 위에 오래 서 있다가는 감기가 더 악화될지도 모른다.

대성당 앞 광장은 썰렁했다. K는 어릴 적에 이 좁은 광장을 둘러싼 건물들의 거의 모든 유리창에 커튼이 늘 드리워 있던 것을 특이하게 생각했던 기억이 떠올랐다. 평소와 다른 오늘 같은 날씨라면 물론 이해가 가는 일이었다. 대성당 안도 텅 빈 것 같았다. 사실 누가 이런 날씨에 여길 오겠는가. K는 양 측랑 사이를 빠른 걸음으로 걸어갔다. 그는 한 노파를 보았는데, 노파는 따뜻한 목도리를 두르고 무릎을 꿇고 앞의 마리아상을 뚫어지게 쳐다보고 있었다. 저 멀리서 성당지기가 다리를 절뚝거리며 벽에 난 문으로 사라지는 것이 보였다. K는 정확하게 도착했다. 그가 성당 안으로 들어왔을 때 시계가 막 11시를 쳤다. 이탈리아 사람은 아직 그곳에 오지 않았다. K는 정문 출입구로 다시 돌아갔다. 그곳에 한동안 이러지도 저러지도 못한 채 서 있다가 비가 내리고 있는 성당 밖으로 나가 성당 주위를 돌며 혹시 이탈리아 사람이 다른 측면 출입구에서 기다리고 있는 건 아닌지 살펴보기로 했다. 그러나 그의 모습은 어디에도 보이지 않았다. 혹시 지점장이 시간을 잘못 알아들은 건 아닐까? 그 사람의 말을 제대로 알아듣는다는 게 가능하기나 할까. 이유야 어찌 되었던

간에, 적어도 30분은 그 사람을 기다려야 했다. K는 피곤했기 때문에 어디든지 좀 앉고 싶었다. 그는 성당 안으로 다시 들어갔다. 계단 위에서 작은 양탄자 조각 같은 것을 하나 발견한 그는 발끝으로 가까운 곳에 있는 벤치 앞에다 끌어 놓고서 외투를 단단히 여미고 깃을 높이 세운 다음 자리에 앉았다. 심심풀이로 시간이나 보낼 양으로 사진첩을 펼쳐 조금 넘겨 보다가 이내 그만두고 말았다. 고개를 들어 가까운 측랑을 바라봤더니 날이 너무 어두워져서 사물들의 윤곽을 분간할 수 없었다.

멀리 중앙 제단 위에 있는 커다란 삼각 촛대의 불빛이 반짝였다. 조금 전에도 그 불빛을 봤는지 못 봤는지 확실치 않았다. 그것들은 이제서야 켜진 것 같았다. 성당지기들은 직업적으로 날래게 움직이기 때문에 눈에 잘 띄지 않는다. 그때 우연히 등을 돌리다가 등 뒤 멀지 않은 곳에 있는 한 기둥에 박힌 촛대에서도 크고 굵은 초가 타고 있는 것을 보았다. 그 불빛이 멋지긴 했지만 양쪽 소제단의 어둠 속에 걸려 있는 성화들을 밝히기에는 역부족이었다. 아니, 오히려 어둠만을 짙게 만들 뿐이었다. 이탈리아 사람은 오지 않음으로써 무례하기는 하지만 나름의 센스도 보여 주었다. 와봤자 아무것도 볼 수 없었을 테고, 고작 K의 손전등 불빛으로 더듬대며 그림 몇 개나 찾아서 보았을 테니 말이다. K는 이런 상황에서 뭘 얼마나 할 수 있을지 직접 시험해 보기 위해 조그만 측면 예배소로 걸어갔다. 계단을 몇 개 올라가자 크기가 낮은 대리석 난간이 나타났고, K는 그 난간에 몸을 구부려 손전등으로 제단의 성화를 비추어 보았다. 제단 앞에서 아른대는 영원의 불빛[1] 때문에 제대로 보이지 않았다. K가 가장 먼저 본 것, 아니 부분적으로 추측한 것은 갑옷을 입은 키가 큰 기사였는데, 그림의 가장자리 언저리에 있었다. 긴 칼을 자기 앞쪽의 풀포기가 몇 개 흩어져 있는 맨땅에 기사는 꽂고서 그걸 짚고 있었다. 그는 면전에서 벌어지고 있는 광경을 유심히 바라보는 것 같았다. 왜 가만히 서 있기만 하고 나서지 않는 건지 참으로 이상했다. 보초를 서야 해서 그런가? 그림 구경을 못 한 지 꽤 된 K는 한참 동안 기사 그림을 살펴보았다. 손전등의 푸른빛 때문에 눈을 계속해서 깜박거려 가면서 말이다. 손전등으로 그림의 나머지 부분을 비추던 중 전통 방식으로 그린 그리스도의 장례식 장면이 눈에 들어왔다. 아무튼 그림은 최근의 작품이었다. 그는 손전등을 주머니에 집어넣고 다시 아까 그 자리로 돌아왔다.

이제 이탈리아 사람을 기다리는 것은 무의미한 것 같았다. 밖에는 분명 세찬 비바람이 몰아치고 있을 테고, 이곳은 K가 생각했던 것과 달리 그리 춥지 않으니 잠시 있기로 했다. 가까운 곳에는 설교단이 있었는데, 설교단의 작고 둥근 지붕에는 반쯤 누운 상태의 평범한 형태의 황금빛 십자가 두 개가 끄트머리를 서로 맞댄 채 박혀 있었다. 설교단 난간의 외벽과 외벽과 기둥의 연결부에는 푸른 나뭇잎이 장식되어 있었고 나뭇잎에는 작은 천사들이 매달려 있었는데, 어떤 천사들은 가만히 있는 모양이고 또 어떤 천사들은 활발하게 움직이

---

1 가톨릭 성당에서 성궤를 비추기 위해 꺼지지 않고 계속 켜놓는 등불.

는 모양이었다. K는 설교단 앞으로 걸어가 이리저리 살펴보았다. 돌을 다듬은 솜씨가 아주 정교했다. 나뭇잎 장식과 그 뒷면의 돌 사이의 깊은 어둠은 마치 포로로 잡혀서 감옥에 갇힌 것처럼 보였다. K는 그 빈틈에 손을 집어넣어 돌을 조심스레 더듬어 보았다. 여태껏 이런 설교단이 있을 줄은 꿈에도 생각 못 했다. 그때 뜻밖에 예배석 바로 앞줄 뒤에 성당지기가 서 있는 것을 발견했다. 그 노인은 주름이 진 치렁치렁한 검은 가운을 입었는데 왼손에는 코담배 갑을 들고서 K를 빤히 쳐다보고 있었다. 〈저 친구 왜 저러지?〉 K는 생각했다. 〈내가 수상쩍어 보이나? 술값이라도 내놓으라는 건가?〉 성당지기는 K가 자기를 쳐다보는 것을 알아채고서 두 손가락엔 담배를 한 움큼 쥔 채 오른손으로 막연하게 어딘가를 가리켰다. 도대체 뭘 하라는 건지 그 태도로는 알 수가 없었다. K는 잠시 더 기다려 보았다. 그러나 성당지기는 손으로 여전히 뭔가를 가리켰다. 고개를 끄덕여 재촉하기까지 했다. 「도대체 뭘 어떻게 하라는 거야?」 K는 나지막이 물었다. 큰 소리를 낼 수는 없는 노릇이었다. 그래서 그는 지갑을 꺼내 들고 앞줄의 좌석들을 지나 노인 쪽으로 다가갔다. 그러나 노인은 얼른 손사래를 치더니 어깨를 으쓱해 보이고서 절뚝대며 도망치기 시작했다. 그렇게 허둥대며 절뚝거리는 모습을 보니 K가 어릴 적 말을 타고 달리는 모습을 그런 걸음걸이로 흉내 냈던 기억이 났다. 〈유치하기 짝이 없는 노인네군.〉 K는 생각했다. 〈성당에서 심부름이나 해야 할 머리야. 내가 멈추면 자기도 멈추면서 오나 안 오나 엿보는 꼴 하고는.〉 K는 웃음 띤 얼굴로 노인의 뒤를 따라갔다. 측랑을 다 지나서 거의 중앙 제단 꼭대기에 이르렀다. 노인은 멈추지 않고 줄곧 뭔가를 가리켰다. 암만 그래도 K는 뒤를 돌아보지 않았다. 그 손가락질은 노인의 뒤를 밟지 말라는 뜻 외에 다른 뜻은 없는 것 같았다. 결국 그는 노인의 뒤를 밟는 것을 그만두었다. 노인을 너무 괴롭히고 싶지 않았다. 그리고 또 혹시 이탈리아 사람이 올지 모르니, 이 유령 같은 형상을 완전히 내쫓아 버리고 싶지는 않았다.

다시 성당의 중앙 통로로 들어서서 사진첩을 놓아두었던 자리를 찾으려던 그때 제단 성가대석 바로 옆 기둥에 잇대어 조그만 부속 설교단이 있는 것을 발견했다. 반질한 잿빛 돌로 만들어진 단순한 모양의 설교단이었다. 이 설교단은 크기가 작았는데, 멀리서 보면 성상을 놓으려고 만들었지만 속에 아무것도 없는 벽감처럼 보였다. 설교자는 설교단 난간에서 한 걸음도 뒤로 제대로 떼어 놓을 수 없을 것 같았다. 게다가 설교단의 둥근 돌 지붕은 턱없이 낮게 시작되어 아무 장식도 없이 둥글게 위로 올라갔기 때문에 중간 키의 남자는 제대로 서지도 못하고 계속해서 난간 밖으로 몸을 내밀고 있어야 할 것 같았다. 어쩌면 이게 다 설교자에게 고통을 주기 위한 의도처럼 보였다. 크고 멋지게 장식된 다른 설교단이 있는데 대체 이런 설교단이 왜 필요한지 알 길이 없었다.

보통 설교의 시작을 알리는 위쪽의 등이 켜져 있지 않았으면 이 조그만 설교단은 K의 눈에 띄었을 리 만무하다. 그렇다면 지금 설교가 있단 말인가? 이렇게 텅 빈 성당에서? K는 계단을 내려다보았다. 계단은 양쪽의 기둥들과 맞닿은 채로 설교단과 이어져 있었다. 그러나 폭이 너무 좁아서 사람들이 다니도록 만든 게 아니라 그냥 기둥들의 장식이 아닌가 하는 생각이 들었다. 그런데 설교단 아래쪽에는 — K는 놀란 나머지 미소를 지었다 — 정말로 사제가 서서 손으로 난간을 잡고 위로 올라갈 자세로 K를 쳐다보고 있었다. 이어 사제는 가볍게 고개를 끄덕였다. 그것을 보고 K는 성호를 긋고 허리를 굽혀 인사를 했다. 진작 했어야 할 동작이었다. 사제는 살짝 몸을 들더니 짧고 빠른 발걸음으로 설교단 위로 올라갔다. 정말로 설교를 시작하려는 걸까? 어쩌면 성당지기는 실제로는 멍청하지 않았던 게 아닐까? 그는 다만 K를 사제가 있는 쪽으로 가게 하려 했던 게 아닐까? 이 텅 빈 성당에서라면 그럴 수밖에 없지 않았을까? 하지만 아까 어디엔가 마리아상 앞에 노파가 하나 있었는데, 그렇다면 그 노파도 이곳으로 와야 하지 않았을까? 그리고 설교를 한다면 왜 시작을 알리는 오르간 연주가 없는 걸까? 연주 없는 오르간은 까마득히 높은 어둠 속에서 은은히 빛날 뿐이었다.

K는 생각해 보았다. 지금 당장 이곳을 빠져나가야 하지 않을까? 일단 설교가 시작되고 나면 그럴 기회를 잃게 된다. 그러면 설교가 진행되는 동안 그냥 앉아 있을 수밖에 없다. 사무실에서도 많은 시간을 허비했다. 이탈리아 사람을 기다릴 의무는 이제는 없다. 시계를 보았다. 11시였다. 그런데 정말로 설교가 시작될까? K 혼자서 전체 신자를 대표한단 말인가? 그가 그저 성당을 구경하려고 온 여행객이라면 어떻게

되는 걸까? 사실 그야 여행객이나 다름없었다. 지금, 11시에, 그것도 평일에다 짓궂은 날씨에 설교가 열린다고 생각하다니, 말도 안 된다. 사제는 — 그는 분명 사제였다, 얼굴빛이 거무스레하고 탄력 있는 피부를 지닌 젊은이였다 — 잘못해서 켜진 등불을 끄기 위해 위로 올라간 것일지도 모른다.

그러나 사실은 그렇지가 않았다. 그러기는커녕 사제는 등불을 살펴보더니 심지를 약간 더 돋우고서 난간 쪽으로 천천히 몸을 돌려 난간 앞쪽의 각진 모서리 부분을 양손으로 움켜잡았다. 그 자세로 그는 한동안 서서 꼼짝도 않고서 사방을 휘둘러보았다. K는 한참을 뒤로 물러난 곳의 앞좌석에 팔꿈치를 기대고 서 있었다. 그는 한 군데, 딱 부러지게 어디라고 말할 수 없는 어딘가에 등이 굽은 성당지기가 자기가 맡은 일을 다 끝낸 듯 희미한 모습으로 평온하게 쪼그리고 앉아 있는 것을 보았다. 성당 안은 쥐 죽은 듯 조용했다! 그러나 K는 이 정적을 깨뜨릴 수밖에 없다. 그는 이곳에 있고 싶은 생각이 없었다. 사제가 정해진 시간에 주변 상황이 어떻든 간에 설교를 하는 것이 의무라면 얼마든지 그렇게 하라. K가 굳이 도와주지 않아도 얼마든지 잘할 거고, K가 있다고 해서 효과가 더 커지지도 않을 테니 말이다. 그래서 K는 서서히 움직이기 시작했다. 발꿈치를 들고서 장의자를 더듬어 따라갔다. 이윽고 넓은 중앙 통로가 나왔다. 여기서도 그는 아무 방해도 받지 않고 걸어갔다. 다만 아무리 살금살금 걸어도 돌로 된 바닥은 소리를 냈고 이 소리는 둥근 천장에 가서 부딪치며 수십 배의 소리로 증폭되어 끊임없이 메아리를 울렸다. 필시 사제의 눈길을 받으며 그곳 텅 빈 좌석들 사이를 혼자서 걸어가던 K는 약간은 자신이 노출된 느낌을 받았다. 대성당의 크기 역시 인간으로서 참을 수 있는 최고의 극한점에 와 있는 것 같았다. 그는 아까 앉아 있었던 자리에 이르자 걸음을 멈추지 않은 채 거기에 놓여 있던 사진첩을 집어 들었다. 예배석이 늘어선 공간을 지나 예배석과 출구 사이의 빈 공간에 이르렀을 즈음에 처음으로 사제의 목소리가 들려왔다. 힘차고 탄탄한 목소리였다. 이 목소리는 받아들일 준비가 되어 있던 성당에 속속들이 스며들었다! 그러나 사제가 겨냥한 것은 신도들이 아니었다. 그것은 너무나 명확했으며 빠져나갈 구멍은 없었다. 「요제프 K!」

　K는 발걸음을 턱 멈추며 발 앞의 바닥을 응시했다. 아직은 그래도 자유의 몸이었다. 가려면 얼마든지 갈 수 있었다. 그로부터 멀지 않은 곳에 있는 세 개의 조그만 검은 나무 문을 통해 얼마든지 도망칠 수 있었다. 만일 그가 그렇게 하면 그 소리를 알아듣지 못했거나, 알아듣기는 했어도 개의치 않음을 보여 주는 것이다. 반면에 멈추어 서면, 그땐 붙잡힌 몸이다. 그것은 이미 잘 알아들었다는 것이며, 이름을 불린 사람이 바로 본인이며 시키는 대로 하겠다는 자백이기 때문이다. 사제가 다시 한 번 불렀다면 분명 계속해서 걸어갔겠지만, 아무리 기다려도 침묵만 흐르자, 그는 약간 고개를 돌렸다. 사제가 지금 어떻게 하고 있는지 보고 싶었기 때문이다. 사제는 설교단 위에 가만히 서 있었다. 그러나 K가 고개를 돌리는 모습을 보았음에 틀림없었다. 만약 K가 지금 고개를

완전히 돌리지 않으면 어린아이들 숨바꼭질 같은 놀음이 된다. 그는 고개를 돌렸고, 사제는 손가락으로 좀 더 가까이 오라고 신호를 보냈다. 이젠 더 이상 숨길 것이 없어졌으므로 그는 달려서 ─ 여기엔 호기심도 작용했고 용무를 빨리 끝내려는 의도도 있었다 ─ 나는 듯 성큼성큼 설교단을 향해 갔다. 예배석의 맨 앞줄에 이르러 발걸음을 멈추었다. 그러나 사제 입장에서는 거리가 너무 멀었다. 사제는 손을 뻗더니 집게손가락을 꽉 구부려서 설교단 바로 앞쪽의 자리를 가리켰다. K는 이번에도 지시대로 따랐다. 그 자리에서 사제의 얼굴을 보려면 고개를 뒤로 홱 젖혀야 했다. 「요제프 K인가요?」 사제는 그렇게 말하며 난간을 잡고 있던 손을 들어 애매한 제스처를 했다. 「그렇습니다.」 K는 그렇게 말하면서 예전에만 해도 사람들에게 자기 이름을 스스럼없이 드러냈었지만 얼마 전부터 이름이 스스로에게 짐이 되었음을 생각했다. 이제는 처음 보는 사람들도 자기 이름을 알고 있었다. 처음으로 자기를 소개하고 그러고 나서야 남에게 자신을 알린다는 게 얼마나 멋진 일인가. 「당신은 기소되었소.」 사제가 아주 낮은 목소리로 말했다. 「그렇습니다.」 K가 말했다. 「통고를 받았지요.」 「그렇다면 당신은 내가 찾고 있던 사람이군.」 사제가 말했다. 「나는 교도소 담당 교회사요.」 「아, 그렇군요.」 K가 말했다. 「내가 당신을 이리로 오게 한 거요.」 사제가 말했다. 「이야기를 나눠 보고 싶어서.」 「몰랐습니다.」 K가 말했다. 「내가 이곳에 온 건 이탈리아 사람에게 대성당을 구경시켜 주려고 했던 거죠.」 「그런 부차적인 이야기는 관둡시다.」 사제가 말했다. 「손에 들고 있는 건 뭐요? 기도서요?」
「아닙니다.」 K가 대답했다. 「시내 명소를 모아 놓은 사진첩
입니다.」 「그걸 손에서 내려놓으시오.」 사제가 말했다. 그러
자 K는 사진첩을 냅다 집어 던졌다. 그 바람에 사진첩은 활
짝 펼쳐져 낱낱의 장들이 구겨진 채 바닥에 끌리며 한동안
쭉 미끄러졌다. 「당신의 소송이 지금 나쁜 상태에 있다는 건
알고 있소?」 사제가 물었다. 「내가 보기에도 그런 것 같군요.」
K가 말했다. 「온갖 노력을 다 해봤지만 지금까지 아무 성과
도 없습니다. 물론 첫 청원서조차 작성을 못했지만요.」 「결
말이 어떻게 날 거라고 보시오?」 사제가 물었다. 「처음엔 별
문제가 없을 걸로 생각했습니다.」 K가 말했다. 「지금은 좀
의심이 들기는 합니다. 결말이 어떻게 날지는 나로서는 모르
겠습니다. 당신은 그걸 압니까?」 「모르오.」 사제가 말했다.
「하지만 안 좋게 결말이 날까 봐 걱정이오. 사람들은 당신이
유죄라고 생각하고 있소. 당신의 소송은 하급 법원을 넘어서
지 못할 거요. 적어도 지금으로서는 사람들은 당신의 유죄가
증명되었다고 생각해요.」 「나는 죄를 짓지 않았습니다.」 K가
말했다. 「그건 착오입니다. 사람이 어떻게 죄를 짓겠습니까?
우리는 나나 너나 할 것 없이 모두 같은 인간 아닌가요?」 「그
건 맞는 말이오.」 사제가 말했다. 「그런데 죄를 지은 사람들
은 다 그렇게 말하지요.」 「당신도 내게 편견을 갖고 있습니
까?」 K가 물었다. 「당신한테 편견 같은 건 갖고 있지 않소.」
사제가 말했다. 「고맙습니다.」 K가 말했다. 「하지만 소송에
관여하는 다른 사람들은 누구나 할 것 없이 나한테 편견을

갖고 있어요. 그 사람들은 남에게도 그런 편견을 불어넣거든요. 내 입장도 점점 더 어려워지고 있어요.」「당신은 사실을 오해하고 있소.」사제가 말했다.「어느 한순간에 판결이 나오는 게 아니오. 소송은 시간을 두고 천천히 판결로 넘어가는 거요.」「그렇군요.」K는 그렇게 말하며 고개를 떨어뜨렸다.「앞으로 어떻게 할 작정이오?」「어떻게든 도움을 구해 봐야죠.」K는 그렇게 말하면서 사제의 반응을 보기 위해 고개를 들었다.「몇 가지 방법이 있을 것 같긴 합니다. 아직 방법을 제대로 써보지 못해서 그렇지요.」「당신은 자꾸만 다른 사람들에게 도움을 기대하는군요.」사제는 못 미더운 투로 말했다.「특히 여자들한테서 말이오. 그게 진정한 도움이 아니라는 걸 모르시오?」「당신 말이 대체로 맞는다는 건 인정하겠지만……」K가 말했다.「다 맞는다고 인정할 수는 없어요. 여자들의 힘이 얼마나 센지 아십니까? 내가 아는 몇몇 여자들의 힘을 동원만 할 수 있다면 분명 성공할 겁니다. 여자 사냥꾼들이 판을 치는 이런 법정에서는 특히 더 그렇죠. 이를테면 예심 판사에게 멀리 있는 여자 하나를 가리키면, 그 사람은 만사 제쳐 놓고 여자를 손에 넣으려고 법원 탁자고 피고고 뭐고 다 타고 넘어 후다닥 그리로 달려갈 겁니다.」사제는 난간 쪽으로 고개를 숙였다. 이제야 설교단의 지붕이 그를 짓누르는 모양이었다. 바깥 날씨는 지금쯤 어떨까? 흐린 낮이 아니라, 이미 깊은 밤이었다. 커다란 창문의 스테인드글라스를 통해 비쳐 드는 어떤 빛살도 어둠의 벽을 가르지 못했다. 게다가 바로 지금 성당지기는 중앙 제단에 있는 촛

272

불들을 하나씩 끄고 있었다. 「혹시 나 때문에 화가 났나요?」 K가 사제에게 물었다. 「아마도 사제께서는 자신이 어떤 법원을 위해 일하고 있는지 모르시겠죠?」 그는 대답을 얻지 못했다. 「그저 내 경험상으로 말씀드리는 겁니다.」 K가 말했다. 위쪽에서는 여전히 침묵만 지켰다. 「기분을 상하게 할 생각은 없었습니다.」 K가 말했다. 그때 사제가 K를 내려다보며 소리쳤다. 「당신은 어찌 한 치 앞도 못 내다봅니까?」 정말로 분노해서 지른 소리이기도 했지만, 다른 한편으로 누군가가 쓰러지는 것을 보고 스스로 깜짝 놀라서 자기도 모르게 무심결에 지른 소리 같기도 했다.

두 사람은 오래도록 침묵했다. 분명 사제는 아래쪽의 깜깜한 어둠 속에 있는 K의 모습을 자세히 보기는 힘들었다. 반면에 K는 작은 전등 불빛으로 사제의 모습을 뚜렷이 보았다. 그런데 사제는 왜 아래로 내려오지 않는 걸까? 그는 설교는 하지 않고, 다만 K에게 몇 가지 이야기만 전했을 뿐이다. 그러나 그것도 잘 보면 그리 유익하기 보다는 좋지 않은 이야기 뿐이었다. 아무튼 사제가 본디 좋은 뜻을 가지고 그렇게 했음은 분명했다. 만약 사제가 밑으로 내려오면 그와 의기투합하는 것이 불가능할 것 같지는 않았다. 사제에게서 결정적인 조언들을 구하는 것도 불가능할 것 같지는 않았다. 어떻게 하면 소송에 영향을 끼칠까가 아니라 이를테면 어떻게 하면 소송에서 박차고 나올까, 어떻게 하면 소송을 우회하여 피해 갈 수 있을까, 어떻게 하면 소송의 바깥에서 살 수 있을까, 하는 방법을 알려 줄지도 모른다. 방법은 틀림없이 있다. K는 최근에 그 방법에 대해 줄곧 생각해 보았다. 그건 그렇고 만약 사제가 그런 방법을 알고 있다면 부탁만으로 알려 줄지도 모른다. 아무리 사제가 법원에 매인 몸이고, 또 아무리 K가 법원을 공격했을 때 자신의 따스한 본성을 누르고 K를 향해 호통을 쳤다 해도 말이다.

「이 아래로 내려오지 않을래요?」K가 말했다. 「설교를 할 것도 아니면서요. 어서 이리로 내려오세요.」「지금 내려가겠소.」사제가 말했다. 좀 전에 자신이 소리 지른 것을 후회하는 듯한 눈치였다. 등불을 고리에서 떼어 내며 그가 말했다. 「처음엔 이렇게 거리를 확보하고서 당신과 이야기를 할 수밖에 없었소. 안 그러면 너무 영향을 쉽게 받아 내 본분을 잊게 될 것 같아서.」

K는 사제를 계단 아래서 기다렸다. 사제는 내려오면서 이미 위쪽 계단에서부터 그에게 손을 내밀었다. 「시간 좀 내주실 수 있습니까?」K가 물었다. 「원하는 만큼 시간을 내드리지요.」그렇게 말하면서 사제는 작은 등불을 K에게 건네주며 들라고 했다. 아무리 가까이서 보아도 사제의 내면에서 뻗쳐 나오는 기품은 사라지지 않았다. 「친절하시군요.」K가 말했다. 두 사람은 나란히 어두운 측랑을 이리저리 거닐었다. 「법원에 소속된 사람들 중에서 당신만 예외입니다. 그들 중 내가 아는 어떤 사람보다도 당신을 신뢰합니다. 당신과는 터놓고 이야기할 수 있습니다.」「착각하지 마세요.」사제가 말했다. 「어떤 점에서 착각을 했다는 거죠?」K가 물었다. 「법원에 대해 착각을 하고 있소.」사제가 말했다. 「법률서 서

문에 이런 착각에 대한 다음과 같은 글이 있소.〈법 앞에 문지기가 하나 서 있다. 시골에서 한 남자가 찾아와 문지기에게 법 안으로 들여보내 달라고 부탁한다. 그러나 문지기는 지금은 입장을 허락할 수 없다고 말한다. 남자가 한참을 생각하더니 나중에는 들어갈 수 있느냐고 묻는다.《그럴 수 있겠지요.》문지기가 말한다.《그러나 지금은 안돼요.》법에 이르는 문이 여느 때처럼 열려 있는 데다가 문지기가 옆으로 비껴 섰기 때문에 남자는 그 틈으로 문 안을 들여다보려고 허리를 구부린다. 문지기가 그것을 보더니 웃으면서 말한다.《그렇게 마음이 끌리면 나를 제치고 한번 들어가 보시오. 하지만 내가 힘이 세다는 걸 명심해 두시오. 나는 가장 말단 문지기에 불과하지만 안으로 들어갈수록 힘이 센 문지기들이 서 있소. 세 번째 문지기의 얼굴을 나는 쳐다보지도 못했소.》시골에서 온 남자는 그러한 어려움을 전혀 예상하지 못했다. 하지만 법은 누구에게나 그리고 언제나 개방되어 있어야 한다고 남자는 생각한다. 그러나 모피 외투를 입은 그 문지기를, 특히 그의 커다란 뾰족코와 길고 엷은 타타르 턱수염을 자세히 살펴본 남자는 입장 허가를 얻어 낼 때까지 차라리 기다리기로 결심한다. 문지기는 그에게 걸상을 하나 건네주고 한쪽 문 옆에 앉으라고 한다. 남자는 몇 날 몇 해고 거기에 앉아 있다. 남자는 안으로 들여보내 달라고 여러 번의 시도를 한다. 남자는 끈질긴 부탁으로 문지기를 피곤하게 만든다. 문지기는 가끔가다 몇 마디씩 던져 남자를 심문해 본다. 문지기는 그에게 고향과 그밖의 여러 가지 것에 대해서 물어본다. 그러나 그것은 높은 사람들이 으레 던지는 하나 마나 한 질문이나 다름없다. 언제나 끝에 가서 문지기는 아직은 들여보낼 수 없다고 말한다. 여행을 위해서 많은 준비를 해 온 남자는 모든 것을 탕진한다. 문지기를 매수하기 위해서라면 그것이 아주 값진 것이라고 해도 기꺼이 내주었다. 문지기는 그 모든 것을 받으면서 이렇게 말한다. 《내가 이 모든 것을 받는 것은 다만 당신이 무언가 할 일을 하지 못했다는 생각이 들지 않도록 함이오.》그 여러 해 동안 남자는 문지기를 거의 끊임없이 관찰해 왔다. 다른 문지기들의 존재는 망각했다. 그리고 이 첫 문지기만이 자신이 법으로 들어가는 데에 유일한 방해물인 것처럼 보였다. 그 불행한 우연을 저주하고 화를 냈다. 첫 몇 년 동안은 막무가내와 큰 소리로, 늙어서는 그저 조그만 소리로 투덜댔다. 남자는 이제 노망기가 들었다. 문지기를 오랫동안 살피는 과정에서 남자는 문지기의 외투 깃에 사는 벼룩까지도 알게 되었는데, 그 벼룩에게까지도 자기를 도와 문지기의 마음을 바꾸도록 해달라고 부탁한다. 마침내 남자는 시력까지 약해져, 정말로 자신의 주변이 어두워진 것인지 아니면 단지 눈이 착각을 일으키는 것인지 알지 못할 정도가 되었다. 그러나 남자는 이제 어둠 속에서 법의 문으로부터 뻗쳐 나오는 뚜렷한 빛살을 알아본다. 이제 남자는 앞으로 얼마 살지 못한다. 죽음을 앞둔 남자의 머릿속에서는 지난 모든 경험이 지금까지 문지기에게 아직 던지지 않은 한 가지 질문으로 집약된다. 남자는 굳어 가고 있는 자기 몸뚱어리를 더 이상 일으켜 세울 수 없기 때문에 문지기에게 눈짓을 한다. 문지기는 그를 향해 깊이 허리를 굽혀야 한다. 왜냐하면 키의 차이가 남자한테 아주 불리한 쪽으로 변했기 때문이다. 《뭘 더 알고 싶으시오?》 문지기가 묻는다. 《당신은 정말 지칠 줄 모르는군요.》 《모두들 법 안으로 들어가고 싶어 하는 걸로 알고 있는데…….》 남자가 말한다. 《어떻게 해서 그 오랜 세월 동안 나 외에는 아무도 입장을 요구하지 않은 거지요?》 문지기는 남자의 종말이 다가왔음을 알았다. 그리하여 남자의 꺼져 가는 청력에 닿을 수 있도록 큰 소리로 말한다. 《이곳은 당신 말고는 아무도 입장을 허가받지 못했소. 왜냐하면 이 문은 오로지 당신만을 위해서 만들어졌으니까. 나도 이제 문을 닫아야겠군요.》》

「그러고 보니 문지기가 그 남자를 속인 거군요.」 K가 이야기에 몹시 흥미를 느끼며 얼른 말했다. 「너무 섣부른 판단은 마시오.」 사제가 말했다. 「남의 의견을 아무 검증 없이 받아들여선 곤란해요. 당신한테 들려준 이야기는 법률서 원문에 있는 그대로요. 거기에 기만이라는 말은 적혀 있지 않소.」 「그래도 이건 너무 뻔한 이야기 아닌가요?」 K가 말했다. 「당신의 첫 번째 해석이 정말 맞는 거 같군요. 문지기는 남자에게 구원의 말을 해주기는 했지만, 남자에게 아무 소용도 없는 시점에 가서 해줬으니까요.」 「그 전에 남자는 문지기에게 물어보질 않았소.」 사제가 말했다. 「그는 문지기에 불과했을 뿐이고, 자신의 의무를 다한 거요.」 「어떻게 문지기가 자기 의무를 다한 걸로 생각하십니까?」 K가 물었다. 「의무를 다하지 못했어요. 그의 의무는 다른 사람들을 그 문으로 못 들어가게 하는 것이었죠. 그래도 그 문으로 들어가게 되어 있는 그 남자만은 들여보냈어야 합니다.」「당신은 원문을 존중하지 않고 마음대로 변형하고 있소.」사제가 말했다. 「이 이야기 속에는 법 안으로의 입장과 관련하여 문지기의 두 가지 중요한 설명이 들어 있소. 하나는 맨 앞에 있고, 또 하나는 맨 끝에 있소. 하나는 〈지금은 입장을 허락할 수 없다〉는 것이고, 또 하나는 〈이 문은 오로지 당신만을 위해서 만들어졌으니까〉라는 대목이오. 만약 이 두 가지 설명 사이에 모순이 있다면, 그땐 당신 해석이 맞소. 하지만 모순은 없다는 거요. 그러기는커녕 첫 번째 설명은 마땅히 두 번째 설명에 이르게 되어 있소. 문지기가 남자한테 앞으로 언젠가는 들어갈 수 있다는 암시를 줌으로써 어찌 보면 문지기가 자기 직분을 넘어서는 말을 했다고 할 수도 있소. 그 시점에는 그 남자가 문 안으로 못 들어가게 막는 것만이 문지기의 의무였던 거 같으니까. 그래서 실제로 많은 해석자들은 문지기가 왜 그런 암시를 준 건지 의아하게 생각해요. 왜냐하면 문지기는 정확한 걸 좋아하는 것 같고, 자기 의무를 다하는 사람이기 때문이오. 숱한 세월 동안 그 사람은 한 번도 자기 자리를 떠나지 않았고, 마지막에 가서야 문을 닫소. 그는 자기가 하는 일의 중요성도 잘 알고 있소. 〈나는 힘이 세다〉는 말을 보면 알지요. 그는 상급자에 대한 경외심도 갖고 있소. 〈나는 가장 말단 문지기에 불과하지만〉이라는 말이 그걸 말해 줘요. 자기 임무를 수행함에 있어 그 사람은 동정심에 흔들리지도 않고 그렇다고 화를 내지도 않소. 시골에서 온 남자에 대해 말하는 〈남자는 끈질긴 부탁으로 문지기를 피곤하게 만든다〉는 구절을 보면 알지요. 문지기는 그렇게 수다를 떨지 않소. 그는 그 수많은 해가 흐르는 동안 〈하나 마나 한 질문〉 정도나 던지니까요. 또 뇌물에도 넘어가지 않소. 선물을 받으면서 〈내가 이 모든 것을 받는 것은 다만 당신이 무언가 할 일을 하지 못했다는 생각이 들지 않도록 함이오〉라고 하잖소. 끝으로 문지기의 외모는 깐깐해 보이죠. 뾰족한 코와 타타르 수염이 그렇소. 이 사람보다 더 자기 의무에 충실한 사람이 있겠소? 그런데 말이오, 여기에 문지기의 또 다른 특성들이 가해져요. 이 특성들은 문 안으로 들여보내 달라고 하는 남자를 위해서는 아주 좋은 거요. 그리고 그가 왜 나중에 가서는 남자에게 들어갈 수 있을지도 모른다는, 주제넘은 암시까지 하게 되는지도 설명해 줘요. 말하자면 문지기는 좀 단순한 데가 있고 그러다 보니 좀 우쭐하는 면도 있지요. 이건 부인할 수 없소. 자기가 힘이 있다는 이야기나 다른 문지기들이 갖고 있는 힘에 대한 언급 그리고 자기는 이들을 쳐다보지도 못한다는 그의 말, 그 모든 것들이 사실이라 할지라도 그런 이야기를 할 때의 어법을 보면 그의 생각이 이런 단순함과 우쭐함 때문에 많이 퇴색되어 있음을 알 수 있지요. 원문의 해석자들은 이 점에 대해 이렇게 말해요. 어떤 것을 올바르게 파악하는 것과 같은 것을 그르게 파악하는 것은 서로 간에 완전히 배치되는 건 아니라고요. 그렇지만 여기서 우리가 생각해야 할 것은, 그런 단순함과 우쭐함이 실제 겉으로 많이 드러나지 않는다 해도 이런 것들이 바로 입구를 지키는 일을 해친다는 것입니다. 이게 바로 문지기가 갖고 있는 성격상의 흠이오. 게다가 문지기는 타고난 성격상 남에게 잘해 주는 면이 있는데, 그렇게 보면 그는 늘 공무를 수행하는 관리의 모습은 아니오. 처음부터 그는 농을 건네고 있어요. 남자한테 이렇게 금지를 해놓았는데도 들어갈 테면 어서 한번 들어가 보라는 거지요. 그래 놓고선 남자를 당장 떠나보내지 않고, 원문에 따르면, 오히려 걸상을 하나 갖다 주면서 문 한쪽 옆에 앉으라고 합니다. 몇 년 몇 해고 그 남자의 집요한 간청을 참아 낸 그 인내심이나, 몇 가지 간단한 심문을 남자에게 던진 것, 선물을 받아 준 것 그리고 남자가 왜 하필이면 여기에다 재수 없게 문지기를 세워 놓았느냐며 옆에서 큰 소리로 푸념을 늘어놓아도 개의치 않는 그 고상한 성품, 이 모든 것은 그만의 동정심의 발로라고 보아야 합니다. 문지기라고 해서 다 그렇게 행동하지는 않았을 거요. 그리고 끝에 가서 그는 시골 남자의 손짓에 따라 허리를 깊이 숙이고서 남자에게 마지막으로 질문할 기회를 주지요. 또 약간의 초조함 같은 것 — 문지기는 이미 다 끝났음을 알고 있지요 — 을 〈당신은 정말 지칠 줄 모르는군요〉라는 말에서 감지할 수 있습니다. 어떤 사람들은 이런 방식의 해석에서 좀 더 나아가서 〈당신은 정말 지칠 줄 모르는군요〉라는 말을 다정한 경탄의 표현으로 보기도 합니다. 여기에도 물론 사람을 깔보는 듯한 투가 들어 있기는 하지만 말이오. 그러니까 문지기라는 인물은 당신이 생각하는 것과 전혀 다른 방식으로 해석할 수 있소.」「당신은 이 이야기를 나보다 더 자세히 그리고 오래전부터 알았으니까 그렇겠죠.」K가 말했다. 두 사람은 잠시 침묵했다. 이윽고 K가 말을 꺼냈다. 「그러니까 당신 말로는 시골 남자가 기만당한 게 아니다, 이거죠?」「내 말을 오해하지 마시오.」사제가 말했다. 「나는 단지 이 이야기를 둘러싼 여러 가지 의견을 보여 줄 뿐이오. 그런 의견들에 대해 너무 신경 쓸 건 없소. 글로 된 이야기는 어떻게 바꿀 수야 없지만, 의견이라는 것들은 대개 그 글에 대한 절망의 표현들이니까요. 이 경우엔 심지어 문지기가 기만을 당한 자라는 견해도 있소.」「그건 너무 지나친 견해 같습니다만…….」 K가 말했다. 「어떻게 그런 견해가 가능할까요?」「그 근거는 말이오…….」사제가 대답했다. 「문지기의 순진함에 있소. 사람들 얘기로 문지기는 법의 내부에 대해서는 전혀 모르고 입구 앞쪽의 길만 왔다 갔다 한다는 거요. 이 사람이 법의 내부에 대해 갖고 있는 생각은 유치한 것에 지나지 않아요. 사실 법에 대한 이야기로 시골 남자에게 겁을 주려 하지만 실제로는 자신도 겁을 먹고 있다는 거요. 그래요, 이 사람은 시골 남자보다 더 겁먹고 있소. 왜냐하면 시골 남자는 문지기에게서 안쪽에 있는 무서운 문지기들에 대한 이야기를 듣고도 무작정 안으로 들어가려고 하는 데 반해, 이 문지기는 안에 들어갈 생각조차 안 해요. 아무튼 그런 이야기는 적어도 들어 본 적이 없소. 또 어떤 사람들은 문지기가 이미 법 내부에 들어가 봤을 걸로 보기도 하지요. 왜냐하면 그가 일단 법에 봉사하는 직원으로 채용되었고 이런 일은 법의 내부에서나 일어날 수 있다는 거죠. 이에 대해 이렇게 응수할 수 있소. 그는 법의 안쪽에서 들려온 어떤 목소리에 의해 문지기로 임명된 것이며, 세 번째 문지기의 얼굴조차 똑바로 쳐다볼 수 없다고 말하는 걸로 보아 적어도 법의 내부 깊은 곳까지는 가보지 못한 것 같다고 말이오. 그리고 또 그 숱한 세월 동안 그가 문지기들에 대한 이야기 외에 내부와 관련해서 다른 무슨 말을 했다는 이야기는 없어요. 그게 금지 사항일 수도 있었겠지만, 그런 금지 이야기도 그는 안 했소. 이런 것들을 다 고려하여 추측해 볼 때, 그는 내부의 생김새나 의미에 대해서 아는 게 아무것도 없고, 그러므로 속았다는 겁니다. 그리고 또 시골 남자와 관련해서도 문지기는 속았다는 겁니다. 왜냐하면 사실 그는 이 시골 남자보다 낮은 위치에 있는데 그 사실을 몰랐다는 거죠. 문지기가 시골 남자를 아랫사람으로 취급하는 것은, 당신도 기억하겠지만 원문 곳곳에서 알 수 있지요. 그러나 실제로는 이 사람이 시골 사람보다 더 낮은 위치에 있는데, 이 견해에 따르면 이것은 너무나 명확하다는 겁니다. 무엇보다 자유로운 사람이 어디에 묶인 사람보다 우위에 있다는 거죠. 사실 따지고 보면 시골에서 온 남자는 실제로 자유롭습니다. 원하는 곳은 어디든 갈 수 있어요. 다만 법 안으로 들어가는 것만 금지되어 있어요. 그것도 한 개인, 즉 문지기에 의해서 말입니다. 문 옆에 걸상을 놓고 앉아 평생 동안 그곳에 있는 것도 자신이 원해서 한 것이지 누가 강제로 시켰다는 말은 이야기 중에 없소. 반면에 문지기는 직업상 자신의 위치를 떠날 수가 없어요. 마음대로 밖으로 나갈 수도 없고, 그렇다고 해서 안으로 들어갈 수도 없소.

아무리 그렇게 하고 싶어도 말이오. 게다가 법을 위해 봉사한다고는 하지만, 사실은 이 입구를 위해서만 봉사할 뿐이오. 그러니 시골 남자만을 위해 봉사하는 것이지요. 문도 그 남자만을 위해 만들어진 거고요. 이런 이유로 보아 그는 시골 사람보다 낮은 위치에 있는 겁니다. 그러므로 그는 오랜 세월 동안, 즉 성년의 나이를 다 바쳐 어떻게 보면 헛된 봉사만 하다 말았다고 할 수 있어요. 무슨 이야기이냐 하면 이런 겁니다. 한 남자가 찾아옵니다. 성인 나이의 남자죠. 그러고 나서 문지기는 기다려야 합니다. 남자가 원하는 만큼 말이죠. 자기 뜻으로 찾아온 이 남자가 원하는 만큼 말입니다. 또 문지기의 직무의 끝은 시골 남자의 임종에 의해 정해지죠. 그러니 그는 끝까지 시골 남자에게 종속된 처지입니다. 그리고 계속해서 사람들이 말하는 것은, 문지기가 이런 상황을 전혀 몰랐던 것 같다는 거죠. 그러나 이것이 특별히 이상할 것도 없습니다. 문지기는 더 큰 착각 속에 빠져 있었으니까요. 특히 그의 직무와 관련해서 그렇습니다. 마지막에 가서 다시 입구 이야기를 하면서 그는 이렇게 말합니다. 〈이제 가서 문을 닫아야겠다〉고요. 그런데 초반부에는 법으로 들어가는 문은 늘 열려 있다고 되어 있지요. 그러니까 만약에 그 문이 늘 열려 있는 거라면, 다시 말해 그 문을 이용해야 할 남자의 수명과 늘 상관없는 것이라면, 아무리 문지기라 하더라도 그 문을 닫을 수는 없는 것입니다. 이것을 놓고도 의견이 갈리는데, 문지기는 문을 닫겠다고 말하면서 그저 시골 남자에게 답변을 준 거다, 아니면 자신의 직업적 의무를 강조한 거다, 아니면 그 남자에게 마지막 순간에 후회와 슬픔을 느끼게 해주려 한 거다 등의 의견이 있소. 아무튼 문지기가 문을 닫을 수는 없다는 데는 많은 사람들이 의견의 일치를 보이고 있소. 더 나아가서 이들은 문지기가 적어도 말미에 가서는 시골 남자에 비해 지식의 정도도 하위에 있을 거라고 생각해요. 왜냐하면 시골 남자는 법의 문에서 뻗쳐 나오는 빛을 보지만, 반면에 문지기는 등을 입구 쪽으로 향한 채로 서 있어야 하고, 어떤 변화를 깨달았다는 말도 한 적이 없기 때문이오.」 「논리적으로 정말 맞는 말입니다.」 K는 사제가 해준 설명 중 몇몇 대목을 낮은 목소리로 다시 한 번 되풀이하며 말했다. 「논리적으로 정말 맞는 말입니다. 이제는 나도 문지기가 착각했다는 점에 동의합니다. 그렇다고 아까 말한 내 의견을 바꾸었다는 뜻은 아닙니다. 왜냐하면 두 의견은 부분적으로 서로 일치하는 면도 있으니까요. 사실 문지기가 사태를 똑똑하게 보았느냐 아니면 기만을 당했느냐는 중요치 않아요. 나는 아까 시골에서 온 남자가 속은 거라고 말했습니다. 문지기가 사태를 똑똑히 볼 줄 안다면 나의 이말은 좀 의심할 필요가 있을 겁니다. 그러나 만약 문지기가 착각에 빠졌다면, 그의 그런 착각은 필연적으로 시골 남자에게 전이되게 마련이죠. 이제 문지기는 사기꾼은 아니지만, 너무나 순진한 행동을 보였으므로 당장 직무에서 잘려야 합니다. 여기서 분명히 아셔야 할 것이 있습니다. 즉 문지기가 착각에 빠졌다면 그 자체는 그에게 별 해를 입히지 않아요. 하지만 시골 남자에게는 수천 배의 해를 입히지요.」 「당신의 그런 생각에 대해서는 이런 반대 의견이 생각나는군요.」사제가 말했다.「사람들 말로, 이 이야기는 아무에게도 문지기를 놓고 왈가왈부할 권한을 주지 않는다는 거요. 그 사람의 모습이 어떻든 간에, 그 사람은 법에 봉사하는 사람이오. 즉 법에 속하고, 인간의 판단에서는 멀리 떨어져 있다는 거요. 그러므로 문지기가 시골 남자보다 하위에 있다고 생각하면 안 되오. 직무 때문에 법의 입구에 매여 있다는 것은 세상에서 자유롭게 사는 것과는 비교도 안 될 정도의 의미를 갖지요. 시골 남자는 그제야 법을 향해 오지만, 문지기는 이미 그곳에 와 있소. 그는 법에 의해 그곳에 근무하도록 명을 받은 것이니, 그 사람의 품위를 의심하는 것은 법을 의심하는 거나 다름없는 거요.」「그 의견에는 찬동할 수 없습니다.」K가 고개를 가로저으며 말했다.「그 의견을 따른다면 문지기가 말하는 것은 뭐든 다 진실로 받아들여야 할 테니까요. 그게 현실적으로 불가능하다는 점은 당신 스스로 세세하게 밝히셨는데요.」「그렇지 않소.」사제가 말했다.「모든 것을 다 진실로 받아들여야 하는 건 아니오. 필연적인 것으로 받아들여야 한다는 뜻이지.」「꿀꿀한 얘기군요.」K가 말했다.「그러니 허위가 세계 질서가 된 거죠.」

K는 결론적으로 그렇게 말하긴 했지만, 그것이 그의 최종적 판단은 아니었다. 그는 너무 피곤해서 원문을 둘러싼 이런저런 추론들을 다 조망할 수가 없었다. 게다가 사고 과정도 평소에 접하지 않았던 것들이고 좀 비현실적이어서, 법원 관리들의 모임에서나 논의하면 적격일 것 같았다. 간단한 이

야기가 엄청 복잡한 이야기가 되었다. 이제는 그 이야기를 털고 싶었다. 그리고 이제 사제도 아주 부드러운 표정으로 그의 태도를 그냥 참아 주며 K가 하는 말을 말없이 받아 주었다. 자신의 생각과 일치하지 않아도 말이다.

그들은 한동안 아무 말도 없이 그냥 걸었다. K는 짙은 어둠 속에서 어디가 어딘지도 모르는 채 그냥 사제 옆에 바싹 붙어 있었다. 손에 들고 있던 그의 손전등은 꺼진 지 한참 되었다. 그때 바로 앞에서 은빛 성자상이 제 몸에서 나오는 은빛으로 잠깐 반짝였다가 이내 어둠 속에 파묻혔다. 너무 사제에게 의지하는 것 같아서 K가 물었다. 「이제 가운데 출입구 쪽에 가까이 오지 않았나요?」 「아뇨.」 사제가 말했다. 「거기서 멀리 떨어져 있소. 벌써 가시게요?」 K는 사실 그럴 생각은 전혀 없었으면서도 금방 이렇게 말했다. 「네, 그래요. 지금 가봐야 해요. 은행에서 업무 대리인으로 일하고 있거든요. 나를 기다리는 사람들이 있어서요. 사실은 외국에서 온 거래처 친구한테 성당 구경을 시켜 주려고 왔던 거라서요.」 「자, 그럼.」 사제는 그렇게 말하며 K에게 손을 내밀었다. 「어서 가 보시죠.」 「이 컴컴한 데서 어떻게 혼자 길을 찾으라는 거죠?」 K가 말했다. 「왼쪽 벽에 가서 붙으세요.」 사제가 말했다. 「그런 다음 떨어지지 말고 벽을 따라 계속 가다 보면 출구가 나올 겁니다.」 사제는 발을 몇 걸음 떼어 놓았다. 그때 K가 큰 소리로 외쳤다. 「잠깐만, 좀 기다려요.」 「기다리고 있소.」 사제가 말했다. 「혹시 내게 더 원하는 거 없나요?」 K가 물었다. 「없소.」 사제가 말했다. 「아까는 아주 친절하게 대해 주었잖습니까.」K가 말했다. 「이런저런 이야기도 다 해주시고. 그런데 이제는 나 같은 사람은 필요 없다는 듯 버리시는군요.」「당신이 가야 한다고 했잖소.」 사제가 말했다. 「그건 그렇지만.」K가 말했다. 「그래도 이해 좀 해주세요.」「그렇다면 먼저 내가 누구인지부터 이해하도록 하시오.」 사제가 말했다. 「당신은 교도소 담당 사제가 아닌가요?」K는 그렇게 말하고서 사제가 있는 쪽으로 가까이 걸어갔다. 방금 말했던 것처럼 당장 은행으로 돌아가야 할 필요는 없었다. 이곳에 머물러 있어도 아무 상관 없었다. 「그러니까 나는 법원에 속한 사람이라는 말이오. 내가 당신한테 뭘 원하겠소? 법원은 당신한테 아무것도 원하지 않소. 당신이 오면 받아 주는 거고, 당신이 가면 가게 놔두는 거요.」

종말

서른한 살 생일 전야 ─ 밤 9시, 거리엔 정적이 감돌던 때 ─
두 신사가 K의 하숙집으로 찾아왔다. 연미복 차림에, 얼굴
은 하얗고 몸은 뚱뚱했으며, 머리엔 바람에도 날아가지 않
을 것 같은 실크해트를 쓴 차림이었다. 건물 입구에서 서로
먼저 들어가라며 예의를 차린 후 똑같은 인사치레가 K의 방
문 앞에서 좀 더 본격적인 형태로 반복되었다. 미리 방문을
알린 것도 아닌데 K 역시 이들과 똑같이 검은 옷을 입고서
문 옆의 안락의자에 앉아 손가락에 꽉 끼는 새 장갑을 천천
히 끼면서 마치 손님들을 기다리는 듯한 자세를 취하고 있었
다. 그는 곧장 자리에서 일어나 호기심 어린 눈빛으로 두 신
사를 쳐다보았다. 「나한테 볼일이 있으신가요?」 그가 물었
다. 신사들은 고개를 끄덕이며 손에 들고 있던 실크해트로
서로를 가리켰다. K는 이런 사람들이 온 것은 의외라고 생각
했다. 그는 창가로 걸어가 다시 어두운 거리를 내다보았다.
건너편 거리의 창문들도 아직 어둠에 거의 묻혀 있었고, 대부
분의 창문에는 커튼이 드리워져 있었다. 건너편 건물의 불 켜

진 창에는 두 어린아이가 창살 뒤에서 놀고 있었다. 아직 앉은 자리에서 벗어나지 못해 버둥대며 조그만 손을 내밀어 서로의 몸을 더듬었다. 〈이런 한물간 늙은 배우들을 내게 보냈군.〉 K는 혼잣말로 뇌까렸다. 그러고서 등을 돌려 다시 확인을 했다. 〈참말로 나를 값싸게 처리하려 하는군.〉 K는 느닷없이 그들에게 몸을 돌리며 물었다. 「어느 극단 소속이죠?」 「극단?」 입가를 씰룩대며 한 신사가 다른 신사에게 물었다. 상대는 처치 곤란한 짐승과 격투 중인 벙어리 같은 제스처를 해 보였다. 「질문에 답하는 연습들이 안 돼 있구먼.」 K는 혼잣말로 중얼거리며 모자를 가지러 갔다.

계단에서부터 두 신사는 K의 팔짱을 끼려 했다. 그러자 K가 말했다. 「거리에 나가서나 그러시죠. 내가 그 정도로 병이 난 건 아니니까.」 문 앞에 이르기가 무섭게 그들은 K의 팔짱을 꼈다. 그런 식으로 팔짱을 끼는 것은 K로서는 생전 처음 경험해 보는 것이었다. 그들은 뒤에서 그들의 어깨를 K의 어깨에 밀착시키고서 자신들의 팔은 구부리지 않은 채 오히려 그 팔을 이용해서 양쪽으로 활짝 펼친 상태의 K의 팔을 감싸고서, 밑으로는 훈련을 통해 익힌 대로 꼼짝 못 하도록 K의 손을 움켜잡았다. K는 그들 사이에서 몸을 꼿꼿이 세우고서 걸었다. 이제 이들 세 사람은 한 몸뚱어리가 되어 있었다. 누가 그들 중 하나를 후려갈기면 한꺼번에 몽땅 넘어갈 것 같았다. 생명이 없는 것들이나 한데 합쳐 그런 모양새를 취할 수 있을 것 같았다.

K는 양쪽으로 꽉 잡혀 힘들기는 했지만, 가로등 밑에 이

를 때마다 몇 번이나 아까 어둑한 방에서 제대로 보지 못했던 이 동행자들의 얼굴을 똑똑히 보려고 노력했다. 〈이 친구들 아마 테너 가수들인 것 같군.〉 그들의 우람한 이중 턱을 쳐다보며 그는 생각했다. 흠 하나 없는 말끔한 얼굴에 구역질이 날 것 같았다. 눈가를 계속해서 훔치고 윗입술을 문지르고 턱의 주름을 펴려고 깔끔을 떠는 손이 눈에 선했다.

그 생각에 K는 걸음을 멈추었다. 그러자 다른 두 사람도 멈추어 섰다. 그들은 화단으로 장식된, 사람 하나 없는 탁 트인 광장의 가장자리에 있었다. 「왜 하필이면 당신 같은 사람들을 보낸 거야!」 그건 질문이 아니라 외침이었다. 신사들은 아무 대답도 할 줄 모르는 것 같았다. 그들은 한 손을 자유롭게 늘어뜨린 채 기다렸다. 환자가 쉬려 할 때면 간병인이 그러는 것처럼. 「이제 더는 안 가요.」 K가 떠보는 투로 말했다. 신사들로서는 그런 말에 굳이 대답할 필요가 없었다. 그들은 잡은 손을 풀지 않고 K를 그 자리에서 번쩍 들어 올리려 했다. K는 저항했다. 〈여기가 아니면 앞으로 힘을 쓸 곳도 없을 거야. 여기서 있는 힘 다 써보는 거야.〉 그는 생각했다. 그때 그의 머리엔 끈끈이 막대에서 빠져나오려고 발버둥치는 파리의 모습이 떠올랐다. 〈이 친구들 고생 좀 할걸.〉

그때 그들 앞에 뷔르스트너 양의 모습이 나타났다. 저 아래쪽 골목에서 광장을 향해 작은 계단을 올라오고 있었다. 실제로 뷔르스트너 양인지는 확실치 않았다. 아무튼 상당히 비슷해 보였다. 그러나 그 여자가 뷔르스트너 양이든 아니든 K에게는 아무 상관없었다. 다만 이렇게 저항해 보았자 아무 소용 없을 것 같다는 생각만 떠올랐다. 괜히 저항해 봤자, 지금 와서 이 신사들을 곤란하게 해봤자, 이렇게 뿌리치며 생의 마지막 빛살을 좀 더 느껴 보려 해봤자 그게 무슨 영웅적인 일이나 되겠는가. 그는 다시 발걸음을 떼어 놓았다. 그러자 이로 인해 신사들이 느낀 기쁨이 그에게도 전이되었다. 이제 그들은 그가 알아서 방향을 찾아가도록 내버려 두었다. 그는 그들 앞에서 걸어가는 뷔르스트너 양이 가는 대로 방향을 잡았다. 그녀를 따라잡고 싶어서도 아니고, 또 그녀의 모습을 오래 보고 싶어서도 아니었다. 단지 그녀가 그에게 준 훈계의 뜻을 오래 간직하기 위함이었다. 〈내가 지금 할 수 있는 유일한 일이 있다면……〉 그는 속으로 되뇌었다. 그의 발걸음과 그 밖의 세 사람의 발걸음의 일정한 리듬은 그의 생각이 옳다는 것을 알려 주었다. 〈내가 지금 할 수 있는 유일한 일이 있다면, 그건 죽을 때까지 차분히 이성을 지키는 거야. 나는 늘 뭔가 잡으려 스무 개의 손을 가지고 세상 속으로 뛰어들려 했어. 그렇다고 대단한 일을 이루려는 것도 아니었어. 옳지 못한 짓이었어. 1년 정도의 소송으로는 나를 가르칠 수 없다는 걸 사람들에게 보여 줘야 하나? 앞뒤가 꽉 막힌 인간의 모습으로 떠나가야 하나? 소송을 처음엔 끝내려 하더니 이제 끝에 와서는 다시 시작하려 한다고 사람들이 내 뒤에서 수군대는 소리를 들어야 하나? 사람들의 그런 소리를 듣고 싶지 않아. 마지막 가는 길에 이렇게 별로 말도 없고 뭐가 뭔지 잘 모르는 이런 사내들을 붙여 줘서 정말 고맙군. 그리고 꼭 필요한 말을 내가 알아서 하도록 맡겨 준 것도

고맙고.〉

　그러는 사이에 뷔르스트너 양은 옆 골목으로 들어가 버렸다. 그러나 K는 그녀가 없어도 상관없었다. 이제 그는 동행자들에게 자신을 완전히 맡겨 버렸다. 세 사람은 모두 한마음이 되어 달빛을 받으며 다리를 건넜다. 이제 신사들은 K가 어떤 동작을 보이든 그대로 응할 준비가 되어 있었다. 그가 다리 난간 쪽으로 몸을 약간 틀자 이들 역시 선두가 되어 그쪽으로 몸을 돌렸다. 물결은 달빛을 받아 반짝반짝 떨며 조그만 섬을 가운데 두고 갈라졌다. 섬에는 나무와 덤불의 잎사귀들이 무더기를 이루며 수북이 쌓여 있었다. 그 나뭇잎들 밑으로 지금은 보이지 않지만 자갈길들이 나 있고, 거기엔 안락한 벤치들이 있어, 여름이면 K는 거기에 앉아 몸을 쭉 펴고 쉬곤 했었다. 「멈출 생각은 없었는데.」 그는 동행자들에게 말했다. 자기 뜻을 따라 주는 그들의 마음씨에 민망한 생각이 들었다. K의 등 뒤로 그중 하나가 오해로 멈춰 선 것에 대해 다른 하나를 나무라는 것 같았다.

　그들은 약간 오르막인 골목을 몇 차례 지나갔다. 골목 여기저기 경찰들이 서 있거나 아니면 걸어다녔다. 때로는 먼 곳에서 때로는 아주 가까운 곳에서. 그중 콧수염을 덥수룩하게 기르고 손에는 사브르를 든 경찰관이 무슨 생각을 했는지 미심쩍은 곳이 없다고는 할 수 없는 이 일행을 향해 다가왔다. 신사들은 턱 멈추어 섰고, 경찰관은 막 뭐라고 입을 떼려 했다. 바로 그 순간, K는 신사들을 앞으로 힘껏 잡아끌었다. 혹시 경찰관이 따라오지 않나 해서 그는 자꾸만 조심스레 뒤를 돌아다보았다. 그러나 그들이 경찰을 따돌리고 길모퉁이를 돌아섰을 때 K는 뛰기 시작했다. 신사들도 숨이 턱턱 막혔지만 함께 뛰어야 했다.

그렇게 해서 그들은 금세 도시 밖으로 나왔다. 그 방향으로 가니 변화의 중간 단계도 없이 곧장 들판이 이어졌다. 아직은 나름 도시적인 분위기가 감도는 어느 건물 근처에 버려진 듯한 을씨년스런 모습의 작은 채석장 하나가 나타났다. 거기서 신사들은 애당초 그곳이 목표점이었는지, 아니면 더 이상 뛰어가기에는 너무 지쳤는지 발걸음을 멈추었다. 이제 그들은 조용히 기다리고 있던 K를 풀어 주고는, 실크해트를 벗고서 채석장 안쪽을 둘러보며 손수건으로 이마의 땀을 훔쳤다. 달빛이 이 세상 어느 빛도 흉내 낼 수 없는 자연스러움과 고요함으로 만물을 감싸고 있었다.

다음 임무를 누가 맡아서 할 것인가를 놓고 예의를 갖추어 형님 먼저 아우 먼저의 말을 건네고 나서 — 이 신사들은 각자 맡은 바 역할의 구분 없이 임무를 부여받은 모양이었다 — 그중 하나가 K에게 다가가 그의 재킷을 벗기고, 조끼를 벗기고 끝으로 셔츠를 벗겼다. K는 무심결에 몸을 부르르 떨었다. 그러자 신사는 안심하라는 투로 그의 등을 가볍게 두드렸다. 그런 다음 그는 옷가지들을 차곡차곡 개어 놓았다. 가까운 시일 안에는 아니더라도 앞으로 언젠가는 쓸 것처럼. K를 꼼짝도 못 하게 한 채로 차가운 밤공기에 그냥 노출시키지 않으려고 신사는 K의 팔짱을 끼고서 함께 이리저리 걸었다. 그 사이에 다른 신사는 적당한 장소를 찾아 채

석장을 둘러보고 있었다. 적당한 장소를 찾은 그가 손짓을 하자 다른 신사는 K를 그곳으로 안내했다. 채석장의 암벽 절단면 근처였다. 절단되어 떨어진 돌 하나가 그곳에 놓여 있었다. 신사들은 K를 무릎 꿇린 뒤 돌에 기대게 하고서 머리를 돌 위에 올려놓았다. 그들이 이렇게도 해보고 저렇게도 해보았지만, 그리고 K도 나서서 그들이 시키는 대로 해보았지만 K의 자세는 어딘가 모르게 억지스럽고 어색하기만 했다. 그러자 그중 한 신사가 다른 신사에게 잠시만 K의 머리를 눕히는 일을 자기에게 맡겨 달라고 부탁했다. 하지만 나아지지 않았다. 마침내 그들은 K에게 어느 한 자세를 취하도록 했다. 결코 지금까지 취했던 자세 중 가장 좋은 자세는 아니었다. 이어 그중 한 신사가 연미복을 열어 젖히고서 조끼 위에 두른 벨트에 매달린 칼집에서 얇고 긴 양날의 날카로운 식칼을 꺼내더니 높이 들어 달빛에 날을 살펴보았다. 다시 예의 그 역겨운 형님 먼저 아우 먼저가 시작되었다. 한 사람이 K의 머리 위로 칼을 건네주면, 다른 사람은 다시 K의 머리 위로 칼을 되돌려 주었다. 이 순간 K는 자기 머리 위에서 이 손에서 저 손으로 왔다 갔다 하고 있는 이 칼을 움켜잡아 자기 목을 직접 찌르는 것이 자신의 의무임을 분명히 깨달았다. 그러나 그렇게 하지 않고 아직 자유롭게 움직일 수 있는 목을 돌려 주위를 둘러보았다. 그는 자신의 존재 가치를 제대로 보여 주지 못했다. 당국이 하는 일을 빼앗지도 못했다. 그러니 이 마지막 과오의 책임은 누가 질 것인가? 그게 누구든 그에게 그렇게 할 수 있는 마지막 힘을 주기를 거절한 자가 져야 하지 않을까. 그의 눈길은 채석장과 인접한 건물의 꼭대기 층에 가서 닿았다. 빛처럼 번쩍하며 그곳에 있는 창문의 양 날개가 활짝 열리더니, 한 사람이 멀고 높은 그곳에 여리고 희미한 모습으로 나타나 몸을 앞으로 쭉 내밀고서 양팔을 활짝 펼쳤다. 저게 누구지? 친구인가? 좋은 사람인가? 동정을 느낀 사람인가? 돕고 싶어 하는 사람인가? 한 개인인가? 모든 사람인가? 아직 도움이 가능한가? 까먹고서 제기하지 못한 이의 같은 것이 아직 있을까? 분명 그런 것이 있을 거다. 논리가 아무리 요지부동이라 해도, 살고자 하는 사람을 당하지는 못한다. 그가 한 번도 보지 못한 그 판사는 어디 있는 걸까? 그가 한 번도 가보지 못한 그 상급 법원은 어디 있는가? 그는 양손을 쳐들고 손가락들을 활짝 펼쳤다.

그러나 한 신사의 양손이 K의 목을 눌렀고, 그사이 다른 신사는 칼로 그의 심장을 찔러 두 번을 돌렸다. 꺼져 가는 눈빛으로 K는 두 신사가 바로 그의 코앞에서 서로 뺨을 댄 채로 결정적인 순간을 지켜보는 모습을 보았다. 「개 같다!」 그가 말했다. 치욕은 그보다 더 오래 살아남을 것 같았다.

미완성 장들

B의 여자 친구

그다음 며칠 동안 K는 뷔르스트너 양과 단 몇 마디 말도 나누지 못했다. 그는 별의별 수단을 다 강구해서 그녀에게 접근을 시도했다. 그러나 그녀는 잘도 빠져나갔다. 그는 사무실에서 곧장 집으로 돌아와 불도 켜지 않고서 방 한쪽 구석의 소파에 앉아 줄곧 거실 쪽만 바라보았다. 가정부가 지나가다가 방에 사람이 없는 줄 알고 문을 닫으면 그는 잠시 후 자리에서 일어나 문을 다시 열어 놓았다. 아침에 그는 평소보다 한 시간 정도 일찍 일어났다. 혹시라도 출근하는 뷔르스트너 양과 단둘이 마주칠까 해서였다. 그러나 이런 시도들 중 어느 것 하나 성공하지 못했다. 그래서 그는 그녀의 사무실과 하숙방, 두 군데로 편지를 보내서, 다시 한 번 스스로의 행동에 대해 변명을 하고 그녀가 원한다면 뭐든 들어주겠노라고 밝혔다. 다시는 그녀가 정한 선을 절대 넘지 않을 거라고 약속하며, 먼저 만나 상의를 해야 그루바흐 부인과도 이런저런 문제를 알아볼 수 있으니 한 번만 이야기할 기회를 달라고 부탁했다. 끝으로 이번 일요일엔 온종일 집에서 기별

만을 기다리고 있겠노라고 적었다. 청을 들어준다는 기별이
어도 좋고, 만약 청을 들어주지 못하겠으면 왜 그런지 이유
를 알려 주는 기별이어도 좋다고 했다. 아무튼 무엇이든 그
녀가 내리는 결정에 따르겠노라고 약속도 했다. 편지가 반송
되어 오지는 않았지만 아무 답변도 없었다. 그래도 일요일에
는 뭔가를 뚜렷이 알려 주는 조짐이 있었다. 아침 일찍 K는
열쇠 구멍을 통해 거실 쪽의 분주한 움직임을 관찰했다. 무
슨 일인지는 금방 밝혀졌다. 프랑스어를 가르치는 여선생 —
그녀는 몬타크라는 이름의 독일 여자로 몸이 허약하고 얼굴
이 창백했으며 약간 다리를 절었다 — 이 지금까지 자기 방
에서 살다가 뷔르스트너 양의 방으로 이사를 했다. 몇 시간
에 걸쳐 그녀가 발을 질질 끌며 거실을 지나가는 모습이 보
였다. 속옷가지나 홑이불, 책 같은 것을 잊고 오는 바람에 그
것들을 새 방으로 옮기는 중이었다.

　그루바흐 부인이 아침 식사를 가져왔을 때 — K의 성미
를 건드린 뒤로는 부인은 아무리 하찮은 일이라도 가정부 손
에 맡기지 않았다 — K는 더 이상 참지 못하고 닷새 만에 처
음으로 부인에게 말을 걸었다. 「오늘은 왜 이렇게 거실이 소
란스러운 거죠?」 K는 커피를 따르면서 물었다. 「좀 그만두
게 하면 좋겠군요. 왜 하필 일요일에 청소를 하고 난리죠?」
그루바흐 부인의 얼굴을 쳐다보지는 않았지만, K는 부인이
한시름 덜었다는 듯 숨을 내쉬는 것을 느꼈다. 쌀쌀맞은 이
런 질문조차도 부인에겐 용서나 용서의 시작으로 비쳐졌던
모양이다. 「청소를 하는 게 아니라……」 부인이 말했다. 「몬

타크 양이 뷔르스트너 양의 방으로 이사를 하느라 물건들을 옮기는 중이에요.」 그런 다음 부인은 입을 다물고서 K가 어떤 반응을 보이는지 보다가 혹시 자기가 말을 더 해도 될까 살피는 눈치였다. 그러나 그는 부인을 초조하게 만들어 놓고는 생각에 잠긴 채 숟가락으로 커피를 젓고서 아무 말도 하지 않았다. 이윽고 그는 부인을 올려다보며 말했다. 「전에 뷔르스트너 양에게 품었던 의심은 버렸나요?」 「아이고, K씨.」 이 질문이 나오기만을 기다렸던 그루바흐 부인은 크게 소리치며 감싸 쥔 손을 K에게 내밀었다. 「얼마 전에 제가 무심코 한 말을 너무 심각하게 받아들이신 것 같아요. 사실 저는 당신이든 누구든 마음 상하게 할 생각은 추호도 없었어요. K씨, 저를 아신 지도 한참 됐으니까 그 정도야 짐작하시겠죠. 최근에 제가 얼마나 고통을 겪었는지 모르실 거예요. 어찌 내가 우리 집에 세 들어 있는 사람들을 욕하겠어요! 그런데 K씨, 당신은 그렇게 생각하시더군요. 그러면서 저한테 당신을 내보내려면 내보내라고 했어요! 내보내라고요!」 마지막 외침은 흐느낌 때문에 거의 입 밖으로 나오지 않았다. 부인은 앞치마로 얼굴을 가리고 큰 소리로 흐느꼈다.

「울지 마세요, 그루바흐 부인.」 K가 말했다. 그는 창밖을 바라보았다. 그의 머릿속엔 오로지 뷔르스트너 양에 대한, 그리고 그녀가 낯선 아가씨를 자기 방에 들였다는 것에 대한 생각뿐이었다. 「울지 마세요.」 그는 다시 한 번 그렇게 말하며 방 쪽으로 고개를 돌렸다. 그루바흐 부인은 울고 있었다. 「그렇게 심각하게 말한 게 아니었어요. 우리는 서로 오해했던 거예요. 오랜 친구들 사이에서도 그런 일은 벌어질 수 있어요.」 그루바흐 부인은 정말로 K가 마음을 풀었는지 보려고 눈에 대고 있던 앞치마를 살짝 내렸다. 「그래요, 그럴 수도 있는 거지요.」 K가 말했다. 그루바흐 부인의 태도로 미루어 대위가 아무 말도 발설하지 않은 것을 깨달은 그는 이렇게 덧붙였다. 「그깟 낯선 여자 하나 때문에 정말로 우리가 원수지간이 될 거라고 생각했나요?」 「제 말이 그 말이에요, K씨.」 그루바흐 부인이 말했다. 한결 마음이 놓여 금세 뚱딴지같은 소리를 한 것은 부인의 불행이었다. 「저는 마음속으로 늘 이런 질문을 했어요. K씨는 왜 그렇게 뷔르스트너 양한테 신경을 쓰는 걸까? 왜 그 여자 때문에 나하고 다투는 걸까? 그에게 나쁜 말 한마디만 들어도 나는 잠을 못 이루는데. 그 여자에 대한 이야기는 다 내 눈으로 직접 본 것만 한 건데.」 이 말에 대해 K는 아무런 응수도 하지 않았다. 입 밖으로 나온 첫마디로 그는 부인을 방에서 내쫓았을지도 모른다. 그러나 그렇게 하기 싫었다. 그는 다만 커피나 마시면서 그루바흐 부인이 이제 더 이상 환영받지 못한다는 것을 스스로 느끼게 하고 싶었다. 밖에서는 다시 몬타크 양이 거실을 가로지르며 질질 끄는 발걸음 소리가 들려왔다. 「저 소리 들리세요?」 K가 물으면서 손으로 문 쪽을 가리켰다. 「네.」 그루바흐 부인은 그렇게 말하며 한숨을 내쉬었다. 「내가 도와주겠다고 하는데도, 아니 가정부를 시켜서 도와주겠다는데도, 저 여자는 워낙 고집이 세요. 혼자서 이삿짐을 다 옮기겠다는 거예요. 뷔르스트너 양이 참 이해가 안 가요. 나는 몬타크 같은 여자가 내 집에 세 들어 있는 것만으로도 성가실 때가 많은데 말이에요. 뷔르스트너 양은 심지어 저 여자를 자기 방에 들이기까지 하잖아요.」「그게 무슨 상관이죠?」K는 그렇게 말하면서 찻잔 속의 설탕을 으깼다. 「그래서 손해라도 보시나요?」「아뇨.」그루바흐 부인이 말했다. 「나쁠 거야 없죠. 그 덕에 방도 하나 비고, 거기에 내 조카인 대위를 묵게 할 수 있으니까요. 오래전부터 한 걱정은 제 조카를 당신 방 옆에 묵게 하면서부터 혹시 방해가 안 되었을까 하는 거죠. 그 아이는 남에 대해 별로 신경을 안 써서요.」「별소리를 다 하는군요.」K는 그렇게 말하면서 자리에서 일어났다. 「그건 말도 안 돼요. 몬타크 양이 왔다 갔다 하는 걸 못 참아 하니까 내가 신경질적인 사람인 줄 아는군요. 이제 저 여자가 다시 돌아가고 있군요.」그루바흐 부인은 어쩔 줄 몰라 했다. 「제가 가서, K씨, 나머지 이사는 다음에 하라고 전할까요? 원하신다면 당장 그렇게 할게요.」「그래도 저 아가씨는 뷔르스트너 양 방으로 이사를 해야 하잖아요!」K가 말했다. 「네.」그루바흐 부인이 말했다. 그녀는 K의 말뜻을 제대로 알아듣지 못한 것 같았다. 「그렇다면…….」K가 말했다. 「당연히 짐을 옮겨야지요.」그루바흐 부인은 고개만 끄덕였다. 이러지도 저러지도 못하는 이런 묵묵부답의 태도 — 겉으로 보기엔 꼭 대드는 것처럼 보이는 — 가 K를 더욱 화나게 만들었다. 그는 창문에서 문까지 방 안을 왔다 갔다 했다. 그렇게 해서 그루바흐 부인이 방에서 빠져나갈 기회를 주지 않았다. 안 그랬으면 부인은 벌써 도망치고도 남았다.

K가 다시 막 문 쪽으로 왔을 때 노크 소리가 들렸다. 가정부였다. 가정부는 몬타크 양이 K씨와 몇 마디 나누고 싶어 한다며, 먼저 식당에 가서 기다리고 있겠으니 그리로 와달라고 했다고 전했다. K는 가정부의 말을 가만히 새겨들었다. 그런 다음 소스라치게 놀란 그루바흐 부인 쪽을 비웃음 섞인 눈빛으로 쳐다보았다. 그 눈빛은 이렇게 말하는 듯했다. 몬타크 양이 초대할 줄은 내 이미 오래전부터 알고 있었다, 이런 초대를 하다니, 이건 오늘 일요일 오전 내내 그루바흐 부인의 하숙인들 때문에 겪은 고통과 절묘하게 맞아 떨어지는구나. 그는 곧 가겠다는 답변과 함께 가정부를 돌려보내고, 재킷을 갈아입기 위해 옷장으로 갔다. 그리고 참 성가신 여자니 뭐니 하면서 투덜대고 있는 그루바흐 부인에게는 그저 아침 식사 그릇이나 치워 달라고만 대꾸했다. 「음식에 손도 안 대셨는데요.」 그루바흐 부인이 말했다. 「상관없으니 그냥 치워 주세요.」 K가 소리쳤다. 이 모든 일에 몬타크 양이 개입해서 일을 번거롭게 만들고 있다는 투였다.

거실을 가로질러 가며 그는 닫혀 있는 뷔르스트너 양의 방을 쳐다보았다. 그러나 초대를 받은 곳은 그곳이 아니라 식당이었다. 그는 노크도 없이 식당 문을 홱 열었다.

창문이 하나밖에 없는 아주 길고 폭이 좁은 방이었다. 장소가 협소해서 출입구 양쪽 모서리에 찬장 두 개를 겨우 놓을 수 있을 정도였다. 나머지 공간은 길쭉한 식탁이 다 차지하고 있었다. 식탁은 출입구 근처에서 시작해서 커다란 창문 바로 앞까지 놓여 있었다. 그 때문에 창문에 가까이 가기는 힘들었다. 식탁에는 벌써 세팅이 되어 있었다. 그것도 여러 사람이 먹을 수 있도록. 일요일에는 거의 모든 하숙인들이 이곳에 와서 점심을 먹기 때문이다.

K가 안으로 들어가자 몬타크 양이 창가 쪽에 앉아 있다가 식탁의 한쪽 면을 따라 K를 향해 다가왔다. 그들은 말없이 인사를 나누었다. 이어 몬타크 양이 평소에도 그랬듯이 이상 하다 싶을 정도로 머리를 꼿꼿이 세우고서 말했다. 「혹시 저 를 알고 계신지 모르겠네요.」 K는 눈을 가늘게 뜨고서 그녀 를 쳐다보았다. 「알다마다요.」 그가 말했다. 「그루바흐 부인 집에 와서 하숙을 한 지 꽤 오래되셨잖아요.」 「하지만 제가 보기로는 당신은 하숙집에 대해선 별로 관심이 없는 것 같던 데요.」 「아닙니다.」 K가 말했다. 「자리에 앉지 않으실래요?」 몬타크 양이 말했다. 두 사람은 말없이 식탁 맨 끝에 있는 의 자를 각각 끄집어내 서로 마주 보고 앉았다. 하지만 몬타크 양은 금방 다시 자리에서 일어났다. 핸드백을 창문턱에 놓고 왔기 때문에 그것을 다시 가지러 갔다. 그녀는 발을 질질 끌 며 온 방을 걸었다. 핸드백을 흔들며 자리로 되돌아온 그녀 는 이렇게 말했다. 「친구 부탁으로 당신과 몇 마디 나누고 싶 어요. 그 친구가 원래 직접 오려 했었는데, 오늘 몸이 너무 안 좋아서요. 그래서 양해를 부탁하면서 대신 저한테 말을 전해 달라고 했어요. 친구가 왔어도 제가 말씀드릴 내용과 별반 다르지 않을 거예요. 아니, 오히려 제가 당신께 더 많은 이야기를 할 수도 있겠네요. 비교적 중립적인 입장이니까요. 당신 생각도 그렇지 않은가요?」 「대체 그게 무슨 소린가요!」

K가 대답했다. 그는 자기 입술을 줄곧 쳐다보고 있는 몬타크 양의 시선이 부담스러웠다. K가 하는 말에 대해 주제넘게 압도해 보겠다는 심사였다. 「뷔르스트너 양은 내가 부탁했던 개인적 의견 교환을 승낙할 생각이 없나 보군요.」「그래요.」 몬타크 양이 말했다. 「아니요, 어쩌면 완전히 그 반대일 수도 있고요. 당신은 표현이 아주 날카롭군요. 의견 교환을 하는 데 승낙이라든가 거절 같은 건 없거든요. 그러나 의견 교환이 불필요하다고 생각할 수는 있어요. 바로 이번 같은 경우가 그렇다고 봐요. 당신 말을 듣고 나니 나도 솔직하게 말할 수 있겠네요. 당신은 내 친구한테 편지나 구두를 통해 대화를 해보자는 부탁을 했지요. 하지만 내가 보기에는 내 친구도 대화의 내용이 뭐가 될지 뻔히 아는 것 같아요. 그래서 나로서는 그 이유를 잘 모르겠지만 내 친구는 대화를 하는 게 서로에게 별로 도움이 안 될 걸로 확신하는 것 같아요. 어제서야 지나가는 투로 내게 이런 이야기를 하더라고요. 당신 입장에서도 대화를 그리 중요하게 여기지는 않을 거라고요. 당신도 어떻게 하다 보니 그런 생각을 하게 되었을 거라면서요. 굳이 설명을 하지 않아도, 지금은 아니더라도 얼마 안 가서 당신도 그 모든 게 얼마나 부질없는 짓인지 깨닫게 될 거라고 했어요. 그래서 나는 이렇게 말해 주었죠. 그 말이 맞긴 해도, 일을 분명하게 짚고 넘어가려면 그래도 당신한테 명쾌한 답변을 하는 게 좋지 않겠느냐고요. 그래서 이 일을 내가 맡겠다고 자청했어요. 내 친구는 조금 망설이더니 마침내 허락하더군요. 내가 당신이 원하는 방향으로 행동한 것이

었으면 좋겠어요. 아무리 사소한 일이라도 미진한 구석이 있으면 아무래도 찜찜하잖아요. 그리고 이번 일처럼 이런 미진한 구석을 쉽게 제거할 수 있으면 당장 제거해 버리는 게 상책이죠.」「고마워요.」K는 얼른 그렇게 말하고서 천천히 자리에서 일어나며 몬타크 양을 쳐다보고, 이어서 식탁 너머를, 그다음 창문 밖을 바라보고 — 건너편 건물은 햇살을 듬뿍 받고 있었다 — 이어 문 쪽으로 걸어갔다. 몬타크 양은 그를 믿지는 못하겠다는 듯 몇 걸음 떨어져서 그를 따라갔다. 그러나 두 사람은 문을 앞에 두고 뒤로 물러서야 했다. 문이 열리더니 란츠 대위가 안으로 들어왔기 때문이다. K로서는 그 사람을 이렇게 가까이서 본 것이 처음이었다. 마흔 정도 되어 보이는 남자로 키가 크고 얼굴은 통통하면서도 구릿빛이었다. 그는 살짝 허리를 굽혀 K에게 인사를 하고서 몬타크 양에게로 가서 정중하게 그녀의 손에 입을 맞추었다. 몸놀림이 아주 세련되어 보였다. 몬타크 양에게 보여 준 그의 정중한 태도는 그녀가 K에게 받은 대접과는 너무나 대조되었다. 그럼에도 몬타크 양은 그리 화가 난 것 같지는 않았다. K가 보기에 그녀는 그를 대위에게 소개하려는 듯한 태도까지 취했기 때문이다. 그러나 K는 그 사람한테 소개되는 게 싫었다. 그는 몬타크 양이나 대위에게 친절하고 싶은 기분이 아니었다. 대위가 그녀의 손에 입을 맞추는 행동으로 보아 이 둘은 한 패거리로 보였다. 이들은 남을 몹시 생각해 주는 듯한 태도를 취하면서 K와 뷔르스트너 양 사이를 떼어 놓으려는 목적을 품고 있었다. K가 알아챈 것은 그것만이 아니었다. 몬타크 양이 수단을 잘 택하긴 했지만 그것은 양날의 칼 같은 것이라는 점도 깨달았다. 몬타크 양은 뷔르스트너 양과 K 사이의 관계, 무엇보다 그가 부탁한 면담의 의미를 과장했고, 동시에 마치 K가 나서서 도맡아 과장을 한 것처럼 왜곡하려 했다. 그 착각은 결국 밝혀지게 되어 있었다. K는 어느 것 하나 과장할 생각이 없었다. 뷔르스트너 양이 평범한 타이피스트에 지나지 않는다는 것도 잘 알고 있었다. 그런 입장에서 그에게 뭘 그리 오래 버티겠는가. 이런 생각이 머리를 스치자 그는 뷔르스트너 양과 관련하여 그루바흐 부인에게서 들은 이야기를 모두 무시해 버렸다. 그는 생각에 잠겨서 인사도 하는 둥 마는 둥 식당에서 나왔다. 곧장 자기 방으로 가려다가 등 뒤 식당 쪽에서 들려오는 몬타크 양의 희미한 웃음소리를 듣고 불쑥 이 두 사람, 즉 대위와 몬타크 양을 놀려 주어야겠다는 생각을 하게 되었다. 그는 주위를 둘러보며 혹시 근처에 있는 어느 방에서 방햇거리가 나타날까 싶어 귀를 기울여 보았다. 그러나 사방은 고요했다. 식당에서 이야기하는 소리만 들려올 뿐이었다. 그리고 부엌과 연결된 복도에서는 그루바흐 부인의 목소리가 났다. 절호의 기회였다. K는 뷔르스트너 양 방의 문으로 다가가서 가만히 노크를 했다. 인기척이 들리지 않았기 때문에 그는 다시 한 번 두드렸다. 그러나 여전히 아무 대답도 없었다. 자고 있나? 아니면 정말로 몸이 안 좋은 걸까? 아니면 저렇게 가만히 노크를 하는 사람은 K 밖에 없다고 지레 짐작하고서 방에 없는 척하는 걸까? K는 그 여자가 방에 없는 척하는 거라고 생각하고서 더 세차게 두드리다가, 아무리 노크를 해도 아무 소용이 없자 마침내 문을 살며시 — 이때 자신이 불법적이고 어쩌면 쓸데없는 짓을 한다는 느낌을 갖지 않은 것은 아니었다 — 열었다. 방에는 아무도 없었다. 그런데 방은 더 이상 K가 기억하는 그 모습이 아니었다. 벽에는 이제 두 개의 침대가 연이어 놓여 있었고, 문가에 놓인 세 개의 안락의자에는 겉옷 여러 개와 속옷들이 수북이 쌓여 있었고, 옷장은 열려 있었다. 몬타크 양이 식당에서 K를 상대로 이런저런 소리를 지껄이고 있었을 무렵 뷔르스트너 양은 밖으로 나간 모양이었다. K는 전혀 놀랍지 않았다. 뷔르스트너 양을 그렇게 쉽사리 만날 거라고는 생각지 않던 차였다. 이렇게 불쑥 찾아온 것도 사실은 몬타크 양에 대한 반발심 때문이었다. 그런데 문을 다시 닫으면서 열린 식당 문 사이로 몬타크 양과 대위가 이야기하고 있는 모습을 보자 그는 당혹스럽기 짝이 없었다. 두 사람은 K가 문을 열어 놓고 나온 뒤로 거기 그렇게 서 있었던 모양이다. 그들은 K를 관찰하는 듯한 인상을 주지 않으려 노력했다. 그들은 나직이 이야기를 하면서 마치 대화 중간 중간에 그냥 무심코 바라보는 듯한 눈길로 K의 움직임을 좇았다. 그러나 이 눈길이 K에겐 무겁게 느껴졌다. 그는 벽에 몸을 붙이고서 얼른 그의 방으로 돌아갔다.

검사

  K는 은행에 오래 근무하면서 사람 보는 법도 배우고 세상사 돌아가는 것도 많이 알게 되었지만 자주 가는 단골 술집의 사교 모임만큼은 늘 그 어느 것보다 소중하게 여겼다. 그리고 그런 사교 모임의 일원이라는 것이 커다란 영예임을 스스로 부인한 적이 한 번도 없었다. 이 모임의 구성원은 거의가 판사, 검사, 변호사였다. 얼마 안 되는 아주 젊은 관리들과 변호사 보좌관들이 그 모임에 낄 수 있었는데, 이들은 말석에 앉아 있다가 특별한 질문을 받는 경우에만 토론에 합류할 수 있었다. 질문은 대개 모임의 분위기를 즐겁게 하기 위해 던져졌다. 특히 검사 하스테러는 평소에 늘 K의 옆자리에 앉아 있다가 이런 식으로 젊은이들을 무안하게 만들어 놓곤 했다. 그가 털이 숭숭 난 큰 손을 테이블 가운데에 얹어 놓으며 손가락을 쫙 펼치고서 말석 쪽을 쳐다보면 모두가 선뜻 귀를 기울였다. 그런 다음 그 자리에 있던 한 사람이 질문을 접수하고는 무슨 말인지 못 알아듣거나, 낑낑대며 맥주잔이나 들여다보거나, 뭐라고 말을 못 하고 입을 딱 다물어 버리

거나 아니면 — 이게 가장 나쁜 경우인데 — 입에 게거품을 물고 엉터리 의견이나 검증되지 않은 의견을 뇌까리면 나이가 든 신사들은 의자에 앉은 채 싱글싱글 웃으며 몸을 돌렸는데, 그제야 그들의 기분이 좋아진 듯했다. 본격적이고 진지한 전문적 대화는 그들만의 것이었다.

K는 은행의 법률 고문으로 있는 한 변호사를 통해 이 모임에 합류했다. 언젠가 K는 이 변호사와 함께 밤늦게까지 은행에서 오랫동안 상담을 해야 했는데, 그러다 보니 자연스레 변호사가 잘 가는 단골 술집에 가서 저녁 식사를 하게 되었고 그곳에 오는 사람들과 어울리게 되었다. 이곳에서 그는 학식과 명망을 갖춘, 어떤 의미에서는 권력을 가진 신사들을 만났는데, 이들이 기분 전환을 하는 방식이란 일상생활과는 별로 관련이 없는 난제들을 풀어 보려 낑낑대는 것이었다. K는 이들의 대화에 끼어들기가 힘들었지만 당장은 아니더라도 언젠가 은행 업무에 도움이 될 만한 많은 것을 공부할 기회를 잡을 수 있었다. 그 외에도 법원에서 일하는 사람들과 개인적 친분을 쌓을 수 있었는데, 이것은 늘 쓸모가 있었다. 그곳에 모인 사람들 또한 그를 받아들여 주는 분위기였다. 곧 그는 사업 전문가로 인정을 받았고, 사업상의 그의 의견은 — 이를 두고 비꼬는 사람들이 전혀 없는 것은 아니었지만 — 언제나 최종 판결의 대접을 받았다. 또한 드물지 않게, 한 가지 법률 문제를 놓고 의견이 갈릴 땐 K에게 사실 관계에 대해 의견을 묻는 경우도 있었는데, 그러다 보면 주장과 반박 속에 K의 이름이 오르내리고 결국에 가서는 K가 도무지 이해

할 수 없는 너무나 추상적인 논의에까지 끌려들어 가는 경우도 있었다. 물론 시간이 지나면서 그는 많은 것을 깨닫게 되었는데, 하스테러 검사가 그의 옆에서 훌륭한 조언자로서 친구처럼 대해 준 덕분이었다. K는 수시로 밤중에 그를 집까지 바래다주기도 했다. 그러나 몸집이 거대한 그 친구와 팔짱을 끼고 걷는 데 익숙해진 건 한참이 지나서였다. 그 친구는 그를 외투 속에다 표도 안 나게 감추고도 남을 만했다.

시간이 흐르면서 두 사람은 점점 더 의기투합하여 교육이나 직업, 나이 같은 차이들은 모두 문제가 되지 않았다. 그들은 오랜 단짝 친구처럼 서로 오가며 친하게 지냈고, 가끔 가다 외적으로 두 사람 중 하나가 더 우위에 있는 것처럼 보였다면, 그것은 하스테러가 아니라 K였다. 왜냐하면 법원의 책상 앞에서는 할 수 없는, 직접적으로 획득한 K의 실제적 경험이 대개 정당성을 입증받았기 때문이다.

물론 두 사람의 우정은 단골 술집 전체에 곧 알려졌고, K를 애당초 그 모임에 데려온 사람이 누구였는지는 거의 잊히고 말았다. 아무튼 K를 보호해 주는 사람은 이제 하스테러였다. 만약 누가 단골 술집 모임에 참석할 K의 권한을 문제 삼는다면, 그땐 물론 하스테러를 증인으로 내세우면 그만이었다. 이렇게 해서 K는 열외의 지위를 확보했다. 하스테러는 명성과 카리스마를 다 갖추고 있었기 때문이다. 그의 법률적인 사고력과 수완이 경탄받을 만하긴 했지만, 이 점에서는 그와 어깨를 겨룰 만한 사람들이 적지 않았다. 하지만 자신의 의견을 방어할 때의 그 용맹함은 타의 추종을 불허했다.

K는 하스테러가 논리적으로 상대를 제압하기 힘들다고 느끼면 상대를 공포 속으로 몰아넣는다는 인상을 받았다. 그가 집게손가락만 쳐들어도 사람들은 대부분 슬금슬금 꽁무니를 뺐다. 상대는 자신이 친한 지인과 동료들의 모임에 와 있고, 지금 하는 이야기는 고작 이론적인 문제일 뿐이며, 실제로 자신에게는 아무 일도 일어나지 않는다는 사실을 망각하는 듯했다. 그래서 상대는 입을 다물어 버렸고, 고개를 가로젓는 것은 용기 있는 일에 속했다. 차마 보기가 안쓰러운 장면도 있었다. 그건 바로 상대가 좀 떨어진 곳에 앉아 있어서, 이런 거리에서는 합의를 보기가 좀 힘들겠다고 생각한 하스테러가 음식 접시를 뒤로 밀어내고서 천천히 자리에서 일어나 그 상대를 직접 찾아갈 때였다. 그럴 때면 근처에 있던 사람들은 고개를 젖히고서 그의 표정을 살폈다. 물론 이런 일은 어쩌다가 있는 사건이었다. 그가 흥분하는 경우란 거의가 법률 문제와 관련될 때뿐이었다. 그것도 주로 자신이 직접 이끌었거나 이끌고 있는 소송과 관련될 때만 그랬다. 그런 문제들을 논할 때가 아니면 상냥하고 차분했고, 그의 웃음에는 애정이 넘쳤으며, 그의 열정은 먹고 마시는 쪽에 가 있었다. 심지어 가끔은 모임의 전반적인 이야기에는 귀 기울이지 않고 K 쪽으로 몸을 돌리고 K의 의자 등받이에 한 쪽 팔을 걸쳐 놓은 채 조곤조곤 은행 일에 대해 이런저런 얘기를 물어 보기도 했고, 아니면 자기가 하는 일 이야기, 그도 아니면 자신의 여자관계를 들먹이며 법원 일만큼이나 신경이 많이 쓰인다고 늘어놓기도 했다. 그 모임에 나오는 어떤

사람하고도 그런 식으로 이야기를 나누는 경우는 없었으며, 사람들은 하스테러에게 뭔가 부탁할 일이 있으면 — 대개는 동료와의 화해 중재 건이었는데 — 먼저 K에게 와서 중재를 부탁하기도 했는데, 그러면 K는 언제고 기꺼이 나서서 문제를 가뿐하게 풀어 주곤 했다. 그는 이런 일에서 하스테러와의 친분을 내세우지 않고 모두에게 아주 공손하고 겸손하게 대했으며, 또한 — 이것은 실제로 공손함이나 겸손함보다 더 중요한 것인데 — 모임에 나온 사람들의 서열을 잘 구분해서 각자의 위치에 맞게 대하는 법도 잘 알았다. 물론 이런 것을 가르쳐 준 것은 하스테러였으며, 이것은 하스테러 자신이 아무리 격한 토론을 할 때도 절대 깨는 일이 없는 유일한 원칙이었다. 따라서 그는 아직 말석에 앉아 서열이란 것도 없는 젊은 친구들한테도 보편적인 호칭을 사용했는데, 이들을 개별적으로가 아니라 하나로 뭉쳐진 덩어리로 대한다는 의미였다. 그러나 바로 이 친구들이야말로 그에게 마음에서 우러나는 존경심을 표했으며, 그가 11시경에 집으로 돌아가기 위해 자리에서 일어서면 그중 하나가 쏜살같이 달려들어 무거운 외투를 입는 것을 거들어 주었고, 또 하나는 깊이 허리 숙여 인사를 하며 그에게 문을 열어 주었으며, K가 하스테러의 뒤를 따라 나갈 때까지 문고리를 잡고 있었다.

처음엔 K가 하스테러를, 아니면 하스테러가 K를 바래다 주곤 했는데, 나중에 가서는 저녁 시간의 만남이 대개 하스테러가 K에게 자기 집에 잠깐 들렀다 가라고 권하는 것으로 끝나곤 했다. 그러면 그들은 한 시간 가량 브랜디와 시가를 즐기며 앉아 있었다. 하스테러는 그렇게 보내는 저녁 시간이 너무 좋아서 절대 그 시간을 포기하지 않았는데, 헬레네라는 여자와 몇 주간 동거할 때에도 그랬다. 누르스름한 피부에 이마 언저리엔 검은 머리가 곱슬곱슬한, 뚱뚱한 체격의 좀 나이든 여자였다. K는 처음엔 침대에 누워 있는 그녀의 모습만 보았는데, 그녀는 별로 부끄러움도 느끼지 않고 침대에 누운 채집으로 배달해 주는 소설을 읽으며 남자들끼리 나누는 대화는 거들떠보지도 않았다. 시간이 꽤 늦어지면 그제야 그녀는 기지개를 켜며 하품을 하는데, 아무리 해도 사람들이 관심을 보이지 않으면 읽고 있던 소설 중 하나를 하스테러에게 던졌다. 그러면 그는 빙그레 웃으며 자리에서 일어났고 K는 작별인사를 했다. 나중에 가서 하스테러가 헬레네에게 싫증을 느끼기 시작하자 그녀는 이 둘 사이의 만남을 교묘하게 방해했다. 이제부터 그녀는 아예 정장으로 차려입고서 그들을 기다렸는데, 본인이 보기에는 꽤 값이 나가고 잘 어울리는 옷이라고 생각했겠지만 사실은 요란한 장식의 옛날풍 야회복으로, 장식으로 달린 몇 줄의 치렁치렁한 긴 술들이 두드러지게 눈에 거슬렸다. K는 이 옷의 자세한 모양을 잘 몰랐다. 그녀를 쳐다보기가 싫어서 한 시간 내내 반쯤 눈을 내리깔고 앉아 있었기 때문이다. 그러는 사이 그녀는 몸을 살랑살랑 흔들며 방 안에서 걸어다니거나 아니면 K의 옆에 와서 앉았다. 나중에 가서 자신의 위치가 자꾸만 흔들리자 그녀는 다급한 나머지 K를 더 좋아하는 척하여 하스테러의 질투심을 불러일으키려도 해보았다. 마음이 못돼서가 아니라 다급한 마음에,

315

그녀는 살이 피둥피둥한 둥근 등을 훤히 드러내 보이며 테이블에 엎드리고 얼굴을 들이밀어 어쩔 수 없이 K가 얼굴을 들도록 하기도 했다. 그렇게 해서 얻은 것이라고 해봐야 바로 얼마 뒤 집에 함께 가자는 하스테러의 제안을 K가 거절한 것 정도였다. K가 그로부터 시간이 좀 지난 뒤 다시 가보니 헬레네는 결국 떨어져 나가고 없었다. K가 보기에 너무나 당연한 귀결이었다. 그날 밤 둘은 아주 늦게까지 함께 있으면서 하스테러의 제안으로 술잔을 들며 의형제를 맺었다. K는 집으로 가는 길에 술과 담배 때문에 기분이 약간 알딸딸했다.

이튿날, 은행에서 업무 관계로 대화를 나누던 중 지점장이 어제 저녁에 K를 보았다는 말을 했다. 잘못 본 게 아니라면, K가 하스테러 검사와 팔짱을 끼고 가더라고 했다. 지점장으로선 너무나 뜻밖이었던 모양이다. 지점장은 ─ 이거야 물론 평소의 그의 꼼꼼한 성격의 반영이긴 하지만 ─ 교회 이름까지 대면서 분수 근처의 교회 옆에서 보았다고 말했다. 신기루를 묘사한다 해도 이보다 달리 할 수는 없다고 했다. K는 검사가 자기 친구이며 실제로 어제저녁에 교회 옆으로 걸어갔다고 설명해 주었다. 지점장은 놀란 얼굴에 미소를 지으며 K에게 앉으라고 자리를 권했다. 바로 이런 순간들 때문에 K는 지점장을 좋아했다. 병들어 허약하고 기침까지 콜록대면서도 막중한 책임감에 짓눌리는 이런 남자에게서 K의 행복과 장래를 걱정해 주는 마음이 솟아나다니. 이런 염려의 마음을 두고 지점장에게서 비슷한 체험을 한 바 있는 다른 직원들은 겉으로만 그렇지 속은 차갑다고 말할지도 모르고,

또 2분 정도의 시간을 투자해 능력 있는 직원들을 자기 곁에 몇 년씩 묶어 두기 위한 훌륭한 수단일지도 모른다 할지라도 아무튼 이런 순간이 되면 K는 지점장에게 굴복하고 말았다. 어쩌면 지점장은 다른 사람들을 상대할 때와 달리 K를 특별히 대했을 수도 있다. 그렇다고 상급자로서의 자기 위치를 망각하고 K와 의기투합했다는 뜻은 아니다. 이런 일은 오히려 평소 업무를 보는 과정에서 일어나곤 했다. 그런데 지금 이 순간엔 그가 K의 지위를 망각한 듯했다. 마치 어린아이나 세상 물정을 모른 채 생전 처음으로 직장을 구하기 위해 온, 왠지 자꾸만 호감을 불러일으키는 젊은이와 이야기하듯 K에게 말했다. 다른 사람이 그런 말투를 썼다면, 아무리 지점장이라도 K가 그것을 그냥 용인했겠는가? 염려를 해주는 지점장의 마음에서 진정성이 느껴지지 않았거나, 적어도 절묘한 순간에 그렇게 보살펴 주려는 마음이 나타나 그를 완전히 홀리지 않았다면 말이다. K는 이런 자신의 약점의 원인을 잘 알았다. 이런 면에서 아직 그의 마음속에 어린애 같은 구석이 있는 것 아닐까. 젊은 나이에 세상을 뜬 아버지의 보살핌을 한 번도 받아 보지 못한 채 곧 집을 떠나왔고, 여전히 늘 그 모양 그대로인 교외의 어느 소읍에서 눈이 거의 보이지 않는 상태로 살고 있는 어머니 — 어머니를 마지막 본 지가 20년도 넘었다 — 의 사랑을 받기보다 오히려 늘 거부했다.

「그런 우정 관계를 갖고 있는 줄은 전혀 몰랐어요.」지점장이 말했다. 그의 얼굴에 엷게 번지는 다정한 미소가 아니었다면 이 말에 스민 엄격한 분위기를 지우기는 힘들었을 것이다.

엘자에게 가다

어느 날 저녁, 퇴근 준비를 하고 있던 K는 전화로 당장 법원 사무국에 출두하라는 연락을 받았다. 불복종적인 자세에 대한 다음과 같은 경고의 메시지도 있었다. 있어서는 안 될 그의 발언들, 이를테면 심문은 불필요하다, 심문을 해봤자 어떤 결론도 내지 못한다, 다시는 그곳에 가지 않겠다, 전화든 서류에 의한 것이든 일체의 소환을 무시하겠다, 전령을 보내면 문전에서 쫓아내겠다, 이런 모든 발언들이 기록되어 있으며 그에게 이미 상당한 손해를 입혔다. 대체 왜 말을 들으려 하지 않는가? 우리는 시간과 비용을 따지지도 않고 그의 복잡한 사건을 해결하려고 애쓰고 있지 않은가? 왜 이를 방해하는가? 지금까지 쓰지 않던 강제 조치를 취하게 할 건가? 소환 요구는 오늘로서 마지막이다. 무슨 짓을 해도 상관없지만, 상급 법원은 조롱하는 듯한 그의 태도를 좌시하지 않겠다.

마침 그날 저녁은 엘자를 방문하기로 약속해 놓은 터였다. 그렇기 때문에 법원에 출두할 수는 없는 노릇이었다. 법원에 출두하지 못하는 이유를 댈 분명한 구실이 있어서 그는 기뻤다. 물론 그는 이런 구실을 댈 리도 만무했고, 설사 그날 저녁에 다른 작은 약속 같은 게 없었어도 법원에 출두하는 일은 거의 1백 퍼센트 없었다. 그래도 자신의 정당한 권리를 생각하며 혹시 안 가면 어떻게 되느냐고 전화로 물어보았다. 「우리는 얼마든지 당신을 찾아낼 수 있습니다.」 이것이 대답이었다. 「그러면 나는 자발적으로 출두하지 않았다는 이유로 처벌을 받겠죠?」 K는 이렇게 물으면서 무슨 답이 나올지 내심 궁금해하며 빙긋 웃었다. 「그건 아닙니다.」 그쪽에서 대답했다. 「멋지군요.」 K가 말했다. 「그렇다면 내가 오늘 소환에 응해야 할 이유는 뭐죠?」 「법원의 권력 수단을 자극해 자신을 향해 총구를 겨냥하게 만들 필요는 없지요.」 점점 약해지다가 마침내 꺼져 가는 목소리가 대답했다. 〈그걸 한번 안해 보는 것도 멍청한 짓이야.〉 퇴근을 하며 K는 생각했다. 〈권력 수단이라는 게 뭔지 한번 부닥쳐 봐야지.〉

그는 망설임 없이 곧장 엘자를 찾아갔다. 마차 모퉁이에 기댄 채 기분 좋게 양손을 외투 주머니에 찔러 넣고서 — 벌써 날씨가 쌀쌀해지기 시작했다 — 그는 활기찬 거리 풍경을 바라보았다. 그는 만약 법원이라는 게 정말로 일을 한다면 자기가 법원에 적지 않은 어려움을 부여한 거라고 생각하며 흐뭇한 기분을 느꼈다. 그는 법원에 출두할 건지 안 할 건지 명확하게 밝힌 바 없었다. 그러니 판사도 기다릴 테고, 어쩌면 회합에 나온 모든 사람들도 기다리고 있을 테지만, 회랑 쪽 사람들의 실망이 크게도 K는 그곳에 나타나지 않으리

라. 법원 따위 때문에 흐트러지는 일 없이 그는 자기가 목표했던 곳으로 달려갔다. 일순, 혹시 황망 중에 마부한테 법원 주소를 일러 준 건 아닌지 확실치 않았다. 그래서 그는 마부의 등 뒤에 대고 엘자의 주소를 크게 외쳤다. 마부는 고개를 끄덕였다. 애당초 다른 주소를 일러 준 것은 아니었다. 그 순간부터 점차 K는 법원 생각은 잊었고, 그의 머릿속은 예전처럼 다시 은행에 대한 생각들로 가득 차기 시작했다.

부지점장과의 싸움

어느 날 아침, K는 몸이 평소보다 사뭇 가벼워지고 튼튼해진 느낌이 들었다. 법원 같은 것은 생각조차 하지 않았다. 어쩌다 생각이 날 때면, 한눈에 볼 수 없을 만큼 거대한 그 조직이란 것도 우선은 어둠속에서 어렵게 더듬거려 찾아야 하겠지만 어딘가에 숨어 있을 손잡이만 붙잡으면 한순간에 박살을 낼 수 있을 것 같다고 여겼다. 유난히 좋은 몸 상태가 K로 하여금 부지점장을 불러 얼마 전부터 미루었던 업무에 대해 함께 의논해 보고 싶은 유혹까지 느끼게 했다. 이런 계기가 생길 때마다 부지점장은 지난 몇 달 동안 K와의 관계가 전혀 변하지 않은 듯한 태도를 보였다. 부지점장은 예전에 K와 경쟁하던 시절에 늘 그랬던 것처럼 조용히 들어와 K의 설명을 조용히 귀 기울여 듣다가 가끔 동료애에서 우러나는 허물없는 말로 관심을 표현했다. 다만, 무슨 딴 뜻이 있어서 그런 것은 분명 아니겠지만, 사업상 주요 사안에 대한 거라면 눈 한 번 깜빡하지 않고 온 마음을 바쳐 문제에 집중했는데 그 태도는 K를 당혹케 했다. 반면에 철두철미하게 의무를 수행하는 모범적인 사람 앞에서 K의 생각은 사방팔방으로 뿔뿔이 흩어져, 종국에 가서는 해당 안건을 별 거리낌 없이 부지점장에게 맡겨 두게 되었다. 언젠가 한번은 그런 상태가 상당히 심각했는데, 그때 K는 부지점장이 갑자기 자리에서 일어나 아무 말도 않고 자기 사무실로 돌아가는 것만 눈치챘을 뿐이다. K는 무슨 일인지 영문을 몰랐다. 논의가 잘 끝났을 수도 있지만, 어쩌면 부지점장이 중간에 회의를 끊었을지도 모른다. K가 부지점장의 기분을 상하게 했거나 바보 같은 소리를 했거나, 아니면 경청하지 않고 다른 일에 마음이 팔려 있는 걸 부지점장이 눈치챘기 때문일 수 있다. 그도 아니면 K가 엉뚱한 결정을 내렸거나, 혹은 그런 결정을 내리도록 부지점장이 부추기고 그 결정을 실행에 옮겨 K를 곤경에 빠뜨리려고 서둘러 돌아갔을 수도 있다. 아무튼 이 사안에 대해서는 다시는 논의가 되지 않았다. K는 그 건을 다시 꺼내고 싶지 않았고, 부지점장 역시 입을 굳게 다물어 버렸다. 물론 그에 따른 눈에 보이는 결과가 나타나지는 않았다. 그렇다고 그 일로 K가 겁을 먹지는 않았다. 몸 상태가 괜찮으면 적당한 기회를 잡아 부지점장의 문 앞에 가서, 직접 그 사람 방으로 들어가거나 아니면 그 사람을 자기 방으로 부를 자신이 있었다. 이제 더는 예전처럼 그 사람의 눈을 피하기만 할 수 없었다. 그렇다고 해서 금방 결정적인 성공을 거두어 단숨에 모든 근심 걱정에서 해방되고 부지점장과의 관계도 예전처럼 회복하기를 바라는 것도 아니었다. K는 이때 포기해서는 안 된다는 것을 분명히 알았다. 정황을 고려해 뒤로 물러섰다가는 다시는 앞으로 나아갈 기회를 영원히 잃을 수 있었다. 부지점장에게 이젠 K가 끝장났다는 생각이 들게 해서는 안 된다. 그런 생각으로 마음 편하게 사무실에 앉아 있게 두어서도 안 될 일이었다. 불안하게 해줘야 한다. 틈날 때마다 자꾸만 깨닫게 해주어야 한다. K는 살아 있으며, 살아 있는 모든 것들이 다 그렇듯이 현재는 별 볼 일 없을지 몰라도 어느 날 갑자기 새로운 능력을 과시할 수 있음을 말이다. 이런 방식으로 싸우는 것은 다름 아닌 명예를 위한 것이라고 K는 때때로 다짐했다. 왜냐하면 몸이 약한 상태에서 괜히 사사건건 부지점장과 맞섰다가는 자신에게 아무 득도 없고, 오히려 부지점장에게 권력에 대한 자신감만 심어주며 또 관찰할 기회뿐만 아니라 순간순간 상황에 대처하는 요령까지 터득하게 할 뿐이기 때문이다. 그러나 아무리 이런 생각들을 한다 해도 K는 태도를 바꾸지 않았다. 늘 자기기만에 사로잡혀 있었다. 때때로 지금이야말로 부지점장과 허심탄회하게 한판 겨루어 볼 절호의 기회라고 확신하곤 했다. 그토록 치욕을 당하고도 배우는 게 하나도 없었다. 열 번 해서 성공하지 못하면 열한 번째에는 이루어 낼 수 있다고 믿었다. 상황이 한결같이 그에게 불리하게 전개되는데도 말이다. 그렇게 면담이 끝나고서 땀에 젖어 탈진 상태의 텅 빈 머리로 남게 되면, 그는 부지점장에게 달려들게 만든 게 희망이었는지 아니면 절망이었는지 알지 못했다. 그러나 다음번에 다시 보면 부지점장의 문 앞으로 달려가게 만든 것은 여지없이 희망이었다.

오늘도 그랬다. 부지점장은 곧장 안으로 들어와, 문 근처에서 발걸음을 멈추고 새로 생긴 버릇에 따라 코안경을 닦고는 먼저 K를 쳐다보았다. K만 쳐다보면 너무 노골적이니까, 이어서 방 안 전체도 훑어보았다. 그 모습이 꼭 이 기회에 자기 시력을 시험해 보는 듯한 태도였다. K는 부지점장의 시선을 똑바로 마주하며 빙그레 웃고는 자리를 권했다. 그런 다음 팔걸이의자에 털썩 주저앉아 의자를 되도록 부지점장 쪽으로 가까이 끌고 가 필요한 서류들을 책상에서 집어 들고서 보고를 하기 시작했다. 일단 부지점장은 그의 말에 거의 귀를 기울이지 않는 듯했다. K의 책상 상판에는 나무로 조각한 야트막한 난간이 둘러쳐져 있었다. 책상 전체가 하나의 훌륭한 작품이었고, 난간 또한 책상에 단단하게 박혀 있었다. 그러나 부지점장은 난간에서 뭔가 나사가 풀린 듯한 부분을 발견했는지 그 결함을 자기가 직접 해결하려는 듯 집게손가락으로 난간을 탁탁 쳤다. 그것을 본 K가 하던 보고를 중단하려 했더니 부지점장은 멈추지 말라며 다 듣고 이해하고 있다고 했다. 그러나 K는 부지점장에게서 사안에 대해 한마디도 얻어 내지 못하는데, 마침 그때 난간에 특별 조치가 필요했던 모양이었다. 부지점장은 주머니칼을 꺼내더니 K의 자를 반대쪽 지렛대로 삼아 난간을 들어 올리려 했다. 그렇게 해서 좀 더 쉽게, 좀 더 확실하게 다시 박아 넣으려는 듯했다. K는 보고서 내용 중에 아주 새로운 제안 하나를 포함시켜 놓았었다. 그 정도 제안이면 부지점장에게 확실한 인상을 심어 줄 것이라 기대했다. 막 그 대목에 이르자 K는 멈추기가 힘들었다. 아마도 자기가 하는 일에 푹 빠져 있었던지, 아니면 자꾸만 줄어들고 있어도 아직은 자신이 은행에서 나름 중요한 인물이며 이런 제안을 하는 것만으로도 스스로의 가치는 충분하다는 생각에 너무 기뻤는지도 모른다. 어쩌면 이런 식으로 자신을 변호하는 것이 은행에서건 소송에서건 최선인지도 모른다. 어쩌면 지금까지 써보았거나 계획했던 다른 어떤 변호 방식보다 더 나을지도 모른다. 자기 말을 하느라 너무 조급해진 K는 부지점장에게 난간 만지작거리는 일을 그만두게 하지 못했다. 다만 보고서를 읽으며 자유로운 한쪽 손으로 진정하라는 듯 난간 위를 두세 번 어루만졌을 뿐이다. 의도적인 것은 아니지만, 부지점장에게 난간엔 아무 이상이 없으며, 설사 이상이 있다 해도 당장은 그런 걸 손보는 것보다 자신의 보고에 귀를 기울이는 게 더 중요하고 또 그게 예의가 아니겠느냐는 걸 보여 주고 싶었다. 그러나 부지점장은 정신적인 일에 열정적인 사람들이 대개 그렇듯 손으로 하는 이 일에도 열성적으로 매달렸다. 난간의 일부를 실제로 뽑아 놓았는데, 이제는 작은 기둥들을 다시 구멍에 끼워 넣는 일만 남았다. 사실은 앞에서 했던 일보다 더 어려운 일이었다. 부지점장은 자리에서 일어나 두 손으로 난간을 상판 속으로 밀어 넣으려 했다. 낑낑대며 양손으로 온갖 힘을 다 써보았지만 잘 되지 않았다. K는 보고서를 읽느라 정신이 없어 — 그 사이사이 몇 마디씩 첨가하기도 했다 — 부지점장이 자리에서 일어난 것을 간신히 알아차렸다. 부지점장이 계속해서 딴짓을 하는 것을 줄곧 지켜보고 있었지만 그래도 부지점장의 움직임이 자신의 보고와 모종의 연관이 있을 걸로 생각한 K는 자기도 따라서 자리에서 일어나며 어느 숫자의 아랫부분을 손가락으로 지그시 누른 채 서류를 부지점장에게 내밀었다. 그러나 그사이 부지점장은 양손으로 누르는 것만으로는 안 된다는 것을 깨달았는지 대뜸 난간에 올라타더니 온 몸무게를 실어 내리눌렀다. 작은 기둥들이 삐걱 소리를 내며 구멍 속으로 들어갔다. 그러나 서두르는 참에 기둥 하나가 구부러지며 꺾이다가 위쪽의 약한 부분이 두 동강 나버렸다. 「나무 한번 형편없군.」 부지점장은 화가 나서 그렇게 말하면서 책상 매만지는 일을 포기하고 자리에 앉았다.

관청 건물

딱히 특별한 생각이 있어서 그랬던 것은 아니지만 K는 기회가 생길 때마다 자신에 대한 소송을 맨 처음 제기한 관청이 어디인지 알아보려 애썼다. 그건 어렵지 않았다. 티토렐리나 볼프하르트 모두 첫 물음에 건물의 정확한 번지수를 알려주었다. 티토렐리는 자기가 왈가왈부할 수 있는 사안이 아닌 비밀 이야기를 할 때마다 짓는 미소를 보이며 더 자세히 정보를 알려 주었다. 그의 말에 따르면, 관청은 사실 의미가 없는 곳이고 상부의 지시를 통보하는 곳일 뿐이며, 소송 당사자들은 접근이 불가능한 거대한 검찰 기구의 가장 외곽 기관일 뿐이라고 했다. 따라서 검찰에 청원할 일이 있으면 — 청원할 일이야 늘 쌔고 쌨지만 청원한다고 다 좋은 것만은 아니다 — 물론 앞서 말한 하급 관청에 알아봐야 한다. 그래도 검찰 안까지 들어가지는 못하며, 자신의 청원이 전달되지도 않는다고 말했다.

K는 화가의 속마음을 이미 잘 알고 있던 터라 뭐라고 반박하지도 않고, 더 캐묻지도 않고, 그냥 고개만 끄덕이며 접

수만 했다. 최근 들어 자주 느꼈지만, 남을 해코지하는 재주에 있어서는 티토렐리가 그 변호사 정도는 대체하고도 남을 것 같았다. 다만 차이점이라면, K가 티토렐리에게 얽매인 것은 아니니까 마음만 내키면 언제라도 털어 버릴 수 있다는 것과, 옛날에는 더 심했지만 지금도 티토렐리는 떠들기를 좋아한다는 것, 즉 수다스럽다는 것 그리고 마지막으로 K 쪽에서도 티토렐리를 괴롭히려면 얼마든지 할 수 있다는 것 등이었다.

그리고 이번에도 그는 전처럼 했다. 관청 이야기를 들먹거리며 마치 티토렐리에게 뭔가 숨기고 있는 것처럼, 마치 관청과 모종의 끈이 있는 것처럼, 그렇지만 아직 끈이 탄탄하지 못해서 밖에 알려지기라도 하면 위험할 것처럼 했다. 그러나 티토렐리가 좀 자세히 알려 달라고 매달리면, 돌연 딴 얘기를 하면서 한동안 그 이야기를 입에 올리지 않았다. K는 이런 소소한 성공들을 맛보며 기뻐했다. 그러다 보니 이제 그는 자신이 법원 쪽 사람들을 전보다 훨씬 잘 이해하며 그들과 잘 놀 줄 안다고, 이제 법원의 첫 계단에 불과한 것이기는 하지만 그들 속에 끼어 있는 거나 마찬가지여서 적어도 지금으로서는 전보다 더 잘 조망한다고 생각했다. 그런데 그러다가 만일 이 아래쪽의 지위를 잃게 되면 어쩔 셈인가? 그래도 구원의 방법은 있다. 그냥 아래쪽 사람들의 대열에 슬쩍 끼어들면 그만이다. 설사 이들이 낮은 신분 때문에 혹은 다른 이유로 그의 소송에 힘을 보태지는 못하겠지만, 그래도 그를 받아들여 주고 숨겨 줄 수는 있다. 그렇다, 그들은 K가 모든 일을 충분히 생각해서 은밀하게 실행에 옮긴다면 이런 식으로 돕는 것을 마다하지 않는다. 누구보다 티토렐리는 기꺼이 나설 것이다. 이제 K와 가까운 사이이며 후원자이니 말이다.

K가 이런 희망만으로 하루하루를 살아간 것은 아니다. 대체적으로 여전히 그는 상황을 정확히 읽어 냈으며 모종의 난점을 간과하거나 빠뜨리지 않으려고 조심했다. 그러나 그는 때때로 — 대개는 하루 일과를 끝낸 저녁, 파김치가 된 상태에서 — 그날 낮에 있었던 사소하고도 한마디로 뭐라 할 수 없는 자잘한 일들에서 위안을 찾았다. 이럴 땐 보통 그는 사무실 소파에 누워서 — 그는 한 시간 가량 소파에 누워 휴식을 취하지 않고는 사무실을 떠나기 힘들었다 — 그날 하루 동안 관찰한 내용들을 이리저리 머릿속에서 짜맞추어 보았다. 그렇다고 구차하게 법원과 관련된 사람들 생각만 한 것은 아니었다. 반쯤 수면 상태에 있다 보면 이 사람 저 사람 모두가 한꺼번에 뒤섞여 보였다. 그러면 법원의 그 대단한 작업은 잊혔고, 자기만 유일한 피고인 듯 여겨졌다. 다른 모든 사람들은 관료나 법률가처럼 법원의 복도를 오갔으며, 지극히 멍청해 보이는 인간들도 턱을 가슴에 박고 입술을 내밀고 진중하게 생각에 잠긴 듯 한곳만 뚫어져라 쳐다보고 있었다. 그럴 때마다 그루바흐 부인의 집에서 하숙하는 사람들이 한 패거리를 이루어 등장했다. 이들은 서로 머리를 맞대고 입을 벌린 채 서 있었는데 그 모습이 마치 비난하는 합창단 같았다. 그들 중에는 모르는 얼굴들이 많았다. K가 이미 오래전부터 하숙집 일에는 코빼기도 안 내밀었기 때문이다. 모

르는 얼굴들이 많다 보니 이들 무리를 좀 더 세세하게 살펴
보는 일도 썩 내키지 않았다. 그래도 뷔르스트너 양을 찾으
려면 때에 따라서는 세세히 들여다봐야 했다. 이를테면 그
무리를 대충 살펴보는데, 갑자기 전혀 낯선 두 눈이 그를 빤
히 쳐다보고 있으면 그는 멈칫했다. 그러면 뷔르스트너 양을
찾기 어려웠다. 그래도 꼭 찾아내려다 보면 패거리의 한가운
데에 그녀의 모습이 보였다. 그녀는 양옆에 있는 두 신사에
게 팔을 두르고 서 있었다. 꽤나 대단한 장면은 아니었다. 전
혀 새로울 것도 없었다. 왜냐하면 전에 뷔르스트너 양의 방
에서 보았던 해수욕장 사진 하나가 잊히지 않은 것에 불과했
기 때문이다. 아무튼 이 모습은 K의 눈길을 무리에서 다른
곳으로 돌려놓았다. 미련 때문에 자꾸 그쪽으로 눈길을 돌리
긴 했지만, 이제 그는 법원 건물을 이리저리 휘젓고 다녔다.
그는 모든 공간을 훤히 알았다. 생전 처음 보는 삭막한 복도
들까지도 옛날부터 살던 자기 집에 와 있는 것처럼 친근했
다. 세세한 모습들이 자꾸만 나타나 그의 머리에 고통스레
뚜렷이 각인되었다. 이를테면 이런 것이었다. 외국인 남자가
복도를 거닐고 있었다. 옷차림은 투우사 비슷했다. 허리 부
분은 꼭 칼로 재단한 듯했다. 몸에 꽉 끼는 짧은 재킷은 누런
빛의 성근 레이스로 짠 것이었다. 이 남자는 한순간도 발걸
음을 멈추지 않고 계속 거닐면서 줄곧 K의 경탄을 자아냈다.
K는 허리를 구부리고 살금살금 그 남자의 주위를 뱅뱅 돌며
다가가 그 모습에 눈을 휘둥그레 뜨고 바라보았다. 레이스
의 모양새, 낡은 장식 술들, 재킷의 곡선 등을 이제 낱낱이 익

혔지만, 아무리 봐도 전혀 물리지 않았다. 아니면 실컷 봐서 진작 물렸을까, 아니, 정확히 말해서 보고 싶지는 않았지만 자꾸만 그의 눈길을 당겼는지도 모른다. 〈외국에서는 별놈의 가장무도회를 다 여는군!〉 그렇게 생각하며 K는 눈을 부릅떴다. 그리고 그는 이 남자의 뒤를 따라가다가 멈추고, 소파에서 뒤척이며 가죽 천에 얼굴을 묻었다.

어머니를 찾아가다

점심을 먹던 중 불쑥 어머니를 한번 찾아뵈어야겠다는 생각을 했다. 어느덧 봄도 막바지에 이르렀고, 어머니를 뵌 지도 3년이 다 되었다. 그 당시 어머니는 그의 생일만큼은 집에 와서 지내면 안 되겠느냐고 말했다. 어머니의 청에 그는 복잡한 일이 많았지만 그렇게 하겠다고 답했고, 심지어 매년 생일 때마다 어머니와 함께 지내겠다는 약속까지 했다. 벌써 두 번이나 지키지 못한 약속이 되었다. 때문에 그는 보름만 있으면 생일이지만 그때까지 기다리지 않고 당장 찾아뵙기로 했다. 물론 당장 가야 할 특별한 이유야 없다는 생각이 들긴 했다. 오히려 그 반대였다. 그 소도시에서 장사를 하면서 그가 어머니에게 부쳐 주는 돈을 관리해 주는 사촌이 두 달마다 보내오는 소식에 오히려 전보다 훨씬 마음이 안심된 참이었던 것이다. 어머니가 거의 실명 단계에 있다고 하지만, 그건 이미 몇 해 전에 의사들의 말을 듣고 예상하고 있던 일이었다. 반면에 그 밖의 건강 상태는 오히려 더 좋아졌다. 연로해서 생기는 통증도 악화되기는커녕 오히려 개선되었고,

적어도 아프다는 말을 전보다 적게 했다. 사촌의 말에 따르면 어머니가 지난 몇 년 전부터 — 좀 거북스럽긴 하지만 약간의 그런 조짐은 지난번에 뵈었을 때 눈치를 챘었다 — 신앙심이 아주 돈독해져서 그런 것 같다고 했다. 사촌은 눈에 선하게 보이도록 편지를 썼는데, 이 노인네가 예전에는 걸음을 제대로 떼어 놓지도 못했지만 이제는 일요일마다 자신의 팔을 잡고 제법 성큼성큼 걸어서 교회에도 간다고 했다. 사촌의 말은 믿을 만했다. 왜냐하면 사촌은 평소 소심한 사람이라서 편지로 그런 이야기를 쓸 때 좋은 것보다는 나쁜 것을 확대해서 말하는 편이었기 때문이다.

아무튼 간에 K는 이미 떠나기로 결심한 터였다. 그는 최근 들어 영 찜찜하게도 자신에게 약점 같은 것이 있음을 확인했다. 그것은 자기가 원하는 것이면 뭐든 하고 말아야 하는 걷잡을 수 없는 욕구였다. 이번 경우엔 그런 나쁜 성향이 적어도 좋은 목적에 동원되었다.

그는 창가로 가서 마음을 가다듬어 보았다. 그런 다음 곧 식사를 치우라고 한 다음 그루바흐 부인에게 사환을 보내 자신이 여행을 떠난다는 것을 알리고 그루바흐 부인이 알아서 챙겨 주는 여행 가방을 받아 가져오게 했다. 이어서 퀴네 씨를 불러서 부재중에 처리해야 할 몇 가지 업무 지시를 내렸다. 이번엔 퀴네 씨한테 화를 내지 않았다. 퀴네 씨는 이제는 아예 습관이 된 무례한 태도로 얼굴을 삐딱하게 돌린 채 자기가 뭘 해야 할지 다 알고 있으며 이런 지시는 그저 의식 정도로 생각한다는 투였다. 그런 다음 K는 마지막으로 지점장에게 갔다. 지점장에게 어머니를 찾아뵙게 이틀간의 휴가를 허락해 달라고 말하자, 지점장은 어머니가 어디 편찮으시냐고 물었다. 「그건 아닙니다.」 K는 별다른 설명 없이 그렇게 말했다. K는 뒷짐을 진채로 방 한가운데에 서 있었다. 그는 이맛살을 찌푸리며 이런저런 생각을 해보았다. 혹시 여행 준비가 너무 성급했던 건 아닌가? 그냥 여기 있는 게 낫지 않을까? 그곳에 가서 뭘 한단 말인가? 괜히 감상에 젖어서 떠나려 했던 건 아닐까? 이렇게 감상에 젖어 있다가 중요한 것을 놓치는 것은 아닐까? 소송에 개입할 기회를 말이다. 소송이 벌써 몇 주 채 정체 상태에 있고 어떤 소식도 날아오지 않은 이때야말로 어느 날 몇 시에 불쑥 기회가 찾아올지 모른다. 게다가 괜히 노인네를 놀라게 하는 건 아닐까? 이건 그가 원치 않는 바이지만, 그의 생각과 달리 얼마든지 그럴 수 있다. 요즘엔 그의 생각과 달리 많은 일들이 벌어지고 있으니까. 그리고 어머니가 그를 보고 싶다고 하지도 않았다. 예전엔 사촌의 편지에 어서 꼭 한번 오라는 어머니의 부탁이 거듭해서 들어 있었지만 그런 말이 없어진지도 오래다. 따라서 딱히 어머니 때문에 간다고 할 수는 없었다. 그러나 뭔가 거기서 희망을 찾아보려고 가는 거라면, 그는 천하에 바보 천치일 뿐이고, 그곳에 가서 끝내 절망만을 맛보고 바보 같은 자신의 행동에 대한 대가를 치르게 될 뿐이다. 그러나 마치 이런 모든 의심이 자신의 것이 아니라 남들이 던져 준 것에 불과하다는 듯, 그는 다시 정신을 차리고 떠나려는 결심을 굳혔다. 그러는 동안 허리를 구부려 신문을 보던 지점장은 우연인지, 아니면 K를 각별히 아끼는 마음에서인지 눈을 들고 자리에서 일어나며 손을 내밀고 다른 질문 없이 잘 다녀오라는 인사만 했다.

K는 사무실에서 서성이며 사환을 기다렸다. 그리고 몇 번이나 안으로 들어와 왜 여행을 가느냐고 묻는 부지점장의 질문에 침묵으로 일관하고 있다가 마침내 여행 가방이 도착하자 미리 예약해 놓았던 자동차를 타려고 서둘러 내려갔다. 막 계단에 발을 디딘 순간 위쪽에 직원 쿨리히가 나타났다. 손에는 막 쓰기 시작한 편지 한 통을 들고 있었는데, 아마도 그것에 관해 K의 지시를 받으려는 듯했다. K는 그냥 두라는 손짓을 보냈지만, 금발의 머리만 큰 이 멍청한 인간은 손짓의 의미를 착각하고 종이를 흔들어 대며 K를 향해 목숨이 위험하리만큼 껑충껑충 뛰어 내려왔다. K는 너무나 화가 치밀어, 쿨리히가 옥외 계단에서 따라붙자 그 편지를 빼앗아 바로 찢어 버렸다. 이어 자동차에 올라탄 뒤 고개를 돌려 보니, 쿨리히는 여전히 뭐가 뭔지 모르는 듯 멍하니 서서 떠나가는 자동차 꽁무니만 쳐다보고 있었다. 그 옆에 있던 수위는 모자를 벗고 허리 숙여 인사를 했다. 누가 뭐래도 여전히 K는 은행의 고위 간부였다. 그가 아니라 하면 수위가 반박할 것이다. 그리고 어머니는 아무리 아니라고 말해도 자신의 아들을 은행의 지점장으로 생각했다. 벌써 오래된 얘기다. 어머니는 아들이 좀 체면을 구기는 일이 있을지는 몰라도 절대 망하지는 않을 것이라고 생각했다. 출발 직전에 아직도 법원과 모종의 끈을 갖고 있는 직원의 편지를 빼앗아 이러쿵저러

쿵 변명할 것 없이 그냥 막 찢어 버려도 괜찮다는 것을 확인한 것은 좋은 조짐이었다. 다만 마음속으로 이 세상 무엇보다 하고 싶었던 일, 그것은 하지 못했다. 그건 바로 창백하고 둥글넓적한 쿨리히의 얼굴에 철썩 소리가 나도록 귀싸대기를 두 대 올려붙이는 일이었다.

자유를 사랑한 어느 영혼의 고백

1. 첫 문장의 마력

노벨상을 수상한 독일의 작가 귄터 그라스Günter Grass의 작품 『넙치Der Butt』의 첫 문장은 〈일제빌은 소금을 더 쳤다〉로 시작된다. 1977년에 나온 이 소설의 첫 문장 세 단어 〈Ilsebill salzte nach〉는 2007년 문학 전문가들로 구성된 심위 위원회에서 독일어권 역대 소설 중 가장 멋진 도입 문장이라는 평가를 받았다. 이 문장이 독자에게 많은 것을 생각하게 만들기 때문이었다. 전래 민담 「어부와 그의 아내Vom Fischer und seiner Frau」를 꼭짓점으로 하여 남자들에 의해 자행된 부정적 인류 문화사를 거슬러 올라가며 서술하는 이 작품에서 여성이 갖는 의미를 나타내기에 〈일제빌은 소금을 더 쳤다〉라는 문장은 무한한 의미 확산 가능성을 구현한다. 여섯 명의 심사 위원 중 하나였던 토마스 부시히는 소설의 첫 문장이 갖는 마력에 대해 이렇게 말한다. 〈첫 문장과 함께 돌은 굴러가기 시작한다. 첫 문장은 약속이요 방향 물질이

자, 수수께끼이며 번갯불이다. 한마디로 뒤이어 나오는 전체 수프 요리의 맛을 결정짓는 각지게 썰어 놓는 재료이다.〉이 견해는 우리가 지금 눈앞에 두고 있는 카프카Franz Kafka의 『소송Der Proceß』에도 그대로 적용된다. 실제로 위의 심의에서 많이 언급된 작품이 바로 카프카의 작품들이다. 카프카의 첫 문장 역시 마적인 힘을 발휘하는데 이 점에서 카프카가 오히려 귄터 그라스의 원조 격이라 여겨진다.

『소송』의 첫 문장은, 주인공의 심리 상태를 백일하에 드러낸다. 이는 〈누군가 요제프 K를 모함했음이 분명하다. 나쁜 짓을 하지 않았는데도 어느 날 아침 체포되었으니 말이다〉로 시작된다. 당혹감의 극단을 독자에게 보여 주는 이 문장은 서술자와 주인공의 내면 상태가 직접적으로 묘사되는 체험 화법의 전형이다. 이 문장은 서술자의 것이 되기도 하면서 주인공의 것이 되기도 한다. 오히려 서술자의 말이기보다는 주인공 K의 독백에 가깝다. 서술자는 모든 것을 다 알고 있는 전지전능한 시점이 아니라 개인적인 관점에서 말한다. 서술자의 입장과 주인공의 입장 사이에 간극이 거의 없다. 그래서 실제로 서술자 역시 K가 정말로 누군가에게 모함을 받은 건지 아닌지 확실하게 단언하지 못한다. 추측만 할 뿐이다. 가능태를 나타내는 화법 조동사 〈musste〉가 이것을 말해 준다. 그러나 체포는 사실이다. 체포는 법률 용어인 〈Verhaftung〉으로 정확하게 표현되기 때문이다. 첫 문장 속에 이 작품이 안고 있는 모든 문제들이 도사리고 있다. 특히 〈나쁜 짓을 하지 않았는데도 어느 날 아침 체포되었으니 말이다〉라는 첨언은 이미 K가 변호에 나서야 하는 근거를 제시한다. 「변신Die Verwandlung」의 첫 문장 〈어느 날 아침 뒤숭숭한 꿈에서 깨어난 그레고르 잠자는 자신이 침대에서 흉측한 모습의 한마리 갑충으로 변한 것을 알아차렸다〉와 마찬가지로, 주인공이 급작스레 처하는 상황에 독자 역시 체험 화법의 틀에 매이게 된다. 덫에 걸린 주인공 요제프 K는 이 덫을 어떻게 풀어야 하나? 체포는 법원에 의해 집행되고, K의 자기 변호 과정은 〈나는 잘못한 것도 없는데 왜?〉라는 질문으로 시작된다. 하나는 위쪽의 관점이고 다른 하나는 아래쪽의 관점이다. 이 두 개의 관점은 어디선가 만날 수 있을까? 이 과정이 이 소설의 기둥 줄거리를 형성한다. 그런데 이 작품의 경우, 마지막은 또 어떠한가. 〈「개 같다!」 그가 말했다. 치욕은 그보다 더 오래 살아남을 것 같았다〉라는 말로 이 작품은 끝난다. 충격에서 충격으로 거듭되는 시작과 종말 사이에서 주인공은 과연 어떤 일을 겪을까? 그 사이에 끼어 있는 주인공의 실존적 문제들은 우리가 눈길을 주어야 할 삶의 조건들이다. 「변신」의 그레고르 잠자 같은 경우는 무기력으로 일관하다 결국은 어쩔 수 없이 거미줄에서 빠져나오지 못한 채 실존의 왕거미에게 먹히고 만다. 그레고르 잠자나 K나 침대에서 일어나면서 그대로 당하는데, 잠자리에 들었던 인간의 편안함과 대조되는 일상의 시작은 이렇게 끔찍하다. 어떤 대비도 없이 속수무책으로 당하는 것이 카프카의 주인공들이다. 독자의 호기심을 한껏 자극한다는 면에서 본다면 카프카의 이런 도입부는 탐정 소설의 그것에 가깝게 여겨진다. 잘못한 것이 없는 주인공이니 당연히 해피 엔드가 보장되어야 한다. 그러나 문제를 해결해 나가는 K의 방식은 전혀 탐정의 그것이 못 된다. 그래서 모든 게 수수께끼다. K의 체포 뒤에 눈에 안 보이는 어떤 실체가 숨겨져 있는지, 그것을 밝혀 내면 되지만 『성 *Das Schloss*』의 주인공처럼 그에겐 그 문의 열쇠를 찾아내는 일이 쉽지 않다. 악몽 속을 헤매는 마음 약한 자의 고통과 같다. K가 생각하는 죄의 개념은 법이 생각하는 죄의 표상과 맞지 않는다. 여기서 그의 운명적 싸움이 시작된다. 첫 문장의 체험 화법은 독자를 해결점이 없는 답답한 K의 의식 세계 속으로 끌어들여 주인공의 고통을 함께 겪게 만든다. 체포는 법률에 의한 체포를 말하기도 하지만 무언가에 얽매이게 되는 것을 의미하기도 한다. 작품 끝의 〈치욕은 그보다 더 오래 살아남을 것 같았다〉는 마지막 문장은 주인공 K가 스스로를 어떻게 생각했는지 잘 보여 준다. 체험 화법으로 주인공의 내면을 찌른 위 문장에서 무엇이 치욕의 내용인지는 요제프 K 스스로가 제일 잘 알고 있을 것이다.

2. 법의 실체는 무엇인가?

그렇다면 법은 무엇이고 법원의 실체는 무엇인가? 주인공 K는 어느 날 색다른 아침을 맞는다. 평소와 모든 게 다르게 진행된다. 그루바흐 부인의 가정부 안나는 평소와 달리 그에게 아침 식사를 가져다주지 않고, 웬일인지 건너편에 사는 노파의 모습만이 생생하게 눈에 들어온다. 〈K는 잠시 더 기다리면서 베개에 몸을 기댄 채 건너편에 사는 노파를 넘겨다보았다. 노파는 평소와 다른 호기심 어린 눈빛으로 그를 살펴보았다.〉 왜 그는 구경거리가 된 걸까? 사람들은 다 아는, 뭔가 잘못되어 가고 있는 상황을 왜 자기만 모르고 있는 걸까? 벨을 눌렀더니 가정부가 아닌 웬 낯선 남자가 들어온다. 놀랍게도 그 남자는 감시원이다. 그는 당연하다는 듯 K에게 이렇게 알린다. 〈당신은 이곳을 떠날 수 없소, 당신은 체포된 거요.〉 K는 이런 상황을 받아들이면서도 혹시 직장 동료들이 장난을 치는 게 아닌가 하는 생각도 해본다. 그의 머릿속에서만 전개되는 그의 상황은 그가 처한 처지를 전혀 개선시키지 못한다. 어떠한 정보도 없기 때문이다. 정보처도 알 수 없다. 감시원들 역시 그가 왜 체포된 건지 그 내용을 알지 못한다. 그냥 명령대로 시행할 뿐이다. 여기서 K는 세상살이를 잘 모르는 인간이 된다. 그는 법이 뭔지, 법원이 뭔지 잘 모른다. 그냥 감시원이 해주는 말에 따를 뿐이다. 〈죄를 지은 자를 찾아 나서는 게 아니라 법에 적혀 있는 대로 죄가 있는 쪽으로 쏠려 우리 같은 감시원들을 파견하게 되는 거요.〉 그런데 사실, 이 소설을 읽으면 궁금한 게 한두 가지가 아니다. 모든 게 상식에서 어긋난다. 법원은 피고에게 정확한 시간과 함께 언제 어디로 나오라는 말을 〈지시하지〉 않는다. 피고가 알아서 찾아가야 한다. 자기가 이 정도면 되겠지 하고 찾아가면 법원에서는 이렇게 말한다. 〈1시간 5분 전에 왔어야죠.〉 K는 개인적으로 해당 관청을 향해 반박을 해보지만 그렇다고 뭔가 뾰족한 수가 있는 것도 아니다. 이것이 바로 법이나 법원에 대한 주인공 K의 관점이다. 체포된 순간부터 그의 사고는 오로지 소송이라는 상황 속으로 말려든다. 체포되었으니 당연한 일이기는 하다. 그러나 자신이 무엇을 잘못했는지 모르니 답답한 노릇이다.

법원은 익명으로 등장한다. 실체를 전혀 보여 주지 않는다. 이 소설은 여러 국면에서의 해석을 가능케 할 뿐, 하나의 정답을 명확히 제시하지 않는다. 법의 해석을 위해 우리가 가장 많이 접하게 되는 것은 물론 주인공 K의 해석 방식이다. 그는 소설의 진행과 더불어 내적 독백 형식으로 줄곧 그 부당함을 말한다. 그러나 그것도 적극성을 띠지 못한다. 예심 심리에도 나가지만, 궁극적으로 예심의 정당성을 인정하지 않는다. 오히려 자신의 생각만을, 그곳에 와 있는 청중을 대상으로 강변해 보려고 한다.

작품을 읽다 보면 이것은 또 무언가, 자문하게 된다. 전통적으로 〈법〉 하면 밝고 공명정대해야 한다고 생각한다. 그러나 작품에서 법원은 건물 다락방에 있고, 법을 집행한다고 온 공무원들은 남의 밥이나 슬쩍슬쩍 훔쳐 먹고, 법원 쪽과 관련된 곳에서 일하는 여자들은 모두 화냥기에 휘둘린 것처럼 남자들을 유혹하려 혈안이 되어 있다. 이들은 선한 쪽, 올바른 쪽과는 거리가 멀다. 특히 체포되었다고는 하지만 아직 어디로도 끌려가지 않은 K의 옷가지를 놓고 감시원들이 자기들끼리 흥정하는 장면은 웃음을 자아낸다. 작가는 우리의 건전한 상식을 마음껏 비웃는다. 그가 보기에 법의 세계는 의심을 자아낼 뿐이다. 설정 자체가 뭔가를 문제 삼아 비웃어 주려는 듯한 느낌이다.

실제 우리 삶에서 법이 과연 공정하게 집행되는가? 풍자의 기본은 우리 마음의 모양새를 가감 없이 백일하에 드러내는 데 있다. 겉으로 드러난 것이 아니라 안에 감추어진 실체를 우리 눈으로 직접 보았을 때 얼마나 한심하고 우스꽝스러운가. 카프카 문학이 독일 표현주의 문학의 대표로 평가받는 이유도 이 점에서 이해된다. 인간 내면에 숨겨진 실상의 폭로가 바로 표현주의의 핵심이기 때문이다. 매캐한 법정, 짓누르는 듯한 분위기에 K는 다락방 법정에서 부축을 받으며 나오는데, 이 얼마나 어이없는 장면인가. 분위기에 눌려 자기의 일을 제대로 처리하지 못하는 소시민의 나약한 모습이다. 그 대목을 보자. 〈그때 갑자기 한쪽 겨드랑이에 안내 담당 직원의 손이, 다른 쪽 겨드랑이에는 아가씨의 손이 느껴졌다. 「자, 어서 일어나요, 약골 선생.」〉 스스로 나약해지는 K의 모습은 우리에게 연민을 느끼게 하며 그의 마음속에 들어 있는 무언가가 약한 쪽으로 작용하고 있음을 간파하게 해준다. 그럼에도 불구하고 그는 다시 법원의 판사들의 초상화를 그린다는 화가 티토렐리를 찾아가 별의별 꼼수 같은 이야기를 듣고 거기에 상당 부분 동의한다. 이를테면, 〈당신한테 먼저 물어본다는 걸 깜박했군요. 당신은 어떤 종류의 석방을 원하죠? 세 가지 방식이 있죠. 즉 실제 무죄 판결, 표면상의 무죄 판결, 판결 지연이죠〉라는 화가의 말에 K는 솔깃해한다. 이 세 가지 방식이라는 것도 궤변가들의 논리일 뿐이지 K의 사태 해결에는 아무런 도움이 되지 않는다. 어떻게 보면 병이 든 사람이 병원을 찾아 병의 원인을 칼로 도려내지 않고 계속해서 무당을 찾아 굿을 하고 이런저런 사람에게 물어봐 변두리로만 돌다가 병만 더욱 키우는 것과 같다. 법원의 판결을 놓고 벌이는 화가의 꼼수는 정말 가관이다. 이 대목에서 카프카는 전형적인 독일식 논쟁의 묘미를 보여 준다. 〈외면상의 무죄 판결〉이나 〈판결 지연〉 같은 용어 자체가 볼 만하다. 법의 실체가 무엇인지는 이런 상황 속에서 더욱 궁금해지기만 할 뿐이다. 가문의 체면을 중요시하는 삼촌과, 삼촌이 소개한 그저 자기의 위상만을 요리 삼아 먹고 사는 변호사, 법관들의 초상을 그리는 엉뚱한 화가, 걸핏하면 몸을 들이대는 변호사의 정부, 이 모두 캐리커처의 대상들이며 몽타주로 그려질 만한 군상들의 집단이다. 그렇지만 K에게 이런 상황에서 빠져나갈 출구는 있는가? 그에겐 입구도 없고 출구도 없다. 한마디로 법은 현실을 움직여 가는 힘으로 그려진다. 현실에서 살아 움직이며 사람들의 생각을 제어하며 무언가 방향 지시를 하는, 알 수 없는 어떤 힘, 이 작품에서 법은 그런 것이다.

3. 성적인 것과 권력의 힘

K는 자신의 무죄를 증명하기 위해 사방팔방으로 노력을 하지만, 그때 만나게 되는 여자들과의 관계는 과연 그가 문제에 집중을 하고 있는 건지 의문을 갖게 한다. 작품에서 K가

보여 주는 행동은 반듯하지만은 않다. 그가 여러 여자들과 접하는 기본 동기는 자신의 무죄를 어떻게든 증명해 보이기 위해서이다. 성을 권력으로 이용하려는 속셈이 엿보이는데 같은 하숙집에 사는 뷔르스트너 양과의 관계부터도 그렇다. 〈그렇게 말한 K는 앞으로 달려들어 그녀의 입술에 이어 온 얼굴에 키스를 퍼부었다. 마치 목마른 짐승이 마침내 찾아 낸 샘물을 혀로 핥는 형상이었다. 마침내 그는 그녀의 목에 키스를 했는데 그곳에 입술을 오랫동안 대고 있었다.〉 원래 그녀에게 자신의 무죄를 인정받으려던 의도와는 거리가 먼 행동이다. 속뜻은 자신의 일에 관심을 갖게 만들기 위해서이 지만, 법원 정리의 아내와의 불륜 장면은 그가 문제의 핵심 에서 어떻게 빗겨 나가고 있는가를 요약해 보여 준다. 〈그리 고 어쩌면 예심 판사와 그의 패거리에게서 이 여자를 빼앗아 자기 것으로 만드는 것보다 더 멋진 복수도 없을 것 같았다. 그러면 예심 판사는 K에 대해 거짓 보고서를 낑낑대며 작성 하고 나서 밤 늦게 여자의 침대가 비어 있는 꼴이나 보게 되 는 거다. 왜 침대가 비었겠는가? 그야 여자가 K의 것이 되었 기 때문이다. 지금 창가에 있는 저 여자가, 거칠고 두꺼운 천 에 싸여 있는 저 풍만하고 부드럽고 따뜻한 몸뚱어리가 오로 지 그의 것이 되었기 때문이다.〉 변호사를 간병해 주는 처녀 레니와의 관계도 마찬가지이다. 레나가 기소된 남자들이라 면 모두 잘생긴 미남으로 여긴다는 변호사의 말이 웃음을 자 아낸다. K 역시 기소되었으니 그녀에겐 상당히 매력적으로 느껴졌으리라. 처음부터 아주 진한 시선을 나누지만 이들의 관계는 진정한 사랑이 아니다. K 쪽에서는 오히려 이 여자들을 자신의 소송을 위해 이용하려 한다. 그렇다고 법원이 이것을 죄의 이유로 삼는 것은 아니다. 법원 자체가 부패와 비리와 성욕에 물들어 있기 때문이다. 그러나 여자들의 행태는 혼돈스럽거나 모호하지 않고 명확할 뿐, 다만 K의 의식 세계만이 안개에 싸여 있다.

4. 〈문지기 전설〉 논쟁인가, 자기기만 또는 착각의 깨우침인가?

대성당에서 〈법 앞에서〉라는 우화를 놓고 K와 사제가 벌이는 논쟁은 이 소설의 백미이다. 이 전설은 『소송』 전체를 이해하는 데 있어 중요한 열쇠 역할을 한다. 카프카는 이 짧은 단편을 상당히 아껴서 여러 지인들에게 낭송도 해주었으며 직접 엮은 단편집 『시골 의사 *Ein Landarzt*』에도 이 전설을 실은 바 있다. 평범한 문체로 그려 낸 묘사의 이면에 날카롭고 쓰린 질문을 담고 있는 것이 바로 이 전설이다. 서술은 평범하나 내용은 비합리적이고 이해하기 힘들다. 여기서 생기는 질문의 내용은 무엇이 궁극적으로 옳고 무엇이 그르며, 인간이 추구해야 할 목표는 무엇이며, 정말로 더할 나위 없이 타당한 진리는 존재하는가 등이다. 전설은 첫 문장부터 강한 어조로 우리에게 메시지를 전달한다. 〈법 앞에 문지기가 서 있다〉라고. 법이라는 추상적인 것과 문지기라는 구체적인 것이 한 공간 안에 동시에 존재함으로써 독자는 당혹감을 느끼게 된다. 왜 시골 남자는 이 추상적인 세계 속으로 들어가려 하는 것이며, 왜 문지기는 그것을 지키려 하는가? 시골 남자는 지금 법 안으로 들어갈 수 있느냐고 묻고, 문지기는 지금은 안 된다고 대답하면서도 나중에는 혹시 모른다고 덧붙인다. 수수께끼 같은 질문과 답이 오가는 현장이다. 이 전설의 첫 문장과 마지막 문장의 관계는 『소송』 전체 작품의 첫 문장과 마지막 문장의 관계와 유사하다. 두 문장 사이에서 모든 일이 벌어지기 때문이다. 모든 것은 상대적이며 현재로서 확실한 것은 아무것도 없고 그저 열려 있을 뿐이다. 추상적인 〈법〉 앞에 문지기를 세워 놓음으로써 여기서 독자는 어느 정도 〈법〉이라는 것이 무엇에 대한 메타포로 쓰인 게 아닌가 하는 추측을 해볼 수 있다.

사제는 이 전설을 K에게 들려주면서 단적으로 이렇게 말한다. 〈「당신은 자꾸만 다른 사람들에게 도움을 기대하는군요.」 사제는 못 미더운 투로 말했다. 「특히 여자들한테서 말이오. 그게 진정한 도움이 아니라는 걸 모르시오?」〉 소설의 대단원 직전에 이루어지는 이 논쟁은 K가 자신의 죄를 깨달을 마지막 기회이다. 그 시점에 사제는 바로 이 문지기 이야기를 K에게 들려주는 것이다. 지금까지의 K의 행동에 조명의 불빛이 던져진다. K에게 편견을 갖지 않았음을 전제로, 사제는 K의 편견을 깨우쳐 주려 한다. K는 이 우화를 성직자의 관점에서 이해하려 하지 않는다. 그는 모든 것을 부인하려 한다.

법의 문 앞에는 가장 신분이 낮은 문지기가 있고, 안으로 들어갈수록 더 많은 문지기가 층층시하로 즐비하게 서 있다.

그러나 이 텍스트를 놓고 K와 사제는 서로 상반된 견해를 내세운다. 문제의 중심은 착각 혹은 기만의 여부이다. K는 문지기가 시골에서 온 남자를 기만했다고 생각한다. 법의 문이 오로지 시골 남자를 위해 있었고, 이제 시골 남자가 죽어가니 닫아야겠다고 하는 문지기의 말 때문이다. 그걸 본 K는 자기도 법과 법의 기능을 잘못 알았다고 판단한다. 사제는 텍스트의 해석과 관련하여 이렇게 말한다. 〈원문의 해석자들은 이 점에 대해 이렇게 말해요. 어떤 것을 올바르게 파악하는 것과 같은 것을 그르게 파악하는 것은 서로 간에 완전히 배치되는 건 아니라고요.〉 어떤 해석이 완전히 옳고 또 다른 해석이 완전히 그르지 않다는 것은 대상에 대한 상대적 해석의 가능성을 말한다. 그러나 K는 착각과 기만 뒤에 뭔가가 있을 거라고 여기면서 확실한 진리, 즉 모든 오해를 일거에 싹 쓸어 갈 분명한 기준점을 원한다. 법이나 법원은 뭐라 규정할 수 없는 것, 해석할 수 없는 것, 한마디로 손에 잡을 수 없는 것이 그 특징임을 K는 분명히 인지하지 못한다. 여기서 K의 〈죄〉가 드러난다. K는 끊임없이 남에게 잘못이 있음을 강조하려 하고 자신에게 잘못이 있음을 자백하지 않는다. 자기변명의 구조만이 줄곧 그의 의식을 지배한다. 문지기 전설의 마지막에 가서 등장하는 〈마침내 남자는 시력까지 약해져, 정말로 자신의 주변이 어두워진 것인지 아니면 단지 눈이 착각을 일으키는 것인지 알지 못할 정도가 되었다. 그러나 남자는 이제 어둠 속에서 법의 문으로부터 뻗쳐 나오는 뚜렷한 빛살을 알아본다〉는 이 대목은 많은 시사점을 준다. 시골에서 온 사람이 눈앞에 보이는 가장 말단 문지기에게 현혹되어 그 이상의 것을 보지 못하고 그만을 최대의 방해물로 생각게 한 것은 무엇인가?

요제프 K의 〈소송〉은 자기 자신의 죄에 대한 해석 과정이다. 법이나 법원이나 그 정체를 한마디로 해석하기란 어렵다. 법은 죄 지은 자를 어떻게 찾아내는가? 〈법원은 죄가 있는 쪽으로 쏠린다는 말이 맴돌았다. 그 때문에 심리가 열릴 방은 왠지 택한 계단 쪽에 있을 것 같았다.〉 법원은 누군가를 추궁하기에 앞서 죄를 지었다는 의식을 가진 사람에게 그 냄새를 맡고 달려가는데, 사실 달려간다기보다는 그런 의식을 가진 자의 언행에 의해 법은 그대로 집행된다고 봐야 한다. 죄는 그가 인정하느냐 인정하지 않느냐에 달려 있다. 따라서 K의 유죄 여부는 순전히 자신에 대한 인식 여부에 의존한다. 이런 관점이 카프카의 『소송』을 해석하는 전제가 된다. 이러다 보니 『소송』에 대한 해석은 계속해서 많은 가능성만을 만들어 낼 뿐 뚜렷한 답을 찾지 못한다. 따라서 실존적 해석, 신학적 해석 등등 많은 해석의 열쇠들이 나타나 문지기 전설의 시골 사람처럼 법의 문을 열어 보고자 나름 노력할 뿐이다.

5. 『소송』 생성의 전기적 배경

카프카의 생에서 문학과 삶이 하나의 긴밀한 연관 관계를 지니며 반응하기 시작한 시기로 1912년을 잡는다. 이 시기에 카프카의 생에서 전면에 등장한 것은 펠리체 바우어Felice Bauer와의 약혼이다. 카프카는 그해 8월 13일에 친구인 막스 브로트의 집에 찾아갔다가 자기보다 네 살 연하인 스물다섯 살의 그녀를 처음으로 만난다. 펠리체는 1908년에 시작한 상업 학교 공부를 아버지의 경제적 사정으로 그만두고 베를린의 한 음반 회사에서 속기사 및 타자수로 일하기도 하였으며, 이어 카를 린트슈트룀이라는 큰 회사로 옮겨 직장 생활을 계속한다. 카프카를 만났을 때 그녀는 이미 업무 대리인의 지위에 있었다. 두 번의 약혼과 파혼을 거듭한 두 사람은 1917년 프라하에서 마침내 궁극적인 결별을 한다. 이 기간 동안 카프카가 그녀에게 보낸 편지는 인쇄된 책 분량으로 5백 쪽이 넘는다.[1]

펠리체와의 약혼과 관련한 내용은 카프카의 일기에 잘 적혀 있다. 특히 그녀의 아버지에게 보내려고 작성한 한 편지의 초안에서 문학과 사회적 삶 사이에서 방황하는 카프카의 고민은, 딸을 달라고 구혼하는 영혼의 목소리와 모순되면서 순진함을 내포하고 있어 우리의 이목을 끈다. 〈제가 맡은 직책은 저한테는 너무 견디기 힘듭니다. 제가 이 세상에서 유일하게 하고 싶은 일이자 소명인 문학과 상충되기 때문입니다. 문학이 아니면 저는 아무것도 아니고 또 아무것도 아닐

1 1919년에 14년 연상의 은행 업무 대리인 모리츠 마라세와 결혼한 그녀는 그와의 사이에서 두 남매를 두었다. 1931년 이들 가족은 스위스로 이주하였다가 1936년에는 미국으로 이민하였다. 남편이 1950년에 죽자 병에 걸려 금전적 고통을 받던 그녀는 프란츠 카프카와 나눈 편지를 출판업자인 잘만 쇼켄에게 돈을 받고 넘겼다.

수밖에 없으며 또 아니고자 하기 때문에 아무리 제 직책이 저를 끌어들이려 해도 소용없고 그러다가 괜히 저만 완전히 망가질 것입니다.〉 이런 갈등 상황 속의 약혼이 평탄할 수는 없다. 문학을 추구하고자 하며 직장은 참을 수 없다고 한다면 그것은 일상의 결혼 생활마저 거부하는 것이자 결혼에 대하여 자신의 부정적인 생각을 토로하는 것과 다름없다. 펠리처 바우어 쪽에서는 많은 인내심을 가져야 했다. 결혼을 하여 가정을 꾸리는 것에 대해 카프카 쪽에서 부정적이었기 때문이다. 펠리처 바우어를 만나면서 처음엔 사랑의 감정이 별로 없었지만 차츰 생긴 감정도 문학에 대한 생각으로 방해를 받는다. 문학과 직장 생활 사이에서 방황하던 영혼 카프카에게 여자와의 결혼은 또 다른 굴욕이자 짐이었다. 사실 카프카의 본성 속에는 반사회적 소질이 강하게 잠재하여 있었다. 결혼을 하는 게 좋은지 안 하는 게 좋은지 최종 결정을 하는 일이 카프카에겐 쉽지 않았다. 1913년 7월 21일자 일기에는 결혼을 놓고 하나하나 열거해 가며 체계적으로 저울질을 한 글까지 들어 있다. 그러나 고민은 해결점을 찾지 못한다. 오히려 자기가 이룬 모든 것은 고독의 산물이 아니던가 하는 쪽으로 결론을 낼 뿐이다. 문학이 아닌 다른 것은 모두 천박하다는 생각이다. 사실 카프카는 사회적으로 성공한 다른 남자들보다는 뛰어난 문학과 작가들에게 질투심을 느끼곤 했다. 그 자신이 문학이고자 했기 때문이다. 작품을 잉태하고 출산하는 자로서 그 자신이 문학인 셈이었다.

펠리처 바우어와의 파혼(1914년 7월)과 관련하여 카프카

는 〈법정〉이라는 말을 쓴 바 있으며, 1914년 10월 중순에 그
녀의 여자 친구 그레테 블로흐Grete Bloch에게 쓴 편지에서
는『소송』을 쓰게 된 동기가 바로 이 약혼에 있음을 시사한
다. 〈그녀는 아스카니스 호프 호텔에서 내 위에 군림하는 여
재판관처럼 보였지만, 사실은 내가 그녀의 자리에 앉아 지금
까지 자리를 내놓지 않았던 거죠.〉 이 대목은 약혼녀 펠리처
바우어와의 어려운 관계를 말하면서 그 모든 것이 자신의 연
출에 달려 있었음을 밝힌다. 그 스스로 간절한 마음으로 매
달리기 때문에, 간단히 버리고 떠날 수 있는 〈이 세상에서 가
장 쓸데없는 짓〉의 현장을 그는 떠나지 못한다. 그렇다면 작
품 마지막의 처형은 자기 자신이 스스로에게 가한 처형이라
고 봐야 한다. 끝에 가서 형리들의 칼을 빼앗아 자기 가슴을
찔러야 하는 것 아닌가 하고 고민하는 장면에서 추측이 가능
하다. 그는 무언가 잘못을 저질렀으며 그에 대한 희생을 스
스로 감수하려 한다. 여기서 K를 카프카에게로 전이하여 말
하면 이런 언급이 가능하다. 카프카의 생애에서는 그 잘못이
바로 펠리처 바우어와의 파혼 과정에서 발생한 그녀의 아버
지의 죽음에 대한 죄의식이다. 한 가문을 망친 이 모든 죄를
스스로 짊어져야 마음이 편안해질 것 같다는 그의 생각은
1914년 12월 5일자 일기에 적혀 있다. 그러나 결국 카프카
가 마음을 둔 것은 문학이었다. 그는 스스로의 생을 문학으
로 연출했다.

『소송』의 집필이 시작된 것은 1914년 8월 11일로 추정된
다. 그러니까『실종자Der Verschollene』작업을 중단한 지 1년

반 만의 일이다. 1914년 5월 30일, 카프카는 오랜 고민 끝에 펠리처 바우어와 약혼을 하러 베를린으로 간다. 그러나 이런 결정에 이르렀다는 사실 자체는 오히려 카프카에게 더욱 고민일 뿐이다. 결혼을 하고자 하는 소망과 결혼에 대한 불안감의 이중 감정은 같은 해 6월 6일자 일기에 다음과 같은 메모를 남기게 한다.

베를린에서 돌아왔다. 범인처럼 포승줄로 꽁꽁 묶인 듯한 느낌이다. 실제로 나를 포박하여 구석에 처박아 놓고 경관들을 시켜 감시토록 한다 해도 이렇게 괴롭지는 않을 것 같다.

약혼에 따른 심적 긴장은 카프카에게도 그러했지만 펠리체 바우어에게도 견디기 힘든 부담으로 작용한다. 7월 20일, 재차 베를린을 방문하여 바우어와 예의 아스카니스 호프 호텔에서 만나 이런저런 이야기를 하던 끝에 결국은 파혼을 선언하기에 이른다. 이때의 심정은 7월 23일자 일기에, 〈호텔의 법정〉이라든가 〈무죄임에도 불구하고 유죄임〉이라는 표현에서 극적으로 드러난다. 위의 여러 정황을 볼 때 카프카는 자신의 삶의 현장을 법률 용어, 특히 범죄자를 다루는 법률 용어를 많이 사용했는데, 이는 그가 법학을 공부했다는 것을 반영하는 것이기도 하지만, 스스로 얼마나 큰 죄책감에 시달렸는지도 알려 준다. 결혼에 따른, 어찌 보면 평범하기 짝이 없는 시민적 의무를 다하지 못하겠다는 생각은 스스로를 처벌받아 마땅한 범인으로 규정짓게 한다. 글을 통한 대리 전쟁의 성격이 이 부분에서 드러난다. 이것이 하나의 〈소송〉이 되는 셈이다.

서른 살의 카프카는 1914년 8월부터 『소송』을 쓰기 시작한다. 그리고 주인공 K는 자신의 서른한 번째 생일을 앞둔 전날 밤 처형당한다. 실제 이 작품은 1914년 8월부터 1915년 1월까지의 기간 동안에 작성된 원고를 바탕으로 한다. 여러 편의 미완성의 장을 포함하고 있는 원고는 작가 사후인 1925년에 친구 막스 브로트에 의해 출간된다. 사건의 시간은 요제프 K의 서른 번째 생일날로부터 서른한 번째 생일 전날, 즉 처형 직전까지 딱 일 년이다. 결국 소송은 K자신이 연출한 하나의 드라마이다. 그렇다면 카프카는 문학을 사랑하여 K를 죽인 것인가? 아니면 자신의 사회적 의무를 다하지 못한 K를 죽인 것인가? 그 이유가 무엇이든 카프카가 요제프 K의 체포를 다룬 소설의 첫 장과 처형 장면을 담은 마지막 장을 가장 먼저 써놓았다는 것은 전기적으로나 문학적으로나 작품 해석에 있어 암시하는 바가 크다.

6. 〈미완성 장들〉과 작품의 판본에 대하여

삶의 현실과의 대결은 카프카로 하여금 늘 새로운 글을 쓰게 만들었다. 『실종자』의 집필을 중단하고서 새로 대규모 장편소설을 기획한 것도 이런 관점에서 파악할 수 있다. 약혼과 파혼의 과정을 문학을 통해 심적으로 청산해 보려는 의도로 보인다. 이렇게 계속해서 작품을 단편적으로 다시 시작하고 또 시작하는 방식은 카프카의 새로운 집필 방식으로 자리 잡는다. 『소송』의 집필 방식에서 사용한 것도 바로 이런 것으로, 그의 말대로 〈만약 첫 번째 말이 다루기가 힘들면〉 동시에 여러 말 위에 앉아 〈어떻게든 이 다루기 힘든 것을 극복하고자〉 하는 것이다. 그래서 어느 장을 쓰다가 막히면 새로운 장을 새로 시작하는 방식을 『소송』 집필에 꾸준히 적용하여 1915년 1월 말까지 작업을 이어 간다. 앞에서 말했듯 첫 장과 마지막 장을 먼저 써놓은 것은, 이렇게 작업이 끝없이 계속되는 결과로 모든 글쓰기가 단편적 성격의 글들로 남는 것을 미연에 막아 주는 역할을 한다.

이렇게 제각각으로 쓴 단편의 글들을 카프카는 최종적으로 풀어 나름대로 새로 배열한다. 우선은 완성된 것과 미완성의 것을 나누어 완성된 각각의 묶음에다 제목을 단다. 미완성의 것에는 간단한 내용 설명의 표지를 달아 둔다. 이렇게 해서 작품에서 완성된 것과 완성되지 않은 미완성의 장이 구별되어 나타난다. 물론 이렇게 여러 장들을 배열한 것은 카프카가 죽은 뒤 친구 막스 브로트를 비롯한 편집자들이다. 이 작품의 번역본으로 사용한 역사 비평본인 패슬리판에서는 「B의 여자 친구」, 「검사」, 「엘자에게 가다」, 「부지점장과의 싸움」, 「관청 건물」 그리고 「어머니를 찾아가다」 등이 미완성의 장에 포함되었다.

브로트는 카프카가 세상을 뜨자 그의 원고를 맡아 생전에 비교적 짧은 글들의 저자로 알려진 카프카를 장편소설의 작가로 알리고자 장편들 위주로 출간을 기획하고 먼저 카프카의 작품을 집필 순서대로 정리한다. 여러 사정을 감안하여 가장 먼저 출간한 것이 『소송』이다. 그렇게 해서 1925년 그의 손에 의해 『소송』이 베를린의 디 슈미데 출판사에서 처음으로 출간된다. 그 전에, 즉 1921년에 그는 어느 글에서 이 텍스트를 〈카프카의 가장 위대한 작품〉으로 소개하고 〈완성된〉 작품이라고 확언했다. 그런데 카프카의 생시인 1919년에 그는 이미 카프카에게 〈자네의 『소송』을 내 손으로 마무리 짓겠네〉라고 반 농담조로 말한 바 있었다. 브로트는 자신이 카프카를 이 세상 누구보다도 가장 잘 안다고 생각하여 나름의 편집 작업을 해온 것으로 보인다. 그래서 작품 전개상 확실한 부분들은 내용에 따라 순서를 정하여 배열을 하고 〈작품 줄거리 전개에 크게 중요치 않은〉 미완성의 장들은 처음 출판시엔 아예 작품 속에 넣지 않았다.

그 뒤 브로트는 대략 10년의 간격을 두고 이 작품을 새로 출간했는데, 그 두 번째 판본은 1935년 독일 쇼켄 출판사에서 『전집』의 세 번째 권으로 출간한 것이다. 이때 처음으로 이른바 「미완성의 장들」이 인쇄된다. 그리고 1946년에 미국의 뉴욕으로 자리를 옮긴 같은 출판사에서 세 번째 판을 출간한다. 이 판본은 두 번째 판본을 영인본 형태로 출간한 것으로 브로트의 후기를 싣고 있다. 이 후기에서 그는 원고를 편집하는 데 있어서의 문제점들에 대해 직접적으로 언급한다. 이후의 판본은 바로 이 판본을 그대로 따른다.

그러던 중 1975년에 카프카 작품 전체에 대한 역사 비평본 확정 작업이 시작되어 1990년에 처음으로 맬컴 패슬리에 의해 『소송』 역시 세상에 새롭게 선을 보인다. 이 작업은 카프카의 원고를 텍스트 비평 차원에서 검토하여 텍스트가 생성된 시기를 정확히 따지는 쪽으로 행해진다. 브로트가 했던 작업과 큰 차이는 없으나, 다만 브로트가 〈첫 번째 장〉이라고 불렀던 장이 두 개의 장으로 나뉘고, 「B의 여자 친구」는 미완성의 장으로 분류되어 부록으로 실린다. 그리고 각각의 장에는 일련번호를 붙이지 않는다. 이번 번역에 사용한 독일어 텍스트는 바로 맬콤 패슬리가 새롭게 편찬한 〈Franz Kafka: Der Proceß. Hrsg. v. Malcolm Pasley. Frankfurt a. M. 2002〉이다. 그리고 작품 해설을 위하여 〈Klaus Wagenbach: Franz Kafka. Hamburg 2002〉〈Oliver Jahrhaus: Kafka: Leben, Schreiben, Machtapparate. Stuttgart 2006〉〈Peter-André Alt: Franz Kafka: Der ewige Sohn. Eine Biographie. München 2005〉〈Susanne Hochreiter: Franz Kafka: Raum und Geschlecht. Würzburg 2007〉의 글을 참조했음을 밝힌다.

김재혁

프란츠 카프카 연보

1883년 출생 7월 3일 오스트리아 – 헝가리 제국의 속국으로 있던 체코 프라하의 알트슈타트에서 자수성가한 유대인 상인 아버지 헤르만 카프카Hermann Kafka와 부유한 가문 출신의 어머니 율리Julie(친정 성은 뢰비Löwy) 사이에서 6남매 중 장남으로 태어남. 집안에서는 독일어 사용. 엘리Elli, 발리Valli, 오틀라Ottla라는 세 여동생을 둠.

1889년 6세 초등학교에 입학할 때까지 부모의 사업 관계로 여러 차례 이사를 다님. 독일계 학교인 플라이슈마르크트 초등학교 입학.

1893년 10세 1901년까지 프라하 알트슈타트에 있는 독일계 왕립 김나지움에 다님.

1897년 14세 친구 루돌프 일로비Rudolf Illowý와 교류하며 사회주의에 관심을 둠.

1898년 15세 시온주의자 후고 베르크만Hugo Bergmann, 에발트 펠릭스 프르지브람Ewald Felix Přibram 그리고 특히 오스카 폴라크Oskar Pollak와 교류. 페르디난트 아베나리우스가 발행하던 잡지 『예술지기*Kunstwart*』를 구독. 다윈과 헤겔을 읽음. 문학 작품을 습작함.

1900년 17세 여름 방학을 체코 동부 모라지방 트리시(시골 의사였던 외삼촌 지크프리트 뢰비 아저씨 댁)와 부모의 피서지인 로츠토크에서 보냄. 니체를 읽음.

1901년 18세 고등학교 졸업 시험 통과. 가을에 프라하의 카를페르디 난트 대학에 입학. 첫 2주는 화학을 듣고 그 뒤엔 법학 과목을 수강. 예술사 강의도 함께 수강.

1902년 19세 여름 학기 동안 독문학 공부. 프라하 근교의 시골 리보호와 트리시에서 방학을 보냄. 뮌헨으로 여행하며 독문학을 계속 공부할 계획을 함. 겨울 학기엔 프라하 카를페르디난트 대학에서 법학 공부를 계속함. 10월 평생 친구가 된 막스 브로트Max Brod를 처음 알게됨. 헤르만 헤세, 플로베르의 작품을 탐닉. 토마스 만의 「토니오 크뢰거」에 감동을 받음.

1903년 20세 독일 드레스텐 근교의 요양소 〈백록원Weißer Hirsch〉에서 요양 휴가. 11월엔 뮌헨에 체류.

1904년 21세 「어느 투쟁의 기록Beschreibung eines Kampfes」 집필 시작.

1905년 22세 여름, 추크만텔의 슈바인부르크 요양원에 체류. 첫사랑을 함. 겨울에는 오스카 바움Oskar Baum, 막스 브로트, 펠릭스 벨치Felix Weltsch 등 유대계 문인들과 정기적 회합을 가짐.

1906년 23세 7월 프라하 대학 법학 박사 학위 취득. 가을, 프라하 민사 법원과 형사 법원에서 1년간 법관 시보 수업.

1907년 24세 10월 첫 직장인 〈아시쿠라치오니 제네랄리〉 보험 회사 입사(임시직). 「시골에서의 결혼식 준비Hochzeitsvorbereitungen auf dem Lande」 집필 시작.

1908년 25세 7월 노동자 재해 보험국으로 직장을 옮기다. 프란츠 블라이가 발행하는 잡지 『휘페리온Hyperion』에 〈관찰Betrachtung〉이라는 제목으로 8편의 산문을 처음으로 발표. 프라하의 〈노동자 재해 보험 공사〉에 정식으로 취직. 막스 브로트와 더욱 사이가 긴밀해짐. 프라하 근교로 자주 소풍을 감.

1909년 26세 막스 브로트 형제와 이탈리아 가르다 호숫가의 리바에서 휴가를 보냄. 일기를 쓰기 시작.

1910년 27세   사회주의 청년 서클 플라디히 클럽에 가입. 막스 브로트 형제와 파리 여행. 12월에 일주일간 베를린 체류.

1911년 28세   라이헨베르크, 프리트란트 등지로 수많은 출장. 유대인 배우 이차크 뢰비Jizchak Löwy와 교류.

1912년 29세   『실종자Der Verschollene』(일명 『아메리카』)의 초고 집필. 첫 번째 책인 『관찰』을 8월에 정리하여 12월에 펴냄. 「시골길의 아이들Kinder auf der Landstraße」, 「산으로의 소풍Der Ausflug ins Gebirge」, 「집으로 가는 길Der Nachhauseweg」, 「승객Der Fahrgast」, 「거절Die Abweisung」, 「골목길로 난 창Das Gassenfenster」, 「인디언이 되려는 소망Wunsch, Indianer zu werden」, 「나무들Bäume」, 「불행함 Unglücklichsein」 등의 소품 17개가 실림. 여름에 막스 브로트와 바이마르를 여행. 8월, 막스 브로트의 소개로 베를린 출신의 펠리체 바우어 Felice Bauer와 만난 이후 서신 교환을 시작. 9월 22일 밤 약 여덟 시간 만에 「선고Das Urteil」 완성. 10월, 그가 증오하는 석면 공장의 감독직을 시키려는 가족에 맞서 자살을 생각함. 9월부터 1913년 1월까지 「아메리카Amerika」 앞부분 일곱 장을 집필. 11~12월 『변신Die Verwandlung』을 완성. 12월 프라하에서 「선고」로 첫 번째 공개 낭독회를 갖음. 『실종자』의 두 번째 원고 집필.

1913년 30세   베를린에 있는 펠리체 바우어를 세 번 방문. 『실종자』의 첫 장에 해당하는 「화부」 출간. 펠리체의 친구 그레테 블로흐와 교류. 키에르케고르를 읽음.

1914년 31세   베를린으로 펠리체 바우어를 두 번 방문. 펠리체가 프라하로 옴. 6월 1일 베를린에서 펠리체 바우어와 정식으로 약혼. 7월 약혼을 파기. 『소송Der Proceß』을 집필하기 시작. 10월 「유형지에서In der Strafkolonie」 집필. 『아메리카』 마지막 장 완성.

1915년 32세   1월 펠리체와의 첫 번째 재회. 『소송』 집필 중단. 4월, 여동생 엘리와 헝가리 여행. 『변신』 출간(쿠르트 볼프 출판사).

1916년 33세 7월 펠리체 바우어와 온천 마리엔바트에 감. 「선고」발표. 뮌헨에서 두 번째 공개 낭독회를 갖고 「유형지에서」와 「시골 의사」를 낭독함.

1917년 34세 3월 히브리어 공부를 시작. 7월 펠리체와 두 번째 약혼. 8월 각혈. 9월에 폐결핵 진단을 받음. 「일상의 당혹Eine alltägliche Verwirrung」, 「산초 판자에 관한 진실Die Wahrheit über Sancho Pansa」, 「사이렌의 침묵Das Schweigen der Sirenen」, 「프로메테우스Prometheus」등을 집필. 12월, 펠리체와 두 번째 파혼. 「학술원에 보내는 보고서Ein Bericht für eine Akademie」발표.

1918년 35세 5월 프라하로 돌아와 직장 생활을 함. 11월부터 셸레젠에서 지냈는데 그곳에서 여관집 딸 율리에 보리체크Julie Wohryzek를 만남.

1919년 36세 셸레젠 체류. 율리에 보리체크와 지냄. 4월부터 다시 프라하 체류. 5월 율리에 보리체크와 약혼. 쿠르트 볼프 출판사에서 「유형지에서」출간. 11월 다시 셸레젠에 요양차 체류. 『아버지에게 드리는 편지Briefe an den Vater』집필. 12월부터 프라하 체류.

1920년 37세 회사에서 승진. 체코 출신의 여기자로 카프카의 작품을 체코어로 번역한 밀레나 예젠스카Milena Jesenská와 서신 교환. 많은 단편 「포세이돈Poseidon」, 「밤에Nachts」, 「시의 문장Das Stadtwappen」, 「법의 물음에 대하여Zur Frage der Gesetze」등을 집필. 아버지의 반대로 율리에 보리체크와 파혼. 쿠르트 볼프 출판사에서 단편집 『시골 의사Ein Landarzt』출간. 12월부터 마틀리아리 요양원 체류.

1921년 38세 마틀리아리 요양원에서 의사 로베르트 클룹슈토크와 교류. 가을에 다시 프라하로 돌아감. 10월, 지난 10년간(1910~1920) 작성한 일기를 모두 밀레나에게 넘김.

1922년 39세 1월 『성Das Schloß』을 집필하기 시작. 「단식 광대Ein Hungerkünstler」, 「어느 개의 연구Forschungen eines Hundes」. 노동자 재해 보험 공사 퇴직.

1923년 40세 다시 히브리학 공부 시작. 팔레스타인으로 이주할 계획을 세움. 발트 해 뮈리츠에서 열다섯 살 연하의 청순한 처녀 도라 디아만트Dora Diamant를 만남. 9월부터 베를린에서 유대계 처녀 도라와 처음이자 마지막인 짧은 동거를 함. 「굴Der Bau」, 「작은 여인Eine kleine Frau」 집필.

1924년 41세 3월 다시 프라하로 돌아옴. 마지막 작품 「여가수 요제피네, 또는 쥐들의 종족Josefine, die Sängerin oder Das Volk der Mäuse」을 집필. 도라 디아만트, 로베르트 클롭슈토크와 함께 빈 북쪽 키얼링 시의 호프만 요양원에 체류하다가 6월 3일 마흔 살의 나이로 사망. 6월 11월 프라하의 신유대인공동묘지에 묻힘. 여름에 「단식 광대」 출간.

열린책들 세계문학 194 소송

옮긴이 김재혁 현재 고려대학교 문과대학 독어독문학과 교수로 재직 중이며 시인, 번역가로 활동하고 있다. 그동안 낸 저서로는 『릴케와 한국의 시인들』, 『바보여 시인이여』, 『릴케의 작가정신과 예술적 변용』, 『아버지의 도장』(시집), 『내 사는 아름다운 동굴에 달이 진다』(시집) 등이 있으며, 옮긴 책으로는 『릴케 전집 1 — 기도시집 외』, 『릴케 전집 2 — 두이노의 비가 외』, 『릴케: 영혼의 모험가』, 『젊은 시인에게 보내는 편지』, 『소유하지 않는 사랑』, 『노래의 책』, 『로만체로』, 『넵치 1, 2』, 『푸른 꽃』, 『베를린 알렉산더 광장』, 『더 리더: 책 읽어 주는 남자』, 『말테의 수기』, 『젊은 베르테르의 슬픔』, 『겨울 나그네』, 『골렘』 외 다수가 있다. 독일에서 『*Rilkes Welt*』(공저)를 출간했으며, 오규원의 시집 『사랑의 감옥』을 독일어로 옮겼다.

지은이 프란츠 카프카 **옮긴이** 김재혁 **발행인** 홍예빈
발행처 주식회사 열린책들 **주소** 경기도 파주시 문발로 253 파주출판도시
전화 031-955-4000 **팩스** 031-955-4004
홈페이지 www.openbooks.co.kr **이메일** literature@openbooks.co.kr
Copyright (C) 주식회사 열린책들, 2011, *Printed in Korea.*
ISBN 978-89-329-1194-6 04850 **ISBN** 978-89-329-1499-2 (세트)
발행일 2011년 12월 20일 세계문학판 1쇄 2026년 2월 15일 세계문학판 11쇄

이 도서의 국립중앙도서관 출판예정도서목록(CIP)은 서지정보유통지원시스템 홈페이지(http://seoji.nl.go.kr)와 국가자료공동목록시스템(http://www.nl.go.kr/kolisnet)에서 이용하실 수 있습니다.(CIP제어번호:CIP2011005242)

열린책들 세계문학
Open Books World Literature